花本无心自在开

马腾驰 著

陕西新华出版传媒集团
太 白 文 艺 出 版 社

图书在版编目（CIP）数据

花本无心自在开 / 马腾驰著. -- 西安 : 太白文艺出版社, 2021.8（2022.1重印）
ISBN 978-7-5513-1924-9

Ⅰ. ①花… Ⅱ. ①马… Ⅲ. ①散文集—中国—当代 Ⅳ. ①I267

中国版本图书馆CIP数据核字(2021)第154343号

花本无心自在开
HUA BEN WUXIN ZIZAI KAI

作　　者　马腾驰
责任编辑　史　婷　张　鑫
封面设计　王　洋
版式设计　建明文化
出版发行　陕西新华出版传媒集团
　　　　　太 白 文 艺 出 版 社
经　　销　新华书店
印　　刷　涿州军迪印刷有限公司
开　　本　787mm × 1092mm　1/16
字　　数　406千字
印　　张　25.75
版　　次　2021年8月第1版
印　　次　2022年1月第2次印刷
书　　号　ISBN 978-7-5513-1924-9
定　　价　88.00元

联系电话：029-81206800
出版社地址：西安市曲江新区登高路1388号（邮编：710061）
营销中心电话：029-87277748

阎纲先生为作者题词

贾平凹先生为作者题写书名

白描先生为作者题写斋号

牛毛字典

马腾驰

字典，与我相伴了过去，注定还要相随了未来。

小时候，在老家大路镇上小学，语文老师那天在课堂上说了，每一个学生买一本《新华字典》，他要在下星期的课堂上教我们查字典。老师的一句话，让包括我在内的许多同学犯了愁，那时日子艰难，大家都知道，家里没有钱去买一本字典啊。

父亲在外教书，回家后，我嘟嘟囔囔着给祖父说了老师叫买字典的事。祖父半天没言语，我知道他在为钱的事为难。沉默了半天，祖父说："这样吧，把我收拾积攒下的牛毛拿到县上去卖了，用卖下

①

作者手迹

代序

生命深处的真情吟唱

——马腾驰散文研讨会的发言

贾平凹

文学创作，腾驰是有感觉，是有天赋的。搁笔多年重拾创作的他，激情再度喷发，每隔几天，就有一篇散文新作问世。短短两年时间，创作出200多篇散文，网上发出后反响热烈，这让很多写作者和读者为之惊叹。

作家创作中的感觉不是装出来，也不是后天费了多么大的劲磨炼打造出来的，那是与生俱来，是自然流露出来的。感觉是作家的看家本事，有感觉，写起来就从容自在，就容易贯通，平时感知到的东西不自觉地就从笔尖倾泻而出，写出来的东西就耐看，就出彩，就会吸引了人。

流畅快活，笔下如有神助的感觉，和吭吭哧哧，绊绊磕磕，像挤牙膏一样硬挤出来的东西是大不一样的。一个是在天空自由飞翔，一个是在地面上被磕绊束缚着，每迈出一步都异常艰难。大江大河流过，表面悄无声息，其下却汹涌澎湃，张力无限；小河七扭八拐，尽管费力朝前，不时还有飞珠溅沫，但它永远不是大江大河。

腾驰的写作从容舒展，快意自在，这从他以前的作品和这本将要出版的书中可以看出来。艺术精神体现于觉悟，觉悟源自于生命的体验，他良好的写作感觉，是他成功的一个重要因素。

作家写作不仅要有感觉，还要写自己非常熟悉、非常了解的事情，不然，写出来的都是些虚头巴脑、言不由衷、似是而非的东西。没有真实生活垫底的文字只能叫人生厌，更谈不上文质相含，葳蕤芬芳，让人感动了！

腾驰稳稳地站在家乡的黄土地上，他的很多文章，以他的老家大张寨为切入点，写的是20世纪五十、六十、七十年代到今天的关中生活，展现的是关中风土人情，描述的是关中人的喜怒哀乐。他以真切之笔写他们的酸甜苦辣，写他们的离合悲欢，真情的文字扯着读者的心，或让人哭或让人笑，或让人叹息或让人深思。这些作品，是地道的关中味道，淳朴厚实，扎实亲切，弥漫散发着黄土地特有的芳香。难怪那么多读者刚看完他的一篇新作，又急切地等待着他下一篇作品出来。

腾驰谦虚，善于向先贤、向大家、向书本与生活学习。他勤勉，作品量大而精，在散文创作领域取得了令人欣喜的成绩，可喜可贺！

散文是什么？散文是一种沉吟，是在深沉的思索中写出来的。散文不是供人消遣的小玩意儿，不是一种翻来覆去，索然寡味的文字魔术，也不是风呀，花呀，雪呀，月呀的无病呻吟。真正的好散文热气腾腾，是生命深处的真情吟唱，有冷暖有泪水有欢笑，有温馨醉人的烟火气息。把真实、有分量、有故事、有感悟的日常生活写活写好，才会出新文，出真文。

散文写作，腾驰从未把它当作供人消遣的东西，他跟风花雪月无关，他更不喜欢那些玩文字魔术者的做派。从他以前的散文集《山的呼唤》《背馍记》，再到这本《花本无心自在开》，可以看出来，他的散文创作路子走得正，他坚守了他的初心，坚持了他的追求，取得了让许多人羡慕的成绩。

腾驰的散文写作不作伪，不虚张，不自作多情。他在自信流畅的行文中，将所有的门窗都打开，给读者留下足够大的空间，让读者去填充自己的生活感悟与人生认知。因此，他的作品就多了多义性，就生发出许多的美好来，不由得就亲近了读者，抓住了读者，赢得了读者。

有人说，散文好写，凡是识文断字者都可提起笔来写。这话倒是没错，但真正能够把散文写好的人并不多。散文是最讲究严密结构的文学体裁。腾驰的散文写作结构精巧，行文缜密，轻松舒展，自然妥帖，显露出了他过硬的功力。

散文同其他艺术门类一样，是表现的艺术，而不是日常生活的简单再现。腾驰的作品有技巧，却不炫耀技巧，是不露痕迹的技巧。

没错，什么人说什么话，有什么样的精神世界就会有什么样的文学语言。从腾驰的文章中，可以清晰地看到他的精神世界与情操内涵，可以看出他为人的宽厚淳朴与大气沉稳，也可以看出他为文的机警与灵巧，那是他笔下的智慧。

腾驰作品的语言富有想象力，结句断字有独特的个人体会，他又善于运用古雅、鲜活生动的关中方言，这就使他的文章摇曳多姿，蓬蓬勃勃，多了鲜明的地域色彩，多了意趣，多了一种亲切感。作家作品好坏，读者是最好的裁判官，如果他们不买你的账，一切都是白搭。《背馍记》出版后市场的热烈反响，网上那么多读者对腾驰文章的好评与称赞，说明他的文字语言读者是喜欢的，是认可的。

纷繁的社会，苦闷的人生，需要我们透一口气，散文写作使自个儿长长地舒了一口气，使自个儿快活之外，也要使我们周围的人，使社会上的人也要舒适快活起来。腾驰一如既往地沉在生活底层，挖掘着他文学的矿井，继续以他的生命体验，静心写着他快活舒适的文章。这是他的优势，也是他日后有更大作为的基石。

腾驰不止一次说过，他写作上还有不少的问题，要花大力气去解决。他的自我清醒，必将使其受益，必将使其得到新的提升。

2020.10.22

目　录

第一章　心总得有个港湾

温暖过往——品味时光的味道

你别说，有了先生文字与书画的房子，一下子就多了一种难以描述的别具韵致别具滋味的独特味道。这种味道，是文化的味道，它会滋润丰盈身心，会扩大提升境界，会滋养改变人的精神气质。

坐在这样的房子写作，笔下，似乎也轻快了许多。

第二章　倾听花落的声音

浮生不老——一岁年龄一岁心

看着书案上六爷捎来的三个葫芦，不由得就想起老家大张寨，不由得就想起老家许多的人和事。面对书房里坐西向东的佛像，我虔诚地双手合十，真心地祈望故乡所有的父老乡亲嘉祥延集，福寿康宁，喜乐平安！

第三章 生命中最诱人的磁场

金色童年——曾经拥有的幸福

小时候挤窝窝取暖的游戏，是让人难以忘记的。想起过去那一幕，仍觉得十分好玩，非常有趣。挤窝窝，公平而公正，是平等，是不抛弃任何人的，即使被挤出去，也不要紧，给你机会重新挤进来，让你从头再来。

第四章　味蕾深处的记忆

口齿留香——其味无穷的那些吃食

再也没有机会一边吃着箸头面，一边听着倔老汉连说带唱一长串的报数声，再听不到他跟食客拌嘴美了口腹愉悦了心情的过去。许多人说，倔老汉是个心地实诚，看重情义的好人，只是脾性直，火气大一点罢了。

第五章　游学博闻见贤思齐

心有所依——人生才会一路芬芳

阎纲老师说：“心灵的对立构成艺术哲学，艺术的魅力源于真善美和假丑恶的势不两立。理念的冲突、情欲的碰撞、生死的较量、两难的选择、梦想的追逐，或渺茫的苦撑，都韵味悠长，扣人心弦，突显出深度的人格美、人性美。我喜欢雨果说的这句话：‘在主义之上我选择良知，在冷暖面前我相信皮肤。’”

第六章　几度新春不在家

咫尺天涯——故乡年的滋味

有了高兴与快乐，有了醉人与浓烈的年味年气，当然，那盏一年中只能点亮一次的年灯，也一定会照亮来年我们前行的路，使我们坚定地面对未来。

第一章　心总得有个港湾

温暖过往——品味时光的味道

你别说，有了先生文字与书画的房子，一下子就多了一种难以描述的别具韵致别具滋味的独特味道。这种味道，是文化的味道，它会滋润丰盈身心，会扩大提升境界，会滋养改变人的精神气质。

坐在这样的房子写作，笔下，似乎也轻快了许多。

牛毛字典

字典，与我相伴过去，注定还要与我相随未来。

小时候，在老家大张寨上小学，语文老师有天在课堂上说，每一名学生买一本《新华字典》，他要在下星期的课堂上教我们查字典。老师的一句话，让包括我在内的许多同学犯了愁，那时日子艰难，大家都知道，家里没有钱去买一本字典啊。

父亲在外教书。回家后，我嗫嚅着给祖父说了老师让大家买字典的事。祖父半天没有言语，我知道他在为钱的事为难。沉默了半天，祖父说："这样的，把我收拾积攒下的牛毛拿到县上去卖了，用卖下的钱，给你买一本字典！"那时，祖父是队里的饲养员，平日里，他给牛用"刮刮"（一种给牛清理皮毛的工具）刮身上的毛时，把掉下的毛接在了手里，又把散落在地上零零星星的牛毛捡起来，收集在一起，时间长了，竟有一大包的牛毛。

很长一段时间内，晚饭后我跟祖父一起去饲养室，晚上就和他睡在饲养室的炕上。夜里，祖父要多次起来给牲口拌草、饮水。睡梦里，我常能听到祖父在吆喝互相顶牛掐架的牲口："嗯！好好的！不吃草弄啥呢？打你个瞎东西！"还能听到拴牲口的铁链子和固定在槽口的铁环相互撞击，发出清脆的丁零当啷声。能听到高脚牲口马与骡子喷出的响鼻声，还有牲口吃草料时沙沙沙、嚓嚓嚓的咀嚼声。

饲养室在村外的土壕岸上。冬日早晨上学时，天漆黑一片，我要上学走了，祖父站在土壕岸上，目送着我安全进了村子，他还要站在那里大声喊我的名字："正娃！"黑暗中，听到我应了声，确保已进了村子，他才折回饲养室去忙他的事。

跟祖父住在饲养室，我知道他捡拾收集起来的那一大包牛毛就放在牲口槽与北墙中间的那个旮旯里。

到了星期天，我给祖父说，下星期语文课堂上要用字典，我把牛毛拿到县上卖了，去买《新华字典》。祖父不放心，他没有看我，目光盯着别处，自言自语地说："一个小娃，那么远的路，一个人去县里，咋能让人放得下心呢？"我接过话，说我和北巷的谁谁谁约好了，我俩一起去。祖父仍不放心，去问了那家大人，确定是我俩一起去县城，他才放下心，说道："有个伴儿好！小小的娃，要跑十几里路去县上，没个伴咋行？"祖父说完，又叮咛我俩路上多操心，去县里卖完牛毛，买了字典就往回走，别胡乱跑。

牛毛卖了，去中山街街口的新华书店买了字典，还剩下两毛钱，我俩一人分了一毛钱。在礼泉县城一分钟没停，就一路小跑着返回了大张寨。

语文课上，老师把拼音与部首两种查字典的方法都教了，让我们回家以后好好练。放学后，我坐在院子里的小凳上练习查字典，祖父欣喜地坐在一旁，他粗糙干裂的双手平放在膝盖打了补丁的裤子上。文化功底不浅的祖父给我出着题目，他先让我查他的名字马绍良，再让我查我的名字马正娃（我当时的小名），又让我把家里每一个人的名字都查了一遍。我先用拼音，再用部首一一查到。祖父高兴得不得了，说："好！好呀！我孙子不光查得快，还查得准哩！好，好很！爷费心巴力，一根一根拾牛毛，值得！爷再好好拾，牛毛卖了钱，给你买铅笔与本子！"说着话，祖父用右拳头在后腰上重重地捶着。长期过度劳累，使他时常腰疼得直不起来，有空了他就用拳头自己给自己捶着，以缓解疼痛。

后来，在学校举办的查字典比赛中，我还得了奖，县广播站播出的新闻中还提到我的名字。祖父听到广播后，黑瘦、满是皱纹的脸上，绽放出发自内心的欢欣笑容。他开心舒展的笑脸，在那个艰辛的年代里，我是很少见到的。直到今天，那个笑容在我脑海中仍然清晰如昨。

以后很长时间里，祖父忙完喂牲口的所有活儿后，再把饲养室里里外外打扫一遍，没事了，他就在牲口圈里，在饲养室外拴牛的空地上，弯着疼痛难忍的腰，一根根捡拾着地上的牛毛。他辛苦收集牛毛，要给我买学习用具。

用牛毛换回的那本字典一直陪伴着我，我把它称作“牛毛字典”。“牛毛字典”被我翻得皱皱巴巴，前边好几页已经破烂不堪，我小心翼翼地在空白处用糨糊贴了小字条儿，把它们粘贴在一起。每每用字典时，我就想起祖父弯着腰一根根捡拾牛毛的艰难和不易。那一大包牛毛，需要他腰弯下多少次呀！年龄尚小的我下定决心，要好好用心念书，不然，我内心会有愧，会不安，是不能面对祖父的。因为有了这个深藏心底的念头，我用功学习，成绩一直很好，祖父看到我在学校的优异表现，高兴而快乐，队里饲养室的活，还有家里大大小小的活儿，他都干得有劲。祖父对我是寄予了深切厚望的。

让我悲痛不已的是，在我刚参加工作不久，还没有来得及好好孝敬祖父，他就永远地离开了我，让我深陷痛苦之中不能自拔，不能解脱。生老病死，是谁也没有办法的事啊，我感叹人生的无常与短暂，感知了什么叫作子欲养而亲不待，什么叫作弥补不了的弥漫于心的永远的痛。

我参加工作以后，不论是当秘书、记者与编辑，还是后来负责办公室的工作，再到当下的文学写作，世事变迁，光阴更迭，一直跟文字打交道的我，任何时候都有一本字典在案头备用。这一生，跟字典是分不开了。

祖父捡拾牛毛为我换来的那本“牛毛字典”，这么多年来我一直精心珍藏着。看到它，我就不由得想起已去世多年的祖父，心里便涌起许多的酸楚，有了很多的感慨。

母亲为我理鬓发

不敢说我是一个把时间抓得多么紧的人，但至少这么多年，我不愿也没有把珍贵的时间虚度浪费了。

啥时候，我心里都亮堂得很，咱笨拙，不聪明，如果笨鸟不先飞，就会被那么多的聪慧人与能行人撇得远远的而不知东西，那该是一件多么恐怖、多么可怕的事。

尽管白天夜里、双休日等能利用的时间都利用了，也笨鸟先飞了，没有虚度光阴，但回头一看，大半辈子忙来忙去的也没忙出个啥眉眼，没弄出个啥响动，不由得暗自生出许多的自卑、失意与懊悔来。

时间一长，便也学会了宽慰自己，也懂得"但问耕耘，不问收获"与"苍天不负苦心人"之类的心灵鸡汤。没事了，也会端起这"鸡汤"喝上几口，算是对自己的一个宽慰，一个自我诊疗，让自己不要活得那么自卑，那么失意与懊丧。健康是金，健康比啥都重要，不能抑郁才对啊。

有了上边说的这般那般的忙，就觉得时间特别不够用。在家里，我属于"甩手掌柜"与"油瓶子倒了也不扶"的角色。母亲看我整天忙，常观察我脸上的颜色，并以此判断我近段时间劳累与否。

"你看，脸色青光光的，眼泡肿着，娃呀，把世上的事要看淡些，都是个啥呀！写文章要拿住哩，再甭没黑没明地写，甭伤亏了人。把人伤亏了，咱写那文章做啥呀！"上月，忙完该干的事，我叼空写了《看重这个奖》《礼泉御杏》与《金粟山》等八篇散文。母亲看我忙忙碌碌的样子，心疼得不行，把以前经常说的那些话，又当着我的面说了好几回。没有多多陪伴母亲，却让母亲时常为我操心，我于心不安，生出了许多的惭愧。

平日忙，说陪母亲出去转转，母亲啥时候都说：“快忙你们的事，出去有啥好转的？不就是个人看人！”真正把车开到楼下，人和车都等着母亲，能看出来，母亲是高兴的，是喜悦的。我从内心里明白了母亲说的话，她不是说出去有啥好转的，出去了就是个人看人，她是怕给我们添麻烦。做儿子的我，没做好啊！忙，这事那事能忙完吗？写文章，世上的文章能写完吗？事，永远忙不完；文章，永远写不完哪！

7月2日上午，我开车陪母亲去游双照湖。在西兰路上，母亲说，当年她就是在这条路上，从老家大张寨骑自行车，给在咸阳中学上学的我父亲送吃的。她说，那时，这条路是石子路，自行车在上面弹得蹦蹦跳，早晨太阳冒花花时从大张寨出发，到了下午太阳压山时才能回去。“现在，这路多好，多宽，多平整。”母亲感叹着。

母亲又说起过去她农闲时纺线织布，再往返几十公里，用织的土布在前边不远处的店张镇换棉花的往事。母亲年轻时，是吃过大苦受过大罪的人，她经历过的那些艰难日子，我曾在散文《母亲做的棉鞋》一文中详细叙述过，该篇文章，在网上有近两万的阅读量，感动了许多的读者。

到了双照湖，母亲欣喜地说：“你看看，咸阳塬上变成啥了，路修得真好，栽了这么多的树，花花草草长得多旺，塬上变成大公园啦！”我要跟母亲在双照湖旁边照张照片，母亲听说我要和她照相，踮起脚，给我梳理着头发。那一刻，我的眼泪在眼眶里直打转。啥时候，在母亲跟前我都是一个娃呀！

我把这张照片作为一组照片的第二张，发了手机朋友圈，并附了上边这段文字。一下子，朋友圈里热闹起来，点赞、祝福留言的有几十人，那些情真意切的留言真真切切地感动了我。

我把所有的留言念给母亲听，81岁的老母亲说：“手机上给你点赞、留话的都是孝子！一个个要给人家回话，一个个要给人家表示感谢！人家都忙得跟啥一样，咱娘儿俩出来转了一圈，他们都忘不了说那么多祝福的话，要真心地感谢人家哩！”

我告诉母亲，我已在朋友圈一一感谢过了，我还要写一篇文章出来，致敬他们，表示对他们真诚的谢意。母亲说："你朋友留的话值钱贵重（方言，此处"值钱"不是字面上的值钱，是特别值重，特别珍贵的意思），文章你要写，还要写好！"母亲的话我记在了心里，文章我不一定能写好，但被大伙儿真情感动了的我，一定会写出我的真情实感来，会写出我对他们的敬意来。我想，会的，一定会的。

陪母亲过年

平时忙，过年这三天，我一直陪着80岁的老母亲说说话。说说老家大张寨，说说我舅家张则村，还有其他许许多多的往事。

母亲一生历尽艰辛，饱经生活磨难，她和父亲一起，孝敬并送走了我们的祖父母。在艰难困苦中，拉扯我们弟兄三个长大成人。父亲离开我们已十三年了，每每想起早早离世的父亲，就让我们锥心般地伤痛。上苍可怜我们，让年龄大了，但耳聪目明、精神矍铄的母亲照看着我们，使我们没有成为孤儿，没有成为无娘的孩子。有娘在，天就在，现在回到家能叫一声妈，这让我们多么自豪与幸福，这让我们多么感谢上苍呀！

这三天，母亲天天早上给我们做老家好吃的、别具美味的浇汤面。中午和下午饭，母亲要特别做几道菜。忙着做饭的她，不要我们帮忙，我们只能在旁边打下手，和母亲边做着饭，边聊着家长里短，聊着曾经的事情。那种感觉真是好，我似乎觉得又回到了儿时，我们就站在厨房里，就站在忙着做饭的母亲身旁。不是啊，那时，我们年龄小还是孩子，母亲还年轻；几十年过去了，现实的情况是，我们年龄变大了，母亲已是耄耋老人了啊！

母亲说，年前她去理发，同去理发的老太太问她多大年龄了，她报出了年龄，那老太太惊讶地说："精神状态这么好的老人，能活一百岁呢！"借她吉言，凭母亲的好心态与好身体，她会健康长寿的！

九棵树

祖父和父亲在世时都是爱树之人，他们在大张寨祖屋的院子里，先后栽过九棵树。

后院西南角紧挨墙处，有一棵高挺的洋槐树。祖父活着时曾说："这棵洋槐树，是对门你七爷从县城买树苗回来，给我的一棵两尺多高的小树苗，我就栽在那里了。"打我记事起到现在，它似乎就那么粗那么高，站在那里，静默如初。

小时候，每当一树繁密的洋槐花开了，满院子都会飘散着槐花的清香味，我常不由自主地要深深吸上几口，把那花香味儿多吸些进入肚子里。洋槐树太高，年龄尚小的我不敢爬上去，就找来长长的竹竿，前边绑个铁钩子去钩那洋槐花。钩下一大担笼，祖母从钩下来的小树枝上捋下洋槐花，蒸了疙瘩，配上绿绿的爨香的韭菜臊子，我端起大碗，狼吞虎咽般吃开了，呵呵，那个清香，那个难忘的美好滋味呀，到今天想起来都会口舌生津！

后院东侧，是祖父栽的一棵比那棵洋槐树还要早很多年的一棵枣树。枣树具体是啥时候栽的，那时还小的我也没问过祖父。这棵枣树微微弯着腰向西长了两米多高，在两米处，有原来截枝时留下两根大树杈，在截枝树杈以上，枣树树干又直直地长了上去，左右伸出两根树枝，这两根树枝有小娃用手可以一把握住那么粗。

年龄稍长的我，每到枣儿红了的时候，就爬到枣树上去，站在两米多高的那两根大树杈上，双手握住头顶左右伸出的两根树枝，用力地摇着枣树。哗哗哗，枣儿如红色的大雨一样急促掉下，在地上咚咚咚跳跃着，似红色的浪花在翻滚，一会儿就是一地的红枣。年年枣熟的时候，这摇枣的“手艺”，我都要展示许多回。也许是我这摇枣的“手艺”伤了树根，没过几年，这棵枣树就死了。我老想，那时傻呀，光知道用竹竿钩洋槐花，咋就不知道用竹竿打枣呢，唉，是我摇枣的“手艺”摇死了那棵枣树，我的内心不免有点遗憾了。

大房前，二道门里的院子靠渗井处，是祖父栽的一棵核桃树。我很小的时候，它就零零星星地挂开了果。记得每到核桃成熟时，总有聪明的老鼠偷吃核桃，房顶上，是一房顶两半分开的核桃壳，也不知道老鼠那鬼精灵用什么方法就从桃核中缝处打开了坚硬的核桃外壳。

1984年秋，我们一家搬离老家去了铜川。随后，在漫长的日子里，核桃树繁繁密密地结着核桃。一年又一年，它不紧不慢地长着，也不知什么时候，它的粗壮的老根扎到渗井里去了，树根长到渗井里，不能吸收土地里的营养，树一年比一年蔫，后来干枯而死了。前几年，我们弟兄几个和母亲一起回到老家，母亲看到院子里只剩下半截树桩的核桃树孤零零地立在那里，让把它挖了去。我想，屋里不住人，就让它陪着后院那棵孤独的洋槐树吧。留下这核桃树树桩，也算是留下了往昔的一份记忆。

核桃树往北又是一棵枣树，这棵枣树长得高过房顶，树上结的枣是“鸡蛋枣”，个大，皮薄，味甜。2006年，家里重新盖房，嫌碍事，就挖掉了它。

二道门外，前院紧靠东墙处，一北一南相距六七米，是在外教书的父亲栽的两棵泡桐。父亲栽树时，我们弟兄三个围在一边看，父亲说：“泡桐好啊，有一块地方栽下去就能活，成材快，五六年就能长成大树。焦裕禄在河南兰考县治沙时，栽的就是泡桐！”父亲还讲了焦裕禄亲民爱民、无私奉献的故事。因为在院子栽泡桐，父亲说到了焦裕禄，此后，这个名字就牢牢地记在了我心里。长大上学后，我知道了焦裕禄更多的事迹，对这位老百姓喜爱的好县委书记，深为崇敬与钦佩。

我们还在老家那阵儿，这两棵泡桐就长得笔直而高大了。春日，泡桐开着一树紫白色的花，馥郁独特的香气醉了人。夏日，阔大的泡桐树叶洒下半院的树荫。泡桐长大成材后，我们把这两棵树伐倒，锯成几厚摞的桐木板。

前院子的西侧，父亲分别栽了两棵苹果树与一棵梨树。也许是院子小不通风，也许是树栽得稠密，那两棵苹果树长得倒是茂盛，就是不好好结果子，结下的那几个小小的苹果，木木的涩涩的。长在二道门西侧的那棵不大的梨树，每年却会结出不少硕大的酥梨。乾县的舅爷来了，和祖父聊着天，祖父说起几个孙子不听话，调皮捣蛋，舅爷说："我看娃们乖着呢，要是不乖，爱捣蛋，你那梨树上的梨还能等到成熟？没成熟，早就叫他们糟蹋了！你看，那成熟了的黄梨还在树上挂着，你说娃们乖不乖？！"祖父笑着接话："你要是说这话，那倒没错，几个孙子还真比一般的娃乖哩！"

时间不长，这三棵树也因盖房要占地方挖掉了。现在的厢房，就盖在它们原来所在的位置上。

祖父祖母去世三十多年了，父亲离开我们也已十二年了。祖父、父亲在老家前后院栽的九棵树，现在唯一剩下的就是那棵洋槐树了。

每每回到老家祖屋，我都要久久地仰望那棵洋槐树，摸摸树干，在树下静静地站一站。祖父母、父亲在世时的很多事，我们一家在这个院子经历过的许多事情，就会浮现在眼前。这里，是我出生并成长的地方，从我牙牙学语，到我跌跌撞撞地迈出人生的第一步，到后来长大上学，都不曾离开祖屋，直到离开这里走向外面的世界。这里是我的根，是我生命的诞生地，是我精神气质与意志品格最初养成与锤炼锻造的地方，是我魂牵梦萦的地方。这么多年，不管遇到多大的波折与坎坷，只要回到老家，回到这块土地上，我就会有了不竭的力量，有了勇于面对一切困难与挫折的坚定信心。

九九归一，老家祖屋院子的九棵树，只剩下那一棵洋槐树了，也罢，九和一，都是吉祥的数字。九为阳数，是最大的数字，有天道九制与道之纲纪之说。一字，很简单的数字，佛家曰："法唯一字。"道家宇宙生成论亦有名言高论：道生一，一生二，二生三，三生万物。

父亲去世的第二年，即2007年，我们又在院子里先后新栽了三棵女贞树与两棵柿子树。那棵洋槐树和这五棵树加在一起，又是六棵树了。祖屋先有九棵树，后剩一棵树，现在又有了六棵树，好，好啊，六，六六大顺，一路顺风，都是吉庆祥和的数字呀！

碎娃碎事

老家人把碎娃（方言，小孩）们玩耍的陀螺叫猴，打猴，按普通话说就是打陀螺。

小时候在农村，碎娃们没有如今五花八门与各式各样的玩具。大人们农闲时，也会给娃娃们做一两个简易的玩具。稍大一点的娃们，会因陋就简，自己给自己做玩具。

打猴，只需要一根鞭子，找一块平整的地方就行。鞭子啪啪啪地抽打着猴身，那猴在地上滴溜溜地飞转着。呵呵，那个快乐，那个兴奋劲呀！打猴，是那时村里娃娃们的最爱，没事了，就要拿出来玩一玩。

当时，我也就是四五岁吧，羡慕地站在一旁，看那些比我大一些的孩子在村街上打猴。那猴在地上不断地旋转着，在这空当里，打猴的他们悠闲得很，故意跟旁边的伙伴们说上两句话，再慢慢地走过去，对着猴抽上几鞭子，转速慢下来的猴，又呼呼呼飞快地旋转开了。还有显摆本事高强的，打开了飞鞭，把那旋转着的猴打得转着圈儿跑，等一会儿，猴跑得慢了，这才故意把扛在肩上的鞭子拿下来，一鞭子跟着一鞭子狠狠地抽着猴，猴，又加速跑开了。他们打猴时的那个神气劲儿，眼红了在一边的我，我立即跑回家去，给祖父要鞭子，要猴，我也要像他们一样打猴玩儿。

在家里正忙活着的祖父，听我说要打猴，他说："叫爷把手上的活忙完，后晌给你绑鞭子，磨猴！"人小，固执，还有点霸道的我不依，哭着闹着，后晌不行，当下就要。无奈的祖父，只好放下手中的活，找来一小块砖，先用斧头砍削成猴的形状，再起身去巷口古槐树下的碾盘子上去磨。我跟着去了，站在一旁看着，侧坐在碾盘边上的祖父弯着腰，手里拿着才砍削成的猴形砖块，"刺、刺、刺"，一下一下在碾盘子上用力磨着。祖父一手的灰色砖头粉尘，用手去擦脸上的汗，沾得满脸都是。他的衣服也被这砖头粉尘染成了灰色。

祖父磨好猴，找来布絮绺儿，一条条拧在一起，做成鞭绳；又去找了一根硬实的干榆树枝，刮去外皮当鞭杆，在鞭杆顶头一寸的地方，转一圈刻下浅浅的槽子，把鞭绳的一头结实地绑在那里，一根掂在手里沉甸甸的鞭子就做好了。有了猴，有了鞭子，我开始抡起鞭子打猴。这时，我也学着那些大一点孩子的样儿，猴在地上转的时候，就和玩伴们说上几句话，然后再去打几鞭子，或自豪地把鞭子扛在肩上，看那猴在地上自顾自地转着。嘀嘀，打猴的那种感觉，那个快活，如果非要用什么词汇来形容，那就是一个字：美！

我是家里的长孙，祖父对我十二分地疼爱。后来我长大了，听村里人说，我一两岁时劳搊（老家人说小娃劳搊，是指爱哭，爱闹，不省事），祖父为了不叫我哭，满街道上抱着我跑。祖父抱着我跑，我就不哭；停下不跑了，就哇哇地哭叫。村里人笑着说："这娃不是一点地难照看，不是一点地难经管，费事得很！"母亲后来说："我想了，不是娃费事，是小时候啥不舒服，又不会说，就只会哭闹了。"

祖父不会面对面抱娃，他啥时候都把我面朝外那样抱着，穿着开裆裤的我，就被和祖父年龄相当的人私下里说："你看，你们看！那老汉面朝外抱娃，是给旁人说：你都快看，我抱的不是孙女，抱的是大胖孙子！"话传到祖父耳朵里，他委屈地说："他们咋能这样说话呢？我不会面对面抱娃，这大伙儿都知道，我从来都是这样抱的娃呀！我啥时候还想过这样抱娃是给人要夸我抱的是大胖孙子？"

我一岁时，父母亲抱着我，在县城照相馆照了周岁的纪念照片。到该取相片那一天，刚下过雨的土路泥泞一片，祖母和母亲给祖父说，等一两天，路干一些了再去取照片吧。等不及的祖父，执意当天就要去，他踩着半腿深的泥水就走了。回来的路上，走一截，他把我的照片拿出来，边走边喜滋滋地看看，完后，小心翼翼地装进兜里；再走一截，又拿出来看看，再小心翼翼地装回兜里。一路上，把照片拿出来，看完再放进兜里去，不知这样重复了多少回。祖父只顾着看照片，也不管脚下哪一块儿是泥，哪一块儿是水，只管扑里扑通地走着，回到家时，满鞋满裤腿都是溅上去的泥水。

那时，祖父是生产队的饲养员，他忙完喂牲口的活，没事了，就抱着我看牲口。他给还不会说话、不懂事的我不厌其烦地说："正娃快看，耳朵长的是马，马跑得最快。耳朵短的是骡子，骡子东西驮得好，耐力大。嘴里不停嚼着草料的是牛，牛听话，揭地（方言，犁地）揭得好哩。我孙子乖，将来长大了当个饲养员！"

跟祖父一起当饲养员的人呵呵地笑，说："你看这老汉说的这话！人家娃将来不知要弄啥事呀，你倒好，叫娃长大了当个饲养员！你以为你这饲养员是个啥好差事？"我长大后，他们把这话学给我听，我问起祖父这件事时，他笑着说："我不说你长大了当个饲养员，说啥呀？总不能说我孙子长大以后要弄这，要弄那！还是个抱在怀里的碎娃嘛，说其他的大话，不叫人笑话了？咱普普通通的人家，只要健健康康长大，长大后正正气气地干事，做个好人，做个能给社会做点好事的人就了不起了！"

十三岁时，我离开老家大张寨，去西安上学，后来从学校毕业参加工作。我的人生路上每迈出一步，取得一点成绩，祖父都万分欣喜。我遇到了困难，遇到了坎儿，他比谁都着急，常常急得在屋里转来转去，自言自语地说着："娃遇到难处，这下咋弄呀？这下咋弄呀？"年龄大了的他，帮不上我的忙，只能催促着我的父母亲，让他们帮我出主意想方法，渡过那一道道难关。我在《背馍记》《读书与写字》《牛皮字典》《锅塌塌》与《笔墨往事》等文章中，对祖父的人生历程，对祖父一生中经受过的重重磨难，还有祖父对我的关爱与呵护，对我如何做人如何做事潜移默化的影响，都有过详尽的叙述。

多年后回到老家，不光我们村子，还有舅家村子，那些年龄大了的老人见到我还会说："这是小时爱哭，他爷抱着满街道跑的那个正娃？哎呀呀，你看快不快，一眨眼，几十年就过去了！我还问一下你，娃现在多大了？"他们问娃多大了，是问我的孩子多大了，当我报出孩子的年龄时，他们感慨起来："你的娃都这么大了！你看日子过得快不快？你说我们不老能行吗？不行啊，不老不由人啊！"他们又把我还是碎娃时，祖父领着我玩的，我能记起来的还有我记不起来的许多事，作为故事，说给我听。

我认真而又虔诚地听着，他们的话，让我不由得想起了已去世多年的祖父，他是在我刚参加工作不久离开我们的，一生辛劳，饱受磨难，对我万般关爱并寄予厚望的祖父，他没有享上我的福就永远地走了。每每想起祖父，我就锥心般疼痛，有了许多的唏嘘与感慨。

童年三次遇险记

童年，少不更事，懵懂无知，啥都不知道害怕，就是一个胆子大。因为莽撞，我曾经有过三次遇险经历，每一次都是要命的事，现在想起来都心有余悸，后怕不已。

1

记得八九岁时的一个秋夜，我吃完晚饭，去北巷的一个同学家玩。他是我们自家户里人，按辈分算，我该叫他爷。那时年龄小，既是玩伴又是同学，不管辈分，是直呼其名的。

到了他家，他们一家人正在最里边的大房里吃晚饭。老爷——同学的父亲叫着我的小名，笑着问："喝过汤了没有？没喝了坐下来喝汤！"老家人把吃晚饭叫作喝汤。问罢我，他转过头去，对他儿子，也就是我同学说："你去前面第一间厢房，给我把烟袋锅拿来！"

看他们正吃着饭，我说我去拿。老爷说："一进门，门背后墙上有开灯的插头，把插头插到插座上，灯亮了，你就能看见烟袋锅在柜盖上放着。小心电，那插座上边的盖子烂着呢！"

从大房里出来，院子里漆黑一片。我深一脚浅一脚，摸到第一间厢房，我去门后摸插头，没摸着插头，却一下子摸到破烂的插座上。突然，全身被电打得突突突直跳！那一刻，小小的我是清醒的，极为恐惧，心想，完了，这下完了，今晚，非要让这电打死不可！

猛然间，迷迷糊糊听见老爷大声叫我的名字，并说着："娃去这么大工夫，咋不见回来？赶紧去看看！"我用尽全身的力气去应答，在我喊出声来那一刹那，手唰地一下子离开了插座。

我急忙跑出厢房，到了后边的大房。老爷问我："去了那么大一会儿，不见你把烟袋锅拿进来，那插座烂着，我怕电打着你。"我努力平复着自己的情绪，装作若无其事的样子，不敢说电打了我，只是说房子黑，摸来摸去，咋都没摸着那插头。

我心里害怕，没说几句话，就说天黑，没事我回家呀！回家的路上，我浑身还是麻麻的，回到家，也不敢给家人说被电打的事。

那晚，差点儿被电打死，把我吓得不轻。这是童年的我，第一次遇到的危险事。

2

宝鸡峡西干渠，紧挨着老家大张寨村西边，出了北城门口就是了。到了夏天，热得没地方去的孩子们就爱在西干渠里玩水。村子里，失足落入渠里的大人，或在渠里玩水的孩子，淹死的人不在少数。大人们操心，一会儿不见孩子，都会慌里慌张地跑到西干渠来找，怕孩子玩水出了事故。

怕大人们来找，我们也有应对之策，就跑到离村子很远的四畛水库里去玩水。不会游泳，就把裤子的两个裤腿口用绳子扎紧，把裤腰张开，撑在手里，快跑几步，迅速收口，攥成一把紧紧捏在手里。灌满气的裤子鼓鼓囊囊的，我们把它当成了救生圈，捏着裤腰，扑通一声就跳入水库，趴在两个裤腿中间，要游到水库对面去。

捏着裤腰，趴在两个裤腿中间往前游的我，到了水库中间，不知是没捏紧裤腰，还是裤子其他地方漏气，原本鼓鼓囊囊、被当成救生圈的裤子越来越瘪软，游起来也越来越吃力。会游泳的玩伴在最前面游着，跟我一样以充气裤子当救生圈的玩伴在后边跟着，就我一个人落在了最后。已经游到水库中间，退回去，和到对岸是一样的距离，只能硬着头皮往前扑腾。

不好！大事不好了！这个时候，裤子里的气一下全跑了，没有了鼓胀着的裤子的浮力，人直往下沉，我被呛了几大口水。惊恐，那是真正地惊恐。惊恐中，我在水里一憋气，哟，竟不往下沉了，我双手疯狂地刨着，竟然能往前游着走了。扑腾着游了一截子，憋得不行，露出头吸气的一瞬间，仿佛有什么力量使劲把我往水下拉。我只能将头露出水面，急急忙忙、狠狠地吸一口气，再次钻入水中，憋着气，拼着命地往前刨。人在关键时候，求生欲望是极其强烈的，会激发出巨大的能量来。

已经游到对岸的玩伴们一回头，看我还在水里，就大声对我喊："快！快！快加劲！快到岸边边了！"当时乱了阵脚的我，没法说话，心里狠毒地骂着他们，没看我成啥了也不说来救救我！加劲，能加上劲吗？

谢天谢地！谢地谢天！终于逃过这一劫！提着劲的我，好不容易刨挖着到了水库对岸。半截腿还在水里，瘫软了的我，趴在水库边的稀泥里，没有一丝力气站起来。玩伴们慌忙跑过来扶我："游得好好的，裤子里聚的气，咋就跑了呢？""我以为你一下水就学会了游泳，是在耍潜泳哩！"又好气又好笑的我，没有劲说出一句话。右手里，还提着跑完气的那条裤子，下意识里不敢丢了裤子，一是上了岸没啥穿，二是那个年代，一条裤子也来之不易，不是说撂就能撂的。

脸色煞白的我，半天缓不过劲来。那次玩水后，我再也不敢下水了，直到现在，仍是旱鸭子一个，见着大面积的水就晕，就惊恐，就不敢前去。

水库玩水，这是我童年里第二次遇险。

3

那年学会了掏圈（车梁）骑自行车，年纪尚小的我，是极为兴奋的。家里要去亲戚家送个东西，问个话，或者去县城买个小东西，我特别地积极，会主动要求，说："我去，让我骑自行车去。"

那是一个冬日，要先到姨家，后去舅家问个话。去过榆村的姨家后，我掏圈骑着自行车，又往张则村的舅家赶。从南北方向的一条渠岸上向北骑去，等过了渠岸，要走东北方向的一条小路过去。那小路，就在渠岸下的大口井边上，大口井井口敞开着，井口直径最少也有七八米。

年龄小的我，推着自行车从渠岸下来，坡陡，手小握不住车闸，也没有力气控制住自行车，我被车子快速地带着，从紧挨着大口井北边的小路上，呼啦一下子跑下坡来，脚步如果再往南几寸，就会掉入十多丈深的大口井里。我看得清清楚楚，自行车悬空从井口边缘飞过去。那一瞬间，井口里散发出来暖暖的热气，我都感觉到了。我的妈呀！惊险，太惊险，太惊险了！自行车从井口边缘飞过，哐当当落地那一刻，我真真确确地感觉到，我捡了一条命，捡了一条命回来！手颤颤地扶着自行车的我，全身都发凉，愣愣地在那里站了半天，双腿直打战，半天不会走路。

这是我童年第三次遭遇的险情。

三次遭遇险情时的那个场景，那个画面，那个细节，到了今天仍历历在目，仿佛昨日发生的一般。

闲来无事，我和同在农村长大的朋友们说起小时遇险的那些事，话一下子就多了起来。他们每一个人，都能说出几次童年遇险的经历，各人有各人遇到的危险，各人有各人的害怕。

“咱们小时候，有的玩伴因为意外事故丢了性命，我们躲过那些要命的事，如今想起来，是福大命大造化大！”

“有时想，活在世上这不顺心，那不如意，觉得活得累，活得没有劲。其实，你反过来想想，所有的那些算个啥呀，啥也不算！咱先不说咱们享受了人生，至少咱们经历了人生，向上赡养了父母，向下养育了子女，还多少给社会做出了些贡献。普普通通的我们，没在人世间白走一趟，还想咋呀，够了，够了！”

……

都是有人生阅历的人，都是经历过风霜雨雪，经历过磕磕绊绊与困苦磨难的人，他们说出来的话，平实，真切，入耳入心。仔细想想，何尝不是如此呢？

我画过的那头猪

儿时，老家大张寨家家户户都是养猪的。老家人养猪，不是为了杀猪吃肉，而是要给县生猪收购站交的。每家每年，都要给县交一头肥猪，那是有任务的，任务没完成，要扣本来就不够吃的口粮。猪，各家都必须养，养肥后顶了任务才行。

年一过，到了二三月，老家人就到县上的牲畜交易市场逮了一头小猪娃回来，说是先吊搭着喂上。吊搭的意思是，啥事情不是马上、立刻就要弄成，而是悠缓地、慢慢地去做完或办好。在那个困苦的年代，生活艰难，粮食十分紧缺，人吃饭都是个大问题，哪里有多余的粮食去快速追肥一头猪？吊搭着先喂上猪，也是无奈之举。

逮回来的猪娃，想吃庄户人家的剩饭剩菜，那是没门儿的事，他们自己连肚子都吃不饱，哪里有剩饭剩菜去给猪吃？洗过碗筷刷完锅的水，老家人叫作恶水，拌了干麦草、干玉米秆与地里弄回来的干茅草打成的糠，给猪做了主要饲料。要说猪吃上好一点的东西，就是我们这些学生娃娃，在下午课后和星期天，从地里拔回的青草，才能让那些猪“改善”一下生活，吃上鲜嫩有营养的东西。

“快去，给猪弄草去，猪一天吃得不少，到地里好好挑草，担笼挑满了就给回走！”这是大人给自己听话懂事的娃娃在说话。“去！到地里弄草去！我给你说！你操心着，到地里少给我胡成精！没弄下草，再背个空担笼回来，看我不打断你的狗腿！”这是大人在给自己调皮捣蛋、淘气不听话的孩子训话，那口气，严厉而具有威慑力。

“走，走，咱一搭走！给猪弄草走喽！”一大帮子的娃娃，出了门就忘了大人们的话。他们嘻嘻哈哈地相约在一起，连跑带颠地出了村子城门，向野外奔去。嘿嘿，到了地里，没人管了的他们，爱咋玩就咋玩。斗鸡、摔跤、撵野兔，玩累耍乏了，挖一把小蒜大口大口地吃开了，辣得鼻涕眼泪长流着。呵呵，弄草的娃娃们在地里玩耍生事、胡捣蛋、瞎折腾的故事太多太多了。

我记得每次从地里弄草回来，刚一进后院门，那头被拴在西南墙角的猪，就像预先知道我要回来似的，头仰得高高的，用欢喜的眼神看着我，哼哼唧唧、急不可耐的样儿。猪心里知道，我给它把美味的青草弄回来了。后来我才搞明白，这猪灵醒着呢，能分辨清一家人的脚步声，能认得谁是谁呢。

看着已慢慢长大，大口大口吃着草的那头猪，娃娃之天性使然，我走上前去，蹬了它一脚闹着玩儿。猪不动，也不躲闪，只是哼唧两声，似乎在说，没看正忙着吃呢，蹬个啥呀！它只顾吃草的那副憨墩墩的样子，逗乐了一旁站立着的我，我扑哧一下笑出了声。

从小家里就养猪，我对猪太熟悉了。县文化馆要举办少儿美术作品展，老师让我画一幅画参加选拔。在小学，我已办了好几年黑板报，有一点美术基础的我愉快地接受了任务。画什么呀？脑瓜儿一转，我就以家里养的那头猪为模特儿画了几幅速写，又以这速写为素材，加上想象，创作出一幅水彩画《放学之后》，是反映娃娃们爱劳动，放学以后在生产队饲养室里义务喂猪的事。画面上，有三个小娃娃与三头猪。一个留着两根短辫子的女娃娃，正搅拌着猪槽里的猪食，一个男娃娃用马勺端来了水，站在一旁的另外一个男娃娃捋起袖子准备帮忙。两头猪在猪槽里欢实地争抢猪食。画面右下方，是一头往猪槽跟前跑来急着要吃食的小猪娃。

画好以后，经层层筛选，我的这幅《放学之后》被选中了，和全县其他小学挑选出来的学生画，一起在县文化馆展览。嘿哟哟，画选上啦！我的画选上啦！听到这好消息，我一下子蹦了起来，那个兴奋与那个快活劲儿呀！我高兴地转来转去，不知干什么才好。年龄还小的我，那时就傻傻地认为，长大以后，我肯定能成为一名有名的画家！

那次画展时间拉得很长，大概有一个月的时间吧。村子离县城十几里的路，我一个人来回步行，往县里跑了好几次，就是为了看自己正在展览的画。

站在文化馆院子西边廊房下，看着挂在墙上自己的画，一待就是好长好长时间。虚荣而不谙世事的我，把自己的画左看右看，上看下看，咋看咋好，咋看咋舒服呢！那一会儿，就骄傲自大起来，觉得全县这少儿美术展览上的画，就我画得好。

画展办得时间长，到了后期，来看画展的人自然就少了，我心里竟生起埋怨来，看画展的人怎么这么少？文化馆应该组织各学校的学生，集体来看画展才对。呵呵，那时的我，多么天真可笑，多么不知天高地厚。

每看一回展览，回家以后，我都要到后院去，把我画进画中的这头猪看一看。给猪槽里添一勺食，抓一把青草犒劳犒劳它，又去它的后背上摩挲摩挲。我的画能在县上展览，这头猪是有大功劳的，是有恩于我的。

日子，就这样一天天往前过着，一转眼就到了腊月初。家里养的这头猪也长大了，该给县里的生猪收购站交了。那天一大早，我和父亲，还有两个弟弟，就把极不情愿走，嗷嗷叫着的猪，连拉带扯地装上了架子车，绑好，然后拉着架子车就去县城了。在生猪收购站，排了大半天的队，等到交上猪，天快黑了。两个弟弟看着架子车，在外边等着我们。父亲在前边拉着猪缰绳，我在后边吆喝着猪，把它送到收购站后院的大猪圈里去。

到了收购站的大猪圈里，父亲给猪解缰绳时，猪呆呆地站在那里一动不动，也不叫一声。解下缰绳，父亲提着缰绳和我一起要往出走时，我和父亲一回头，猪还孤零零地、愣愣地站在那里，一动也不动，它仰头看着我们，眼神里充满着疑惑与悲伤，惊恐不安中夹杂着绝望。

父亲唉地长叹了一声，说道："人都说猪蠢，都说猪笨，猪其实不蠢不笨呀！在一起的时间长了，跟人也有感情了！它肯定弄不明白，咱们咋把它撂在这儿不管了，一转身就走啦！这收购站里天天杀猪，有一股杀气哩，猪能感觉到那股杀气，它知道大事不妙了！"末了，父亲重重地叹了口气，下狠心似的拉了我一把，语气低沉地说："走！咱走！"

我再一回头，我们家的那头猪，还是那样站着，还是那样仰着头，还是用那样的眼神看着我们。那一刻，不知怎么搞的，我的鼻尖一酸，竟有泪水要落下。在我们家养了近一年，我成天给它喂草，我又把它画入了我的画中，它和我们就这样分开了！到了这儿，到了这生猪收购站，还不知道它能不能活过明天？

回家的路上，心里酸楚难受的我问父亲："爸，县文化馆展览我的那幅画，现在还在不在？能不能要回来？"父亲接我话："不知道，你猛地问你那幅画干啥？"我说："那幅画，是我照咱家的那头猪画出来的，我想把那幅画要回来，做个纪念！"

"你们这些孩子画的画，怕是没人保管，怕是找不着了，十有八九要不回来了！"父亲说。

听了父亲的话，我心里空荡荡的，很是失落失望。那天早上从家走时，天就阴沉沉的，回来的路上下开了雪，那纷纷扬扬的雪越下越紧。

搬家

因了各种原因，这多年我搬过多次家。

1984年秋，在那个收获的季节，怀着对老家许多的不舍，也有对未来许多的期待，我们一家离开老家大张寨，搬到百里之外的铜川矿务局焦坪煤矿。我们住进了焦坪矿中学家属楼，楼对面不远处那座长满了松树的山，焦坪人称之为“猫老鼠山”。

矿上，依山搭建着一家一户上下错落的窝棚。每家窝棚顶后，是一条曲折蜿蜒、上下相通的小路，小路旁边往后让出的位置，是另外一家的门口。这种不同于乡村平原上民房模样的独特建筑，一直回环往复到半山腰。夜里，每家的灯光亮起来，山上山下，是高高低低、星星点点的灯火，煞是好看，是一种让人有了感想，有了别样情怀的景致。这一束束灯光下，是有了人间烟火，有了憧憬与希望的温馨的矿工之家。

已在《法制周报》《电影故事》与《青年时代》等报刊发表了几篇文章的我，到了全新的环境，有了新的生活与新的感受，我的笔动得更勤了。矿广播站几乎每天都播报我的新闻稿，铜川的报刊电台、煤炭系统的行业报《中国煤炭报》，还有《陕西日报》、陕西人民广播电台等新闻媒体，发表了我大量的新闻通讯稿、杂文与散文稿件。在这里，我获得大大小小多种新闻奖与文学奖。过去几十年了，现在网上的“焦坪吧”里，还有人在说，我和当时的几位文友，为那个时代焦坪的宣传工作立下汗马功劳。尽管是过奖厚爱之词，却也让我想起在焦坪那些难忘的日子，心里涌动起许多的温暖与感动。

1986年，我被借调去《铜川矿工报》，随后，父亲也调到矿务局干部学校。我们告别焦坪，告别那座长满松树，常在其间读书与散步的“猫老鼠山”，全家从焦坪搬到父亲学校所在地铜川市王家河。

1987年年底，我从报社到了铜川市铝厂，先是在宣传部当干事，编厂报，后调办公室任秘书。这一段时间，我继续不断地写作着，出版了杂文集《跋涉者的足迹》与散文集《山的呼唤》，当选为铜川市政协委员与青联委员。在铜川，我成家立业，有了儿子马博。铜川，是我起根发苗的地方，铜川是我的第二故乡，对铜川，我充满着深厚的感情，铜川是我永远都不会忘却的地方。

1993年年初，我舍弃在铜川的正式工作，舍弃在铜川获得的荣誉、融洽的人际关系与看上去很美好的未来，只身前往咸阳一家企业打工。到了咸阳，我两眼一墨黑，一个人不认识，一点社会关系也没有，一切得重新开始。到了第二年夏天，要把我们的小家搬来咸阳，一下子让我犯起大愁来。那时，没有现在这么多的商品房，要租一间民房都是难上加难。跟我一起工作的赵芙大姐，人热心，托了好多人为我找房子；毒日头下，满头大汗的她，骑着一辆自行车，在老街中山街与仪凤街里，一家一家打问有没有空房。赵争社先生也在毕原路附近的农村，挨家挨户帮我找房子。

终于，在马家堡村找到了一间不到二十平方米的民房，是那户农家小二楼顶层最里边的一间。大热天里，我们这个小家从铜川搬了过来。我和妻子都在那家企业上班，白天上班，晚上还要开会或值班，早晨7点出门，夜里10点多、11点才能回家，天天忙得团团转。早上把儿子送到村上的幼儿园，下午让和我们一起租房，也是礼泉乡党的抗战和小娥夫妇，帮我们把孩子先接到他们家，我们回家后再把孩子领回来。几十年过去了，直到现在我都忘不了，忘不了在困难时期帮助扶持过我们的所有的朋友！

紧张的日子就这样一天天过着。租的这民房二楼是顶层，夏天，太阳晒透了薄薄的房顶，摸那墙，烫人的手，屋内热得似着了火一样，没有空调，一个晚上把人热得都透不过气来。给地板上洒水，那水一到地上迅速就干了；再洒，还是立马就干。到了冬天，房子里太冷，只能生起蜂窝煤炉子取暖。第二年冬天，我已长驻云南搞产品销售工作，在一个晚上，既要上班又要带孩子的妻子煤气中毒，她硬是艰难地爬到门跟前，拼尽全身的力气打开了房门。现在想起来都后怕呀，如果她没有从昏迷中早一点儿醒来，如果她没有力气爬到门口并打开房门，那将会是多么可怕的结局，将会酿下多么大的灾祸啊！

那时户口卡得死，粮票、煤票、油票等票证都要跟着户口走，妻子和孩子的户口还在铜川，让我内心焦灼不安了好长时间。看着三岁的孩子在地上跑来跑去，我黯然神伤，孩子在这座城市，还是没有户口的“黑娃”呀！

1995年，还在外地给企业搞经销的我，忙得不能回家，妻子一个人把家搬到了咸阳渭阳东路上新租的家属楼里。1998年5月，我离开了那家企业，我们一家又搬到仪凤北街，租了一间民房住下。这家民房和马家堡那间民房一样，也是在二楼顶层，一样的热，一样的冷。

在仪凤北街住了半年，我们一家再次搬家，搬到了南阳街。在南阳街，我们家才基本稳定下来，在这里一住就是十八年。其间，2001年，我们把已从铜川退休的父母亲接来咸阳，我们这个大家庭团圆在了咸阳。和父亲说起搬家，说起这段往事时，我颇有感触地对父亲说：“铜川是我们“延安”的家，在那里，我们办了一个家庭要办的许多事情。在铜川，有过煎熬，也有过欢欣，最后，我们从铜川走了一大圈又回到了故乡。只是，这中间的路，走得太漫长太漫长了！”父亲也是满满的回忆，说起了在铜川许多难忘的人和事。

2016年12月，我们一家从住了十八年的南阳街，搬到了现在的新家。

燕子衔泥，也要给自己做个窝；小小的蚂蚁，在地上跑来跑去，也有自己的蚁穴；野地里的狡兔，也要用利爪给自己刨几个窟出来。动物们的窝、穴也好，刨出来的窟也罢，不外乎是躲避风霜雨雪，防止别的动物的侵袭与伤害。

人也一样，有个窝，有了家，也是为了有一个避风的港湾，有一个可以舔舐伤口，可以安顿身心的地方。

搬家，搬了这么多次家，让我有了许多不同的感受与念想，也有了许多的感慨。人这一生，不停地搬着家，是为生活所忙，是为生活所累，有悲戚艰难，也有欢喜顺畅。搬家，那是有记忆、有故事的一个个过程呀！

王家河

叫王家河的地方不少，我说的王家河，是铜川的王家河。我熟悉那里的沟沟壑壑，知晓那里的一草一木。在那里发生的许多往事，时常出现在我梦里。王家河，是让我难以忘怀的地方。

1983年秋，我们一家从老家大张寨搬到铜川，先到了铜川矿务局焦坪煤矿。焦坪煤矿，是矿务局北区的一座矿，地址在宜君县地界上。我在焦坪煤矿时，没去过王家河，知道它是矿务局在市区的一座矿，从川口向北一路进去就到了。那里，还有矿务局另外一家单位，是两块牌子一套人马的干部学校与职工中专，人们简称它为干校。

我经常能从《铜川矿工报》上看到王家河矿的消息。没几年，王家河矿因为煤炭资源枯竭关闭停产。停产后，原王家河矿被重新组建成两家单位：王家河综合厂与第二建筑安装公司。

世上的事就这么巧，谁也不曾料到，后来我们一家从焦坪搬到了王家河。在这里，一住就是十三年。十三个年头里，我们跟王家河有了割舍不开的情缘。是呀，日久生情，时间长了，看那山，看那水，还有那里的人，都觉得特别亲。

1985年春节过后，矿务局下属各厂矿单位选派政工人员到干校参加为期半年的业务培训，我从焦坪矿被选派来参加培训班的学习。这是我第一次走进王家河，第一次踏上王家河的土地。

干校，就建在王家河苍莽雄浑而又秀丽多姿的文王山下。王家河，在远古时，先民们就在此活动，留下了颇有影响的新石器时代遗址，还有规模更大的商周文化遗址。相传，宽阔平坦的文王山上，是周文王操练兵马之地。遥想当年，那旌旗猎猎、刀光剑影、气吞万里的军阵，该是多么威武雄壮，场面又是多么宏大壮阔。据传，中华第一龙的雏形，就是在王家河发现的。龙，是中华民族的精神图腾，在这块土地上发现龙的雏形，那是何等神武而又荣光的一件盛事。就在现在的老矿部，还有宋代青灯古佛、宝刹庄严的雷坪寺，这座法幢高竖，清净伽蓝之佛门宝地，颇具名头，吸引众多的善男信女前来朝拜。

站在王家河这方文化底蕴丰厚、朴茂坚实的土地上，仰望苍苍莽莽的文王山，让人胸怀不由得博大开阔起来。文王山，还是那座耸立着的山；王家河，还是那条流不尽的河，无言的山水似一本大书，记录下古往今来在这里发生的一件件波澜壮阔与风云激荡的大事件，也记录下普通民众辛苦劳作的脚印，记录下了他们的欢声笑语和沉重的叹息声。

就在这块地面上，往前看，就是干校，宽阔高大的校门前，清澈的王家河潺潺流过；跨过河面上的大桥，踏进校门，就进入了幽雅美丽的校园。

百里煤海的铜川正在奋力夺煤，一派紧张繁忙的景象，一列列运煤火车穿山越岭呼啸而过，一辆辆拉煤卡车像长龙一般穿梭往来。煤炭生产与运输，难免有了煤尘飞扬，就有了环境污染。似上帝之手画出的这一条开阔敞亮的王家河川道，却把所有的喧嚣与繁杂都挡在了外面。这里，成为一块幽静的世外桃源，有了醉人的景色，山清水秀，空气清新得像滤过一般。清晨，对面村里公鸡喔喔喔的报晓声还没叫完，太阳就从东边的赵家塬上跳了出来，一沟的景致，瞬间就跟着明亮灿烂了起来。晚上，夕阳西下，恢宏而逶迤连绵的文王山，涂抹上了一层耀人眼目的金辉。安静祥和、美丽从容的王家河，让许多住在市区里的人羡慕不已。

要在干校上半年学，让已经走向社会参加了工作的我们，再度跨入校园，又当起了学生，那种感觉真好。上课认真听讲，下课后，拿起放在桌斗里的碗筷百米冲刺般奔向食堂。晚自习后，回到四人一间的宿舍，海阔天空地神聊着。所有这一切，对我们这一帮年轻人来说，既熟悉又陌生，让我们比当年上学时还要兴奋，还要激动。于是，学唱校歌，参加学校举办的各种文体活动等，我就有了十二分的兴趣与热情。我除在外边的报刊上不断发表着文学作品，在校刊上也发表我的文章，我还参与了校团委自办文学刊物的编辑工作。每天，我都在忙忙碌碌、紧紧张张之中充实地度过。

一转眼，人们就脱去棉衣，春天来了，天气暖和起来。王家河周围的山上，满山的山桃花开得正艳，一簇簇、一团团盛开着的山桃花，像是点缀在山上的一片片粉红色的云，抬头望去，煞是好看。这个时节，不管走到哪里，空气里都弥漫着淡淡的花香。周日，我和几个要好的同学相约上山踏青，顺着王家河继续向里走，过了精神病院，往北一转，里边的景色愈发地好看。踩在已变得松软的草地上，太阳暖暖地照着，摘几朵路边开着的不知名的小野花，采一束妖娆迷人的山桃花，狠狠地吸上几口带着花香与青草味道的空气，那真是难得的一种享受呢。夏日，掩映在翠绿青山之中，碧水长流的王家河，比市区清爽凉快了许多，似人间仙境一般，让人流连忘返。

很快，半年的学习就结束了，我又回到焦坪，没过几个月，我到了铜川矿工报社工作，第二年下半年，父亲调入干校任教，我们一家从焦坪搬到干校家属院。王家河呀王家河，刚离开的我，又回来了，我跟它刚扯断了的缘份又续上了，我家在这里度过的十三年日子，就从这一刻开始了。

搬家到王家河，第二年，祖父病危，我们送祖父回到老家。祖父病逝后，我们在老家安葬了老人。其后，我从报社到了铜川铝厂，大弟速驰进入铜川庄里陶瓷厂工作。紧接着，小弟晓驰也参军去西安，在西稍门的西安机场当上了一名武警。

在王家河，我认识了妻子。1989年，我们的婚礼就是在干校当年我上学的餐厅举办的。第二年，儿子马博出生，那是1990年6月24日，当天下午，我从铝厂坐班车到了川口，准备回王家河干校的家，在川口碰见了正等我的干校小车司机，他告诉我，我妻子要生了，已被送到矿务局中心医院，我父母已陪着到医院，他让我赶快过去。我三步并作两步赶到川口南边的医院，母亲陪着妻子在病房里，父亲一个人坐在病房门口不远处楼梯的台阶上，看我来了，他说："我让人在川口等着你，已经住上院了，人就放心了！"

夜里两点多，当护士告诉坐在产房门外的我们是一个男孩时，父母高兴得像什么似的，父亲激动地站了起来，在产房门外走过来，又走过去，嘴里说着："好！多好啊！大人和孩子平安，这比啥都好！这比啥都好呀！"母亲在一旁笑着说："给咱生了个小子娃，生到心上了，你看把你爸高兴成啥了！""高兴！真正是高兴！大人小孩都平平安安的，你说我能不高兴嘛！"父亲笑呵呵地接了母亲的话。

父亲有了孙子马博，当了爷。学校在沟里，家属楼在沟口，这中间还有一段不短的距离，父亲每天给学生们上完课，都是快步往家赶，和父亲同龄的老师们开起了玩笑："你看，你们看看！马老师走着比跑着都快！他一个早上没见孙子了，急着往家跑，是要看孙子哩！"没办法，谁也没办法，隔辈亲，到了孙子这一辈，父亲特别地疼爱他。马博稍大一些，父亲下午下班后抱着马博，坐上学校开往市区送教职员工的班车，跟着转一圈，又跟着车回来。车上的其他老师说："马老师抱着孙子，在市区转一趟，不停指着窗外，给还不懂事的孙子讲这讲那，这爷爷，当得太好啦！"

平日无事了，父亲抱着他的小孙子在河边，在楼后西边山上的洋槐树林中，在过了河向北上坡的王家河村里、村东碾麦子的场里，转着，玩着。记得那是一个星期天，我在家，母亲和妻子正忙着准备晚饭，趁着这空儿，父亲抱着马博下楼玩去了。不大一会儿，听到马博在楼下不远处的哭叫声，我慌忙跑下楼去看是怎么回事。跑到那边的小土坡上，看到父亲在地上躺着，跟前已围了几个人，有人抱着还哇哇大哭着的马博，另几个人正要扶父亲从地上起来。小腿骨折了的父亲，疼得不敢让人动，他看上去特别痛苦的脸上，豆大的汗珠不断地往下流。我和大家一起，迅速把父亲送往矿务局中心医院救治。

那天下午，父亲抱着马博从家属楼的大门出去，右转过了锅炉房，想从锅炉房后的小土坡上去，到窑洞家属院前的小广场上去玩。父亲在那小土坡上猛地一滑，突然摔倒了，在要摔倒的那一刹那，他下意识地用全力保护了抱在怀里的孙子，自己摔坐在了自己的左小腿上，造成了左小腿胫骨与腓骨骨折。医院拍出的片子可以清楚地看到，两根骨头明显地断裂开来，交错在了一起。两根腿骨同时断裂，那种剧烈的疼痛是让人无法忍受的，打过哌替啶止疼后，大夫们经过会诊，决定不动手术，采取伤害比较小的牵引疗法。

牵引疗法，要在脚骨两边各打一个孔，分别下卡子，两个卡子上各系一根钢丝，合成一根粗钢丝，在这根粗钢丝绳上再吊上几块大大的铅块，要把错位的两根骨头慢慢地拉开。唉！父亲要受多大的疼痛，要受多大的罪呀！父亲受伤的腿，被牵引的几个大铅块直直地拉着，动也不能动一下，他，只能直挺挺地躺在病床上。

看到躺在病床上受着伤病折磨的父亲，那打在父亲脚上的两个孔，像是打在了我的心上，并被那重重的几个大铅块狠狠地往下拽着，我的心是下沉撕裂般地痛，无助、痛苦之情无以言表。我手足无措，不知说些什么，不知如何是好，父亲是抱着他的孙子——我的儿子出的事啊，我难受得喘不过气来！

我还要上班，妻子在家带着孩子，母亲在医院陪着父亲。躺在病床上的父亲每天还操心着孙子，叮咛我们把娃照看好。住院没几天，他想孙子了，我们抱着马博去看望父亲，马博一进病房，立即斜着身子要到爷爷跟前去，他把脸紧挨着病桌上爷爷的脸，不会说其他话，只会喊爷爷的他叫着："爷爷！爷爷！"父亲大声应着："哎！哎！我孙子乖！爷想我孙子了！"两行眼泪顺着他的眼角流了下来，打湿了头下的枕巾，跟着流泪的母亲给父亲擦去了眼泪。抱着孩子在父亲身旁的妻子，站在一边的我，泪水都不由自主地潸潸滚落而下。

牵引治疗，躺在病床上的父亲动弹不得，大小便也是在床上。治疗期间，父亲忍受着剧烈的疼痛，他是受了大罪，吃了大苦的，让我心痛不已。每一天，父亲过得都不容易；每一天，我的心，都被那大大的铅块拽得生痛生痛。心痛难受的我，只能默默地为父亲祈祷，希望父亲能尽快地好起来。

住了近两个月院的父亲终于要出院了，我们接父亲出院，到了楼下，我背着父亲，一个台阶一个台阶地往四楼的家里走。这是我平生第一次背父亲，心里有一种说不出来的感觉，辛苦艰难一生的父母养育大了我们，又为我们全力操心照顾孩子，父母的情，我们能还完吗？还不完，还不完呀！我背着父亲，一级台阶一身汗地往上爬着。我知道，尽管父亲腿上的骨头已接上了，但还不敢触碰，脚不能挨地，我必须一口气把父亲背到四楼去。我咬着牙，一步一步，慢慢地上着楼梯，背上的父亲，看我大口喘着粗气，自责地说："唉！都怪爸不小心，捅下这个乱子，你看把我娃整成啥了？这么高的楼，要把我背上去！""爸——"我说不出话来，奔涌而出的泪水，和着脸上的汗水一起流下，我用手抹去了挡住视线的泪水与汗水，接了一句："爸！你咋能说这话，咋能怪你呀？"

回到家的父亲，在静养恢复期间，吃着从医院带回的药，又把外洗的中药煎熬了，每天熏洗伤腿。康复以后的父亲，没有留下一点儿后遗症，我们十分担心的影响走路、阴雨天腿疼等问题都没有，这让我们非常庆幸！

好起来了的父亲，先还是抱着孙子，后来领着已会走路的孙子，在王家河这里转转，那里玩玩。闲不下来的父亲，利用课余写作之余，在河边开了一小片菜地，从耕种、施肥、浇水到采摘都领着孙子马博。他要让他了解、让他感知劳动的艰辛与收获的不易。王家河，是马博出生的地方，是他成长时有山有水有景致有故事的大摇篮。

长大了的马博，一直认为自己是铜川王家河人，说起铜川，说起王家河，他的眼里就放光，亲切之感溢于言表。每当我说起老家礼泉时，那时，还没回过礼泉的他没有太多的反应，他只知道那是老家，没有其他的概念与印象。对老家礼泉情感根深蒂固的我，不由得笑了，我出生成长在礼泉，孩子出生成长在铜川，礼泉和铜川，都是我们曾经的难忘的家呀。

还像从前一样，在北关铜川铝厂上班的我，每日一大早要赶到川口，去坐厂里接送职工的班车。我常是从干校家属楼跑步出去，十多里的路，不管刮风下雨，还是大雪纷飞，我走了多年，沿途经过的老矿部、七号信箱、王家河乡政府、八号信箱、机砖厂、一号信箱、二号信箱与杨树沟，闭着眼，我都会知道到了哪里。我总认为，多年跑步赶车上班，虽然累，虽然艰苦，但它真正地锻炼了我的体魄，磨炼了我的意志。我感念那个过去。

上着班，业余创作没停的我，第一本杂文集《跋涉者的足迹》出版。《少年文史报》在一版，《新闻三昧》在封二，分别刊登了我的照片，介绍了我的文学创作历程。《铜川文艺》也在其中一期杂志上，为我开辟了散文专辑，并附有评论文字。《礼泉县志》也收录了著名文学评论家阎纲老师写的有关我的文章。在这期间，我的文学作品，获得全国大大小小多种奖项。因为有了一点点成绩，我当选为铜川市政协委员与青联委员。

平凡琐碎有喜有悲的日子，就这样匆匆忙忙地往前过着。在这期间，大弟结婚并有了孩子马雅，忙着上班的他们，把孩子送回了王家河的家里，让父母帮他们带着。在西安的小弟也已成家。岁月如梭子一般在生活的织机上穿过，织出了长长的或缤纷多彩，或不那么好看，但紧密平实，且让人能读出诸般滋味的图案来。这个图案，是清晰而又厚重的，只有我们自己才能看懂。

1993年，我到了咸阳；第二年，我们的小家也搬到了咸阳。逢年过节，我们这个小家，还有两个弟弟家，分别从富平与西安赶回王家河看望父母亲，直到2001年，父母亲搬来咸阳，离开了王家河。

王家河，我们家曾在这里生活了十三年呀，在这里，我们办了许多或喜庆或纷繁的大事小事；对这里，我们有太多的情，有太深的意！我们永远不会忘记这个地方：王家河，铜川的王家河，曾经的我们的家！

初到咸阳

1992年12月20日，那一天，我记得很清楚，天阴沉沉的，非常冷。

一大早，我背着几厚本发表作品的剪贴本，还有一大包获奖证书，穿过铜川市红旗桥，在二马路北边的长途汽车站，坐上了第一班开往咸阳的班车。

那时，班车走的是过耀县（今铜川市耀州区），穿富平，下瓦头坡，再经三原、泾阳到咸阳的老路。老旧班车摇摇晃晃地往前走着，没了玻璃的车窗敞开着，如刀一般锋利的寒风裹挟着尘土灌进车内，冻得人直打寒战，尘土飞扬着，落得人满脸满身都是。道路破烂，车稍一快，遇到坑洼的地方，就把人从座位上弹起来，头要撞到车顶上去。长途班车，就这样一路颠簸着，还要不停地上下人，到咸阳，已快中午12点了。拍打拍打身上的尘土，从西兰路长途汽车站出来，我背着包，一路打问着，走到乐育北路。

在乐育北路原外贸局大楼旁边的卫生间里，我放下背着的包，洗了满是尘土的脸。那水管里流出的水冰凉得透骨，本就冻僵的双手掬了这凉水，更是被冻得半天不听使唤。我在《那些年，我抛却了我的爱》一文中提到过这个过程。这一天，是过去的二十多年里，开始抛却了我的文学之爱的第一天，是让我终生难忘的一天。

从铜川长途奔波来到咸阳，参加一家企业的招聘会，我是来应聘的。

草草地在旁边的一家小饭馆扒拉了两口饭，下午我就急匆匆地去招聘会现场。负责招聘的人员先是询问了我的情况，再让填表。其中一位高个子、头发稀疏，并往一边梳着的先生，认真地看了几厚本我发表作品的剪贴本，又一本本看过各种获奖证书，明显可以看出来，他很激动：“好，很好！很不错，成绩很好！”这是初试，说是回去让等通知。没过几天，这位先生打电话到我的办公室，让去咸阳参加复试，我按约定的时间，赶到咸阳进行了复试，很顺利地就被录用了。

春节过后，正月初六一早，妻子帮我提着东西，从铜川市王家河的家里出来，她送背着铺盖卷的我赶往咸阳。那一天，我离开了生活与工作过九年的铜川，真正地告别铜川，离开了铜川！我总认为，1993年正月初六这一天，就是一把看不见的无形的剪刀，咔嚓一声，剪断了维系在我与铜川之间的那根脐带。离开了我熟悉的铜川，离开了那里有恩于我的师长与朋友们，抛却了在铜川奋斗得来的小小的荣誉与成绩，舍弃了积攒与获得的各种良好的人脉关系，内心非常惶恐与不安。我明白，我走向了不可预知的未来。是福，还是祸？我不知道。

到了咸阳，我被安排住在年前刚刚完工的一座大楼里。楼内没有暖气，那墙、那地，都湿漉漉的，似乎有水要渗出来。整个六层楼，一楼住了一个保安处的年轻小伙，在二楼拐角一间没有窗户的房子里，支了一张床，屋顶挂了一个瓦数很小的灯泡，发着淡红的微光，这就是我的宿舍了。

白天上班，忙，十二分地忙，一间小小的办公室放了四张办公桌，已没有了人回旋的余地，人来回过，要侧着身子走。六个人在这里办公，新来的我，也不好意思去坐别人的地方，常常站着处理事情，站着办公，一站就是一整天。晚上下班回到那间宿舍，冷得要命，躺在床上盖着被子，觉得身上好像什么都没有盖一样。脸，也被冻得冰凉冰凉的。那个冷，那个阴冷呀，冷得人难以入睡。在那个夜晚，我不由得想起在铜川冬天有暖气，夏天有空调，我一个人一间办公室；不由得就想到四室一厅的温暖的家。在那种境况下，对明天、对未来尚不可知的我，心里也有过几多茫然、几分动摇。

没有办法，开弓没有回头箭，跨出这一步，就不可能再回去了。再大的困难，我必须自己克服；再大的委屈，我必须自己承受。

时间不长，L君也来上班，他跟我同住一间宿舍，他也来自铜川，年前我们是一块儿来应聘的。在铜川时，我们都是搞文字工作的，互相知道其人，却未曾谋面，一到了咸阳，就成了真正的铜川“老乡”，不由得就亲近了许多。白天上完班，晚饭后没事，我俩就一条条街道、一道道巷子走走，要熟悉熟悉这座城市。看那天上的星星，说铜川天上的星星。那时的老街还没改造，记得我们走到中山街渭城区公安分局西斜对门的一家商店时，没事和店老板闲聊了起来。店老板说：“这门面是我们家的，前边是店，后边的房子是住人的。”我有点羡慕地说：“老咸阳人！就在家门口做生意！你看多好！多方便！”

其间，妻子带着儿子来咸阳看我，L君给我让出了宿舍。妻子来了，给我把宿舍里里外外打扫了一遍，看我的宿舍里没有暖水瓶，她去街上买了一个回来。我在另外一家单位的职工灶上搭灶，用的是从铜川带来的一个旧搪瓷碗，她嫌难看，去买了一个新的搪瓷碗回来。过了几天，他娘儿俩要回铜川，我去送他们。那时，没有直达长途汽车站的公交车，街上很少有出租车，人力三轮车是主要的交通工具。人力三轮车，是带着低矮车厢拉货的那种，在车厢左右两边担上一块木板，坐三轮车的人跨上车子，就坐在那块横放在车厢上的木板上。

坐人力三轮车到长途汽车站，要两块钱的车钱，我们舍不得坐，我抱着两岁多的胖儿子走到汽车站。小家伙睡着了，难抱，我一会儿偏左抱着，一会儿偏右抱着，等到了车站，我满脸是汗，浑身的衣服都湿透了。后来，妻子在长大的儿子跟前还说起那件事：“你爸那时为了省两块钱，抱着你一路没歇，从乐育路走到西兰路的汽车站。唉！那时，两块钱都舍不得花，不是抠掐，没有钱哪！”

我是搭灶吃饭，那灶上的饭寡淡无味，有盐无醋的，时间长了就腻味，隔十天半个月，我也会去不远处的柳林村吃一碗岐山臊子面。那条通往西北国棉一厂斜斜的小街上，有好几家岐山臊子面馆，吃一大碗热乎乎、连汤带水，漂着鲜香臊子的岐山面，算是犒劳自己，也算是改善了生活。

时间到了8月，我要把妻子和儿子接到咸阳来，在朋友们的帮助下，我们在毕原路的马家堡村租下一间民房，是民房的顶层二楼，冬天特别冷，夏天，晒透了的房子似蒸笼一般。就这房子，在当时还非常不好找，没有办法，只有暂且先住这儿了。

那时，户口与粮油关系等手续卡得死，妻子和孩子的户口还没转过来。一个星期天的下午，妻子在铜川的一个同学，早我们几年来到咸阳，她到我们租住的房子来看望妻子。临走时，她说，她还要去收房租，她是无意说的，也确实要去收房租。说者无心，听者有意，听到她这话，我心里五味杂陈，十分不好受。不是气量小，也不是心胸狭窄，你看看人家，在咸阳不但有房子住，还有房子出租，收着别人的房租，而我们一家却寄人篱下，蜷缩在这小小的出租房里，他们娘儿俩的户口等手续还没办过来，还是“黑人黑户”呀！一时，多了许多的愁肠与忧伤。

就在租房期间，我又不得不离开咸阳，去外地搞产品销售。租住的房子离上班的地方特别远，既要上班，又要带孩子的妻子往返奔波着，非常不易。那年冬天，他娘儿俩生着蜂窝煤在出租房内煤气中毒，差点酿成大祸，现在想起来，都后怕不已。在刚来咸阳的那几年，妻子是吃了大苦，受了大罪的。

初到咸阳，遇到这样那样的困难，碰到这样那样的不顺心事，不免就会想到我待了九年，有情有义的铜川。“铜川的人亲！”这句话，是这座工业移民城市，天南地北的人们常挂在嘴边的一句话。为了生活，来自五湖四海的人相逢在一座城市里，大家都无亲无故，都知道生活的艰难与不易，无形中就互相多了一份帮衬，多了几分温情。许多离开铜川多年的人，还时常怀恋，时常想念着铜川，没事了都要回铜川看看曾经的同事、邻居和朋友。他们回去，都会得到热情的、不带一点虚情假意的招呼。也有出去闯世事的，在外边没几年，被寡情薄义的世事所累所伤，他们想念铜川这座城的深情厚谊，于是，决然放弃优厚的待遇，又返回这座有温度、有亲情，让人留恋让人愿意置身其中，有诗意有真情的城市。

1993年年初我到咸阳，第二年外出搞产品经销，先后在云南、山东与湖南三省长驻五年，而后返回咸阳。我的故乡礼泉属于咸阳管辖，我是回到了故乡的土地上。在第一个大一统封建帝国秦朝建都的城市咸阳，掐指算算，我已待了二十五年。二十五年，在历史的进程中确实不算长，但在一个人的人生历程中，绝不是一个短暂的年份。二十五年里，有许多许多的故事，我得到许许多多朋友的帮助与支持，也收获过许多许多的感动。在这期间，我不会忘记，永远不会忘记跟我在铜川一样，曾经真诚真心帮助与支持过我，曾经给予过我不竭前行力量的各位先生与朋友。

秦帝国，曾在我现在脚下的这块土地上演过多么波澜壮阔、威武雄壮的一幕幕活剧，其后，这里又是十一个王朝之京畿重地，留下了多少惊心动魄、风云激荡的历史典故。每每伫立几千年的咸阳古渡旁，遥想昔日丝绸之路第一渡那千帆竞发、人声鼎沸的场景；每每步入茂陵，看那浑然天成、不事雕饰而又气势夺人的马踏匈奴石刻，“匈奴未灭，何以家为”的大丈夫之言划过长空而来，扩大了人的气度，增长了人的精神。每每行进在古咸阳桥桥头，车辚辚马萧萧之声似乎从大唐穿越而来，那阵势，那场面，威武雄强而震人魂魄。每每远望咸阳塬上那一座座如塔般排列开来的皇陵，心中就多了一股豪气，一种壮气——为咸阳，为这座历史悠久的古城。

房子

老家大张寨的祖宅，是我们马家老先人于明洪武年间（1368-1398）从山西大槐树下迁徙到礼泉一直居住到如今的老宅子。

祖父和父亲曾给我说过，村里这一块地方，那一块地方，也是咱的庄基地，他们说的是过去的事情。母亲说，她来我们家时，祖屋就一间厨房，一间厢房。在我两岁的时候，家里把那间厢房又加了一间，变成了相通的两间。

记得我十二三岁时，家里第二次盖新房。墙打好了，两侧的墙也已砌起来，在架好的椽上边铺好了箔子,下来就该给箔子上面抹铺瓦的泥。

站在地上，我把和好的泥一铁锨一铁锨举起，倒入站在墙头的接应人伸下的铁锨里，接应人再把泥转倒在箔子上。盖房的匠人又把倒在箔子上的泥用抹子抹平，给后续上瓦做准备。

盖房上泥，是个重活，是那个年龄段的我难以承受的一份辛苦劳作。挥锨上泥的我，浑身上下已湿透了，额头上滚落下来的汗水流入眼睛里，蜇疼蜇疼的。我咬紧牙关，用尽全身的力气，一锨接着一锨往上上泥。那沉重的一铁锨泥，越来越沉重，举起的铁锨在手里直打战。拼命硬撑着的我，到了最后，整个人几乎要虚脱了。

这是我懂事以来，干的第一份最吃力、最苦累的活儿。到了今天，我都难以忘记那个不能承受的苦与累。

那次盖房，新盖了两间厢房，还有一个二门楼子。我们家的房子，就有了一间厨房、大小三间厢房和一个二门楼子。新盖起的房子，尽管只是砖碹子的土坯房，但在20世纪70年代末的农村，已是很好的房子了。那新盖起的房子，让我在玩伴们面前自豪了好一阵子。

我们一家，在这个农家小院里住到了1984年秋天。那年，农转非的我们一家告别故乡，随着父亲，被矿上派来的一辆大卡车拉着全部的家当，出了大张寨村东城门，一路向北，向铜川矿务局焦坪煤矿驶去。

我们一家人，住进矿上为矿中学教师新盖的家属楼里。

年近八十岁的祖父，在房间里转来转去，看看这儿，摸摸那儿，高兴地说："我一辈子就爱供娃念书上学，我把我娃供进了大学。你看看，国家政策多好，我一个农村老汉，到了这一把年纪还跟着我娃进了城，成了城市户口，吃上了商品粮！这，这怕是在做梦吧？"我们弟兄几个笑嘻嘻地说："爷，不是做梦，真的，是真的！"祖父，一个在黄土地上累弯了腰的老农，饱经风霜的脸上，是满满的快活，满满的欢喜。

从老家大张寨搬到铜川，这是我们第一次大搬家。我们一大家人告别农村，成了城市户口，这在当时的四邻八舍引起了很大的震动。老家许多人一下子明白了，一个人、一个有知识的人，就可以把一家人带到城里去！有知识好，有知识就可以改变一家人的生活啊！后来，在我们马家巷西队，形成一股热情高涨、持续不断供娃上大学的热潮。于是，就有了下边这两句并不是有意贬低后者的传言："马家西，一出一个大学生。×××，一出一个吹鼓手。"马家西队，成为多年村里高考上榜人数最多，考上重点大学最多的一个队。

1987年，父亲从焦坪矿中学调往位于王家河的铜川矿务局干部学校工作。学校给我们家分了四室一厅的住房，这房子比原来在焦坪矿的住房条件更好了。母亲开玩笑说："这么大的房子，咱跟着你爸这个知识分子沾光啦！有知识、有文化的人了不得，不服气都不行呢！"听到母亲的话，一旁的父亲只是笑。

在此期间，我参加了工作，而后结婚，和父母亲住在了一起。

1993年年初，不甘寂寞，想闯荡一番的我，丢下稳定、按部就班的正式工作，抛弃了在铜川取得的多种荣誉与看上去很美好的未来，只身前往咸阳一家企业应聘并被录取。到了夏天，我把我们的小家搬来咸阳，这次搬家，是非同一般的一次搬家，是我人生路上，也是我们这个大家庭的一个大转折点！

第一，我们要离开有父母的温暖的家，我和妻子要领着三岁的儿子独自生活。第二，那时户口卡得很紧，没有户口就没有粮食关系，就没有煤本及各种要用的票证，就没有了生活的保障。我们三个人的户口还没有着落，一切都悬在了空中。刚到咸阳，我是紧张不安、惶恐万分的。

不光户口与其他相关手续是个大问题，那时的商品房极少极少，不说租商品房，就是租一间落脚的民房，也是难上加难的事。和我关系要好的同事们分头出去，在老街里，在城周边的农村，一条街，一个巷子，每家每户打问着哪里有出租的房子。终于，在咸阳北塬上的马家堡村，租到了一间不到二十平方米的民房，那间房子，是那户农家顶层二楼的房子。8月份，天气正热的时候，我们这个小家从铜川搬到了咸阳。

我和妻子都忙着上班。早上7点，我就得出门，骑上自行车飞跑着去上班，忙了一整天，晚上，还要开会或者值班。忙，忙，不是一般地忙，是特别特别忙。早上，我们把儿子送到马家堡村幼儿园，下午回不去，只好让和我们一起租房的乡党，帮我们先把孩子接回去。

困难而艰辛的日子，使我们与同事，与朋友们建立起了深厚的友谊。一转眼几十年过去了，去年，儿子马博和儿媳吴荣杰举办结婚典礼时，和我相识相交几十年的他们，从不同的地方赶来贺喜，他们的深情厚谊，让我们全家难以忘记！

紧张而忙乱的日子，就这样一天一天过着。夏天，这间民房闷热得像蒸笼，人在房子里，一身汗出个不停。为了省钱，妻子在要热死人的高温天气里，还守着蜂窝煤炉子一块一块烙着饼子，她脸上的汗滴像断了线的珠子一样往下掉着。感动着她的坚强，感动着她的吃苦耐劳精神的同时，我是惭愧不安的，是我无能无用，才让她受了那么多的辛劳，受了那么多的苦与累。

到了冬天，这间民房里冷若冰窖，水滴到地上，马上就结了冰。穿着厚厚的棉衣，那用来取暖的蜂窝煤炉子，也似乎没有散发出多少热能来，让人感觉不到一点点暖意。

第二年，我长期外驻云南，负责所在企业产品的销售与宣传工作。既要上班，又要带孩子的妻子，在一个晚上煤气中毒。她硬是艰难挣扎着爬到房子门口打开了房门。妻子如果没有从昏迷中醒来，如果未能挣扎着去打开了房门，将闯下多么大的祸？唉，那是多么惊心动魄，多么让人害怕的大事件，她娘儿俩都在这屋里啊！一直到现在，不管啥时候想起那件事，都叫人后怕不已！

艰难困苦、恓惶慌张的日子，给我留下了难以磨灭的记忆。我时常会说起，会不由自主地在我的文字里叙说困难的日子里发生的那些叫人难以忘却的事情。重复不是坏事，“忘记过去，就意味着背叛”。伟人的这句话是千真万确的真理，我也是为了告诫自己：不要忘记了过去！

在马家堡住了一年多，在云南忙于工作的我不能回家，妻子一个人把家搬到了渭阳东路，在这里租房住了四年。1998年5月，在云南、山东、湖南待了五年的我回到咸阳，我们搬离渭阳东路，又在仪凤北街租了一间民房住下。来咸阳短短几年，这是我们第二次搬家。

艰辛困顿，没有房子住，无长久安身的房子，不能老这样过下去。我下定决心，必须找寻新的出路，改变窘迫艰难的日子，不说别的，最起码有一间能住人的房子也好呀！也是在这一年，我和几个朋友开办了一家公司，经过一年多的努力，公司开始正常运转并实现了赢利。

日子，一天天好起来，手里有了一点钱的我，和妻子筹划着要买一套属于自己的房子，要有一个稳定的家，老这样漂着，也不是事呀。

很快，我们购置了老街南阳街小区的房子，那是一套不到九十平方米的商品房。说是小区，其实，也就是一个不大的院子，建了几栋挨得很紧的普通楼房罢了。在那里，没有现在商住小区那么大的空间，没有那么好的绿化，也没有其他任何的休闲活动设施。就这环境算不上好，面积也不大的房子，让我和妻子高兴得跟什么似的。那时候，能住上自己房子的人毕竟不是很多呀！我们有了自己的房子，有了自己真正的家，这是多么让人兴奋、让人欢天喜地的大事啊！

记得装修房子时，我和妻子下了班就去房子，给装修工人拿拿东西，打打下手。说是帮忙打下手，主要是激动，是高兴，不由得就想去房子看看，看着装修中的房子一天一个样儿，那个高兴劲，那个乐和劲呀就别提啦！

房子装修好后，地板砖上落下很多的油漆与污渍点，忙着其他事的我顾不上收拾，妻子一个人蹲在地上，一连几个晚上，右手拿一个小铁铲，左手拿着钢丝球，一点点地清理着。累得腰酸背痛的她笑着说：“咱住上了新楼房，有了自己的家，干着有劲！再累再苦，也不觉得累了，不觉得苦了！”

搬到南阳街，我们结束了租房的日子，我们有了自己的家，我们真正成了这座城市里的人。这是我们在咸阳第三次搬家，这次搬家意义非凡，我和妻子把它看得很重。搬家时，在门口贴了大红对联，邀请了亲朋好友来家里，做了满满一桌的菜，好好地热闹、庆贺了一番。那一次，我酒喝得很多。虽然酒喝得很多，但不会醉了快活高兴的我。

2001年夏天，我们在咸阳给父母买了房子，把已从铜川退休的他们接了过来。我们这个从大张寨走出去，在铜川转了一大圈的大家庭，终于团圆在了古都咸阳。关于搬家，关于房子，就有了我给父亲说过，以后又多次被我提及的那段话："我们家在铜川待了十三年，铜川是我们家的"延安"。在那里，我们办了一个家庭要办的许多事情。在铜川，有过煎熬，也有过欢欣，最后，我们从铜川走了一大圈又回到了故乡。只是，这中间的路，走得太漫长太漫长了！"听我说着上边的话，父亲有了许多的回忆，也有了许多的感慨。

父亲说："我们从老家大张寨到铜川，你从铜川先到咸阳，再到你们接我们过来。你想想，每走出一步，哪一步不是付出了汗水，付出了辛劳？没有国家的政策，没有我们超乎寻常的努力，我们一家人凭什么从农村走向城市，凭什么就能在千年帝都咸阳立住脚，扎下根来？"父亲的话，是实打实的话。我接了父亲的话："爸，您说得对！所有的这一切，我都明白，我都懂！"

2016年12月，为改善居住环境，我们家又从南阳街搬到了中山街西头的新房子。高层大面积、精装修的新家里，添置了全新的家用电器。这是我们家在咸阳第四次搬家。

新房子装修好后，我特意给家里挂了山水画、富贵牡丹图，还特意挂上去一幅"连年有余"图，画上，九条鲤鱼游于莲花丛中，莲，谐音连，鱼，谐音余，寓意连年有余，生活和和美美！

没事时，我也会和妻子说起这么多年我们走过的磕磕绊绊的人生路。不管怎么说，努力了，付出了，终于有了还算安定的生活。普通而平凡的我们，不虚度光阴，严格要求自己，努力为社会做一点有益的事，力争让平凡的日子过得不那么平凡。除此之外，我们没有什么更高的企求，没有更多的奢望。

闲暇之时，我又拾起手中之笔，重新踏上了文学创作之路。写写身边人、自己，写写过往与当下之生活，写写身边人的喜怒哀乐，写写他们不屈的奋斗精神。一篇篇的文字，就从笔尖下流淌了出来，两年多时间，竟有三百多篇散文、诗歌与一些小说问世。

中国作协副主席、著名作家贾平凹先生在为我即将出版的散文集《背馍记·序言》中写道："腾驰的散文，我是喜欢的，醇厚自然而又情深意浓，他的文字里，纯净温馨的气息时时涌动。他的散文语言朴素大方，不做作，不故作高深，以真切贴心的笔触写他的过往之事，写他的痛切感受与深长情怀。"

鲁迅文学院常务副院长、著名作家白描先生在给我的信中说："你是近年来陕西很引人注目的一位作家，你的乡土题材文章，让一个时代的中国记忆复活，这样的作品是会传世的；而在我心中，你又是分量很重的一位朋友。"两位先生对我的鼓励，更使我坚定了决心，增强了我不断写作下去的自信。

我把两位先生的文字，精心地装入金色的镜框里，悬挂在了我新房子的显亮位置。悬挂起他们的文字，是为了长我精神，给我以勇气。

你别说，有了先生文字与书画的房子，一下子就多了一种难以描述的别具韵致、别具滋味的独特味道。这种味道，是文化的味道，它会滋润丰盈身心，会扩大提升境界，会滋养改变人的精神气质。

坐在这样的房子里写作，笔下，似乎也轻快了许多。

日子

祖父马绍良，是从旧社会走过来的一位老实巴交的农民。他在世时常说："共产党好呀，共产党让百姓真真正正过上了好日子！"

有时祖父好像想起了那些难忘的往事，说："解放前，兵匪遍地，不光提心吊胆过日子，还得为吃饭穿衣发愁。解放后天下太平，你看看，共产党办了多少好事，办了多少以前想都不敢想的大事！不说别的，咱村口一个宝鸡峡西干渠就了不得，硬是把那么远的渭河水引到咱这旱塬上来，把自古以来靠天吃饭的日子，彻彻底底地给改变啦！"祖父说这些话时，是喜悦的、欢欣的。

那时，我年龄尚小，但祖父真切实在的话语，却深刻地清晰地印在了我心间。祖父离开我们已三十多年了，直到现在，他说话时的那副表情，那种激动的眼神，我都记忆犹新。

1960年，父亲马骖考入西安外国语学院，成为我们家族走出来的第一名大学生。长大后的我听父亲说，祖父曾多次给他说过，他成为我们家族的第一名大学生，这是几辈子都没有的事啊！解放前战乱不断，连命都难以保住，就我们这贫穷的农家，孩子还想上大学？这是想都不敢想，连门儿都没有的事！祖父叮咛我父亲，到了大学，不敢耽搁一时一刻的时间，不要忘了，是谁把你送进大学，多学下真本事才能给国家、给社会好好做些事情！

父亲以优异的成绩从大学毕业，被分配到西安的一所铁路中学当外语教师。他感恩，他心里明白，是新社会让他一个农民子弟上完大学，才使他有了今天。

父亲兢兢业业，以学校为家，把学生当成自己的孩子，一心一意扑在教学事业上。他年年被评为优秀教师、优秀班主任。父亲任劳任怨，学校缺什么课，他就顶上去，他先后带过英语、政治与语文等课程。他主编的《中学生作文选》与《语文基础知识》两本册子，成为那个时期西安各所中学抢手的学习资料。业余时间，父亲还写了大量的论文、随笔与散文等作品，他的文章被收入多种选集之中。

1989年，为庆祝中华人民共和国成立40周年，华夏出版社编辑出版了《新中国的一日》一书，父亲的作品《我们家也有国宝》从多篇应征稿件中被选中入书。编委会给父亲的祝词中说："您的文字将作为历史的见证，向世界、向后代展示今天的中国。人民和历史将感谢您。"接到祝词的父亲激动地说："是新中国把我培养成为一名光荣的人民教师，没有新中国，哪有我的今天？"

种什么种子开什么花。是祖父与父亲，把对社会真诚挚爱的种子，早早播撒在了我的心田；是他们把这种炽烈深厚的爱传承给了我。

小时候，我喜欢画画儿，父亲教我画红旗，画天安门城楼，画中国版图。那时的我就知道了，红旗是用烈士的鲜血染成的。新中国成立时，毛泽东主席曾在天安门城楼上庄严地向全世界宣告：中华人民共和国成立了，中国人民从此站起来了！我也知道了，我们的祖国版图有多大，有多少个省份，台湾，是我国领土不可分割的一部分。

长大后走上工作岗位的我，先后当过宣传干事、报纸编辑、领导秘书和企业办公室主任。在每一个岗位上，我都严格要求自己，不敢松劲，不敢懈怠，努力地做好一切该做的工作。

我暗暗地告诫自己，认真扎实地做好本职工作，就是发挥光和热，就是对社会做出了贡献。依靠组织和师长们的培养与扶持，加上自己的努力，二十七岁的我，先后当选为政协铜川市第九届委员会委员、铜川市青年联合会第二届委员会委员，成为当时铜川市最年轻的政协委员。我心里明白，取得的这些成绩实在算不上什么，只有更加勤奋努力工作，才能对得起这些荣誉，才能承担起这份责任。

日子，在紧张与繁忙之中度过。工作之余，爱好写作的我没有停下手中的笔。于是，就有散文、杂文、诗歌与小说作品不断在全国多种报刊上发表，获得多种奖励，作品也被收录于多种选集之中。我出版了《跋涉者的足迹》和《山的呼唤》两部作品集，我写作的事迹入选《礼泉县志》。

在这期间，著名作家路遥老师创作长篇小说《平凡的世界》时，任铜川矿务局党委宣传部副部长。那时，在铜川从事新闻工作的我，得以和他相识。

路遥老师鼓励我多读多写，他说："写作没有捷径可走，只有写，不断地写，才能出作品，出好作品。"他还为我写下了"勤奋——题马腾驰同志"的题词，给了我莫大的鼓励，这幅题词被我一直珍藏着。路遥像牛一样劳作，像土地一样奉献的精神，一直鼓舞着我在写作这条道路上不停歇地摸索着，跋涉着。

1993年，我从铜川到咸阳工作，在此期间有幸认识了著名作家陈忠实老师。那时，陈忠实老师影响深远的长篇小说《白鹿原》刚刚出版。他看了我的拙著《跋涉者的足迹》之后，为我写了大三十二开，满满一页纸的评论文字，其中有这样一段话："跋涉者到达理想目标的最重要之点，就是在几乎绝望的境况下决不绝望，重新获得继续跋涉的勇气和自信。"陈忠实老师的题词，给在文学创作道路上正陷入迷惘的我以力量，给了我继续奋力前行的决心与精神。

我的一篇篇文章不断发表着。2017年11月1日，网上发出我的散文《背馍记》，迅即被大量转发，在网上形成一股"背馍热"。很快，我的散文点击量增高，被称为网上的"背馍事件"。进而，有读者延伸提升，称其为"背馍精神"。很多的读者持续跟帖，有了许多大段大段的留言文字，他们忆往昔，珍惜今日来之不易的好生活。"使自己变成一片瓦、一块砖，而有益了这个社会。"热心的读者说我文章中的这句话，成为"背馍热"中一句火辣且感动了许多人的语句。

我的新散文集《背馍记》由太白文艺出版社出版，著名作家贾平凹老师为该书题写书名并作序。他在序言里，在我向他请教的过程中，都要我稳稳地沉入到火热的生活中去，以中国人的文化自信写好中国故事，写好身边人的感人事迹，写出更多更好反映新时代新生活的作品。

我明白，这是一个多彩而伟大，充满着变革与探索精神的时代，要写的东西很多很多。已八十高龄，身体康健、耳聪目明的老母亲乐呵呵地说："你不光要写，还一定要写好！如今的社会多好，我一个老太太，拿着国家给的退休养老金，没忧没愁的，我还要多活几年！我孙子结婚了，我还要抱重孙子，还要把如今的好世事，好日子，好好看一看，好好享受享受哩！”

儿子马博与儿媳吴荣杰去年结婚，住进了高层精装修的婚房，建立了自己的小家庭。母亲高兴，脸上时时都挂着舒心的笑容，关心国家大事的她，每天都要看中央电视台的新闻联播，还要看看国际频道的节目，了解国内外大事。没事了，她和小区的老太太们常一起转转，或者打打牌。母亲老年的日子，过得平实、快乐而幸福。

前几日，老家大张寨的发小开车来咸阳找我，孩子要结婚了，他知道我和书画家们熟络，想买几幅字画挂在孩子的婚房里。富裕起来的农民，物质生活丰裕满足了，还要追求精神生活上的富有。

闲谈中，发小说起国家对农业对农民的好政策，农业税免了，高龄老人有补贴，看病有农村合作医疗保障。前几年，他家里的新楼房已盖起，大彩电、空调、冰箱与电脑等一应俱全。“过日子，国家政策好，人还绝对得勤快，还要能吃得大苦，受得大罪才行！嘿嘿，农忙时，我忙地里的活，农闲时到城里打打工，苦是苦，累是累，能多挣些钱，钱多了，谁还怕钱扎手呀！哎呀，如今的日子，美得真跟花一样！”

喜气洋洋的他，给我诉说着他们家这些年的这喜事那喜事。发小朴素真心的感激话语，让我生发出许多的感动与感慨来。

送拿上字画的他回家，看着他的车渐渐远去，我还想着他刚说的那句通俗而饱含深情的话：如今的日子，美得真跟花一样！

是呀，日子美得真跟花一样，跟花一样美的日子，还得付出汗水，还得付出艰辛的劳作才行。发小不会说“幸福不会从天降”之类文气但缺少温度的话。你看，他的话说得多实在，多接地气：人还得绝对勤快，还要能吃得大苦，受得大罪才行！

我爱听他这实在而有力量的话。

手机上“挖”出一本书

散文集子《背馍记》，即将由太白文艺出版社出版。该社社长党靖先生在其微信朋友圈中发出新书预告：“马腾驰先生的大作《背馍记》，即将由太白文艺出版社出版发行。目前稿件正在编辑加工中……”大作实在不敢当，承蒙党靖社长不弃，能够在他们出版社出版拙书，对我来说，是一件高兴而光荣的事。

党社长的微信朋友圈截图，我发到了我的朋友圈，也算是《背馍记》即将出版，我对朋友与读者们的一个告知吧。很快，朋友圈里众多的“背馍一族”点赞如潮，大拇指密密麻麻地竖了一行又一行。各种留言，第一时间就跟着出来了：“‘馍’终于上笼了！啥时能蒸好？”“什么时候能拿到书呀？”“我要一本既有签名，还有钤印的书！可以吗？”祝贺、询问的人太多，不能一一回复，我只好一并给予答复：“书明年初出版。要签名，没问题，我就爱签个名，只是平时没机会！谢谢各位一直对我的关心与支持！”我的答复发出后，底下又回复了一大片“哈哈哈”，还有大笑、玫瑰、愉快的表情。

散文《背馍》去年11月1日从微信上发出后，大大小小的网站、网页、个人公众号与微信朋友圈等网络媒体，广泛持续地进行转发，有了很高的点击阅读量。留言、评论无数，在全国以及海外华人圈引起热烈持久的反响，被网民们称为网上的“背馍事件”，又由此引起不少人关于《背馍》与“背馍精神”的讨论。著名秦隶研究专家、陕西师范大学李甫运教授欣喜之余，以秦隶书体，为我题写了古雅俊逸，又恣肆昂扬着雄浑刚健之气的“背馍”两个大字，并在落款中写道：“腾驰背馍一文在网上大火，书此以贺。”李老师是在鼓励我呢，诚挚地感谢李老师！

“馍”，还在那里呼呼地冒着热气，我不管那么多，闷着头继续写我的文章。《我的老父亲》《母亲做的棉鞋》《姨亲》《下锅菜》《儿时看电影》《坐席》与《交公粮》等散文，一篇跟着一篇写出来了。写得很快很顺手，两三天就一篇，有时一天一篇，一百多篇散文不断出现在网上、报刊上，一大批读者跟着看，成了我忠实的读者。

在读者朋友们的建议与要求下，我将上边的作品集结在一起，准备出版。著名作家贾平凹先生给这本集子定了《背馍记》这个书名。先生提携后进，不仅为我题写了灵动苍劲的书名，还在百忙之中为该书撰写了序言——《马腾驰和他的散文》。很多朋友还有广大的读者，得知先生为我的集子题写书名并作了序，一下子激动起来：“啧啧啧，不得了呢！”“哟嗬嗬！贾老师给谁既题书名又写序？不多！真不多呢！”他们赞叹着先生对我的厚爱与关照，祝贺祝福着我。那一刻，我觉得自己好幸运，好有福气。

我更有了心劲去写作，利用一切可以利用的时间。在这期间，网上、微信上与电话中，不断有读者问书什么时候出版？还有心急的读者，从西安、兰州、广州与上海等地赶过来，要预订多少本多少本书。这下，他们知道了确切的出书时间，喜庆祝福的话难免就多了。

一本小书出版，实在算不上什么，但大家真心的关切之情，让我从内心里感动起来，我记下了朋友们的美意，感谢了读者们的真情。这种感动，是由衷的，是赤诚而认真的。

在我整理书稿过程中，文字功夫过硬的中医大夫、针灸专家史仁立先生一边帮着我整理书稿，一边帮着我校对文字；还有很多的朋友，给予我帮助与支持，让我很是感激。那天，来我这儿的人多，大家都在说着《背馍记》出书的事，史仁立先生说：“我还真佩服这人！在手机上抠挖出一本书，就那一指多宽的地方，竟然能写出五十多万字的文章！歪人，真是个歪人哩！”

歪人，在陕西话里有两种意思，第一种是指不讲理、惹不起的人；第二种，是说厉害而能干的人。大家都知道，他说的是第二种意思。岂敢？岂能？我哪里算得上是什么歪人？要说是个笨人拙人，那倒是真的。这绝不是谦虚，也不是故意说出来的矫情话。你说，在我们这个年龄段的人，有几个人不会用电脑？又有几个人不会在电脑上打字？如果有，也就那么几个人，而我，就在这几个人中间。你说我是不是个笨拙之人？到现在，我没摸过鼠标，连电脑的开机与关机都不会，说起电脑这档子事，让我自惭形秽得想找个地缝钻进去。

在稿纸上手写，再去找人帮忙录字，也是一个办法，但我想了，自己的一个爱好，怎么好意思成天去麻烦别人？口涩得张不开呀。掏钱找人录字，这倒是简单，但要长期这样，我也掏不出那么多的钱。

天无绝人之路，笨人有笨办法，还好，手机上有手写功能！嘿嘿，这给了我一条生路，给我提供了写稿子的地方。我在微信上点到自己的头像，点开自己给自己发消息的那二指宽的地方来写。刚开始，我很不习惯，一是地方太小，文字不能前后照应，气息不贯通，没有整体的那种感觉；二是手写太慢，一个字一个字往出抠挖，手跟不上大脑，心里想着的东西，手上半天不能写出来，常常就断了思路，真正是要急死人了。往往这个时候，就自己骂起自己，咋这么蠢笨无能，咋这么没本事啊！

还好，在微信上写稿子，我慢慢就习惯了，在那二指多宽的地方写东西逐渐得心应手，文章前后能自觉地照应了。手下写字，也跟着快了起来，往往一篇三四千字的稿子，一个多小时就写完了，再改几遍，也就成了。

白天，来了人，说话，抽烟，喝茶，办了要办的事。人走了，我就拿起手机，在那二指宽的地方继续写。晚上，一根一根抽着烟的我比较自觉，怕烟熏得一家人受不了，就在楼下院子里的座椅上，座椅上有人，就站在院子的一角，一边抽着烟，一边在手机上写着。院子里的人私下都在说："哎哎！你看那人，不管是夏天还是冬上，也不管热冷，每天晚上拿部手机，跟小孩一样，在那儿一玩就是大半夜！我上楼时见他在那儿站着，过了几个小时有事下楼，他还在那儿站着玩手机！"

今年盛夏的一个晚上，院子里太热，汗流得不停，手上汗多，光滑得拿不住手机。我擦了擦手，走出院子，来到小区门外钟楼北侧的马路边，这里相对通风，也稍稍能凉快一些，站在路灯下，开始写开了我的稿子。一个熟人路过，看我低头在手机上写着东西，他知道我一直在用手机写作，惊得叫出了声："哎！哎！咱人，咱人！你太厉害了吧？这么热的天不说了，你竟然能在这么吵吵嚷嚷的马路边写文章？没见过！真是没见过！"我收起手机，笑着说：“不是，不是，我是在手机上看谝闲传的东西，玩哩！”他说：“对咧，对咧，还哄我呢，一看你那神态就是在写稿子，还说是在看谝闲传的东西。好啦，好啦，你快写你的东西，不打扰了，我走呀！”

一年多时间，那部写出《背馍》与一百多篇散文，被我用了三年多的手机坏了，不能用了。陕西师范大学韩耀文教授来咸阳，他打趣地说：“快把写出《背馍》，还有那么多好文章的手机珍藏好！噫，不对呢，不是珍藏好，是供奉好！我说的是真话，那部手机对你来说，太有纪念意义了！”坐在书案边的他，抽了一口烟，接着说：“唉！你说有啥办法，连个电脑开机和关机都不会的人，竟然因为网上一篇《背馍》，因为一连串接地气的好文章成了网红！想不通，实在想不通！这个世界真是太奇妙了！”“还网红呢，哪里能算得上？叫网红，不把我羞死了！”我接过他的话。“谁敢说你不是网红？打开网看看，事实在那儿明摆着，不承认能行吗？”他较真地说。

史仁立先生说，《背馍记》是从手机上抠挖出来的一本书，这话倒是没错。这本书里的全部内容，是我在手机上一个字一个字写出来的，写好后先发到手机微信里，而后在网上不断转发出去。嘿嘿，要说“手机文学”，这是真真正正、地地道道的手机文学。现在，又要把这手机上写出的文字，转化成为纸质书，让我心里好生欢喜。纸质书，我总认为，读那文字才有温度，才可以慢慢地翻着看着，才有了那种说不出来的美好感觉。

呵呵，这篇小稿子，也是刚才我在手机上写出来的。笨拙之人，只能用这种笨拙的办法，就这么大个本事，也是没有了办法的办法！看了这篇文字的各位，可别笑话我呀！

晚上的书桌

白天在工作室忙，晚饭后，小区院子里那张蓝铁皮棋桌，就成为我的“书桌”。坐在这里，我常拿着手机写一些文字。

这棋桌桌面印着棋盘，和其他棋盘并无二致，中间是楚河汉界，棋盘相对的两面，印有“友谊第一”与“比赛第二”的官话。棋桌西边，是小区建成时移栽过来的一棵硕大的皂角树，树下，栽种着繁繁密密、高过地面的一方块冬青，用跟棋凳一般高的大理石小围墙围着。

棋桌离大理石围墙太近，没设置凳子，大伙就以这大理石围墙做了棋桌西边的棋凳。棋桌面，与其他三个棋凳凳面，均用厚铁皮做成，底下只用一根粗粗的钢管撑着。三个棋凳凳面上，有凸起的、一个挨着一个的小铁疙瘩，是为了起到按摩作用，让人坐上去舒服一些吧。舒服，倒是没感觉到有多舒服，但也不硌人。

到了晚上，这里没有了吆五喝六，把手里的象棋在棋盘上摔得啪啪响，高喉咙大嗓门，谁也不服谁的对弈人。倒是小区里的大妈们围在一起，或坐在棋凳上，或站在一边，有说不完的自己丈夫、儿子与儿媳，还有孙子的这事那事。末了，还要扯一扯东家长西家短，鸡蛋涨价了，西红柿这一阵子便宜了等话题。她们兴致勃勃，滔滔不绝，一脸的激动与兴奋。

有时，那个把头发染成黄色的小伙子，一个人坐这儿，低头在手机上看电影。有时，也有两三个妙龄女子，坐在棋凳上说着悄悄话，不时咯咯咯地笑出声来，那声音清脆而响亮。

棋桌有人占着，我就去小区院子其他地方。或坐在石条凳子上，或站在那片小竹林旁，左手举着手机，右手在屏幕上写着。

院子里的人，不时从我身边走过，回家的回家，出去的出去。

棋桌旁坐着的人走后，我会走过去，坐下来。南边的那个棋凳，一直是我固定的座位。

坐在石条凳上，站在竹林旁的小路上，你说能不能写东西？能，能写，但总是没有坐在棋桌旁自在。坐在棋桌旁，胳膊撑在桌上，心理上不由得就把它当成书桌，就有了一种正式感，就平静从容了许多。

也有院子里正玩耍着的三四岁小孩，顽皮地凑上来，看看我手里的手机，而后大声喊着："写字呢，手机上写字呢！"好像知道了什么秘密似的，高兴地给其他玩伴说着。那是他们好奇，这个人，怎么每天晚上都拿着手机在看，他在手机上看什么呀？

很长一段时间里，棋桌对面的座位上，会来一个手里提着啤酒瓶的中年男子。他仰起头，咕咚咕咚喝一气儿啤酒，又把啤酒瓶放在棋桌上，不言语，也不打扰我，只是静静地坐着，喝着他的啤酒，想着他的心事。他绝对有什么重大的、难以言说难以解决的事情，要不然他怎么会这么沉闷，这么落寞。也罢，也罢，他喝他的啤酒，他想他的心事，我忙我的事，各不相扰。

夜深人静，嬉玩的孩子，喝啤酒的中年男子，在小区里闲转悠的人都回了家，偌大的一个院子就剩下我一个人，这里，就成为我的自由世界。天热天冷也罢，不冷不热也好，这棋桌就是我的书桌，这院子，就成为无人打扰的，我的天然的工作室。

平时怕闷、怕憋屈，冬日在工作室或家里也要开着窗户的我，这样的环境正合我意。天为盖，地为庐，清静敞亮，空气分外地好，手里的一支烟燃着，思绪就飞扬起来，手机上就写得更为快意，更为顺畅了。我已出版的散文集《背馍记》和许多的文字，就是在这里写作的。

周围楼上亮着灯光的人家，不知什么时候，一家一家的灯光已熄灭。低头写作的我，偶尔一抬头，楼上还有几处灯光，明亮亮的，仿佛暗夜里的眼睛。

春秋季节的夜晚，天气正好，坐在这里写东西，是一件很惬意的事情。夏天闷热，汗出得不停，有蚊子嗡嗡叫着，不知什么时候，它们就会在我胳膊与腿上温柔地咬上一口。冬天，天气寒冷，在手机上写字的手会僵硬而不听使唤了。

呵呵，不是诉苦，也不是为了说明自己多么不容易。夜里，坐在这里静静地写一点东西，我是快活的，是舒心的，是蛮有感觉的。在这里，我一篇篇的文章不断地被写出来而被不少的作家朋友称为“快手”。嗬，什么快手呀，我知道，承蒙他们厚爱高抬我，是给我加油，是给我打气鼓劲呢。

写累了，我会放下手机，仰头看看头顶这棵挺拔高大、枝叶繁茂得看不见天空的皂角树。

在老家大张寨，西头碎爷家门口，就有一棵近百年的皂角树，人们叫它“黑虎星”。小时，我们吃嫩皂角里绿中泛白的籽，柔柔的、甜甜的，别有一番风味。皂角成熟变黑后，大人们把它打下树，存起来，当肥皂用。常常可以看到，村子东门外的涝池旁，一大群妇人说说笑笑的，棒槌咚咚咚砸着皂角洗衣服的声音，还有她们嘻嘻哈哈的说笑声。到现在，那个场景，还有那种声音都是那么真切，那么清晰难忘。

回老家大张寨，和碎爷说起家门口的“黑虎星”皂角树。碎爷对这棵树有很深的感情，他给我说起皂角树许许多多的故事。我知道，树，特别是古树，时日长久了是会有灵性的。末了，碎爷说，这老皂角树好啊！你知道，它是黑虎星，守在屋门口，镇宅、辟邪、祛病，多好，多吉祥！这么多年，爷屋里的啥事都好，啥事都平顺得很，是这棵皂角树给的福呀！

皂角树给的福，碎爷说得好。我就想了，眼前这棵高大的皂角树，它是从哪里，从哪个村，从哪家门口迁移到这儿来的？这棵皂角树，一定也有很多很多的故事，跟人一样，它一定也会记着它的老家在哪里吧？老家，记着老家，那么它也就有了绵绵的乡思与悠长的乡愁。我暗自思忖着。

喵喵，喵喵，那只每天在院子跑来跑去，毛色黄白相间的流浪猫，这会儿又跑到我跟前来。它轻声叫着，用爪子洗洗脸，静静地卧在棋桌北边靠草坪的地上。许多个夜晚，它不请自到，都会来这里陪伴我。

不知是小区里的谁，给它起了个威武而又好听的名字——“黄白虎”，这个名字，不知不觉中就叫开了。“黄白虎”跟院子里的每个人都熟，碰到从楼里进出的大人小孩，它都要喵喵地叫上几声，又跟着人家跑几步而后停下，这不光是和人打招呼，还是要送人一程。院子里常有老太太，还有小姑娘们给它送吃的、喝的，“黄白虎”俨然成为小区里的一员，成了一只明星猫。

手机上，我继续写我的文字，“黄白虎”不吱一声，就一直卧在那里。夜已很深了，每当我忙完起身回家，它总要跟在我身后，把我送到楼道口，喵喵叫过，算是告别，然后一折身，一溜烟地跑回院子里去了。

静夜的皂角树下，我能在被我当了书桌的棋桌旁写一点东西，又有了可爱的“黄白虎”相伴，不也是一件很开心很快乐的事吗？！

忙活

写下“忙活”这个题目，心绪一下子不安宁起来。只因为忙活这两个字，就有许多许多的话要说。

家里老人们经历过的日子，还有我不算长的人生历程，回想起来，不就是一个永远的忙忙活活吗？

更远的先辈，我不知晓他们是怎样的一个生存状态，也不知道他们是怎样的一个忙活法。但近几辈人，我知道他们生活得不易，知道他们为了生存生活下去，是怎样的一个忙活。

儿时，在老家大张寨，祖父曾多次给我说起过他的父亲——我的曾祖父，说起曾祖父在世时是怎么样的一个忙活，说起他的这事那事。

我从祖父的讲述中知道，曾祖父马岐见多识广，明事理，识大局，在村里有很高的威望，他说出的话板上钉钉，是算数的。曾祖父可以评判，可以言说村人的功过得失；邻里有了纠纷，他出面就可以平息。曾祖父以他的公正无私，以他的无瑕人品，受到了人们的尊敬。那时，老家大张寨周围村子里的人，没有人不知道马岐老汉的。

祖父讲曾祖父的往事，更多是说他的勤勉，说他超常的忙碌与辛劳。也是因为曾祖父的勤勉辛劳，才使一大家子的人吃穿花用不发愁，才把一个农家艰难困顿的日子过到了人前头。

曾祖父一生辛劳忙碌的故事很多，我把那些故事都记在了心间。我没有见过曾祖父，家里“老容”上的曾祖父画像，也只是一个老人的画像而已，并不是他的真实面容。根据曾祖父做过的事，说过的话，我在心中给曾祖父画了一幅像，那个形象是鲜明的，是生动亲切的，在我心目中是永恒的。

曾祖父的往事，我是听祖父讲的，而祖父超出一般人的勤劳，我听村里人讲过，也亲眼见过。啥时候都闲不下来的他，村上人给他起了一个很形象的外号——“闲不下”。

过去种庄稼，没有现在的化肥，都是农家肥。在那个年代，祖父是村上每早起床最早的几个人之一。即使是北风呼啸、寒风凛冽的数九严冬，他早上起来第一件事，也是扛上铁锨，提着粪笼出了北城门去路上拾粪。过了许多年，他还经常说起肥料对土地对庄稼的重要：“要给地里把肥上好呢！人不哄地，地不哄人；人哄了地，地肯定就哄人了！”

每天赶早拾完村外路上的粪，回到家，还要起牲口圈，再套车给地里送粪。他和巷子西头的四伯两个人，暗中比赛，看谁早起去村外拾了粪，看谁赶天明早早就把牲口圈里的粪，不但全部送到地里，还要均匀地撒开。

冬天，穿着棉袄棉裤干活的祖父，棉袄棉裤被汗水浸透了，被身子暖干，又湿透了，又被身子暖干。晚上睡觉时，脱下刚干完活还带着汗水的棉衣，第二天早上再穿时，祖父说过：“早上穿衣服时的那个冰，那个凉呀，挨在身上，跟刀子刮人一样难受！衣服穿上了身，就把啥都忘了，跟前一天一样，又拼着命干开了！”

在我小时候，大清早天还是漆黑一片，我还在香甜的睡梦里，就听到祖父沉重的脚步声从院子里传来，他已忙开了家里的活儿。劳累一辈子的祖父老了后，腿疼得抬不起来，脚在地上趾着走。他每天去生产队出工，都要带一个担笼，下工时，不是顺路拔点猪草，就是拾几把柴火回来。

到了下雨天，闲不下的祖父，把绳子的一头缠在腰间，另一头绑在一根短棍子上，双脚用劲蹬住，绳子的中间勒着短高粱秆，上面带着已脱掉了高粱粒的高粱穗子——祖父这是在扎扫地的笤帚。下雨天，不是忙这事，就是忙那事，我从没见祖父闲过。

后来，祖父当生产队饲养员，他白天晚上都待在饲养室里照看牲口。我常去饲养室，看到他不是从饲养室院子的井里绞水，就是在给牲口拌草，或者一镢头一镢头起牲口圈。祖父把那马、骡子、驴与牛，喂得膘肥体壮，身上的毛光亮光亮的。

也许是这个家族的遗传，也许是从小受到祖父勤劳不息精神的感染，父亲，在他从事的教育事业上，也辛辛苦苦忙活了一辈子。

1964年，从西安外国语学院（现西安外国语大学）毕业的父亲，被分配到西安的一所铁路中学当教师。他一心扑在教学工作中，一心扑在学生们的学习上，他对他从事的教学工作展现出十二分认真。他干什么事都专注执着的精神，给我留下了深刻难忘的印象。父亲，为我们做出了榜样，为我们树立了楷模。

父亲担任了多年的班主任，他从早自习跟学生一起进教室，到晚自习结束，就一直忙个不停。学生下晚自习回家了，他才走进办公室批改作业，而后，又忙着备第二天的课。教了多年的课程，他是烂熟于心的，但他都要重新备课，他说："对学生要负责，重新备课是必须的，要把自己新的理解、新的认识加进去。不重新备课，就给学生们讲不出新意，讲不出新东西。"

我记得，那时学校有家访制度，要求老师们课余到学生家里去，随时和家长沟通，了解、掌握并管好学生们的课外活动。父亲做事认真，深爱他的学生们，课余、星期天，他一家一家去学生家里走访。许多学生家长，被父亲的负责精神感动，他们也常来父亲的住处，和父亲交流管教好孩子的方法，也聊起学校所在工厂与社会上的一些事情。

父亲尽管很忙，但他还是挤出时间和学校的老师们一起为学生编写学习资料，并把学生们的作文修改后编辑成一本《中学生作文选》，并刊印出版。这两本小册子，在西安许多中学引起了很大的反响，许多中学生以能有这本小册子而感到荣幸。这本小册子，也使后来上中学的我受益匪浅。

父亲手中的笔，不因为忙而停下来，他的杂文、散文与通讯报道等作品，不断在报刊上发表，不少作品获奖并被收录于多种选集之中。父亲成为那个时期教师队伍中，为数不多的优秀作家之一。

"党是你的妈，学校是你的家！"母亲常拿这句话跟父亲开玩笑。母亲是说，父亲把全部的心思都用在了工作上，整天忙在学校而顾不上、管不了家里的事。

听到母亲这话，父亲也只是笑笑，而后说："忙，确实忙，不忙咋能管教好学生，咋能让学生出成绩？不忙，咋能写出点东西来？！"退休后的父亲，又被聘请去给党政干部讲哲学、政治经济学与时事政治。有了空，父亲还在写作，退休后的父亲，并不比上班时清闲多少。

父亲病重住院，在病床上还看着书，还吃力地写着东西。临去世，他的床头还堆放着书与稿纸。母亲说：“你爸这一辈子，没有轻松过一天！啥时候他都把时间看得金贵，你爸是真真正正忙了一辈子！”

父亲离世，我好长时间不能从悲痛中解脱出来。除写了长篇散文《我的老父亲》怀念父亲以外，我还在多篇文字里写到父亲，写父亲不平凡的人生，写父亲一生的忙碌，写父亲对我们深入心灵，深入骨子里的影响。

和所有学生一样，度过必经的学校生活后，我走上了工作岗位。工作那么多年，在我的记忆中，我很少有过轻松清闲的时候，不管是当记者、编辑、秘书、办公室主任，再到后来驻外负责产品销售工作，一直到现在重新拾起的文学创作，啥时候，我都是个忙，有忙不完的事情。

也许笨，也许不那么灵巧不那么聪慧，在别人看来很简单的事情，很轻松的工作，到了我手里，就不那么简单不那么轻松。我总是把我要办的事和要干的工作，琢磨着能否有所创新，能否弄得跟人不一样。故而，我总是忙，总是忙前忙后，显得不那么举重若轻，不那么从容自在了。

笨、不灵巧、不聪慧是劣势，但忙碌了，十分用心用力地做了，干出来的活，弄出来的东西，却常常被人赞许、夸奖了，说是多么多么好，多么多么棒。我想，这可能是老天在眷顾我吧，给笨、不灵巧、不聪慧的我，给一天到晚忙个不停的我一点儿特殊的眷顾吧。

“最近忙啥呢？”常有人见了我这样问，除过见面打招呼的客气之外，我想，人家一定是不忙的，才有了这样的问话。此时，我也就悲叹起自己的忙，愧疚起自己老怕蹉跎了岁月的愚痴来。

唉，也罢，我们家，人老多辈都一直这样忙活着，我也是忙活的命。到了儿子马博这里，他一天也是忙活得不行，除过工作以外，晚上和节假日，他总忙着看他的书，忙他的学习。

普通平凡的我们，不忙活不奔波不辛劳不奋力向前怎么行？不忙碌不脚踏实地不打拼不向上仰望天空，怎么能存活下来，怎么能有了安身立命之地？又怎么去实现那并不远大宏伟并不灿烂辉煌但老是纠缠于心被称为理想的小小梦想？

说文解字这样解释“忙”，从心，亡声，作“心迫”解，形容心中急促紧张而言行匆迫之状，故从心。是呀，这个解释没错，“心迫”，有了心结有了向往之事，能不让人心中急促紧张，能不让人言行匆促吗？

古之文人雅士可以“杯以倾美酒，琴以闲素心”，可以“自在飞花轻似梦，无边丝雨细如愁，宝帘闲挂小银钩”。他们衣食无虞，他们没有后顾之忧，可以潇洒起来，可以“闲素心”“闲挂小银钩”，而我不可以。为了生存，为了生活，为了微小的梦想能够成真，我还得忙活，还得不停地忙活才行啊！

看重这个奖

5月17日上午，我接到一个来电地区显示为铜川的电话。电话接通，打电话者自报家门，说他是铜川矿业公司宣传部的刘伟。

铜川矿业公司改制之前是铜川矿务局，现仍在铜川、原在铜川工作生活现今已离开的人们，大家还习惯性地叫矿务局。

刘伟先生在电话中告诉我，我的散文《王家河》在陕西能源化工作家协会与铜川矿业公司联合举办的铜煤历史文化优秀文艺作品征集活动中获奖。他在表示祝贺之后询问我是否有时间回铜川参加5月22日至5月23日召开的表彰座谈会。我不假思索就应诺了："没问题，我一定回铜川参加座谈会！"

下周，还真有几件重要的事情要办，先不管它了，往后推推再说吧。接到电话就慨然应允，之所以看重并一定要去参加这个会，是有特殊缘由与特殊情感的！

这是我离开铜川二十六年后，矿务局与陕能化作协又发给我的一个奖。那些年，尽管局里给我颁发过不少的新闻与文学奖，时隔这么多年后的今天，我又能获得这个奖，使我有了很多的欣喜与感动。

参加这个座谈会，趁此机会，我要见见那些许久未见，曾经栽培、教育与帮助过我的老领导、师长和朋友。

搞文学创作，在全国也获得过大大小小的奖项，但这次得的这个奖，对我来说，比往常要令我高兴许多，欢喜许多。

离开铜川这么多年了，任何时候，我都没有忘记过铜川，都没有忘记给予过我很多很多东西的铜川矿务局。铜川矿务局也未忘记我——当年单位里的那个年轻娃。

铜川矿务局，是一个具有光辉历史，具有责任担当，底色华丽，活力四射，谱写了历史华章，有许多感人故事的地方。

铜川，因煤而起，因煤兴市，于是，这座城市就具有了其他城市不曾具有的独特气质与精神风骨。时势变化，岁月更迭，铜川矿务局有过辉煌也有过阵痛，有过荣光也有过艰辛，历经风雨，不变的，仍是它的气质与精神风骨。

从焦坪煤矿到矿务局干校上学，从干校上学再到后来在铜川矿工报社工作，铜川矿务局，是我起根发苗，是我学会工作，是我世界观、人生观与价值观形成的地方；是我一生一世难以忘却，在我心目中具有了特殊地位与特殊情愫的矿务局啊！

1984年秋天，我们一家从老家大张寨搬到焦坪矿。在父亲教书的矿一中图书室，我第一次看到散发着油墨清香的《铜川矿工报》。一家企业，竟有办得这么大气、这么生动、这么漂亮的一份报纸，让热爱写作的我十分欣喜，非常激动。此后，我就和这份报纸有了近三十年的情缘。

我开始给《铜川矿工报》投稿，新闻、言论、杂文与散文等稿件，不断被登载出来。在焦坪期间，我在全国多种报刊刊发了多篇作品。在焦坪，我参加了陕西人民广播电台与铜川矿务局联合举办的“矿山风流赞”征文并喜获征文奖。

焦坪矿的生活与工作，给我留下了难以磨灭的印记。那里，是我走上工作岗位的第一站；那里，许多的往事，直到现在我都有清晰而深刻的记忆。去年，我还写了篇怀念焦坪矿的文章《焦坪矿》，引起一大帮子焦坪人忆焦坪，话焦坪。说起以前的前卫，后来的露天、平峒与永红井口，说起那古松掩映的凤凰山，说起那有传奇史实的玉华宫，说起唐玄奘从印度带回手植于此、现仍枝繁叶茂佛光弥漫的娑罗树。

从焦坪我被选派去王家河的矿务局干校进修，到后来父亲工作调动，我们全家搬到干校，在王家河，我们家经历了一件又一件大事，这是一个紫气充盈、瑞雅静逸之地。前段时间，我写的散文《王家河》，就是追忆在王家河的那段时光，也就是这篇散文，获得了这次铜煤历史文化优秀文艺作品征集奖，并刊登在表彰会召开当天的《铜川矿工报》上。

后来，从焦坪矿到铜川矿工报社工作。在这里，我认识了更多水平能力出众的领导与学养深厚的老师。他们教我如何做人，如何作文。是他们关心着我的工作与生活；是他们为我设计，为我铺平了新的走向远方的人生之路。

说起帮助过，有恩于我的人，那真能列出一长串的名字来。这一长串名字中的每一个人，他们对我的教诲、关心与帮助，都能写出一篇让人感动的文章。

说起我对矿务局的深厚感情，说起矿务局给予我的诸般好处，那真不是几句话，真不是写几篇文章就能说得清，道得明的。

好啦，准备回铜川开会吧。21日一大早，我提上包就要出门。妻子问我："提着包，急匆匆干啥去呀？"我说："回铜川开会！"她笑了："你看看今天是几号？"我一看时间，咦？是21号。明天22号才是开会报到的日子，今天就急着要走，我自己也跟着笑了起来。从接到开会通知那一刻起，我就把这事当成了一件重要的事情。急，真急呢，你看，一急竟然就弄混了时间！

22日，我一早就回到了铜川。先到我原工作过的铜川矿工报社楼下，还有我原常去的铜川群众艺术馆与铜川人民广播电台等地转了转，并拍了照片。报到后，我和参加会议的其他代表一起，去参观了全面介绍铜川矿务局发展历史的铜煤文化展览馆，去局供应处观看了具有很高艺术水准的铜煤职工管乐团的演出。

见到那么多多年不见的老朋友，回忆起当年在矿务局工作时的这事那事，大伙都激动了起来。摄影家、铜川矿工报社原记者部主任，已退休的周俊生老师，听说我在这次征文中获奖，他托参加座谈会的煤矿技校原党委副书记黎树文先生打听，如果我回铜川参加表彰会，就立即告诉他。周俊生老师得知我已回铜川的消息后，行动不便的他，立即赶到煤业宾馆来看我，并赠送我他出版的新书《沉淀的往事》。

感动，感激，不知说什么好。周俊生老师病后还著书立说，那么厚的一本书中，有对往事真切感人的回忆，同时又细心地收录了他个人与矿务局那么丰富而宝贵的资料。他那种不屈不挠的精神，那种一丝不苟的态度，令我敬佩不已。

夜里10点多了，《铜川矿工报》的王忙锁先生忙完编辑工作，细心认真的他，知道我没有《铜川矿工报》上刊发的《我的老父亲》报样，专程给我送过来登有那篇散文的报纸合订本。原在陈家山矿，现在宝鸡日报社任职的朱百强，还有很多当年的朋友，大家许多年未见，今日相聚一起，特别亲切，话也就特别多。

夜里，我专程看望了著名作家朱文杰老师、著名诗人刘新中老师。感谢他们当年在铜川，并且一直到现在，在写作上给予我的指导、帮助与提携。刘新中老师关于如何进行散文创作的真知灼见，又一次让我受益匪浅，让我找准了继续向前的方向。

夜里12点已过，煤业宾馆里，参会人员的房门还都大开着，大家互相串门，兴致勃勃地聊着。

第二天一早开会，一进会场，我就看见了精神矍铄、气色很好的姚筱舟老师，我急忙上前去问好。姚老师是经典红歌《唱支山歌给党听》的词作者，在铜川时，我曾写过介绍姚老师的文章《永唱山歌给党听》，今日与姚老师在会上相逢，欣喜之情难以言表。姚老师和我握着手，笑呵呵地说："时间过得真快呀，几十年了，腾驰也不是当年的那个小伙子了。"我说起和姚老师一起在铜川矿工报社工作时向他学习请教的事儿，姚老师幽默地开起玩笑："没有，没有啊，我咋想不起来你向我学习，向我请教啥了？"我被逗笑了，周围一大圈的人也被逗笑了。

我和矿业公司宣传部李德强部长在会场上见了面。他说："那么多离开矿务局的人，他们一直都没有忘记过矿务局。举办这个作品征集活动与表彰会，就是要让铜煤的历史文化留下资料，把铜煤的文化品牌擦得更亮。也利用这个机会，让离开矿务局的人们回来走一走，看一看，了解了解这么多年局里的发展与变化。"

座谈表彰会开始，一项一项议程进行着。当大会邀请姚筱舟老师讲话时，会场响起热烈而持久的掌声。已八十五岁高龄的姚老师讲话条理清晰，声音洪亮。他最后讲道："我永远是铜川矿务局的一名职工，任何时候，我都忘记不了矿务局！"他的讲话，又一次赢得热烈而持久的掌声。

表彰会后，我该离开铜川了，我把先一天到铜川时照的照片并配了下边的文字发到微信朋友圈：回铜川参加铜煤历史文化优秀文艺作品征集活动表彰座谈会。当年在这里，在这些地方，来来去去不知走过多少回，再次踏上这方故土，见到许多原来的领导、师长与朋友。浓浓的情，深深的意，使人内心里充满了感动与温暖，多了追忆与感慨。

郭伯福寿康宁

己亥年正月初五上午，我和妻子去给八十一岁的郭伯拜年。

郭伯跟我父亲是当年咸阳二中的高中同班同学，后来，又是西安外院的同班同学。大学毕业以后，郭伯和我父亲一样，教了一辈子的书。六十多年来，郭伯给我父亲和我们家许许多多的关照，让我们任何时候都难以忘记。

我和妻子一进郭伯家门，先问了老人家过年好，他高兴得跟什么似的，嘴里说："年好，年好！你们这些孩子呀，天冷得跟啥一样，来回跑啥呢！""逢年过节一定要来看望郭伯，这是我们雷打不动的规矩！"我接他的话。郭伯忙着沏茶，说："这是给腾驰喝的红茶，让你媳妇喝这种柠檬茶。"我们要给他帮忙，他说："快坐下，你看我腿脚方便得跟啥一样，让伯给你倒，伯高兴！"看老人家红光满面，身体康健，我们十分欣慰。

跟郭伯坐下来说话。他问我母亲身体好不好，又问了我儿子马博近来的情况，聊了很多的事情，全是满满的关切关爱之情。去年，郭伯的孙女领着他去俄罗斯旅游。他说，旅途中，他比年轻人走得还快，还给我们说了他一路的见闻。平时，他每天早上早早起来，在学校的操场上跑步锻炼身体，有人说："你个老汉，天天早上跑个啥呀？"郭伯幽默地应了那人的话："跑个啥？把身体锻炼好，想多活几年，就图个这！"没事时的他，吹吹葫芦丝，下下棋，啥时候都乐呵呵的郭伯，生活过得很是充实。我说："郭伯，这样好！看您精精神神、快快乐乐的，我们比什么都高兴！"

郭伯看我抽烟，说："把那烟少抽一些，烟抽多了没啥好处！"我忙点头称是，说一定少抽。话还没说完，他却说："走时，把那雪莲烟给你拿上，别忘了！”我说：“郭伯，不要不要，我的烟多得很。”他说：“烟多是你的，这是我给你准备的。”怕走时忘了拿，他起身去客厅，把烟和他给我母亲带的礼物放在一起。我就暗自笑开了，你看郭伯，一边让我少抽烟，说抽烟没啥好处，一边又给我拿烟。唉，老人呀，就是这样，对晚辈有些瞎瞎毛病既想管，又有些小小的纵容。我自个儿笑了起来。“你看看，郭伯还是爱你，说让你少抽烟，又要给你拿烟！”妻子在一边打着趣。

新的一年里，衷心地祝愿郭伯福寿康宁，万事顺意，喜乐平安！

告别长安SC6350C

长安SC6350C。这样的文字与数字组合，会迷糊了人，是航班号，还是其他的什么代码？不，不是航班号，也不是其他的什么代码，它是我开了十五年的微型载客车的车辆型号。

微型载客车，那是车辆管理的专业术语。其实，说白了，它就是一辆白色的小面包车。

已开了十五年的面包车，现在，我就要把它送到回收拆解公司去办理报废手续。和这辆车有感情的我，心里还真不是滋味。尽管很多时候，它在地下停车场闲放着，一年的停车费也要三千六百元。要说它值多少钱，其价值远远没有一年的停车费高。但不管怎么说，有了它还是方便呀，如果要回老家大张寨，如果要拉大一点的东西，还是快捷方便了许多。

这车开也好，不开也罢，车龄已整整十五年了。开豪车的土豪大款们看到这儿，肯定看不下去了，一辆烂面包车，还有什么好絮叨的。呵呵，他们看不下去也无妨，这些文字，本来就不是写给他们看的。

这辆长安SC6350C型面包车，是2004年5月4日，我从西安三桥车城买回来的。买回来不久，我就开着它长途跋涉，远赴呼和浩特市参加招商会。

一路上，翻山越岭，走州过县，第一天下午赶到榆林，歇住下。晚上不放心，从宾馆房间下来，还要看看车门锁好没有，车窗玻璃摇上去没有。第二天一早，吃过榆林有名的羊杂碎汤，起程赶往呼和浩特。中午，在神木吃完午饭，又继续赶路，太阳快落山时到了塞上名城呼和浩特。开会几天，用车拉产品样品与资料，每天往返会场与住宿的宾馆之间，方便得很。这是这辆车跑过最远的地方，它把它的影子，它的车辙印，留在了遥远的呼和浩特的大街上。

也是这辆车，我曾当过货车用，一趟一趟地拉着货去火车站。具体跑了多少趟，我也不知道，也记不清了，但它为那时的产品销售立下的汗马功劳，我是记在心间的。

逢年过节回故乡礼泉，回铜川，我开着这辆车，跑了一年又一年。每年清明节回大张寨，我们弟兄五个开着这辆面包车，到离村子很远的四畛、三畛和二畛地去扫墓。村里的生产路，路窄而坑洼不平，且多硬拐弯，车头短，起架高，开着面包车去上坟就显示出了它的优势。

孩子上大学，每学期从海南的学校回家，不管是坐火车还是坐飞机，也不管白天还是夜里两三点钟，我都是开着这辆车来回接送的。

2006年，父亲病重期间，我开着这辆车送父亲去咸阳、西安的医院看病。父亲从西安的医院回来后，隔几天，我就要开车拉上父亲，去陕西中医药大学一位退休老教授那里看病，抓中药。

我记得很清楚，有一次，我拉着父亲去老教授那里看完病，返回时，在乐育北路，一辆给澡堂送热水的罐车，唰地一下子，紧紧地擦着我的车飞驰而过。这辆拉水车，几乎是紧贴着我的车车身过去的，把车左侧的倒车镜，哐当一下子剐翻了过去。拉水车司机这么疯狂，吓得我出了一身冷汗。

父亲的病情不断加重，我明显能看出来，他一天不如一天了。心情沉重而烦乱的我，受到这车的野蛮剐蹭，不由得怒从心起。我加大油门冲上去，要截住拉水车讨个说法。说话已没有多少气力的父亲，此时拦住了我："不要跟那些人计较，啥时候在路上，都不要开赌气车。安全第一，不管啥时候，把安全都要放在第一位！"

没过多长时间，也是我用这辆车，拉着已病危的父亲回大张寨。父亲嘴上不说，但我们知道，我们心里明白，他想叶落归根，想走后把他安葬在老家大张寨。我开着车，是流着泪把父亲送回大张寨的。后来，我把此过程写进散文《回家的路》，在网上发出后，引起很多人的共鸣与感慨。留言中，他们说，把文章读了一遍又一遍，每读一遍，都是边读边流泪。他们叙说着、赞美着如大山一般厚重而博大的父爱。有不少父亲离世的，他们追忆着老人在世时的万般好处。读他们真情感人的留言，我眼圈发红，内心酸楚不已。

这辆车的故事很多很多。你想想，十五年了，它的故事能不多吗？

我老想，一辆车停在那里，它随时随地都会跟着主人出发，不管风霜雨雪，不管路途多么遥远，它都会伴随着主人默默地踏上征途。是的，没错，车只不过是人们出行的一种交通工具罢了。我却认为，它有了社会上有些人都不曾具备的忠诚奉献与任劳任怨的品质。无言无语的它虽然没有生命，但万物有灵，它的精神品质与气度担当，有了英雄之气，君子之风，让人心生敬意，让人如沐春风。

母亲知道我这辆车要报废时，她的话实在而真切："车给咱把力出了！十五年，一直都平平安安、顺顺当当的，这比啥都好，比啥都强！咱要感谢这辆车！你说要把车报废，猛地一下子，我还舍不得呢！时间长了，车跟家里的人一样，有了感情！"母亲停顿了一下，又说："话说回来，车开得时间也长了，该报废就报废。你要另弄一辆车，好，这样好，新车安全，开着让人放心！"

5月27日下午，忙完其他事，我和史仁立先生开着这辆车，去北塬上找报废汽车回收公司，为的是先认下门，第二天一早就可以直接过去。找到地方，快6点了，回收公司马上要下班，仁立先生问他们："十五年的面包车，报废后能给多少钱？"那位正打扫卫生的小伙子说："三百元！""三百元？车好好的，才给这么一点钱！"我接了一句话。那个小伙子笑着说："车好好的话，你不会把车开到这地方来。"

5月28日早上，下了一个晚上的大雨，还在哗哗地下着。我和仁立先生冒雨开车去办理汽车报废的手续。到了地方，我竟然忘记带车的手续，雨中又开车返回，拿了一次手续。冥冥之中，我觉得，这是上天要我和车多待一会儿啊！

到了报废汽车回收公司门口，仁立先生说："来，你跟车合个影，留个纪念！我原来处理"22994"时，连那辆车的一张照片都没留下！"他说的"22994"，是他原来开的那辆面包车。我或坐在驾驶座上，或站在雨中的车旁，他连着给我照了好几张照片。

办过手续，我把车交给回收公司。雨，还哗哗地下着。雨伞落在车上了，我折身返回去取伞。拉开车门，取了伞，又把车门关上。在落着雨水的车门上，我来回摸了几遍，又把车前前后后仔细看了一遍，算是和这辆车做最后的告别。

又回头看了一眼我的车（准确地说，这个时候这辆车已不是我的车了），已被卸掉车牌的车，孤零零地停在雨幕里。此时，我心里有一种说不清道不明的情绪，有那么一丝难过，还有那么一点儿不舍，诸多的滋味涌上心头。

今日，和这辆车告别，我和它十五年的相遇相伴，它对我的诸般好，就此画上了一个大大的句号。车倘若真有感应的话，它也会明白，是我送它上路的，把它送到了“殡仪馆”。唉，今天，明天，也许后天，它就会变成一堆难看的，龇牙咧嘴的废铁。

从院子里往出走，我暗自思忖，是不是我这人太多愁善感，怀旧的情结太重、太浓厚了？

从早上一直下到这个时候的雨，下得越发大了。雨中走着，我手里拿着的雨伞，也忘记了打开。

装在兜里的车钥匙，是这辆车留给我唯一的念想。手中拿着的那张车辆报废回收证明，已被雨水打湿，报废回收编号为HS-610000-868-20190528-18，这是这辆车留给我的最后一个数据。

我看了一眼，那数字冗长而冰冷。

大年初七回大张寨

大年初七，雪后初晴，我回到了老家大张寨。见到了老家的亲人，分外地高兴。大哥瑞生听说我们回去了，他在咸阳看望过母亲后，也随后赶回大张寨。弟兄们坐下，有说不完的话，说到村里的这事那事，全是我喜欢听的、有着满满乡情与亲情的话。

说到了地里的桃园，二哥月生的语气里有了隐隐的担忧。他说，去年冬天给桃树剪枝时发现春天果花受冻绝收后，桃园疏于管理，果树出了问题，树枝上的胚芽不多，今年桃树结果恐怕不会有多好。他的话，使我们增加了一分不安与担忧。地里的收成，受影响的因素太多太多了，还有农产品价格，还有其他问题，不是一句话、两句话就能说清的。

聊天中，我们马家户里人，父亲的发小与老同学、我们十分尊敬的碎爷马振川知道我们回来了，特意赶到二哥家，跟我们聊起了我们原本不知道的大张寨与马家户里许许多多的事情。那些事情，我都一一记在了心里。

今天回大张寨，有喜有忧，喜的是见到了亲人，有说不完的话；忧的是来年果园的收成到底怎么样，谁心里也没有底。但愿上天有眼，风调雨顺！但愿一切安好，给辛辛苦苦的老家人一个丰收的年景吧！

第二章　倾听花落的声音

浮生不老——一岁年龄一岁心

看着书案上六爷捎来的三个葫芦，不由得就想起老家大张寨，不由得就想起老家许多的人和事。面对书房里坐西向东的佛像，我虔诚地双手合十，真心地祈望故乡所有的父老乡亲嘉祥延集，福寿康宁，喜乐平安！

西干渠

宝鸡峡引渭灌溉工程总干渠在坛子坊分水闸分水后，往下，分成东西两条干渠。西干渠，从坛子坊开始，自西南向东北蜿蜒十八多公里，流入礼泉县北的泥河沟。

西干渠，是紧挨着老家大张寨村西流过的。马家西队与陈家西队的人出北城门口，先要从大渠的桥上走过，才能去地里干活。村里人把西干渠不叫西干渠，而是简称为大渠，或者一个字：渠。

宝鸡峡，20世纪50年代末开始设计与修建，1971年建成并通水。修渠时，五六岁的我，已经有了清晰的记忆。那时规定，本地渠道，由其他地方的民工来修建，本地的民工去别的工地修渠干活。老家大张寨的青壮年劳力，拉着架子车，带着镢头、铁锨、铺盖卷与吃饭的碗筷，轮流去宝鸡工地干活，一干就是几个月。

记得那一年的冬上，斜对门按辈分我应叫他爷的，家里没有洋瓷碗，去宝鸡工地时带的是大粗瓷碗。天特别冷，工地上的大锅饭紧赶慢赶就凉了，不热不凉的玉米糁盛到他的粗瓷碗里，碗还没暖热，饭已冰凉冰凉。同在工地上干活的其他村里人看不下去了，同情地对他说："叫人从家里捎来一个洋瓷碗吧，这么冷的天，天天出这么大的力，饭舀到粗瓷碗里连手都暖不热，吃着这冰饭怎么行？"他喝着碗里的凉玉米糁，半天无言语，而后嗫嚅着说："家里没有洋瓷碗！"这话传回了村里，那时，每家的日子都过得艰难，钱紧缺得厉害，买一个洋瓷碗不是轻松的一句话，不是说想买就能买了的。那位在宝鸡工地的人的父亲，我该叫他为老爷的老人长叹了一口气，语气低沉地说："唉！

叫娃在工地上受罪了。一个洋瓷碗，买不起就是买不起，有啥办法呀！”引起圪蹴在一起的众乡邻一片的唏嘘与哀叹。

修大张寨村西这一段干渠的是礼泉建陵公社的民工，其中有一部分人，就住在我们家前门的房子里。他们盘了锅灶，有一个大家叫他老郭的中年男子，高高的个子，脸黑黑的，任何时候头上都往后绑着条白毛巾，他专门负责给干活的人做饭。吃饭人多，他每天忙得团团转，上顿饭刚吃完，就急忙开始准备下顿的饭。当他蒸的一大锅的白蒸馍出锅时，三岁多、一年到头吃玉米面锅塌塌的大弟弟，眼馋地站在一边看，好心的老郭偷偷拿一个馍塞给他，悄声说：“快拿着，回你里屋吃去！”大弟弟拿着馍跑回里屋，祖父母看着拿回白蒸馍的孙子，说老郭人是多么多么好。他俩面对连玉米面都快要断顿了的困苦日子，不免又长吁短叹一阵子。

记得有一次，住在我们家那些干活的民工收工回来，在院子里吃饭时，其中一个年轻的小伙子就说了：“这是给底下平原上的人做好事，宝鸡峡修好了，给咱北山上能浇上地不？浇不上！一分地也浇不上！咱这是为人民服务，为他们这儿的人民服务呢！”过了多年，咸阳渭河以南的秦都区，曾在宝鸡峡工地当过民工的人也说：“修宝鸡峡，把水都聚在了宝鸡，给上边的人办了好事，却让咱这儿的渭河没水了，对咱这儿有啥益处？一点儿益处也没有嘛！”这是不同地方的人，站在不同角度，对修宝鸡峡水利工程的不同看法。

那时，没有现在的挖掘机与装载机等先进的大型机械设备，宝鸡峡，全凭最原始的劳动工具架子车、镢头、铁锨，靠人海战术，靠不怕苦、不怕累，互相协作，任务到人，拼了命也要上的无私奉献精神，修成了宝鸡峡引渭工程。在整个工程修建过程中，涌现出许多许多的英雄集体与英雄人物。其中传回大张寨的故事就有很多很多，那些故事，足以写出一部让人感奋、让人泪下、让人永生难忘的厚厚的大书来。

1971年，宝鸡峡建成通水。记得通水那天，大张寨老老少少的人像过重大节日似的，早早就站在西干渠岸边，等着渠水过来。小小的我，也高兴地挤在大人堆里看热闹。人们猜想着、议论着，有了引来的渭河水浇地，一亩地可以多打多少粮食？并笑着说，往后，白蒸馍凉面就能尽饱吃了！所有的人，都是满心的欢喜，满脸的笑容。“快看！快看！水来了，水过来了！”不知等了多长时间，人群中，突然有人喊出了声，指着远处的渠给大伙儿看，大家远远地往大渠上边望去，只见一层浅浅的水流，一会儿就顺着水泥衬砌的渠底急速流了过来，通过渠岸边站立人群的脚下，向东北方向流去。渠里的水位，不断地上升着，看着哗哗而下的渠水，家住巷子西头皂角树下八十多岁的木匠老爷爷眼里有了泪，喃喃地说：“谁能想到，竟然能把渭河的水，从宝鸡引到咱这儿来了，真是活神闹世事，真是活神闹世事哩！”

渭北旱塬有了水，深厚而肥沃的黄土地就会长出更好的庄稼，就会解决了长期以来人们缺粮少吃的大问题。一村子的人欣喜若狂，很多时候，没事了的他们，都要站在渠边，欢喜地看着那渠水，他们视渠水若生命，视渠水若亲人。

大渠水通了，村子里的马家东队、陈家东队、应家东队，还有商家东队的土地，都在渠的东边，地势低，可以自流灌溉。马家西队与其他几个西队的土地，大部分都在渠以西，地势高，不能自流灌溉，要借用上游乾县境内西干渠上白杨寨抽水站的水，通过较远的毛渠引来浇地，尽管不方便，费用大了些，但毕竟能浇上了水啊，千年的旱地，终于变成了水浇地，这是人老多辈想都不敢想的一个奇迹！是一件欢天喜地，叫人心花怒放了的天大的喜事呀！

有了大渠有了水，主要的粮食作物小麦与玉米，产量翻了三倍多。也是因为有了水，队里在渠西边的壕里种了一小块菜地，茄子、辣子、西红柿、黄瓜与豆角等蔬菜吃都吃不完，天天给各家分，分到各家的菜吃不完，还会拿去送亲戚。老家人用他们自己的话说：“咱这是真真正正吃上了水的利！”大渠刚通水那几年，整个村子的人，都沉浸在未曾有过的欢庆喜乐之中。

日子一天天往前过着，西干渠通水灌溉已四十多年了，在受益灌溉的同时，这渠里，光大张寨一个村子，就有老老少少几十个人不慎跌落渠中丧命。村里人每每说起谁谁谁，还有谁谁谁，是哪一年哪一月哪一日，因了什么跌入渠中淹死的，所有的细节与过程，他们都记得清清楚楚。说起这些事时，他们的心情、他们的话语，是一种复杂无奈而又难以诉说难以名状的痛。多年以来，村子的大人们时时刻刻、十二分操心着孩子们的安全，一会儿不见了孩子，都会惊慌失措地满村子去找，他们嘴里说的几乎是同样的一句话：“城门外有大渠，不见了娃，咋能不让人着急，咋能不让人操心！”因了一件件惨痛的事件，前几年开始，宝鸡峡管理部门在干渠靠村的渠边与交通路口等地方，陆陆续续开始加设防护栏杆，以减少此类悲剧的发生。

每次回老家大张寨，我都要走出村子，去西干渠上转转，往上游，往下游，静静地看看那大渠。大渠有水，渠水会哗啦哗啦急促奔流而过；大渠无水，渠底裸露而出，空寂而静默无语。站在渠岸边的我，不由得就有了很多的回忆与感慨。宝鸡峡引渭灌溉工程润泽了咸阳、宝鸡两市的十三个县，包括我的故乡礼泉在内的一百七十万亩土地。它诸多的好、诸多的益处是说不完的！这一条盘旋奔腾在渭北平原上惠利了众多百姓的水龙，它是有功的，是有大功的！但愿大渠沿岸的乡亲们在受益受惠于宝鸡峡的同时，注意，时刻注意安全，再不要发生不安全的事件！

西干渠，这条从老家村边流过，已陪伴了老家人近半个世纪且还要长久陪伴下去的西干渠呀！

三个葫芦

三个漂亮的葫芦，静静地置于我案头。这是在咸阳工作、高我一辈的立柱回老家大张寨给我带来的。看着饱满光洁，散发着祥和之气的三个葫芦，我满心欢喜。它是带着老家的气息，带着老家那方土地上的馨香来到我书房的。

我和高我一辈的立柱年龄不差几岁，是自家户里人，住的又是斜对门。小时候天天在一起玩耍，我是直呼他名字的。前段时间，他来我这里，看我书案旁放着一个葫芦，知道我喜欢葫芦，也没吭声，回老家大张寨，就告诉了我叫六爷的他父亲："正娃的书房放着一个葫芦，他肯定爱，只是那葫芦的品相不大好。"六爷知道后，从院子里的葫芦架上精心挑选出最好的三个葫芦，带着上边的龙头、龙须一起剪下来，小心地刮去葫芦外壳上的绒毛，把光光亮亮，看上去很美的三个葫芦，在窗台上晒干后，让立柱给我带来了。"三"是个美好的数字，"三六九，往上走"，三生万物呀，带来三个葫芦，六爷是知道的，这是代表了很多很多的葫芦哩。

六爷和我父亲同岁，他俩既是发小，又是同学。小时候，他俩曾抬着担笼在邻村凹底桃园批发桃子，去大张寨村北的韩家、赵家与李家村，一个村挨着一个村转着卖。父亲曾给我详细讲过，他们多少钱进的桃子，多少钱卖出去了，一天能赚下多少钱的零票。

还是小孩的我，没事了常去六爷家玩。六爷的父亲，我叫他老四爷，老四爷是一位有名的木匠。夏天，他总是光着晒得黝黑黝黑的膀子，和老四婆在院子里拉锯解板。老四婆年龄大，拉不动大锯了，再后来，是老四爷的小儿子——我八爷，与老四爷两人各自站在一个高凳子上，双手攥着大锯的一头用力拉锯解板。大锯在原木中间来回扯动着，发出吱吱的响声，锯下，就有锯末跟着唰唰唰飘落而下。他俩弓腰拉着大锯，大锯送过去，再拉过来，一下又一下。汗水，从他们脸上，从他们身上簌簌滚落而下。人工开原木解板，是个大苦力活，不用大力气，那锯就不会从坚硬的原木上锯下去。老家人说，开原木解板是个出大力的活儿。

就是这位拉着大锯，下了一辈子苦的老四爷，父亲在世时，常常念及他的好处。困难时期的腊月天，在西安上大学的父亲，放了寒假回到大张寨，老四爷领着他和村里的一帮年轻人，推着地轱辘车子去五峰山一带搞粮食。在山里奔波多天，搞下粮食后，他们推着装有粮食的地轱辘车子从山上下来。那天，要过一条河面很宽的河，同去的人上下好几里找了又找，没有桥，他们只能从结了冰的河面上过去。当父亲推着地轱辘车子，正准备上结冰的河面时，老四爷一把拉住他，厉声说："往后走！叫我推着车子先过！我能过去，你们就跟着过，如果冰破了，我掉河里了，你们就另寻地方过，我这把年龄了，死了就死了！你们还是年轻娃，后边的世事还多着呢，咋敢叫你们先过？"老四爷说着，就第一个弯腰推起重车子过冰河。还好，河面冰层冻得结实，老四爷顺利过去了，他这才招呼父亲他们那一帮年轻人过河。父亲每回说起这件事，对老四爷都心存深深的感激之情。他说："四爷在关键的时候，他先上冰河，他是在拿命给年轻人开路啊！"多少年过去了，父亲都念着老四爷的好，老四爷年老病重直到离世，父亲都不忘记去看望他，并帮忙料理他的后事。

"文革"时，父亲受冲击被关进"牛棚"，祖父托在西安东郊上班的老四爷的二儿子去探视。他心急，骑着自行车飞速赶到一百多里外的西安三桥探视我父亲，经过一番周折，好不容易见上我父亲。完后，他又急忙骑车折身返回大张寨，把他看到我父亲的所有情况，详尽地说给我祖父。祖父常说，在我们家遇到天大的事时，是老七（老四爷的二儿子）不辞辛苦去探望他的儿子并安慰了他。

在老家上学时，每到星期天，我常骑自行车去县文化馆阅览室读书看报，自行车坏了，就推过去找八爷修，正忙着其他活儿的八爷，每次都急忙放下手中的活，说道："快让我给正娃修车子，娃要去县里看书学习，这是正事！不敢耽误！"2006年，父亲去世，我们回老家安葬父亲，六爷和马家户里所有的人，还有本村的父老乡亲一齐出动，没黑没明地打墓，安排各种丧葬之事，全力帮助我们安葬了父亲。从西安、咸阳赶来的人没处住，都住在了六爷家里。

后来，我每次从咸阳回大张寨，六爷和其他的乡亲乡邻，都关心着我们在外边的情况，那份惦记，那种情意，点点滴滴，都记在了我心间，什么时候我都不会忘记的！

书案上，六爷让立柱从老家给我带来的三个葫芦，引得来我这里的人们一片啧啧赞叹声。有人惊奇地说："哟！一看这葫芦就不是一般的葫芦，是用心挑选出来的呢！是长成了的老葫芦，你看，造型多好！这是真正值得收藏的美葫芦呀！"我说："这是老家六爷院子里长的葫芦，是他用心挑选，细心收拾，放在家里的窗台上晒干后，专门给我带来的！""哎呀呀，怪不得呢，是老家大张寨的葫芦嘛！还是故乡亲，说起大张寨，说起大张寨的葫芦来，你看，那表情、那言语，还有那情感，都不一样了呢！"他们和我开起了玩笑。

葫芦，自古到今都是求吉护身、辟邪祛祟的吉祥之物，古人取其谐音"福禄"，作为富贵的象征。神话人物铁拐李、尹喜、安期生与费长房，他们都是随身带着葫芦有了神奇故事的仙人，这宝葫芦，千百年来也就成了人们心目中成仙得道的标志。葫芦藤蔓绵延，结子繁盛，又有万代盘长之美好意蕴。你说，喜欢类比取象，喜欢给物品寓以美意的人们，能不钟爱能不喜欢这造型独特、有了许多传说许多故事的葫芦吗？

看着书案上六爷捎来的三个葫芦，我不由得就想起老家大张寨，不由得就想起老家许多的人和事。面对书房里坐西面东的佛像，我虔诚地双手合十，真心地祈望故乡所有的父老乡亲嘉祥延集，福寿康宁，喜乐平安！

又到清明

年年清明，今又到清明。小弟速驰查看着日历，算着三弟晓驰歇班的时间。老三在机场工作，平时忙，法定节假日更忙。约定好时间，我们弟兄三个，要和住在城西的大哥，一起回老家大张寨，给故去的亲人们上坟。

清明时节，是天气最为多变的时候，好像上苍也为这个带有伤感色彩的节日动容。这不，昨日热得穿背心，今日却冷得穿上棉袄也不嫌热。清明节，还有“十年清明九年雨“的说法，那句牙牙学语的孩子都能背诵出来耳熟能详的诗句“清明时节雨纷纷，路上行人欲断魂”，就是在说多雨的清明，就是在说这个特殊的、别有一番情感与意味的节日。

年过后没几日，迎春花就迸出耀眼的黄，它们早早地报来了春信。柳枝，一身绿装的柳枝随了迎春花，摇曳着婀娜修长俏丽的身姿，把春的美丽图画徐徐展开。杏花、梨花与桃花等花儿，你不让我，我不让你地竞相开放了。街头的法国梧桐，去年干枯的叶子还在枝头飘动，绿莹莹如铜钱大的新叶已爬满枝头。

沉寂郁闷了一个冬日的人们，快乐兴奋得像是获得了解放，获得了自由，获得了新生。行走在春天的他们，以喜滋滋乐呵呵的语言与表情，诉说着春日的好，春日的美。没错，没错，春来了，春天来了，明媚亮丽、五彩缤纷的春色醉了人，醉了一个世界的人。好，好呀，熬过了沉闷压抑的冬天，应该快活地玩一玩，忘却年龄地疯一下，应该，应该的！

快乐地享受着春之美景、春之美好的人们，如若突然看不见了花的缤纷，看不见了春的烂漫，他们就有了另外的一种心事，另外的一番心情！

家里的老妈念叨着："清明节快到了，清明节快到了呀！你们选定时日，要给祖上，要给你爷爷、奶奶，还要给你爸上坟烧纸去！"

夫妻两人走在街上，男方往前走着，女方突然站在那里不走了，可以看出她暴怒的样子，可以听到她激烈刺人的言语。好好走着，忽然就情绪激动起来，他们是为给老人上坟的时间起了争执。

弟兄几个坐在一起，商量着哪天去给离世的亲人们扫墓，谁谁谁都要去，要买什么东西，商定了事，而后半天，没有了多余的话。

在路上，夫妻两人为上坟的时间，女方情绪突然失控；兄弟几个商量着上坟的事而没有了多余的话……这一切，这一切的一切，是因为清明，是因为清明节马上到了！他们此时的心情，他们的所思所想，与芬芳美丽的春天，与其他的一切都没有了关系！

每一个家庭都有离世的老人，每一个人都有刻骨铭心、埋在心底的永远永远的伤痛不愿去触碰，不愿说与别人！可每到欢庆的节日，每到这个众人祭奠缅怀亲人、叫人悲从心起的清明节，泪水就不由得潸潸流下。伤痛，一幕幕伤痛之事涌上心头，为离去亲人的好，为自己未尽上的孝，为……泪水，只有奔涌而下的泪水，才能宣泄自己的悲伤，才能抚慰平复自己的心绪！

世上的事就是这样，一代人送走一代人，即就是再尊贵的人，也不可能长久地留在这世上。普通的我们，只能望着远去的先贤与亲人们的背影，传承光大他们香远益清的精神品质，并把这种精神品质尽了全力传给孩子们，我们才能好受一些，我们才有了盼头有了希望，才有了继续活下去的勇气与力量！

清明节啊，清明节又快到了，我们弟兄三个，过几天要和大哥一起赶回老家上坟，缅怀纪念我们的列祖列宗。

打炕坯

炕坯，是关中道上盘炕时要用的炕面子。人们把坯念错了音，读“pei”，炕坯，就被叫成“炕pei”了。

那些年，每到夏天，就有村子里的人扛着铁锨，提着打炕坯的模子和其他工具，急匆匆地往村外赶。打了照面的乡邻就问：“急急火火的，去场里打炕坯呀？”“打炕坯！趁这两天天气好，把炕坯赶紧打出来！”扛着铁锨拿着工具者，回应乡邻的话。

打炕坯，是家家户户都要经历，都要干的活计。每年夏天，都有几户人家把老炕拆掉，拆下来的旧炕坯和旧胡基，做了上庄稼的肥料。那时，化肥短缺，这拆下来的旧炕坯与旧胡基，富含钾、钙、磷等多种微量元素，是上好的速效农家肥。

儿时，在老家大张寨，我曾跟着父亲打过炕坯，对其程序与方法是熟知的。

打炕坯，村里人一般都会放在七八月份。之所以要选这个时节，是因为天热，打好的炕坯干得快，盘炕，炕也容易干。

在外教书的父亲放暑假回到老家，已好几个年头的老炕要拆掉，重新盘炕，我们家打炕坯的活儿就开始了。年龄稍大一点儿的我，给父亲打下手，两个弟弟小，欢喜地跟着看热闹，跟着玩。

打炕坯那几天，要看天气，保证天不能下雨。当时，没有收音机，也没有如今的电视、电脑与手机，无从收听、查寻天气预报。不管哪一家打炕坯，都要让有经验的人看一看天象，确保这几天不会下雨。不然，稀里哗啦的一场大雨，就会把辛辛苦苦打出的炕坯瞬间变成一堆麦草泥，之前所有的辛劳，都成了白劳神、白忙活。

祖父看过天象，说没问题，这几天不会下雨，炕坯放心去打。父亲拉着架子车，车厢里坐着两个弟弟，还放着镢头、铁锨，架子车车辕上挂着水桶，我在后面跟着。打炕坯，首先要去北土壕里拉素净的好黄土。

把黄土拉到碾打完麦子的麦场上，在那里我们要和泥，打炕坯。父亲拉着重架子车，我推着。蹦蹦跳跳、边走边撒欢的两个弟弟，笑嘻嘻地跟在后面。

年龄大，已干不动重活的祖父放心不下。我们去拉土时，他早早就赶到麦场里。闲不下的祖父用铁锨把拉来的一车车黄土堆成一个中间凹下去的圆形土堆，和泥打炕坯，必须这么做。

土已拉够，稍事歇息，父亲从饲养室院子的井里绞了水，给土堆中间凹下去的坑里，一桶接着一桶倒水。祖父把土堆外边缘的土，用铁锨往上撩着。水，已倒满凹下去的土坑，不着急，满满的一坑水，让它慢慢地浸润、泡透黄土。

第二天一大早，父亲背着一背篓已用铡刀铡好，长约三寸的麦草秸，手里提着炕坯模子。我们弟兄三个紧随其后，拿着镢头、铁锨、泥抹子，提着一大担笼的麦糠到了麦场里。

经过一天的浸泡，土堆中间凹下去的坑，没有了一点水，整个黄土堆已被泡透。父亲把背篓里的麦草秸，往凹下去的土坑里倒了厚厚一层。父亲掂起镢头，和着麦草秸齐齐挖过一遍，再用铁锨翻倒着，把麦草节与泥土反复地搅和均匀。给泥土里添加麦草秸，是为增加、增强炕坯的拉力与坚韧度。这麦草秸不能放得太多，也不能太少。麦草秸放得太多，打出来的炕坯缺少泥土支撑，就会疏松，抗压性不够；放得太少，泥土又少了拉力与韧度，同样不结实。

麦草秸不多不少，那就用铁锨继续搅，反复地搅，把麦草泥完完全全、彻彻底底地给搅和好。光这样不行，还得挽起裤脚，光脚丫子进去不停地踩踏。用脚踩踏，一是为了麦草秸和泥土更充分地搅和相融在一起，二是要把泥土的筋性和黏性给踩踏出来。如此这般，用这麦草泥打出来的炕坯，才会更瓷实，更有韧度。

父亲和我踩着泥，两个弟弟也跳进了泥堆里。脚踩下去，麦草泥里的麦草秸从脚心滑过，扎扎的，痒痒的，他俩咯咯地笑着，欢快地踩着，觉得好玩得不得了。

一番忙活，麦草泥已搅好。父亲拿过来硬木做的，一寸多厚，长宽各三尺左右的四方形炕坯模子，放在麦草泥旁边。我上前去，给模子里唰唰地撒上一层麦糠，麦糠作为隔离层，便于炕坯晾晒干后移动。

我和父亲一人一把铁锨，把和好的麦草泥铲过来，倒入模子里。随后，父亲蹲在地上，用泥抹子把模子里的麦草泥用力推开，填充实在，抹平。模子内侧四边，父亲用拳头一下一下砸实，以增加炕坯边角的强度。父亲忙完这一切，用泥抹子把炕坯抹平抹光。

第一块炕坯打好，父亲上下轻轻晃动着，小心翼翼地取下炕坯模子，不能伤了炕坯四周边角。相距第一块炕坯一步远，父亲放下模子，我们按相同的方法，打第二块炕坯。干了后的炕坯是会收缩的，故而模子里压实抹光的麦草泥要高出模子一些，干了以后厚度才会正好合适。

炕坯打完，过一两天，等它不软不硬时，要在午饭后，趁天气最热的时候拍打。拍打时，炕坯的软硬程度一定要把控好，太软，拍打后会失形，变成一摊稀泥；太硬，增加不了韧性，炕坯还会干裂、开缝，无法使用。

顶着晒得人要脱一层皮的毒日头，我跟父亲赶到麦场里，去给炕坯做最后一道工序。带来的多半担笼草木灰，我给每一块炕坯表面均匀地撒上。

父亲用长三尺、宽半尺、约两指厚，老家人叫作扇板的木板，从中间向两边用力地拍打着，四边拍打的次数更多，要让麦草泥粘连得更紧密，小小的空洞，一丝的空隙都不能有。拍打到位，炕坯的硬度与韧度才会更好。

父亲脸上的汗水不断线地往下淌着，他前胸后背的衣服，湿得透透的，能拧出水来。我额头上滚下的汗水流入眼睛，蜇疼蜇疼的，满手沾的都是草木灰，我只能侧头用胳膊去蹭蹭眼睛。

啪啪啪，啪啪啪，扇板拍打炕坯的声音响亮而有节奏，从麦场上传回村子里。中午歇晌的村人知道，那是给炕坯做最后一道工序哩，不管谁家，每隔几年都有这么一桩事，都少不了要干这个活儿，他们不会计较，不会有怨言，那啪啪啪的拍打声似乎成了催眠曲，他们反倒睡得更安稳，更踏实了。

炕坯很快就干了，该收炕坯啦。父亲给炕坯再次套上原来用过的那个模子，我和他弯下腰，前后左右用力去推，去挪动炕坯。打炕坯时，底下撒有防止粘连的麦糠，一推，一挪动，炕坯刺溜一下子就松动了。把炕坯小心扶起，一块炕坯的边棱，顶着另一块炕坯面子的中间，呈斜侧的“T”字形，竖立在麦场上。炕坯虽不值钱，但这是几天以来的劳动成果，看着叫人舒心，叫人快活！好了，炕坯打好了，等它干透后就可以拉回家去。

父亲领着我们打出了硬实坚固、四角齐整整的漂亮炕坯。村里人聊天时说到我父亲：“那人从小是个念书人，字写得好，文章写得好，书教得好，没想到打炕坯，他还打得那么好！”话传到父亲耳朵里，他只是笑笑，说：“农村出身，土生土长，干这点活儿算个啥呀！”

炕坯拉回家后，经过一番忙碌，就开始盘新炕了。盘炕，炕洞里竖立的胡基顶上，炕坯上抹的一层泥，都是泥水活，需立即烘干。给炕洞里填满柴草，引着点燃，又给炕面上铺上厚厚的一层麦草，用它吸收蒸发出来的水分。需连续烧上两三天，农村人把这叫“给炕出水”。没出过水的炕，或正在出水的炕，人千万不可睡上去。否则，湿邪之气会侵入人体，一旦染上湿邪，是极难治愈的，附近村子里的人，就有人招过这祸，落下了终身的疾病。

出完水的炕，被麦草吸收了不少水分，麦草摸上去湿漉漉的。新炕，还得再烧一次，才会彻底干透。好喽，炕烧好喽，给干干爽爽的新炕上铺上席子、褥子和单子，这下，人就可以放心地在上面睡了。

地里的玉米，已上过旧炕拆下来的农家肥，才几天，玉米秆子就硕壮红亮起来，叶子，黑得能冒出油来，眼看着一天比一天长得高。适时得很，天公作美，下起不大不小的雨来。嘿嘿，上足了肥的玉米苗会蹿得更快，会长得更好，到了秋天，肯定会有一个好收成。

雨还在下着，不能下地干活的农人，也就得了闲空，该好好地歇息歇息，轻松轻松。心里自在而谄活的他们，打过一声长长的哈欠，平展展地躺在坚实舒适，还散发着泥土清香的新炕上，不大一会儿，鼾声就响了起来。那鼾声会解除多日的劳顿疲乏，那鼾声里有他们日子丰稔的香甜美梦。

打胡基

打胡基，是千百年流传下来的一门传统技艺。是关中道上的人，为了能有一个安身立命、避风遮雨的家，以取之不尽的黄土为原料，制作建筑材料的一个辛苦劳作。

素净且带有黏性的黄土，打出一排排湿漉漉的新胡基，整齐地立在土壕里，散发出泥土的清香。打胡基的农人，抹一把汗水，看着普通的黄土经过自己的捣鼓，变成一块块干了即可派上多种用场的胡基。他们的脸上，显露出只有劳动者收获之后才特有的那种滋润与谄活。

胡基，可盖起土木结构的房子，可垒灶台，可盘土炕。老人下葬，墓坑里的黑堂门是用胡基封的，还有坟上点蜡烛烧纸、放供品的小供桌，也是用胡基做成的。胡基，在农家有很多的功用。

说起胡基，打过胡基，见过打胡基，住过胡基墙房子的人，就有了许多挥之不去的记忆，就有了说不完的话题。

胡基学名“胡墼（jī）”，史学家认为“胡墼”是舶来品，有丝绸之路的背景。他们说，胡基最早出现在古埃及、两河流域的亚述帝国与波斯帝国，以及中亚地区。张骞出使西域后，胡墼方才传入内地。胡墼，还有后来传进来的很多东西，因为出自“胡人”之胡地，就都在其前加了一个“胡”字，诸如胡椒、胡麻、胡桃、胡萝卜、胡琴、胡笳与胡服等。

民间却有截然不同的观点，说胡基哪是什么舶来品！它是土生土长的正宗的中国制造。追根溯源起来，它是木工的祖师爷鲁班，为了解决民众住房无建筑材料之苦，发明出打胡基的工具——模子。有了模子，才有了后来的胡基。

哪种说法正确，不是我们这里要探讨的话题。我知道的真实情况是，在漫长的历史长河中，胡基是农村人盖房、砌墙的主要材料，它还有其他用处。胡基庇护众生，给了农人一个窝，一个温暖的家，给生活带来便利，实在是功不可没。过去，一块干胡基，老家人都舍不得扔掉。他们知道，不知啥时候，这块胡基就会应了急，就能用上呢。

岁月更替，时光推移，改革开放以后，盖砖瓦房，后来又有了楼房。钢筋水泥的广泛使用，促使胡基完成了它的历史使命，逐步退出农村建筑材料的行列。远去的胡基，成为记载着农人艰辛生活，有着许多难忘记忆的沉甸甸的一个词语。

小时，在老家大张寨，谁家打胡基，村里人马上就知道他们家要盖新房了。有的人家，把黄土从村外的北土壕拉回来，在家门口打胡基，为的是下雨时好照料，盖房时，也不用从土壕里再往回拉。更多的人家，选择直接在北土壕里打胡基，一是就地取土方便，二是不占用家门口的地方。

打胡基，村人一般会选在二三月，选择这个时间段，是因为春上雨水少，就是下了雨，那也是零零星星的毛毛雨，不会下塌了胡基垛子。夏天多暴雨，秋日常有连阴雨，胡基一旦被水灌了，淹了，成为一摊烂泥，就会前功尽弃，白白忙活一场。

打胡基，不光是个苦力活，也是个技术活，要精壮且有灵性的男劳力方可胜任。打胡基一般由两人配合完成，一个提锤子，一个供模子。

提锤子的人上了模子，两只脚把土往模子中间一拨拉，腾腾地跳起，把土踏实，提起平底锤子咚咚咚锤过，把锤子放入前边的灰笼中。然后，双手拄着锤子把，双脚从模子两侧的面上，由后向前滑动，蹭掉沾在模子边沿上的土，这个时候，一只脚的脚后跟顺势蹬掉模子的挡桄。跳下模子，弯腰，把模子往两边一掰，卸开，扶起模子，靠在前边的锤子把上。在供模子的人取掉胡基一侧的活动隔离板后，再弯腰，把打好的胡基轻轻往前一推，扳起，双手从短的两边掬着端起，走过去，摞在地势稍高的胡基垛子上。

摞起的胡基垛子，每块胡基相隔三厘米左右，便于通风干燥。胡基垛子一般摞五层，每一层方向相反，斜三十度左右放置。胡基垛子越长越高，越难摞，也越容易倒塌。场地大，要打的胡基多，个子大且有力气的好把式，把胡基垛子摞得长而高，那是为了显示他们非同一般的高水平。在老家有一位辈分高，我该叫他大爷的，他打胡基一直都是摞七层，也不用凳子。

个子大、身材魁梧的大爷，端着胡基到胡基垛子跟前，噌地快速一倒手，一只手就把胡基搭着摞上去，摞得整齐而稳当，那功夫，常让其他打胡基的人惊叹不已。水平差，不会摞的，往往还没摞到第三层，胡基垛子就稀里哗啦倒塌了，打好的胡基，瞬间成为一块块破碎的土块。人们就会取笑他们："呵呵，倒了，胡基倒了。胡基会打不会摞，不如家里静静坐！"

打胡基，那是有要领的，行家们会以"一把三锨六脚十二锤窝"的顺序，有条不紊，又快又好地打出胡基。

"一把"，就是供模子的把模子整理好，从灰笼里抓一把草木灰，唰唰唰，在模子内侧四周与胡基石上均匀撒开，以防模子和黄土与下边的胡基石粘连。

"三锨"，还是供模子者的活儿，要麻利地向模子里倒入不多不少的三铁锨黄土，并用锨拍瓷实。

"六脚"是说提锤子的人跳上模子后，双脚按照先两侧再中间的顺序，由前向后跳动，六脚下去，要将模子里的土踏平实。

再下来是十二锤窝。要打好一块胡基，这十二锤窝的规则与讲究，是必须严格遵守的。提锤子者用锤子击打时，既要四慢八快，又要四重八轻。也就是说，十二锤窝中，四锤要慢但力道要重，另外八锤动作快捷但力量要轻，不需着意用力。这十二锤窝动作连贯交叉，一气呵成，天衣无缝。提锤子的人打胡基时一系列的动作，看上去十分流畅与潇洒。

供模子的人，要眼尖手快，清理完胡基石上的土，把模子安好，撒上灰，土填上，趁提锤子的人打胡基、摞胡基的空当儿，还要叼空拿起镢头挖土，再把土块打碎，为下一次供土做好准备。模子供得好的人，不管啥时候，提锤子的人摞完胡基折身回来，这边早已准备停当，提锤子的人不用等，上模子，提起锤子就能打。闲着无事，站在一边看热闹的村人，往往会跟供模子的人开起玩笑："世上的事七十二行，要数供模子的人最忙。"

一个土壕里，常有几家同时在打胡基。这个时候，他们不由得就暗自较上了劲儿，比赛看谁的胡基打得快，打出的胡基齐整漂亮。一心忙着自家活儿的他们，专注而用心。你听听，满土壕都是此起彼伏的咚咚咚的打胡基声。

打胡基时，如果两个人配合默契了，那个标准好看的动作，那个流畅洒脱的过程，简直是一个让人眼花缭乱、节奏感超强的舞蹈节目了。哎呀呀，你看他们打胡基时的那个神态，那个身姿，还有每个动作之间的无缝衔接，整个过程如行云流水一般，无丝毫的生硬感，无丝毫的做作，无一丁点儿的矫情。

他们辛苦劳作，是为了把黄土变成有用的建筑材料，他们没有其他多余功利的想法，那是劳动者劳动时自然形成的满含希望，张扬着积极向上精神的醉人舞蹈。那些在练功房里所谓的舞蹈家，真要编一套打胡基的舞蹈出来，我想，他们肯定比不过这些劳动者。因为他们没有艰苦劳动与艰难生活的那种浸透到骨子里，进入到生命深处的体验，没有劳动者对未来生活那份美好的憧憬和期盼。尽管他们的那份憧憬和期盼，可能让那些高贵的人看起来渺小而微不足道。

是呀，打胡基是个出大力、流大汗的苦力活儿。直到现在，老家人还有这样一句话，言说打胡基的艰辛与不易："一饱忘了千年饥，曾不记当年打胡基。"

老家北巷子的苗良他爸，个子不高，眼睛大大的，一生以给人打胡基为业。他打胡基，没有供模子的帮手，老是一人不停地忙碌着。我时常见他弯着腰，扛着镢头和铁锨，还有打胡基的模子，出了北城门口，去北土壕里打胡基。

他那腰，是长年累月打胡基劳累变弯的，一年一年过去，他的腰一年比一年弯。我记得到了最后，他的腰几乎弯成了九十度。每回见到他，我的心就好像被锋利的尖刀狠狠地戳了一下，疼得我要颤抖起来！

打了一辈子的胡基，繁重的体力活，硬是把他劳累成了这样啊！那时的我就开始明白了一个道理，人生在世不容易，普通的我们，没有谁能够活得自自在在，活得轻轻松松。我们必须以百倍千倍的勇气，坚忍而顽强地面对生活，面对未来，才可能在人生这条坎坷而又弯曲的道路上不当懒汉，不当懦夫，不当逃兵。

打胡基，是一个尘封已久的记忆。我之所以要提起它，要写这些文字，是为了让自己记住曾经的过往，记住我们的上辈人为了生存为了生活曾经付出过多么大的辛劳与努力，也是为了记住我们曾经住过以胡基为墙的新房子。在新房子里住的那些年，我们有过艰难，有过痛苦与泪水，但我们也有过难以忘却的快乐与幸福。

老水井

儿时，在老家大张寨，村里人吃水，都是从人工打的井里绞水。

水井不是每家每户都有，一个巷子也就那么几户人家有。老家的井深十几丈，打一口水井，不但要好吃好喝侍候打井的匠人，还要支出一大笔的工钱。井打好，置办绞水的辘轳、十几丈长的井绳，还有铁打的长长的井链环，这些都要花钱。困难时期，那真是一笔不小的开支呢。

家里没井的，就从巷子里有井的人家绞水吃。人老多辈都住在一起，且都同宗同姓，有的还是未出五服的自家人。谁家有井从谁家绞水吃，大家没有觉得有什么不妥，有什么不好。能来家里绞水，有水井的人家反倒觉得有面子，那是人家看得起他，说明自己人活得好，和邻里关系处理得好。

有水井的人家，如果因为别人来家里绞水就不高兴了，不光会被人看不起，还会被人耻笑：短人啥都不能短人水火！那家人心咋那么狭隘的？人来绞个水嘛，脸就吊得那么长，谁还敢跟他打交道？

我们家没有水井，平时吃水，在园子爷或在斜对门二爷家井里绞水，或在隔壁的大妈家绞水。都是本家人，跟在自己家里绞水一样自然。

父亲在西安的学校里教书，我们年龄尚小，从十几丈深的井里，把几十斤重的一桶水，一桶一桶地绞上来，这绝对是个体力活，我们绞不动，所以家里要吃的水都是祖父绞的。

从井里绞上水，祖父挪腾着步子，大幅度地、两手交替地拎着水桶，把满满的一桶水提回来。老家人把这样的提水方式叫作“抡”。单手直接提一桶水往前走，不顺当，桶容易碰在人腿上不说，还费劲，“抡”着轻省了许多。

我记得家里有一口深红色的粗瓷大水缸。缸顶端是一周土黄色的边。这么大的水缸，就放在厨房门后往右一点的地上。要把这口大缸倒满水，至少需要七八桶水。

夏天，天气太热，和巷子里的玩伴们玩耍完回来，干渴至极、满脸汗水的我瞅着厨房里没人，就推开水缸上的大木盖，凉气迎面而来。舀出一碗凉水，咕咚咕咚就灌进肚子里。哎呀呀，浑身顿时有了一丝清凉。那个爽快劲呀，要多美有多美，要多舒服就有多舒服！

背着大人喝凉水，那是怕被他们骂。他们时常吓唬我们说："热急了的人，贵贱不敢喝凉水，喝生凉水，会把肺激了！"等不及把开水放凉，就是有凉开水也不爱喝的我，老觉得没有喝凉水来得痛快，来得爽利。把人热成了这样子，哪里还管什么凉水把肺激了！

长大了的我，想起大人们说的那些话就想笑。水通过食管进入胃里，咋就能把肺给激了？呵呵，那是大人们故意吓唬娃娃们，怕他们喝凉水闹肚子。不光是夏天，到了冬上，我和玩伴们一样，也会砸开水缸上结着的一层冰，舀一碗冰得瘆牙的凉水，仰起脖子，一口气就给喝了。喝凉水的玩伴们，从没有听说谁闹过肚子。

夏日，家里的水缸里，常漂着几根黄瓜，那是从村街上卖菜的地方买来的。漂在水上，颜色黄绿、如小娃胳膊一般粗的黄瓜，外皮上长着一排排整齐的小刺儿。那时，我们也会趁大人们不在，捞出黄瓜，在案板上切下一段，咔嚓咔嚓地咬着吃，凉凉的、脆脆的黄皮黄瓜味道真好。现如今的黄瓜大都是深绿色的，比大拇指能粗一点，尽管黄瓜头上还带着不曾落下的鲜艳黄花，看着是新鲜，但咬在嘴里，怎么也吃不出当年黄瓜的那个味道来。

每当吃饭时，母亲会把那黄瓜用笊篱捞上来，切下一段。切成片，用盐醋调拌后吃。吃酿皮（面皮）时，母亲把黄瓜切成细丝丝，和黄豆芽、面筋一起放入酿皮碗里调拌了吃，碗里，黄瓜的味道最为浓郁，那个清香的味儿，我到今天都忘不了！

母亲把剩下的黄瓜，重新放入水缸里。那个时候没有冰箱，大热天把黄瓜放入水缸里，是为了保鲜。

冬天，母亲会选择太阳好的日子，洗一家人换下来的衣服。从井里绞上来的水，还冒着丝丝热气。几个大铁盆放在院子里，坐在小凳子上的母亲，弯腰在大铁盆里搓洗着衣服。看母亲洗衣服的我们弟兄三个，把手塞进洗衣盆里，笑嘻嘻地喊叫开了："水是热的，水是热的呢！""趁水热，让我赶紧把手洗一洗！""井里绞上来的水，跟在锅里烧过的水一样热呢！"

忙着洗衣服的母亲笑着说："井里温度比地上高得多，绞上来的就是热的！快，你们快到一边耍去，甭在洗衣盆跟前碍事，妈还要洗这一大堆衣服呢！"

水井，过几年就要淘一次。井下，泡在水里的井壁上塌陷下来的泥土块时不时地就会掉进井水里。时间长了，落入井底的泥土多了，水位变浅，桶下去，就只能绞小半桶或半桶的水上来。这个时候，就必须把井底的淤泥全部给清理上来才行。我见过二爷家淘井，淘井匠人从井里出来，几乎成了泥人。从井里清理上来的黄色淤泥在院子里堆了一大堆，黄泥水不断从那淤泥堆里慢慢地流出来。

就是这吃水井，从打井到后边使用，也常常会发生意外，发生事故。打井时井塌了，把打井人塌死在井里。有人绞水时，正往上绞着水，不小心放了"蹩辘轳"，双手意外地从辘轳把上滑落，带着一大桶水的井绳猛地受重力作用，反方向飞速旋转开了，那辘轳把儿也跟着飞快地转动起来。飞快转动的辘轳把儿划出晃人眼目的圆圈，快得让人看不清它的形状，力量巨大的辘轳把儿，哐当一声，把绞水人打到了井里。

有人与邻人或家人因这事、那事不和，发生了大矛盾，想不开就跳了井，也有不懂事的小娃误落入井里的。在井上发生的事故很多，出事者或死或残，让人触目惊心！

村人闲了，坐在一块，也说起村里与外村在井上发生的各种事故。谁哪一年因什么事跳井死了；又说谁为了在井里捞一个草垫（用麦草拧成的绳子，编织出厚厚的，可以坐的圆形垫子）绊瘫痪了；还说外村谁家的一个年轻娃，绞水时放了"蹩辘轳"把命要了……他们把一个个出事的过程，还有出事人后来家里发生的变故，齐齐地说一遍。末了，就有了众人长长的叹息声。

水井为了人的生存而存在，是功德无量的。它给村人提供了生命需要的源源不断的水源。一个"好"字，说不尽水井的千般万般好。水井，它又是危险之地，是让人要万分小心了的一个地方。过去，许多的悲剧都跟水井有关，它成为许多人万劫不复的伤心地。正因为如此，对水井敬畏的村人，许多家在井台里供奉着井神，祈求井水旺盛，祈求井神保佑自己和家人平安。

凡事凡物，岂能都是好！一事一物都有两面性。正如菜刀既能切菜，也能成为杀人的凶器；某些毒蛇等动物的毒素，既是救人的良药，也是瞬间让人毙命的毒药。所有的事儿，我们只能趋其利而避其害了。

水井，就是这老家人世代用下来的水井，自前些年用上自来水后，大都废弃不用了。人们嫌它占地方，保留着又有危险，就把水井都填埋了。村里，没有留下一口吃水的井，没有保留下来一套绞水时要用的辘轳与井绳及井链环。

将来，我们给孩子们说起过去的水井，说起辘轳的形状、长长的井绳；说起井绳前带着的井链子，三下两下怎样一套就巧妙地把桶鋬扣了进去。说起水井上边这些绞水的物件来，我想，即就是拿出照片给他们看，他们也会茫然，也会大惑不解。

时代在进步，生活越来越好，伴随世世代代人的吃水井，已和人们彻底告别了。这没有什么不好，更没有什么错。但不管怎么说，连一个完整的井台、一口完整的井、一个辘轳、一条井绳与井链子都没有存留下来，不免让人就有了许多的怀恋，也有了些许的失落。

老水井，就这样从我们的生活中永远地消失了吗？

钉锅

“钉锅！钉——锅——来！”小时候，在老家大张寨，村街上常常响起钉锅匠的吆喝声。

那吆喝声中，前边“钉锅”两个字，喊得响亮而急促，是为了引起村人的注意。后边三个字，有意拉长了声调，把每个字音咬得很真、很重，那是为了让人们听清干啥的来了。

有一个真实的故事。村里有户人家，媳妇前边生了六个女娃，最后生的这个“把把娃”（方言：男娃儿），不由得就被溺爱，从小被娇生惯养，村街上来了卖啥吃食的，他都要吃。

冬日早上，门口钉锅的第一声吆喝还没落音，赖在热被窝里不起来的“把把娃”，耳朵还尖得不行，以为钉锅是啥好吃的，就喊叫开了：“妈！快给我买！快给我买！我要吃钉锅，吃钉锅！”他把后边的“吃钉锅”三个字喊得震天响。

“吃钉锅？钉锅咋能吃？这熊娃，你知道钉锅是干啥的不？”他娘苦笑着说。“我不管，我不管！我就是要吃钉锅！”说一不二的“把把娃”哭闹得不行。无奈，当娘的把衣服给他穿好，领他到村街上，看钉锅能吃不能吃。到了村街上，“把把娃”一看钉锅并不是啥好吃的，倒是乖了，不哭不闹了，挤在看钉锅的娃娃堆里，跟着看起热闹来。

钉锅匠担着的担子，前边放着钉锅要用的小炉子、手摇钻、铁剪刀、小铆锤、小冲子与铁砧子等工具，还有干活时要坐的小马扎儿。担子后边，是分成三层有六个小抽屉的木箱，放各种钉锅要用的材料。

钉锅匠的衣服和脸上，常常沾有一层黑色的锅底灰。玩伴们说，那是他们故意染上做标记的，要叫人们知道他们是钉锅的。我不信玩伴们的话，烧柴火的铁锅，谁家锅底下不是一层厚厚的黑灰？钉锅匠干的是钉锅的活儿，小一点儿的锅夹在双腿之间，又是钻孔，又是钉铆，脸上有了汗水，不经意间用手擦一下，能不给衣服上、脸上蹭上黑黑的锅底灰吗？

不信玩伴们的话，是因为我心里还有一个小秘密，一个自我的小小尊严。

听母亲说，外祖父去世早，贫寒的家庭没有了依靠，我舅父小小的年纪就挑起了家庭生活的重担。十多岁的他，还是一个娃的时候，就学着钉锅，挑起钉锅的担子或东到西安，或沿着西兰路一路向西，经过乾县、永寿、彬县（今彬州市）、长武，进入甘肃，一直到兰州、武威和敦煌等地，干的就是钉锅的营生。年龄还小的我，不想让玩伴们说衣服与脸上的黑灰是钉锅匠的标志。

我和玩伴们围着看钉锅匠干活。记得常来村里的那位钉锅匠，看上去五十多岁的样子，人瘦，中等个头，腰有些弯，眼睛明亮而大。他手艺好，干起活来手脚麻利，一道接一道工序，像表演节目一样顺畅自在。看他干活，我们这些娃娃也觉得是一种美，跟着快活了起来。

村人拿来铁锅，跟他说，锅打了（有了裂缝），或说锅有了砂眼，滴答滴答不停漏水呢。他噢地应过声，接过铁锅，先掂一掂锅的重量，再用手中的小铆锤轻轻地敲一敲，以此判断铁锅用的时间长短，是浑实稍新一些的锅，还是时日久了，已变得薄不耐用了的老锅。他根据自己的判断，会拿捏后，一边钻孔，一边用冲子与铆锤轻重缓急地敲打。

锅有了砂眼，他用小冲子轻轻穿透，给砂眼中间插入铝丝或铜丝，把两边伸出的头儿剪去，用小铆锤先铆平，而后用细锉子锉平，再用手去试试，直到平平滑滑了才算完工。

遇到裂缝的铁锅，他先细细地看过锅内的纹路，再把铁锅倒扣在地上。根据裂缝的大小，在锅外边的裂缝两边，用手摇钻每隔两三厘米各钻一个孔。带着弓的手摇钻，他一上一下快速地往下压着，那手摇钻上的皮带绕着钻杆飞速地旋转着。钻头，在满是黑色的锅外侧，咯吱咯吱地往下钻着，钻头周围就有黑灰色的铁屑慢慢往外冒。手摇钻钻出来的两排孔眼，依着裂缝，在黑色的锅底上明亮得像闪着光。

孔眼钻好，钉锅匠先在裂缝处抹入麻油与生石灰和成的“泥”。然后，用合适的“扒子”（用铜或铁打成的扁平的两脚钉）两端穿入锅底裂缝两边刚钻好的孔眼里，这是要用“扒子”把裂缝处锔得严密无缝，紧紧实实。

有了相当于黏合剂的“泥”，又有扒子紧紧扒着，铁锅不管怎么样，都不会再漏水了。这是刚好有合适的扒子，如果大小不合适，还要支起小火炉，根据裂缝大小，新打出要用的扒子来。

穿好扒子，把锅翻过来，伸入锅内的扒子尖角，需紧挨锅底，再用铁剪刀把它剪掉，用小铆锤轻轻把扒子尖角根部铆平。同锅底下扒子一样，锅内铆平扒子尖角根部，同样要十分小心，稍有不慎就会打了铁锅。常有不老练的钉锅新手，锅没有钉好，反倒把人家的锅打成两半，不用说，那是要给人家赔的。

叮叮当当，叮叮当当，钉锅匠细心地铆着锅内扒子的根部，铆平后，还用细锉子一个个把它锉平。最后一道工序，是用细砂纸刺刺刺地把它打磨光滑。一番辛苦之后，钉好的锅内，只看到两排整齐的扒子点儿，用手摸上去，平滑光洁极了。

“倒水！试锅！看漏不漏！”每到这个时候，那钉锅匠就直起有些弯屈的腰，十分自信地喊出这句话。

他的话还没说完，玩伴们就抢着端起旁边的一盆水往里倒。倒得太猛，倒入锅内的水，溅到站在一旁的人身上，于是就有了骂声：“碎崽娃子！疯癫得很！我问你急啥呀急？慢慢倒！”其实，这位大眼睛钉锅匠钉过的锅是不用试的，他的手艺村人是知晓的。钉了多年的锅，他钉好的锅，从来没听谁说漏过水。认真的他，要让主家放心，还是要试试漏水不，不管怎么说，这一程序是少不了的。

钉锅，根据锅损坏程度收取修理费，当时大都是二分、五分的工钱，大一点儿的活儿，最多也就两毛钱。试过锅，村人把钉锅钱交给钉锅人，钉锅人擦擦额头的汗水，用沾满黑灰的双手接过钱，笑着装入衣兜里。

当玩伴们在一起夸这钉锅匠手艺多么高明时，我想到了我的舅父。听舅父的徒弟说，他和我舅父在兰州钉锅。一天，他们去了兰州的部队驻地找活干，部队有一口大得怕人也破得吓人的铁锅，管事的人说：“来了好几拨钉锅的，没人敢上手。说，钉不好把锅打得更碎了，挣不下钱还得赔出锅来，这么大的锅，贴赔不起！他们挑了钉锅的家具，转身就走了！”

管事的人盯着我舅父，问道：“这锅你能钉吗？”舅父想也没想就接了话：“能钉！锅打了，我赔！那钉好了，工钱咋算？”对方说：“工钱好说，工钱好说。咱不亏下苦人！该给多少给多少！”舅父和他徒弟干了一星期，把这口大锅彻底给钉好了。管事的人非常满意，夸赞我舅父：“老陈，没想到你这么厉害！那么多人都不敢上手，你连想都没想就接了活，活还干得这么漂亮！”事后，他还给我舅父介绍了部队上好多钉锅的活。

舅父是吃过大苦，受过大罪的人，他以他的好人品，以对他母亲——我舅婆的孝顺，以及他的勤劳能干与好人缘儿，受到了人们的尊敬。舅父在世时，我听他说过，过去钉锅是有行规的。一个匠人在一个地方钉锅，另一个匠人也到了，收入要对半分，这是行规，也是一种行业的自我保护行为。

离老家大张寨不远，同为礼泉新时乡人，被誉为“农民诗人、民间歌谣家”的李登峰老先生，民国时也曾是钉锅匠。他在钉锅之余写下了七十一大本，二百多万字的日记、歌谣。在他的日记、歌谣里，也曾记载过这一行规。

新中国成立前，李登峰老先生和七八个钉锅匠，一同住在西安的一家客舍里。一名叫李志信的匠人，被人从店里叫去钉锅，他得到的报酬，并不是他一个人的，而属于“官钱”（客店里住的七八个匠人都有份儿）。李登峰老先生写的一首民谣记载过这件事：

李志信八百票洋，
今日一天光睡觉，
分来官钱八百票，
不做活来我不对，
分人官钱真惭愧！

钻钻扒扒、锤锤打打的钉锅活儿，也是个苦差事。李登峰老先生有过这样的打油诗：

钉锅匠，真个苦，
不论热冷把锅补。
六月天，天气炎，
汗流满面把锅钻。
数九天，沿街叫，
捉住家具手冻翘。

苦累倒是在其次，在旧社会，他受到的欺凌屈辱、低贱贬损，是他最不能接受的。新中国成立后，他放声歌唱新社会，写出了许多讴歌新中国与新生活的民谣，被人们广泛传唱。

钉锅，已成为一个远去的记忆，物资紧缺的年代，一口铁锅不知用过了多少年，有砂眼了，裂缝了，反复地钉来钉去，铁锅周身都是铆点与扒钉。时代变化，物质极大地丰富，很少有人再把烂锅拿出来钉了。随之，钉锅匠，这一古老行当的手工匠人，稀少得寻也寻不见了。

把钉锅的这些事告诉给现如今的年轻人，他们肯定是不懂的，是不可理解的。一口锅嘛，破了就换呗，哪值得费那么大的劲钉来钉去？

写钉锅，是为了记下过去曾有一种手艺叫钉锅，曾有一种职业叫钉锅匠，曾经有一种招呼生意的吆喝声："钉锅！钉——锅——来！"

躔院

关中人说躔，是指没有次序，乱踩乱踏的意思。

过去，在故乡礼泉县城，到吃西瓜的季节时，街上常摆满西瓜摊。西瓜摊前，是支起的案子，案子上摆着一排切开的红瓤黑籽西瓜。

卖西瓜的摊主，站在案子后，手里拿着长长的西瓜刀，一边在案子上"当当当"地敲着，一边大声地吆喝："刀响呢，蜜淌呢，瓜子在里边乱躔呢！快都来吃呀！赛蜂糖一样的西瓜！快来吃，迟了，就没有了！"

这个"躔"字，是说瓜子在西瓜里快速地走着，这本来就够玄的，又在躔字前加了一个"乱"字。"乱躔"，明显是造势，是为像蜜一样甜的西瓜在加分，在做注脚。这卖西瓜的是语言大师吧，你看看，他吆喝得多有水平，多么吸引人。

躔院，也有一个生动的"躔"字。躔院，是老家大张寨人在新庄子新房盖起后举办的一场庄重而热闹的活动。

新庄子新房盖起来，主家马上要住进新院子了。他们先选黄道吉日，确定下躔院的时间，然后告知众乡邻。躔院那天，一个巷道上的人早早就来了，新院子，里里外外站满了人。娃娃们是最兴奋、最高兴的，躔院这一天，不仅有平时难得吃上的片片面，还能抢上水果糖、核桃与花生等好吃的东西。

噼里啪啦、噼里啪啦，鞭炮声响过，躔院仪式正式启动。第一项，先要在院子前后安顿神，把神敬起来，这当然是那些神婆的事了。她们知道该在什么地方安顿什么神，出出进进忙活着的她们，神情是严肃而庄重的，是很有仪式感的。

急着等待后边的仪程，一群一群的娃娃就不安分了。看着神婆们忙不完的程序，他们焦急地转来转去，一会儿去巷道上，一会儿又转回来，看神婆把神安顿好了没有。

好不容易把神安顿好，敬上神，第二项，躟院活动开始啦。

娃娃们一下子拥进院子里。主家人，或主家指派的年轻小伙子，就提着多半兜的水果糖、核桃与花生，爬梯子上了墙。站在墙头上，他从兜里抓出水果糖、核桃与花生扔进院子里，娃娃们一窝蜂地跑过去捡拾。

他们嘻嘻哈哈地喊叫着，常常是头与头碰在一起，眼冒金星而不顾。尽管疼得“哎呀呀”“哎哟哟”地叫唤，仍低头忙着去捡拾地上的东西。

撒水果糖、核桃与花生的年轻小伙子，在墙头上走来走去。常常在这边撒一把，又在那边撒一把。院子里的娃娃们，就像一群叽叽喳喳的鸟儿，从这边呼啦一下子又跑到那边。

新盖起的院子，有的地方是新垫上去的虚土，有些地方是还没有干的泥。墙上的人，故意把水果糖、核桃与花生撒向泥地，让娃娃们跑向那里，把虚土躟实，把泥地躟干。躟完院子，娃娃们的脚上沾满了泥巴。

躟完院子，主家已备好热乎乎的片片面。片片面中，有豆腐、红萝卜、黄豆芽与青菜炒成的臊子，条件好的人家，还有几块肉在里边。大人与碎娃们一人端一碗，吸溜吸溜地吃开了，那个众人欢喜共餐的场面煞是壮观。家里有老人没来的，主家让其家人端一碗回去，或亲自给老人送一碗过去。

吃完“躟院面”，娃娃们把嘴一抹，从衣兜里掏出刚捡拾的水果糖，含在嘴里，或剥着花生，砸了核桃吃着。他们边吃边说着谁捡拾的水果糖多，谁捡拾的核桃、花生多。他们商量着相互换了，又为换多换少在争执着。

躟院活动，只在新庄子盖新房时才举办；老院子盖新房，是没有这个仪式与讲究的。老家人啥时候都相信人世间是有神的，故而虔诚地要把神先安顿好，先敬好。这样，他们心里才踏实，才安稳。

老家人常说的一句话是：“人不信神，世上就没有了良善，人就没有了良心！”神，在他们心中具有至高无上的地位。另外，他们也知道，那么多的人来躟院，会带来强大旺盛的人气，新庄子新房子，是从生地上圈起盖起来的，必须要有人的大气场；有了人的大气场，住在这新房子、新院子里，才会平安无事，才会吉祥和顺。

躟院，已成为一个久远的难忘的记忆。现如今，盖的是楼板房；院子，也打成了水泥地。躟院，已成了一个离我们远去的故事。我只能把它写下来，记在纸上，留下一个美好的回忆。

那根枣木棒槌

儿时，在老家大张寨，母亲浆洗衣物用的枣木棒槌，不知是哪一辈传下来的，被使得红光锃亮。时日久远，棒槌有了包浆，可称为一件木质艺术品，看着就让人喜欢。

这根棒槌长二尺，一头粗，另一头细，棒身雕有莲花饰纹。粗的这一头，直径约两寸，其长度约占棒槌总长度的三分之二，浆洗衣物时，这一头是用来击打衣物的。细的那一头，长度约占总长的三分之一，直径寸余，是使用时手握的部位。

棒槌由粗向细过渡处，留有一圈圆形的过梁，过梁前后，各有一圈精心雕刻的莲花花瓣。细的这一头，也就是手握的这一段顶端，是旋刻雕出来的圆形莲花。挥舞棒槌浆洗衣物时，这圆形莲花会起到一个阻挡作用，以防棒槌从手中滑落。圆形莲花与过梁处的上下两层莲花花瓣，雕工异常精细，生动美丽，给这直筒形状，看上去憨厚无通心孔的棒槌增加了几分韵致。

这根枣木棒槌，经过我们家多辈人使用，枣木颜色愈发红艳温润，光洁沉稳，如同上好的红木。

我曾好奇地问过母亲，这根棒槌的来路。母亲说，是祖母用过给她，也不知是从哪一辈人传下来的。母亲对这根祖上传下来，在她手里又用了多年的棒槌，是喜爱的，是很有感情的。她说："咱这棒槌是拿纯红心枣木做的，你看，红亮红亮的，上边雕着好看的莲花，用着顺手，轻重合适，隔壁和对门的你六妈、你老四婆都爱借去用。"

老家村子地势西北高，东南低。出北城门，从壕底上去是壕岸上的地，再往西，缓缓地上去，渐次增高的是二畛地、三畛地与四畛地。三畛地、四畛地里有大的古汉墓土丘，也被称为三畛冢、四畛冢。出了北城门往北，是赵家坡，地势亦高。

村口的宝鸡峡西干渠还没修建时，一下大雨，水就会从四畛地里，从地势稍高的赵家坡一路流下来，流入北城门口的涝池里。站在家门口的乡邻会互相说："这么大的水呀，四畛地和赵家坡的水下来，城门外的涝池弄不好水就满了！""北边、西边的水都下来了，水肯定不会小！"

村街上的雨水往东流去，最后都流进村东头的涝池，积聚在那里。

雨过天晴，涝池里的水清澈得发绿，发蓝，一眼可以看到底。涝池四周，是一圈树冠硕大的老柳树。微风拂过，涝池里柳枝的倒影在水面上轻盈地摆动着身姿，美丽如画。涝池成为村子里的一大景观。空闲了的女人们，会带了皂角与棒槌，提上一笼的衣物来这里清洗。

我们这些娃娃会光着屁股在涝池边的浅水处追打嬉闹，嘻嘻哈哈地耍水。涝池边的女人一边用棒槌击打衣物，一边会对水里的孩子们大声喊着："就在这边边耍！不敢给里走，里边水深，听着没有？"一晃，许多年过去了，我对母亲蹲在涝池边，脸上淌着汗水，用棒槌一下一下击打清洗衣物的那一幕，印象深刻，难以忘记。

母亲除在生产队上工以外，晚上大半夜，雨雪天，几乎所有的空闲时间，她都在忙着纺线织布。除过做一家人一年四季要穿的衣袜鞋帽，母亲还和村里其他的妇女一道，大冬天凌晨三四点出门，结伴步行去几十里地以外的店张镇，一个村子一个村子转，用织的土布换棉花，到夜里10点多，才背着换下的一大包棉花返回大张寨。

母亲把换回的棉花织成布，再去换棉花，赚取一点儿可怜的加工费以补贴家用。这一段艰难的时日，我曾经在《母亲做的棉鞋》一文中详细写过，这里不再赘述。

之所以要提起这一段往事，是要说明，我们一家人穿戴要用的所有布料，还有去换棉花的土织布，都要经过浆洗这一道工序。浆洗完的土织布，晾干后，把它一层层叠成方块形，放在光洁的捶布石上，用棒槌反复地击打，老家人把这叫作捶布。捶布，是为了把浆洗后变得干硬的土织布，不断地捶打，使它变得柔软，变得更加密实，更加耐用。

咚咚咚，咚咚咚，院子里捶布石上的捶布声，隔几天就会响起。有时，为了赶时间，母亲也会借着月光捶布。多少个夜晚，咚咚咚的捶布声，伴随着瞌睡至极的我进入梦乡。

稍大一些，我读唐代诗人李白的诗歌《子夜吴歌》，就有了很多的感慨。李白诗中开头的“长安一片月，万户捣衣声”，读起来多么有诗意啊！两句诗中有明月，有捣衣声，有捣衣声肯定就有捣衣人，你可以去想象，去联想，那是多么美好的一个夜晚，多么美好的一个场景。但李白后边的诗句却在感叹，何时才能平了胡虏，让远征的人不再征战沙场。

李白写他的心事，写他的感怀。那时，我想的是，我们家何时才能度过这艰难困苦的日子，何时才能不让母亲再这样没黑没明，永无休止地劳作与辛苦下去。

1984年秋，我们一家搬离老家大张寨，到了铜川。搬家时，母亲特意带上了那根枣木棒槌，母亲明白，到了城里不会再纺线织布，她之所以要带上那根棒槌，是因为忘不了当年的那个辛劳，忘不了当年那个难场（方言：困难，不容易办的）的生活，她对那根不知捶过多少布的棒槌，是有深厚感情的。

在铜川，从焦坪搬家到王家河，2001年夏天，父母亲又从铜川搬到咸阳，几次搬家，那根棒槌不知什么时候遗失了！母亲说起那根棒槌，有很多的不舍与遗憾：“那是咱屋里祖上传下来的，你婆，你老婆，你老老婆，人老多辈都用过，我也用了好几十年呀！在铜川王家河时，我记得清清楚楚的，和几摞子织的布一起放在大衣柜子里。搬家，咋就给搬失遗了，咋就不见了？”

前几天，跟母亲聊天，无意中又说到那根丢失了的枣木棒槌，母亲仍有很多的不舍与遗憾。她又想起当年纺线织布的许多往事，把那些我知道的、不知道的事情一一说给我听。

我喜欢听母亲说过去的事情，那一件件曾经发生的事，又重新出现在了眼前。那些过往之事，回想起来是温馨的，是有滋有味，可以细细咂摸的。

听着母亲的叙说，我心里想，我们家那根枣木棒槌丢失了，我得写点儿文字出来，我要以文字的形式把它找回来，把它写在纸上，记在我的心里。

七夕的巧芽芽

童年，在老家大张寨，七夕前二十多天，未出嫁的年轻女子们早早就张罗开了。她们在各自家里，在通风却见不着阳光的老瓮里，用井水泡上精心挑选出来的一碗豌豆，发七夕节时要用的巧芽芽。

老瓮里的水，每日是要换的，有了新鲜井水的浸泡与滋润，又见不着阳光，这豌豆发出来的被称作巧芽芽的豆芽，长得白嫩嫩、白胖胖的，光亮挺直，有一尺多长。到七夕节那天晚上，发好的巧芽芽就会派上用场。

牛郎织女的凄美故事，老人们不知给我们讲过多少遍，故事的末末梢梢与根根节节，我们是烂熟于胸的。那时，我对把牛郎织女活活拆散的玉皇大帝，对他派下天庭捉拿织女的金甲神将，还有那位从头上拔出簪子，顺手一挥就划出一道天河，把牛郎织女永远分开了的王母娘娘，是十分厌恶，十分憎恨的。

年龄尚少的我，独自傻傻地想，天宫里，有没有说理的地方？难道就没有管玉皇大帝的更大的官？就没有人惩治金甲神将，就没有人能阻挡得住王母娘娘？

憎恨是憎恨，想不通归想不通，每年七夕，村里老年妇女领着小媳妇与年轻女子们，在乞巧棚里过七夕节，那活动中的一个个项目，我是认真地从头看到尾的。

之前，她们为七夕节做织女、牛郎像，做纸扎衣服，准备糕点、各种油炸食品、时令水果和蒸乞巧馍当供品，还有搭乞巧棚等事儿，我是不关心的。我就等着七夕节晚上听她们唱乞巧歌，看她们拍着手跳乞巧舞，最后，也跟着混一混，用巧芽芽看一看，自己长大后能干什么，觉得那才好玩，那才有意思。

七月七，乞巧节，梧桐开花香四街。
花儿开，树儿摆，快把七姐接下来。
七姐姐，下凡来，尺子剪刀都拿来。
尺子量，剪刀响，精心裁剪新式样。
我给七姐献蜜桃，七姐教我缝旗袍。
你给七姐献李子，七姐教你纳底子。
她给七姐献南瓜，七姐教她学绣花。
瓜桃梨儿枣，年年来乞巧。
谁个手艺高？明年七夕瞧！

七夕节晚上，银色的月光，照亮了村街。灯火通明的乞巧棚里，年龄大的妇女，带着小媳妇和年轻女子，在供奉着织女、牛郎像和各种供品的供桌前，唱着乞巧歌，拍着手跳乞巧舞。年轻男子，还有年龄大的老人们满脸喜色，站在一边远远地着看。叽叽喳喳、嘻嘻哈哈的小娃娃们，把乞巧棚一层层围得严严实实，有个别胆大的娃娃钻到供桌下，趁人不注意，偷偷拿了供桌上的供品，悄悄转身出来，跑到不远处，和他的玩伴们分享去了。

乞巧歌，一首接一首地唱着，每一句词，我都专心地听着，用心地记着。那通俗易懂、朗朗上口的歌词，被有节奏、有韵律地唱出来，特别动听，特别入耳。月光下，我觉得，那乞巧歌不是她们在唱，简直是神仙在歌唱。那个调儿，那个唱腔，今天想起来都是天籁，袅袅绕绕地要醉了人。

七夕乞巧的仪程，一项项进行着，庄重之中又有了喜庆气氛的场面，使月夜下的村庄，越发显得寂静，越发迷人。

乞巧节已进入尾声，领头的婆婆们唱开了：

巧芽芽，生得怪。
瓮瓮生，盖子盖。
七月七，取出来。
姐姐妹妹照影来。
又像花，又像菜。

看谁心灵手儿快。

未出嫁的年轻女子们是七夕节的主角，她们在织女像前焚香、跪拜，行过大礼之后，闭上眼睛做着擀面、纺线织布、穿针引线与绣花等动作，乞求织女赐给自己高超灵巧的技艺。

末了，她们从自己缠了几道红丝线，或用红字条缠着，供奉于织女像前的一把巧芽芽中，挑选出几根来，用花剪，剪成一寸长的短节节，投放在清水盆里，视巧芽芽所呈现之形状，占卜自己之巧拙。织女像前供奉巧芽芽，是表示她们对织女虔诚的敬仰之情，也是暗中比赛，看谁的巧芽芽发得好，看谁的手巧，希望织女能多赐给自己一些女红巧技。

谁的巧芽芽放入清水盆中，若像一根银针、一条线或一朵花，就证明谁心灵手巧；若像一根椽，或像一条檩，就说明谁手拙、愚笨。

记得那一年七夕节晚上，凑热闹的我，让润月姐给我一节巧芽芽。欣喜又带着几分惶恐，我把巧芽芽放入清水盆里。润月姐看着水里的巧芽芽，说："影子像一支笔，正娃长大后是一名文学家。"现在想想，润月姐知道我作文写得好，是为了鼓励我，才说我长大后是名文学家。后边几年的七夕节，我放进清水盆的巧芽芽，不同的人看了，都说是一支笔，长大了，是一个搞文字的人。

许多年过去了，我想起当年用巧芽芽占卜的事就想笑。你别说，我当时的那个高兴，那个快乐劲儿啊，小心眼里，要多乐和有多乐和，要多美有多美！也是从那以后，我更爱看各种各样的书，写作文更用心，更上劲儿了，每次老师在班里读学生的优秀作文时，我的作文是少不了的。

长大后参加工作，我先后干过新闻宣传、秘书与办公室等工作。业余时间写作，发表了不少的诗歌、杂文、散文与小说，有多篇作品选入多种选集，出版了杂文集与散文集两本小册子，也多次获得政府部门与有关报刊的文学奖，被称为有希望的文学青年。也是因为写作方面的一点成绩，我被推选为铜川市青联委员，同时成为铜川市最年轻的政协委员。多种报刊专题报道了我的事迹。承蒙故乡人厚爱，忝在《礼泉县志》之列。

1993年年初，年轻而又不安分的我，抛下还算体面的正式工作，成为一只离群的孤雁，飞向未知的世界去觅食，自己去讨生活。

一切都改变了，一切原有的生活方式与生活节奏都被打乱了。为了生活，我不得不丢下笔，不得不抛却对文学的一片痴爱之情，去搞自己并不懂，并不熟悉的市场营销工作。二十多年里东奔西跑，下云南，走山东，进湖南，在这三个省一待就是多年。1998年4月，再折回陕西，北上内蒙古，远赴辽宁、吉林，入四川，去广西，为生活艰难地奔波着，其中经历的小事、大事，经历的难场事与惊心动魄的事，太多太多了。

闲暇之时，想起小时候的七夕节，想起巧芽芽占卜说我长大后是名文学家的过往之事，就暗自神伤起来。其中二十多年颠沛流离，东奔西跑，远离了文字与文学，马齿加长却愧无长进的我，叹息之余还是叹息。

唉，难受悲伤之余，自己宽慰自己，也罢，这么多年没有虚度光阴，人生路上一直奋力地朝前走着。过去的那些年月，毕竟经历了世事，增长了阅历，懂得了什么是生活，什么是人生，认识并认清了各色的人等，也算作是一笔不小的财富吧。

世上的事，不净是好事，也不净是坏事。欣慰的是，我手中这支撂下二十多年的笔，又重新拾起来，风风雨雨，坎坎坷坷之后，错与对，得与失，谁能说得清，谁又能说得清呢？不管他，不管他了。还能继续操弄我喜爱的文字，还能重温文学之旧梦，也是一件让人快活的事。

好，那就静下心来，朝当年巧芽芽占卜出的那个美好的被称为文学家的名称努力吧！

儿时冻肿的手

儿时，每到冬上，我们这些小娃娃的双手、耳朵，还有脸，时常被冻得红肿。不用说，这就是冻疮。那时候，没有人说冻疮这个词，直接就说冻肿，冻伤了。

耳朵和脸冻肿、冻伤当然也难受，手冻肿、冻伤更麻烦，拿个东西，写作业，解个裤带都不方便。娃们手冻红肿了，大人们看到后，会猛地一惊，心疼而又无奈地说："坏了，坏了，今年手冻伤了，把病根就留下啦！往后，你这手每年冬上都会冻伤！"

那时候，冬天好像特别冷，特别漫长。渭北平原上的老家大张寨，被从姑婆陵（乾陵）上刮下来的西北风，一遍一遍地吹过。那西北风呜呜呜地狂吼着，似乎它成了这个世界的主宰。

村街上，光秃秃落净了叶子的树枝，被风吹得不停地摇摆着。透彻肌骨的寒冷，冻得村子里的房舍似乎也缩起了脖子。

空旷的土房子，四处漏风。房子上边的"马眼"（椽头与椽头之间的空隙），有风呼呼地往里灌。关不严实，几根手指头都可以塞进去的门缝，一阵风唰唰唰地往屋里钻。窗户上糊着的窗纸，时日久了，有了窟窿眼，风从窟窿里也刺溜刺溜地朝里钻。屋内，除过一盘烧炕，再也没有别的任何取暖设施，屋内屋外一样冷。

上学的娃娃，去村小学上学，教室里同样冰冷，同样寒气逼人。

娃娃们被冻伤，天太冷是主要原因，与那个年代生活艰难、物资短缺和粮食紧张也有很大的关系。一年四季，他们和大人一样，大部分时间吃的是玉米面与红薯等杂粮，到了二三月青黄不接时，连这些杂粮也会断顿。平时很少见上油星，更别说吃副食与肉类等高热能的食物了。营养跟不上，肚子里没油水，身上缺少热能，到了冬天，就觉得天气分外地寒冷。

住的地方冷，吃的又不行，冬天穿的黑棉袄、黑棉裤也不保暖。每个家里孩子都多，没有那么多新衣袜鞋帽，常常是老大穿完给老二，老二穿完给老三，依次往下传着穿。

这黑棉袄、黑棉裤多年轮换着穿，多次拆洗，缝缝补补后，装进去的棉花早已没有了“火气”，成了硬邦邦的套子。这样的衣服穿在身上，实在暖和不起来。

我穿过的棉袄、棉裤，给下边的弟妹穿，不可能刚好合适。经常是袖子短了不少，手腕儿到袖口那一截，就露在外边。大人们怕娃冷，做了袖筒（约半尺长，用棉布棉花做成，比棉袄袖子略细一点的筒状御寒物），让他们套在手腕处，和短了的袖子接在一起，以御寒保暖。

女娃娃们听话还套上了，男娃娃嫌不利索，嫌难看不套，就悄悄撂在一边。大人们忙着去生产队上工，家里的活儿忙也忙不完，孩子又多，没人跟在他们后边盯着袖筒套上了没有。

穿上这袖口短，不合身又不暖和的棉袄、棉裤，外边没有外罩的衣服，里边也没有衬衣穿。光溜溜、硬邦邦的棉衣棉裤，隔挡不住一个劲往里钻的寒风。

手冻伤了，红肿得像红萝卜，手背、手心与指头蛋，常常裂开长长的血口子，有血水和脓水不断流出。上小学的娃娃，在如冰窨一样冷的教室里上课，每当写作业时，血口子流出的血水、脓水就染红了作业本。

课间休息上厕所，一个同学的裤带系成死疙瘩，怎么解也解不开，另一个同学过去帮忙。蹲在地上的他，用红肿的双手帮他解裤带。天冷，死疙瘩太紧，太牢实，红肿着的双手使不上劲，怎么解也解不开。那个裤带系成死疙瘩的同学实在憋不住了，就尿到了裤子里，又气又委屈的他，眼泪簌簌地滚落而下。

那时，农村人防冻用的擦手油很便宜，叫“蚌壳油”与“棒棒油”的那两种东西，娃们嫌油腻，味道又不好闻，不用。不知他们是从哪儿听来的偏方，说是用雪反复揉搓冻伤的手，冻伤就会连根拔掉。

用雪揉搓就可以治好冻肿、冻伤的手吗？呵呵，一场拥门大雪，果真就来啦。他们忍着疼痛，忍着刺骨的冰凉，嘻嘻哈哈地反复揉搓着双手。揉搓过手的雪，被浸染上红色的血渍。揉搓完，手更红更肿，火辣辣地疼。哎呀呀，到第二年冬天，手照样被冻得红肿。于是，他们就骂开了："屁用也不顶！还说拿雪一揉一搓，冻伤就连根拔了，一满满哄尿人哩！"

冻伤的手最怕见热，晚上睡在热炕上，手就开始疼，就开始痒，疼痒得没地方搁。小娃毕竟是小娃，瞌睡多，不大一会儿，困乏至极的他们就被"瞌睡虫"叫去，呼噜呼噜地进入了梦乡。

春天来了，这是被冻伤手的娃娃们最难熬的日子。红肿着的双手，还有耳朵和脸，奇痒夹杂着疼痛，钻心般奇痒和疼痛。挠不是，不挠也不是，难受得不知如何是好，不知该怎么办。看娃们难受，大人们先是骂他们不听话，为啥不用蚌壳油与棒棒油？骂完，又说开了宽慰的话，不要紧！不要紧！天暖和了，手痒手疼，证明就要好了！

呵呵，一个冬天，手、耳朵和脸被冻肿、冻伤，这丝毫没有影响我们这些娃娃的玩兴。该玩啥的照玩不误，该耍啥的照样耍啥。

村街上，那个流着两溜儿黄鼻涕的玩伴，红肿的手里仍提着弹弓，往树上、房顶上瞅着，看是否有落下的麻雀。扑扇着黑棉袄、黑棉裤的他们，打嘎的、滚铁环的、对鸡的、挤窝窝的、骑驴的……尽情地玩着，耍着，疯着。

就是没有参与这些游戏的娃娃，他们也没有闲着，不是追着鸡赶着猫，就是撵着狗满村子跑。还有闲得无聊的，把从村街上哼哼唧唧、慢慢腾腾走过的猪，走上前，也要踢上两脚。

手、耳朵，还有脸冻肿、冻伤了，疼是疼，痒是痒，但对当年我们这些啥时候都乐呵呵的娃娃来说，那算个啥呀！

也许是小时候经受过艰辛困苦与磨难摔打，品尝过缺吃少穿的不寻常滋味，我就更懂得饱食暖衣也是一种实实在在的幸福。从那个年代走过来的我们，面对人生路上遇到的困顿窘迫与坎坷不平，往往就多了些平和从容，多了些老练沉稳。

卖 葱

我十二岁那年，主要种粮食作物小麦与玉米的生产队，不知什么原因，在北坡上的地里壅了几垄香葱。壅葱，就是在地里挖出一排排的小沟渠，摆进小香葱苗，给根部把土壅上，再用脚踩踏实在，让小葱苗慢慢长去。

北坡上的地是旱地，浇不上水，那壅的香葱长得并不怎么好。到了初冬收获时，香葱长得比筷子略微能粗一点儿。挖出来的葱细细的，人们叫它“猴毛毛葱”，队上按人头把它分给了各家各户。

我们家也分到四十多斤的“猴毛毛葱”。这么多的葱怎么吃得完？祖父每天把这葱拿进拿出，晾干后，把它打成小捆，说道：“年前葱价好，拿到县上卖了，能换一点儿钱回来过年！”

腊月天很快就到了，该卖这从初冬一直存放到现在的葱了。我上学的村小学已放寒假，听说我们马家户里，按辈分我叫他大爷的也要去县里卖葱，我就给祖父说了，我要相跟着大爷去卖葱。

祖父不放心，说：“这么碎个娃，背上这么重的葱，要走那么远的路去县上，让人放心不下啊！”我信心满满地对祖父说：“爷，那葱不重，我能背动，跟大爷一搭里去，没有事！”身材魁梧的大爷也对祖父说：“我领着娃，走走歇歇，一会儿也就到了。你甭担心，我领着娃去，能不操娃的心嘛！”

去县城卖葱那天，天气阴沉沉的，西北风打着呼哨，呜呜呜地刮着。我背着装得实腾腾的一大蛇皮袋子葱，跟着大爷，走出老家大张寨北城门。我们顺着宝鸡峡西干渠渠岸，向十多里外的礼泉县城方向赶去。

刚背上脊背的一大蛇皮袋子葱，并不觉得有多么重，但刚过了韩家村，我的头上就开始冒汗了；再往前走没有多远已气喘吁吁，腿也有点儿发软。我放下背上的葱，站在那儿想歇一会儿。

大爷看我歇下，也放下背上的葱，笑着说："到底是个碎娃，力还没长圆，走了一截路就没劲儿了。甭急，甭急！歇一歇，咱再走！"

歇完，我背上葱再继续赶路。过王官村，上备战路，再到礼泉县城，中间歇了两三回。从备战路到县城，现在开车，一脚油还没踏下去就到了。那时，觉得那一段路还真不近，怎么走也走不到头。

大爷领着我，来到县城老街中山街，在街道靠东头的一家杂货店门口停下来。我记得那家杂货店，就在县俱乐部西边不远处。杂货店门前，我和大爷把背去的葱，整齐地摆放在带去的土织布单子上。那家门店的门，是由一块块红颜色木板拼成的。开门时，把一块块木板卸下来，关门时，再把木板一块块装上去。那家门店门头宽，只开了一半的门营业，另一半门关着，我们就在这一半关着的店门前，面朝街上，开始卖葱。

街上不断有人走过，没有人朝我们这边望一眼。我眼巴巴地盯着行人，盼着有人过来，就是不买，问一问葱价也好呀。

"卖葱！卖葱！快过来看，香葱便宜卖哩！"穿着黑棉衣、黑棉裤，手里拿着旱烟锅，靠着红色木板门蹲着的大爷，给路过的行人讨好地笑着。他继续吆喝着："这是自己地里壅的香葱，葱好得很哪！炒菜放上这香葱，香得没法说！"街上的行人，有人往这边瞥一眼，绝大部分的人连看都不看一眼，径直就从我们跟前走了过去。

大爷的吆喝声还真有效果，有人过来看葱了。问："葱咋这么小的？看着不好啊！"大爷急忙接话："你甭看葱小，这是香葱，味道好得很！那壮得跟擀杖一样的葱，你肯定也吃过，你说，那葱有葱的味道没有？"大爷一解释，来人就扒拉来扒拉去挑葱，挑完过秤，付过钱走了。

买葱人一走，大爷放下秤，把地上扒乱的葱重新整理好。脸上还是那种笑，又开始大声吆喝开了。大爷的葱，一斤，二斤，不断地卖着，我的葱一根也没卖出去。

年龄小的我，胆小不敢叫卖。好不容易有人走到我跟前，问葱多钱一斤，我回答多钱一斤后，就不知道再说什么，问过葱价的人转身就走了。

过来一个三十多岁的女工，应该是哪家工厂的工人吧。她问过我葱价，就蹲下来挑葱。我正给她挑好的葱过秤时，她起身说：“这葱不好，我不要了！”刚才，我心里还一阵惊喜，葱总算卖开了，这是今天的第一个买主啊！唉，真是的，挑好的葱，她又不要了，让我沮丧、难堪了好半天。

风还刮着，天冷得叫人无处藏身，缩着身子的我，站也不是，蹲也不是。已过了午饭时间，早上只填了玉米糁子红芋饭的肚子，这时，咕咕咕不停地叫唤着。

一个干部模样的中年男子走到我葱摊前，面无表情地说：“葱这么小！葱白又短，都是些干叶子和皮，把这葱都敢拿到街上来卖？”不会说话的我，怯怯地说：“葱好着呢，是好葱！”“啥好葱？你这碎碎个娃就知道哄人了，睁着眼睛说白话呢！这是好葱？这是好葱，那世上就没好葱了！”他话说得很难听，说完，转身就要走。

把葱背到县里来，直到现在，还没有卖出去一棵。又冷又饿的我，听他说我哄他，听他说我睁着眼睛说白话，委屈至极的我，说不出来一句话，眼泪哗地一下子流了下来。

旁边的大爷看不下去了，站起来，没好气地对那个中年男子说：“你这人咋这样说话？娃说葱好着呢，哄你啥了？说啥白话了？你说葱烂了还是坏了？自己地里壅的葱便宜着卖，你不买就算了，你说那么难听的话干啥呀？我问你，你说娃的那些话，看娃接受得了？我看你年龄不大，说话还占地方的不行！”那男子见大爷真生气了，匆忙转身离开。

我狠狠地踢了几脚摆放在地上的葱，葱散乱一地。是这不争气、难看的“猴毛毛葱”，让人家给我安上了一个“哄人”，安上了一个“睁着眼睛说白话”的名头。是这葱，让我蒙受了本不应该有的屈辱！我怎么忍也忍不住，眼泪只管往下流。

大爷劝我：“正娃，甭哭！再甭哭了！世上啥人都有，爷刚才把那人也好好地数说了一顿！不要怕，爷的葱不多了，卖完了，爷给你卖！”他一边安慰着我，一边把我踢乱了的葱收拢在一起，又重新摆好。

到了大半个下午，大爷帮我把葱也卖完了。我们从地上揭起床单，抖搂几下叠好，连同来时背葱的绳子，一起塞入蛇皮袋子。大爷给我说：“正娃，在县上就不吃饭了，咱回！爷的葱才卖了两块多钱，你卖了一块多一点，不敢乱吃，一吃，就剩不下个啥了！”

我和大爷胳肢窝夹着蛇皮袋子，顶着彻骨的寒风，饿着肚子返回大张寨。快到村子时，天已擦黑，我远远地看到，祖父从城门口的渠岸上走了过来，他是来接我们的。

祖父走到我们跟前，问大爷：“一大早你就跟娃去县里了，咋回来这么迟的？”大爷接话：“咱那葱小，难卖得很，卖了一天，我跟娃连午饭都没有吃！”“快往回走，快往回走！先吃饭，先吃了饭再说！”见到祖父，不知为什么，我不争气的眼泪又涌出了眼眶，我背转过身去，怕祖父看见我的眼泪。

很多年过去了，每次回到大张寨，见到已八十多岁的大爷时，我就想起当年他领着我去县上卖葱的往事。那次卖葱，对我来说是一次伤心难忘之事，在他面前，我从来不愿提及。但从内心深处，我是感激大爷的。是他，在我受到别人语言欺负，或者叫作语言伤害之时，维护了我小小的尊严；是他，那天帮我把那“猴毛毛葱”卖完的。

见了大爷，少不了要先敬上烟，给他点上火，问他好，让他保养好身子，祝福他健康长寿。他呵呵地笑着，问我们在城里的这事那事。末了，他总会说：“没事了就多回来，这是咱屋里哩！”每次听他说“这是咱屋里哩”，我的眼圈就发红了。

也许是有那次卖葱的经历，也许是生在农村，长在农村，干过繁重的农活，知道农民劳作的艰辛，这么多年，凡是见到乡下人来城里卖菜、卖水果、卖其他东西，我买他们的东西时，不跟他们讨价还价，不说过头的话。

我知道他们的艰难，知道他们的不易，我不想让他们，最起码让他们在我跟前不要感受到世人的寡情，不要听到那些尖刻而伤了人心的话。

烧炕

“快进屋，快给屋里走！天冷，把鞋脱了，坐到炕上先暖暖脚再说！”

“你看天冷的，把人都要冻僵了！炕热着呢，快上炕，炕上坐！”

冬日，像刀子一样镵的西北风从“姑婆陵”（乾陵）刮过来，那风吹得人牙齿直打战。本来密封就不严实的土房子，加之屋内又没有其他取暖设施，屋内屋外一样冷。这个时候，只有这一盘热炕是冬日最温暖的地方了。

客人或乡邻来家里，主家热情地招呼着坐上炕，这是最为隆重的礼节。只有最亲近的人来了，才会以此礼节相让。

昔日，关中农村长大的人，对土炕，谁没有美好而难忘的记忆呢？土炕上出生，与土炕伴随一生，终老前的那一刻才离开土炕，被后辈们抬到支起的床上，老家人叫作“抬到了床上”。这一刻，才算是和土炕真正告别了。

过去在老家，不管是正屋大房，还是住人的厦子房，都盘有土炕。有了打好的胡基、炕坯，备好要用的砖块和干土，绝大部分的庄稼人都会盘炕。

手艺好的能工巧匠，盘出来的炕平平展展，烧炕时出烟利，省柴火，满炕都是热的。

盘炕，那是有技术的活儿。蹴在炕内支撑炕坯的胡基，不光要稳稳当当支起炕坯，方向、高低位置还要合适。否则，弯弯曲曲的炕洞出烟不畅，柴火不能充分燃烧，炕就热不起来。胡基蹴得高低不平，放上去的炕坯不平整，抹炕面时为了平整，泥就会一块厚一块薄。烧坑时，泥厚的地方冰凉得没有一点儿温度，泥薄的地方却烫得人不敢挨身。

盘炕时，讲究的人家，两个炕洞口使的是砖碹子，炕正面，贴上蓝色的方格花纸，炕下边挨地处往上用三四层砖做地角线。另外，在炕面外边沿，用一寸厚、一尺多宽，刨得光光亮亮的木板做炕边。用木板做炕边，不仅坐起来方便，看着也漂亮。炕用得时间长了，炕边锃亮锃亮的，能照出人影来。就因为这炕边，还有了谚语：“婆娘不生娃——别怪炕边不平！”

严寒的冬天，大人们忙着在地里干活。下午，从村小学放学回来的我，完成了不多的作业，再把父亲单独布置给我的三样任务完成了：每天用毛笔临帖写一篇大字、一篇小字，另外再记一篇日记。现在，不断有人要我的字，我还能写一点小文章出来，不能说与我小时候多年坚持完成那三样任务没有关系。

忙完这些事，大人们也快下工了，我开始提前帮大人烧炕。

抱回或者用担笼先提回烧坑的柴火。用一个灰耙，分别伸进两个炕洞内，把炕洞内的草木灰推平。这灰耙，是把一根一米多长的木棍顶端钉在半尺长、宽约十厘米、厚约二厘米的一块木板正中间。炕洞内的草木灰如果太多太厚，要用小铁锨掏出来一部分，然后，再把剩下的灰用灰耙推平展。炕洞内的灰，不能掏得太空太净，要留有灰底子。否则，浪费了很多的柴火不说，炕怎么烧也是烧不热的。

炕洞里的灰收拾好了，填塞进去玉米秆，或玉米芯子与棉花秆，有时，还有从地里捡拾回来的树枝与带秆的干野草。那时麦秸稀缺，很多时候用它充当引燃的材料。用玉米秆、棉花秆烧炕，依着炕洞内弯弯曲曲的洞眼塞进去，每一处都要填塞到位。

用麦秸或干树叶引着火，这叫作引炕。火着后，用扇子扇，等火大起来，在上面再撒上耐火的麱子（碎柴草末混合着细土，阻燃而又耐烧的一种东西），这叫煨炕。煨炕，是让柴火不要燃烧得太旺太快，慢火慢慢燃着，保证一晚上炕都是热的。

小小年纪的我，对烧炕还是有体会的，烧出来的炕不光满炕热，整个晚上炕也不会凉下来。尽管烧炕时弄得我满脸满手都是黑灰，常被玩伴们笑话，但蛮有成就感的我，并不在意他们笑话我。

祖父母和父母常常夸奖我，说我人不大，炕还烧得好的不行。有了虚荣心的我，曾以自己的亲身体会写了一篇周记《烧炕》。平时正式写作文，我的作文常常是范文，没想到，随便写的一篇周记，也被语文老师当成范文，在全班同学面前读了，又被其他班的老师拿去，在他们班里也读了，让我暗地里又自豪了一回。

一盘炕，不仅温暖了那个年代的寒夜，使人们不受冷冻，生活中，它也是一个有多种用途的地方。

天冷，家里人吃饭，在热炕上放一张小炕桌，一家人坐在炕上，围着小炕桌吃着并不怎么丰盛的饭食。就是早上的一碗红薯糁子、一碟酸菜，中午的一碗搅团或一碗饸饹，也吃得有滋有味，也是温馨而快活的。

冬闲，没有了农活的母亲们坐在炕上，或是吱扭吱扭地摇着纺车纺线，或是一针一线地纳鞋底子。她们手里，总是有忙不完的针线活。母亲忙碌的身影，是长大后的我们啥时候都难以忘记的温暖画面。母亲的辛劳，永远刻在了我们的心里，随着年龄增长，记忆愈加深刻，愈加亲切而难忘。

娃娃弟兄几个跪在炕上，伏在小饭桌上做作业，大人们说了一声："炕热着呢，快好好写作业！"怕打扰娃娃们，他们带上门，悄悄地退出房间。他们的脸上，满是欣喜快乐的表情。

大人们小时候没有条件上学，但他们对娃娃们是寄予厚望的。再累，再苦再难，"耕读传家"是他们坚定不移牢记于心的信念。把太阳从东山背到西山，汗珠子摔八瓣去忙"耕"，他们毫无怨言，他们不觉得苦累，他们希望娃娃们"读"有所成，学有所为。恢复高考后，我们马家西队就走出了几十名大学生。如今，他们在不同的岗位，用自己学来的知识，用自己的特长，为这个国家，为这个社会做出自己的贡献。

大雪拥门的午后，年龄大了的父母坐在热炕上。孝顺的儿子，已是四十多快五十的中年人了，年龄虽不小，但在父母跟前，啥时候都是个娃。手塞进父母亲被窝，摸炕不太热了，他们匆忙去院子里抱回柴火，给炕洞里加上，又煨上麸子，忙完，脱鞋也上了炕。

他们盘着腿，盖着被子，和坐在热炕上的父母东一句、西一句地说着闲话。炕洞里，不时有柴火燃烧时啪啪啪的爆响声。屋里，弥漫着柴火烧过后那种特殊的亲切味道，用今天的话说，就是"妈妈的味道""家的味道"了。

说着话的儿子困乏了，倒下身子呼呼地睡了过去。细心的母亲，给儿子把被子轻轻盖好，心疼地说："唉，地里的活，还有屋里的活，是成辈子忙都忙不完的呀！你看看，把我娃累成啥了，说着话就睡着了！"躺在父母亲的热炕上，睡得踏实安稳的儿子，那鼾声如雷鸣一般，一声声地响了起来。

天已擦黑，各家各户忙着烧炕。烧炕的青烟，袅袅腾腾地飘了起来，飘上屋顶，飘到村街上。而后，这青烟慢慢地聚拢在一起，似一层薄雾。有了这袅袅腾腾的一层薄雾，天寒地冻的村庄，似乎也温暖了许多。

第三章　生命中最诱人的磁场

金色童年——曾经拥有的幸福

小时候挤窝窝取暖的游戏，是让人难以忘记的。想起过去那一幕，仍觉得十分好玩，非常有趣。挤窝窝，公平而公正，是平等，是不抛弃任何人的，即使被挤出去，也不要紧，给你机会重新挤进来，让你从头再来。

丢菜窝

强势的冬天试图拽住春天的衣裳，不让它出场。它们相互推搡、争吵纠缠着，天气也就跟着忽冷忽热。冬天里，太阳把更多的光和热，给了很远很远的南方，听到冬与春的推搡争执声，太阳把目光移向了北方，直直地盯瞅着冬天，冬明白自己该退场了，知趣地转身走了。

春终于挣脱了冬天的羁绊。和煦的春风、温润的春雨，还有那让人陶陶然欣欣然的春意，它们陪伴着明媚而灿烂的阳光，一起笑盈盈地走来了。

地气上来了，坚硬的土地，不知什么时候已经变得松软起来，脚踩上去绵绵软软的，很自在，很舒服。挨着干净硬实的乡间土路两边，是两块长长的宽窄不等的湿土虚地，上面长着的干枯野草蓬蓬松松地立着。干枯野草的枝叶上，有整个冬天落下的细细尘土，风一吹，就有细小的干叶子与尘土簌簌落下。枯草下，已有星星点点的小草探出头来。又一个春天到来了。

一眼望不到头的麦地里，整个冬天蔫不唧唧、昏昏欲睡的麦子，一下子好像睡灵醒了，一身绿装的它们洗过澡似的，绿得好看，绿得精神。气温一天比一天高。这个时节，正是儿时我们挖野菜的当口儿。在老家大张寨，人们把挖野菜不叫挖野菜，而是叫挑地儿菜。

村小学下午课后，还有星期天，我们这些小学生娃娃，把担笼挎在肩膀上，手里提着铲子，吆五喝六地去麦地里挑地儿菜。大人们料想，娃娃们去地里免不了玩耍，大部分的时间还是会挑地儿菜的。但实际情况是，到了地里的娃娃们就成了没王的蜂群，想怎么玩耍就怎么玩耍。一晌午的时间，真正挑地儿菜的时间，也就那么一小会儿，绝大部分的时间里，他们都疯着、闹着，尽兴地玩着。

到了麦子地里，荠荠菜、勺勺菜、羊蹄筋和麦花瓶等野菜还没有挑多少，就有娃娃头儿发话了："时间早着呢，不急，不急，咱先耍，耍好了，快回家时再弄，绝对来得及！"于是，一呼百应："行，先耍，先耍，快回家时再弄！"也有百分之一的"乖娃"说："你们耍你们的，我只管去挑我的地儿菜。"

耍什么呀？要耍的东西太多啦。麦地，就是再好不过的绿色地毯，摆开场子，先摔上一阵子跤再说。这时，就有两个娃娃厮打在一起，摔开了没有规则的跤，不管怎么样摔，只要把对方摔倒在地就算数。其他的娃娃，在一旁狂呼乱叫着助威。摔跤玩得没了意思，跑到田间小路上，画了"井"字形的方格，找来两块砂姜石，把干草秆儿，按要求的数字折成短节节，玩开了"狼吃娃"的游戏。玩着，玩着，又没有了意思，抬头看天上，有人字形排开，正咿呵咿呵叫着飞过的大雁，他们仰头瞅着天上的大雁，嗷嗷嗷地叫着，手舞足蹈地跑着追逐那空中的大雁。

玩倒是玩美了，耍也耍够了，哎呀！天快黑了，只顾着玩着耍着的他们急了！真正急了！担笼里没有挑下多少地儿菜，回去，不挨大人们的臭骂和一顿饱打才怪呢！失急慌忙的他们，在麦地里疯了一般寻着地儿菜，天色越来越昏暗，心越急，越是找不着。

这时，娃娃头儿看到那个没有跟他们疯耍，一个下午只顾低着头在地里转着挑菜的乖娃。乖娃已弄下压得瓷瓷的快到了担笼襻跟前的一担笼地儿菜。娃娃头儿眼珠子骨碌碌一转，有主意了："来，来来，不停地在地里挑菜，把人腰都弯疼了，咱歇一歇，耍一会儿丢菜窝咋样？"娃娃头儿鼓动着乖娃。乖娃起初不同意，经不起娃娃头儿三缠两磨，如此这般地蛊惑，就同意了。

丢菜窝，是一种赌地儿菜的游戏。玩起来很简单，就是在麦地里用铲子挖一个坑，玩的两个人，分别抓一把地儿菜，放在这坑的两旁作为"赌资"。然后，后退到一丈到两丈远的地方，画一道线，站在这道线上，两人手里分别拿一个小瓦片或小石子，往那个坑里丢，谁丢进坑里去，谁就赢了，对方的地儿菜就归谁。

快得很，娃娃头儿和乖娃已玩过了三盘丢菜窝，前三盘，都是娃娃头儿赢了。再玩第四盘、第五盘与第六盘，娃娃头儿靶子出奇地准，很少失手，后边的三盘，娃娃头儿又赢了。乖娃挑的地儿菜，一大把一大把地进了娃娃头儿的担笼。乖娃的地儿菜只剩下了半担笼。乖娃心疼了，不干了，说："不要了！不要了！把我一个后晌没歇没停挑下的地儿菜，让你快赢完了，我不要了！"娃娃头儿这时就用起了激将法："你看，你看看，挨不起了吧？挨不起，不敢耍了！我一看你就不是个牛牛娃！是牛牛娃，咱就接着耍！"乖娃经不起这一激，嘴硬起来："谁挨不起了？谁不是牛牛娃？怕啥呀！耍就耍！来！耍！"

乖娃这回又中计了。娃娃头儿兴得很，回回赢，没多长时间，就把乖娃担笼里的地儿菜赢了个底朝天。乖娃这下服软了，害怕了，提着空担笼回去咋给大人交代呀，非得挨一顿打不可！天快黑了，再挑地儿菜也来不及了，没有时间了。乖娃哇地扯着大声哭起来，他哭得很伤心，其他的同伴也不好说什么，只是站在一边愣愣地看着他。那时的娃娃们，是愿赌服输的，输了就是输了，不可能也不许给人家再要回来。

暮色四合，挎着赢来满满一担笼地儿菜的娃娃头儿，和同伴们一起往村里走。跟在后头，担笼里没有一根地儿菜的乖娃，一路上哭个不停。

那天晚上，乖娃被家里的大人美美地揍了一顿，大人边揍边骂："一个后晌，一把地儿菜也没弄下！光在地里耍了，什么东西！不打你，你就不会懂事！不打你，你干啥都不会有心！"乖娃只是个哭，不敢顶嘴，一句话也不敢解释，怕挨了更多的揍。娃娃头儿回到家，大人们坐在小板凳上，拣择着他提回的地儿菜，一声接着一声地夸："我娃是个乖娃！勤快得很！弄了压得瓷瓷的一担笼地儿菜，倒在地上，这么一大堆哩！一个后晌，娃在地里，肯定一刻都没有闲着！"

呵呵，丢菜窝，我们儿时的丢菜窝游戏呀！

挤窝窝

儿时，在老家大张寨，小娃们玩的挤窝窝是一种游戏，是要闹着玩的，但最直接的目的是为了取暖。我一直弄不明白，是哪朝哪代，哪个聪明能行人，想出了这个好玩热闹，而又简单易行的取暖方法。

那个时候，渭北平原老家的冬天，天气特别冷。从姑婆陵上直直刮下来的西北风，似刀子一般锋利，割得人脸生疼生疼的。下过雪，雪化后，房檐上常常挂着一排上粗下细的冰溜子，有两尺多长。冰溜子常被我们这些娃娃用竿子敲下来，嘎嘣嘎嘣咬在嘴里，当冰块吃了。

那时，我们住的大房或厢房里，除晚上睡觉时的一盘热炕，家里再没有任何取暖的设施。房子起架高，本身就不保暖，房顶前边墙上的一个个“马眼”（担在墙上，椽与椽之间露出来的十厘米左右的空隙）往进灌风，窗户糊了一张报纸（条件好一些的人家，糊的是白粉面纸）当玻璃。两扇房门合不严实，露着一指到两指宽的缝隙，寒风顺着这缝隙呼呼地吹了进来。整间房子就是一个冷，特别冷。

那时，我们穿的是那种老式的棉袄、棉裤，里边没有衬衣、衬裤穿。用老家人的话说，只穿了个棉袄、棉裤，走起路来一晃荡，风就直往里钻，会觉得特别冷。我们吃的多是缺少热能、不耐饥不顶饿的玉米面做成的各种吃食，还有红薯等杂粮。我记得每天早上，天还漆黑一片，冻得缩着脖子的娃娃们去村小学上学，手里不是拿着一块玉米面锅塌塌，就是一个冷红薯，边走边啃着吃。

课堂上，冻得红肿的手拿不住铅笔，全身发冷，两只脚也被冻得发麻发疼，几乎失去了知觉。讲课的老师也冷呀，老师冻得受不住时，就会停下来讲课，笑着问："天真冷，我冻得受不了了，你们冷不冷？""冷，冷，冷得很！冷得很！"学生娃们嘻嘻哈哈地应答着。"我还以为光我冷，你们不冷哩！冷，那咱们现在就开始拍手，跺脚！注意，我喊一、二就开始！一、二！"学生娃们呵呵笑着，有节奏地啪啪啪咚咚咚地拍着手、跺着脚，那声音大而响亮。几分钟过后，老师大声喊："停！停下！现在继续上课！"拍手声、跺脚声戛然而止。寒冷的教室里，又开始上课了。

一节课上完，到课间休息时间，学生娃们的手脚又被冻得冰凉冰凉。"走，挤窝窝走！"有人提议了。众多的学生娃应和着："走！快走！挤窝窝走！"呼啦一下，他们连跑带颠地冲出了教室。

背风，向阳的墙根，是挤窝窝的好地方。挤窝窝的规则其实很简单，大家顺着墙根，一个紧挨着一个先靠墙站好，一人喊了号子，大家立即从两边往中间挤，把谁从队列里挤出去了，谁再回到边上去，继续往中间挤。往往是那些瘦小体弱的，最先被挤出去。紧跟着，身体不是很强壮的，也被挤了出去。那些个子高身体结实健壮的，老是在中间，谁也把他们挤不出去，他们成了挤窝窝的"老大"。嘿嘿，当挤窝窝的"老大"，在学生娃们眼中，那也是一件很自豪，很有面子的事呢。

这不，挤窝窝的队列排好啦，有人开始喊了："挤，开始挤！"众多的学生娃跟着喊："挤！挤！挤挤挤！"他们一边高声喊着，一边用劲向中间挤去。挤！挤呀！用劲挤呀！看把谁先挤出去了呀！哟嗬嗬，哎呀呀，嬉笑声与大呼小叫声响成一片，热闹得很。

乱了，真正乱了！哈哈，有一个学生娃被挤出去了，他的布绳子裤带被挤开了，笑着站在一边系裤带；又有人把棉窝窝鞋挤掉了，他从挤窝窝的人脚下快速捡起，退到一旁，弯腰穿自己的棉窝窝鞋；也有学生娃挤断了棉袄上的土布疙瘩扣子，低头用手往一起对，断了的土布扣子怎么能对得上？嘻嘻，被挤出去的娃娃们，跑到两边再往里挤，为了取暖而又异常快乐的挤窝窝继续进行着。你看，还有刚去上厕所，从远处急忙跑过来的学生娃们，也加进了挤窝窝的队伍，人多势众，大家挤得更热火，更有劲了。挤窝窝，让我们不觉得寒冷了。这时，头上与身上，微微有汗冒出来。

丁零零，上课铃声响起，课间休息结束了。“挤窝窝”的学生娃们轰地一下子散了场，向教室奔去。坐到课堂里的他们，被冻得发青发紫的脸上，此时已变得红扑扑的了。

小时候挤窝窝取暖的游戏，是让人难以忘记的。想起过去那一幕，仍觉得十分好玩，非常有趣。挤窝窝，公平而公正，是平等，是不抛弃任何人的，即使被挤出去，也不要紧，给你机会重新挤进来，让你从头再来。

一晃几十年过去了，长大了的我们，经受了人生的风风雨雨，历经了许多的坎坷不平与艰辛悲苦。夜深人静之时，我常寻思，漫长的人生之路，不也就是我们小时候挤窝窝的一个过程吗？在这个过程中，有过被挤开裤带、被挤掉鞋、被挤断了扣子时的慌张与狼狈，也有过被挤出队列时的失意与沮丧。但不管怎么说，人生路上还得像挤窝窝一样，系上裤带，钩上鞋，把挤断了的衣服扣子再重新缝上，还得站在那个队列里去，再挤，继续挤！不挤，怎么能暖和起来？不挤，怎么能使自己变得强壮起来而有了继续挤下去的力量与勇气？

是的，没错，我们当不了人生之路上挤窝窝的“老大”，但不管怎么说，我们还能回到挤窝窝的队列中来。我们没有被抛弃，没有被遗忘，我们还能跟大家在一起乐和着、热闹着，也是一件很好的事，至少，我们不会孤寂，不会失落了。

骑驴

说骑驴，有人可能马上就会想到毛驴多的陕北，甚至会想到骑着毛驴行进在山山峁峁、沟沟岔岔上浪漫的人儿。他们高兴了、悲伤了，或激情四射，或哀婉凄楚地唱出一曲曲动人的信天游来。

不，不是这样的，想得远了，那是受了影视剧的影响。我说的骑驴，是一个人骑在另一个人的背上，是我们小时候玩的一种游戏。

那时，在老家大张寨，没有玩具，没有乒乓球、羽毛球与篮球等体育用品，更没有现在的电视机、电脑和手机等电子产品可以玩，可以看了。没有这些东西，好动、精力过剩的娃娃们有自己玩、自己耍的各种法子，他们照样玩得痛快，玩得有趣味。不说别的，就说骑驴，这是男娃娃们十分钟爱的一种游戏。

骑驴的方法和规则很简单，三个人可以玩，七个人、九个人也可以玩。先确定谁当桩，确定好后，靠墙站在那儿，另外两个人，以猜崩吃（用手比画包袱锤子剪刀）决出输赢。输者弓起腰，把头伸进当桩的人两条大腿之间当“驴”，让赢者来骑。赢者，往后退上一段距离，以百米冲刺般的速度冲过来，猛地骑到“驴”身上，把“驴”压得卧爬下了，就算“驴”输了，“驴”还得再爬起来，重新当“驴”，让人家再骑。如果“驴”没有被压得卧爬下，赢家从“驴”身上下来，重新猜崩吃决输赢，谁输了谁当“驴”，让赢家来骑。如此反复，这是三个人骑驴游戏的规则。

人多了，还是一人当桩，其他的六个或八个人分成两组，每组选一个人猜崩吃决输赢。输了的一方，一个一个弯着腰，把自己的头伸到前边人的裤裆下，这连起来的后背，就成了长长的“驴”背。赢的一方，一个跟着一个跑过来骑上去，只要一个“驴”卧爬下了，还得让对方再骑一次。所有的“驴”没有一个卧爬下，好，好啦，重新猜崩吃决输赢，输了的一方去当“驴”，让赢家来骑。

下午放学后，去地里给猪割草时，学生娃们会找到一棵大树，或一间看庄稼的房子，靠着大树或房子的墙玩骑驴。晚饭后，明晃晃的月光，如碎银一般铺满了村街，大槐树下的爷庙前，他们又叽叽喳喳、欢天喜地地耍开了。

骑驴的故事太多太多了。有骑驴的，像跳高运动员一样，高高地跳起，重重地塌下去，想压塌压倒了“驴”。有的骑驴的速度太快太猛，从“驴”身上扑到前边去，头碰上了当桩人的鼻子，当桩人的鼻子唰地一下子就流血了。也有骑驴的，往“驴”背上跳时，腿蹭破了下边的“驴”耳朵。

你看，你看呀，那飞跑过来的骑“驴”者，速度太快，重心不稳，从“驴”身上摔下来了。这是失误，算骑驴的这一方输了，他们要当了“驴”，让对方来骑。在玩的过程中，还有“驴”被压得卧下后，龇牙咧嘴，腰疼得哎呀呀叫唤着，半天爬不起来的。这些玩疯了的“驴”，咋咋呼呼的喊叫声、嬉笑声响成一片。这个时候，是娃娃们最快乐、最高兴的时候！

大人们常常骂这些“驴”：“骑驴，你们就好好骑！不知道天高地厚，我看不把腰压断了，你们心就不甘！”也有骂脏话的：“驴日下的东西！念书不好好念，到地里弄草不好好弄！骑驴，弄那些谝闲传事，挣㞞得很！上心得很！”大人们骂是骂，娃娃们躲过大人，一转身又相互约好了，找个僻静没人的地方，照样喜滋滋、乐呵呵地去玩骑驴了。

一转眼几十年过去了，当年玩骑驴的他们，都长大成人了。有的“驴”去东北、西安等地上大学，有的“驴”去新疆当兵，有的“驴”去外地经商做生意。“驴”们离开了家乡，以驴一样的倔强与坚忍精神，勤奋学习着，努力工作着。他们，大都把事弄成了，弄大了。没有离开家乡的“驴”们固守家园，在那方黄土地上抛洒汗水，辛勤劳作着，小日子也过得诣活滋润着呢！

“驴”们见了面，或者见不上面打起了电话，无意中说起儿时骑驴的事，一个个都笑得合不拢嘴。他们把当年骑驴时发生的这事那事，谁怎么了怎么了，谁又弄啥弄啥了，都记得清清楚楚的。聊天中，也会问了，谁谁谁那

“驴”现在弄啥着呢，弄得咋样？对方会说，那“驴”现在怎么样怎么样了，把自己知道的情况全部告诉给他。呵呵，关于当年骑驴，关于“驴友”们后来的情况，他们有说不完的话题哩。

弹弓王

有了这构造简单、制作方法简单的弹弓，夹上一粒小石子，就可以打下扑棱棱飞着，叽叽喳喳叫个不停的雀儿（麻雀）。你说，那是一种什么样的美妙感觉？小时候的我们，碎碎的，心里就想了，弹弓，真是一件好玩又好要的神奇玩具呢。

那个时候的老家大张寨，雀儿特别多。地里长的庄稼，院子里晾晒着的粮食，雀儿们会呼朋唤友，一群跟着一群飞过来啄食。人嗷呜一声吆喝，或者受到其他惊吓，它们轰地一下就飞走了。飞走的它们，并不飞远，等人走了，没事了，又飞回来继续吃。

粮食本来就紧缺，人吃都吃不饱，雀儿却成群结队地来争吃人的粮食，它被人们记恨了，称它为害虫。这时，以弹弓做武器，打那些让人生厌的雀儿，对我们这些娃娃来说，就有了一种正义感，有了那么一点点的自豪感与成就感。

当时，我们玩的弹弓，都是自己动手做的。村里跟我要好的一个玩伴，被娃娃们称为“弹弓王”。他手巧，是做弹弓、打弹弓的一把好手，他做出来的弹弓顺手而好使。

做弹弓，先用八号铁丝弯出弹弓架子，没有铁丝，就找来木质细腻结实的“丫”字形槐树枝丫当架子。找不来鸡肠，就操心踅摸着，看玩伴们谁家有废旧的自行车内胎。呵呵，有了目的，就看着人家的脸色，笑嘻嘻地说着好听的话，求人家给自己剪一块弹弓皮子。有了皮子，再找来一块具有韧性的牛皮，或者其他结实耐用的材料，做成包裹弹丸的皮兜。成了，弹弓绑好啦，可以派上用场了。

我记得，“弹弓王”每做好一把弹弓，都十分地快活，笑容常常挂在脸上。他的那个笑是喜悦灿烂的，是发自内心的。

弹弓的杀伤力，靠的是鸡肠或自行车内胎剪成的皮子，它们弹性好了，弹丸射程就远，就有了更大的杀伤力。记得在老家村子，有一个在外给公家开车的，他用汽车内胎做弹弓皮子；弹弓架子，是用那种粗壮的电镀细铁棍做成的，硬实而有力，看上去非常精致漂亮。

每当他开车回到大张寨时，我和“弹弓王”都要赶过去，与别的娃娃们一起跟在他后边，看他用那把精致漂亮的弹弓打雀儿。他靶子不准，没见他打下过雀儿，他也不让我们动他的弹弓，说是怕弄坏了，这让我们很不高兴。不高兴归不高兴，但对他的弹弓，我们还是十分眼红，还是非常羡慕的。

“弹弓王”不服气了，他认真地对我说：“你看，他把他拿作得大的，还傲气得不行！是这，咱不跟在他后边看那弹弓了，没意思。拿着再好的弹弓，打不下雀儿算啥本事？我就用我做的弹弓，把靶子好好练练，我就不信，耍弹弓还耍不过他，还耍不出个名声来！”

他真是着了迷，啥时候，都是弹弓不离手。我去他家，他母亲带着埋怨的口气说他：“唉，你看你成了啥了？对弹弓着迷，着魔了！晚上临睡觉，还要拿出弹弓来瞄一瞄。睡觉时，把弹弓一定要放在枕头边，是怕谁偷走了不成？”

他母亲说她的，他练他的。有了闲空，在村街上，“弹弓王”就对着远处树上的目标，歪着头，把弹弓拉开，闭上一只眼，弹弓的皮兜里并没有夹石子，他是在练习瞄准。几次，我去他家里玩，一进大门，他一个人站在院子里，还是在村街上那个动作，对着门口墙上的一个黑点练习瞄准。我当时就想了，他要弹弓这么上心，是为了兑现他说的，非要耍出个名声，来印证那句赌气的话吗？

天天在一起玩，我清楚他所有的情况，练习过半年的瞄准之后，他进入了实战阶段。树上，墙头落的，从空中飞过的，还有在院子地面上蹦蹦跳跳的雀儿，都成了他练手的靶子。他麻利地给弹弓皮兜里夹入石子，拉开弹弓，侧头瞄准，啪的一声，往往就有一只雀儿毙命。

"咦，这么厉害，这么狰火，靶子准得很呀！"我不由得惊叹起来，夸开了他。他笑开了，嘴里露出了白白的宽宽的牙齿："不行，不行，现在还不行，不是每一弹弓都能打一只雀儿，还得练，还得好好地练！"

时间不长，就放了暑假，我们有了更多的时间撒野疯玩。每到中午大人们歇凉的时候，比同龄人个子稍稍低一些，光着膀子，穿一条大裤衩的他，就悄悄站在我家大门口，手里提着弹弓，做出个要我出去的动作。趁大人不注意，我溜出了家门。不用问，趁中午这会儿，他叫我去饲养室的院子里一起去打雀儿。一出家门，我俩撒腿就朝饲养室跑去。

饲养室大，平时，到后院去的人很少，那里的东墙边有好几十棵大椿树。也许是天太热，雀儿都落在这些大树上乘凉，听那叫声，是满树都落着雀儿。我俩快步跑过去，没穿鞋、光着脚丫子的他跑得飞快。他大裤衩右后边的兜里，装着满满的一兜小石子，坠得松紧带做裤带的大裤衩往下垂着，一跑动，那小石子磨得嚓嚓嚓地响。跟在后边跑着的我，撵也撵不上他。

到了树下，他从大裤衩兜里快速摸出石子，夹入弹弓皮兜，弹弓举起，就有雀儿落下。哗啦啦，树上受到惊吓的雀儿飞起来了。他动作快得惊人，弹弓里的第二颗石子又打出去了，正飞的雀儿，竟有三只一齐落下，一石三鸟呀！"哎哟，哎哟哟，还有这样打雀儿的？这么高的水平呀！"我不由得惊叫起来。

他靶子准得出奇，弹弓一举，一只雀儿落下；一举弹弓，又落下一只雀儿。那几天，每天中午，他都会打下一大堆的雀儿，哎哟哟，"弹弓王"打雀儿，真是神了，神人一个啊！

那天下午，我和伙伴们在巷口的大树下玩，我给他们讲起了"弹弓王"打雀儿的本事。还说了，他坐在炕上，手里拿着弹弓，等着老鼠从墙角的老鼠洞里出来，贼灵贼灵的老鼠刚一出洞口，砰的一声，被打得直挺挺地死在了老鼠洞旁。

他们不信，说："胡谝呢，胡谝呢，哪有那么神！哪有那么神呢！""你说的这些事谁信呀，哄傻瓜，傻瓜都不信哩！""啥？胡谝？哄傻瓜？你们在这儿等着，我把他叫来，让你们看看他的靶子准不准！"我跑着叫来了"弹弓王"，还像往常一样，他手里仍旧提着他的弹弓。

在玩伴们面前，他听我说了情况，只是笑，不说多余的话。他右手从兜里摸出石子，夹入弹弓皮兜，一抬头，拉开弹弓，大树上的雀儿中，就有一只尖叫着掉了下来。树上的雀儿齐齐地飞起，落到不远处的树上。他跟了过去，再次举起弹弓，又有一只雀儿栽了下来。他提过来刚打下的那只雀儿，嗵的一声撂在了地上。

头顶树上不知趣的知了，偏偏就在这个时候拉长声调，“知了知了”地叫开了。他仰起头来，看知了在哪根树枝上落着，抬手打了一弹弓，正叫着的知了急切地叫一声，没了声音，咣咣两声，两半截黏糊糊的知了掉在了我们脚下。知了上半身上的两只翅膀，还一下子一下子地扇动着。

那几个玩伴眼睛瞪得比牛眼还大，他们被眼前的这一幕惊呆了。“弹弓王！”“弹弓王！”“哎呀呀！哎呀呀！是真正的弹弓王！”惊呆中清醒过来的他们连声喊叫着，佩服得五体投地。后来，他们不管走到哪里，碰见哪个玩伴，就要夸“弹弓王”打雀儿，打知了，是如此这般神绝。从他们嘴里说出的“弹弓王”的故事，活灵活现，生动有趣，惹得一大帮子的娃娃，成了“弹弓王”的追随者与崇拜者。

“弹弓王”的外号，就是在这个时候叫响的。后来，他关于弹弓演绎出的人生故事，更为出彩，更为动人。

时间过得真快，一晃，那些过往之事，那些让人难以忘记的童真童趣，已是几十年以前发生的事了，每每想起来，就像昨天刚刚发生过一样。

前几日，几个朋友在我这儿吃茶聊天。无意间，他们说，现在的麻雀明显少多了，就这不多的麻雀，跟人一样，大都从农村进了城。时势变迁，麻雀也由“四害”之一，成为国家二级保护动物，现在，再打麻雀就是犯法的事了。众人由麻雀，又扯到了小时玩过的弹弓上。

说到弹弓，话题一下子就多了，就热闹了。有人说，他老家谁谁谁的弹弓，打得多么多么准；又有人说，谁谁谁把弹弓玩得多么跟人不一样，多么出神入化。待他们讲完，我把“弹弓王”打麻雀的那些神奇故事说了一遍。他们嘿嘿地笑着说，你说的“弹弓王”的的确确厉害，这么高的水平，叫“弹弓王”不是过头之话，不是过头之话！

“不得不承认，一个人可能在某些方面具有别人不可企及的天赋，有了这天赋，再经过后天坚持不懈地努力，在某些方面就会出大成绩，就会成大气候！‘弹弓王’有天赋，再经过后来不停歇地练习、如醉如痴地练习，眼里、手上才有了硬功夫！大鹏出海翎犹湿，骏马辞天气正豪。‘弹弓王’的名头，不是浪出来的，不是从天上掉下来的！”他们当中，当大学语文教师的一个朋友，说出了上边这一席话。

“不愧是大学教师，讲得好！讲得真有水平！”“先生就是先生，是站在讲台上给大学生们上课的，总能单刀直入，直击要害呢！”众人赞扬着他。当年“弹弓王”侧着头，闭上一只眼睛，专心致志练习瞄准的那个动作，那个神态，此时又出现在了我的眼前。

打嘎

打嘎（gá），不是打尜（gá）。尜，是用两头尖中间大的细木头制作的。儿时，在老家大张寨打的嘎，是用一分为二的半截砖头做成的。

这种用半截砖头打着玩的游戏，在老家不叫打砖头，而是有一个响响亮亮名字：打嘎。打嘎，是取了两块半截砖头打玩时，相互碰撞后发出的“嘎”之声。把这种游戏叫打嘎，用来玩的半截砖头，也就理所当然地叫作“嘎”。

叫打嘎，不取其形其状，而是取了其声。打嘎，多么好听、多么动人的名字。这游戏，因了这富有意味的名字，一下子就有了韵致，就鲜活生动起来。

“打嘎，走，咱打嘎去！”你听听，多顺耳，多吸引人。如果直白地叫成打砖头，或者再具体一点，叫作打半截砖头，就断无意趣，就少了现在人们常挂在嘴边，弥漫着丝丝缕缕美感的那个词：诗意。我常惊叹，不知哪朝哪代发明这一游戏的先人们，给这种不花钱，玩起来颇多情趣的游戏，取了如此美妙动听的一个名字。先人们富有大智慧，需虔诚地仰视才是啊！

打嘎，玩的是被称为嘎的半截砖头，找质地细腻结实的好砖头做嘎，就是我们这些小娃十分上心的事了。那时的砖头，都是砖瓦窑上的窑工手工制作出来的，结实耐用。当然，这结实耐用的砖头，也有质量好坏之分。土质不同，窑工手艺的高低，烧砖时火候掌握的程度，还有最后一道工序——饮砖（用凉水灌砖）时节点的把控等，这些与砖的质量高低，都有很大的关系。

娃娃们按自己的认识，到处去找方方正正，没有砂眼，掂起来沉甸甸的好砖头做嘎。那时的农村，大家住的都是土坯房，只是在盖新房时，用少量的砖砌柱子，在墙的下方砌上几层砖，防止雨水溅起侵蚀墙根。村里，谁家要盖新房子了，门口摞着的砖质量好，聪明的娃娃们信息灵通，很快就传开了，于是，相约晚上悄悄去偷砖。

砖拿到手后，跑到碾盘子那里，双手捏住砖的一头，在碾盘子边沿磕成两半。一块砖，磕破后常会走形，成了参差不齐的两块或者三四块，磕成这样，砖毁了，肯定无法做嘎了。往往这个时候，他们就垂头丧气起来，愤愤地骂："这烂㞞砖头，一敲，咋就碎成了这屎式子！"

谁家拆老房子，要盖新房子了，是娃娃最高兴的时候。这老房子拆下的砖，历经岁月之磨砺，雨雪之浸润，接纳了久远之地气，有了包浆，发出厚重沉稳之光，其质地，又如铁石一般坚硬。得到这宝贝一样的砖头，兴奋的娃娃们怕弄坏，不会随便拿到碾盘子边沿磕成两半的，而是找来钢锯条，刺刺刺，一下子一下子锯着。锯开后，再把新开的两个面打磨光亮，就成两块上好的嘎料。

老砖稀缺，要碰机会，不是随时想弄就能弄到手的。好物什就是好物什，这老砖做成的嘎一上场，就显示出非同一般的威力，嘎的一声打过去，对方的嘎就碎成了几块，而这老砖做成的嘎上，连一个小印印，一个小坑坑都没有。此时，嘎主人那个自豪与神气劲呀，让一旁的娃娃们看着既眼红又忌恨。

打嘎，大多数时候是四个人玩，两个人一拨。画出中间相距一丈到二丈远的两道线，确定好从哪道线上往过打。双方各派出一人"猜崩吃"决出输赢，输了的一方，把自己的嘎，立在确定好往过打的那道线上；赢的一方，拿了自己的嘎，站在另外一道线上，打对方立在那道线上的嘎。呵呵，打嘎，真正的打嘎比赛正式开始啦。

打嘎，从第一项玩法开始，到第十项打完，才算是大满贯。玩的十项内容中，前边的几项相对简单。比如第一项叫作"一招招"，拿着自己的嘎，站在这边的线上，招（扔）过去，打倒对方在另一条线上立着的嘎就算过关。"二翘翘"也不是很难，还是站在这边的线上，跷起右腿，从腿下扔过去，打倒对方的嘎，算是赢了第二关。

前边玩得简单，问题是到了后边，难度越来越大：右腿向后弯，把嘎夹在腿弯里，单腿蹦跳过去，用夹在腿弯的嘎，打倒对方立在地上的嘎，这是其中之一项。头几乎九十度后仰，把嘎顶在额头上，根据感觉走到了位置，头迅速前倾，打倒对方的嘎，这是其中另外一项。还有，把嘎顶在头顶，不能让顶着的嘎掉下来，迈着大步走过去，到了对方的嘎跟前，低头，用头顶上的嘎打倒它。

这一个个有了难度的动作，使打嘎的游戏充满着变数。一般两个人同时过关，要是一个人一关没过，就输了，需把自己的嘎立在那条线上，对方提起自己的嘎，再按上边的方法，从“一招招”“二翘翘”往十上打。如此循环往复，往复循环。

四个人分成两拨打嘎，两边站满了看热闹的大大小小的娃娃们。有时，没事了的大人们也会站在一旁看热闹。两边围着的人群，使中间打嘎的位置形成了一个通道。哈哈，有这么多的人围观、呐喊与助威，打嘎的双方都起了劲，来了精神，各自都想打出个高水平来。嘎碰嘎，发出“嘎——嘎——”的响声，每打到精彩处，两旁围观的人群，就有了“噫嘻”“嗷嗷嗷”的赞叹声与喝彩声，热闹得很呢。

打嘎，虽然前几关好过，后边的关却越来越难打，但也有打得好的。我们的玩伴中，高好与牛豪结成的一拨，水平就特别高。他俩打嘎动作整齐划一，节奏感强，潇洒自如，具有很强的表演性，十项关口，如行云流水一般打过，好像不费什么劲就过了，精彩至极。他俩打嘎的这本事，常让我们羡慕不已。

被称为嘎的四块半截砖头，一块平地，四个小娃娃玩着这廉价得不能再廉价，充满着挑战性，具有很多乐趣的游戏，真是一件十分兴奋而又快乐的事哩。

贫寒的童年，没有琳琅满目与五花八门的玩具，就是有一两件，也是不花钱，自己动手制作出来的简易玩具，如这普通得不能再普通的砖块做成的嘎。就是这不花钱，不费多少周折可以弄来，看上去土里土气的简单玩具，让我们在儿时玩得那样开心，那样忘我。

灌黄鼠

关中道上的麦子一收完，四下望去，看不到头的新麦茬子，在太阳光下白花花一片。天热，没有了麦子的遮挡，正是爱闹腾的男娃娃们灌黄鼠的好时节。

黄鼠，金黄油亮的皮毛，长着一对圆溜溜的眼睛，经过驯养，它不但能听懂人们简单的话语，还会做出几样好玩的动作来。小小的黄鼠，就成了娃娃们绝好的玩物。

小时候，在老家大张寨，去地里灌出黄鼠，逮回来驯顺后，给它的脖子上系上一根细绳子。拉着它，在村子里走来走去闹着玩儿，那是一件很快活的事呢。

就说这黄鼠，它的视觉、嗅觉与听觉非常灵敏，警惕性特别高。平时躲在洞里，出来觅食时，先是探出半个脑袋，瞧瞧周围的动静，确认没有什么危险了，吱溜一下从洞里钻出来。钻出洞子的它迅速提起前爪，后爪子着地站起来，先朝四周瞭望一番，再次确认没有危险了，这才跑去寻找吃的。黄鼠贼精灵，也不跑远，就在洞口不远处活动，一旦遇到紧急情况，就迅速折身返回洞子。

小娃娃们精力旺盛，也有在地里遇到黄鼠，疯狂追赶，想逮住它的。这样的追赶，十有八九是白费力气，黄鼠跑得飞快，嗖地一下子就没了影，早已钻回自己的洞子里去了。个别时候，运气好了也会逮住一只，多是年老体衰，皮毛黯淡无光，已跑不快的老黄鼠，常常是逮回家没几天，就一命呜呼了。

娃娃们也曾在黄鼠洞口下过套子，想套住它。这计谋，常被聪明的黄鼠识破，它会咬断圈套，自由出入洞口，下的套子，连它的一根毛也不会套住。这些都难不住娃娃们，他们有拿手的办法，那就是用水灌。只要选准了黄鼠洞，黄鼠们是逃不脱，会乖乖就擒的。

中午饭后，村外，一望无际的麦茬地里一个人也没有。灼人的太阳光，似水波一样在空中泛动着，刺得人眼发花。我和玩伴光着膀子，穿条大裤衩，光着脚丫子，从宝鸡峡西干渠里盛上一铁皮桶的水，用棍子抬着，咯吱咯吱、摇摇晃晃地朝三畛地走去。

田间小路还好走，到了三畛地头，要过到土塄坎那边去，需穿过一段麦茬地。尖锐的麦茬子，碰上了脚，扎得人生疼生疼，没办法，只得找麦茬子的空隙，先迈出一步，再下第二脚。两个人抬着一大桶水，后边的我，也在找可以落脚的麦茬地空隙。于是，身子就歪歪扭扭起来，桶里的水也跟着洒了出来。

“哎哟哎哟，慢点儿，慢点儿，别洒了桶里的水！别洒了桶里的水啊！”两人只顾桶里的水，脚下乱了方寸，径直就踩上了锋利的麦茬子，疼得我俩吱哇吱哇叫唤着，也不让桶里的水洒了。

到了塄坎边，把一大桶水小心翼翼地从肩上放下来。已有经验的我们，开始找黄鼠洞，洞口陈旧破败的，不管它，里边肯定没有黄鼠。要找那土质新鲜，洞口光堂的，这是黄鼠打的新洞，来回出入的它，身子已把洞口蹭得光光的。还要看看洞口有没有黄鼠新爪印，有新爪印，更说明这洞子里有黄鼠。好啦，好啦，就灌这个洞子，再去周围找这洞子的“后门”，“后门”是黄鼠遇到危险时逃跑的另一个洞口，找到了“后门”，用土把洞口给它严严实实地封死。

灌，给黄鼠洞灌水！起始这一下很重要，一定要猛、准、狠，这样灌下去的水，才会有剧烈的冲击力。我提起水桶，给黄鼠洞快速狠劲地灌开了水。刚开始，水哗啦啦急速地流进去，那架势，好像洞子往里吸了似的，灌着灌着，洞子里咕里咕嘟地响开了，嘻嘻，洞里的水快满啦。灌，继续灌，灌满水的洞口，噗噗地冒开了水泡，水泡冒过，吃满水的洞口却平静得纹丝不动。

不急，不急，我们知道，洞里的黄鼠一旦发现有水下来，它会第一时间用屁股顶住洞口，不让水流进洞里。用我们那时的话说，就是黄鼠用屁股“墩”住了洞子。不管它，时间不长，顶不住水压力的它一松屁股，水，瞬间就会灌满整个洞子，洞里的黄鼠，是无处可逃了。

咕噜噜，咕噜噜，洞里的水起了响声，紧跟着就是哗的一声，水一下子急速流了下去，水流完，发出响亮的吱的一声。好了，好了，用屁股“墩”洞子的黄鼠终于顶不住了，水全部灌了下去。

洞口四周的黄土，已被水冲泡得黏黏糊糊，成了脸盆大的一摊稀泥。我们猫着腰，右手呈钳形，等着黄鼠出来。不大一会儿，被淹得晕头转向、颠三倒四的黄鼠，从洞口爬了出来，还没等它弄清怎么回事，已被玩伴捏住头顶后边提出了洞口，放进桶里。哈哈，尽管它满身的泥水，但可以看出来，毛色金黄金黄的，这是一只年轻好看的黄鼠哩。

这时我们才感觉到，流进眼睛的汗水，蜇得人难受，一手的黄泥水没有地方洗，只能用手腕擦一擦。光着的膀子被大太阳晒得烧疼烧疼。这算什么呀，灌出黄鼠啦，这比什么都好！喜滋滋、乐颠颠的我们扛着木棍，提着装有战利品的铁皮桶，没歇气地跑回村子。

灌回的黄鼠，给它洗净身上的黄泥水，先要敲打敲打它的野性子。关进笼子里，一两天不给它吃，要用饥饿的方法，让它变得乖起来。之后，才给他喂些麦粒或馍花，尽管惊恐，但饿急了的黄鼠，前边的两个爪子抱着麦粒或馍花，一边惊恐地瞅着人，一边咔嚓嚓地吃开了。好，再饿上它一两天，再给它吃。

几次下来，黄鼠也不怕人了，从笼子里抓出来，给它脖子绑上细绳子，要继续驯服了它。用一根细树枝抽打它，喊着：“爪儿！爪儿！”意思是，让它提起前边的两只爪子，站起来。刚开始，它听不懂，我们就提起拴它的绳子，让它的两只后爪子着地，前边的爪子立起来。放下它，再抽它几树枝，仍喊着：“爪儿！爪儿！”又像上边一样，一遍遍重复着。经过几天训练，只要喊一声：“爪儿！”它立即就会提起前边的两只爪子，后边的两只爪子着地，直直地站在那里，眼睛贼溜溜地看着人。

再到后边，还要教它本事。找一根细竹子当拐杖，教黄鼠右前爪子拄着这拐杖，站起来往前走。它右前爪子拄着拐杖往前走着，左前爪子往回勾着，那个滑稽可笑的样子，逗得一旁看热闹的娃娃与大人们哈哈大笑起来。

驯服了黄鼠，用绳子拉着它在村街上走来走去，高兴了，叫它表演一下

“爪儿”与“拄拐杖”，那是娃娃们最自豪、最牛气的一件事。那时，还听说过，邻村有一位神奇的老汉，把孙子灌回来的黄鼠，训练得可以去村子里的合作社（商店），买了羊群牌香烟叼回来。这只是听说，是否属实，没有人具体考证过。

呵呵，黄鼠，是我们儿时好玩好耍的宠物，它给了我们许多的开心与快乐。唉，如今的老家，早就没有了黄鼠。小时灌黄鼠，拿黄鼠逗着玩儿的那些事儿，已成为尘封已久不可能再发生的故事了。现在的孩子们，只能从经历那个时代的人们的回忆文字里，或者从他们的讲述里知悉。原来，他们的上辈，上辈的上辈的上辈，还有过灌黄鼠、玩黄鼠那么一桩有趣的事儿呢。

逮蛐蛐

儿时，在老家大张寨，我曾有过多次逮蛐蛐的经历。

记得那是上小学三年级的暑假吧，村子里的一户人家，前院子里有棵一人抱不住的大核桃树。他们家养了很多的鸡，并有话传出来："给鸡没啥吃，地里的馊蝼蝼（老家方言，指蛐蛐）多得很，想用馊蝼蝼喂鸡呢。谁家娃有空闲，只要弄下一瓶子馊蝼蝼，就给核桃吃！"

当天中午，就有一个玩伴去地里逮回一瓶子蛐蛐，"核桃树人家"说话算数，果真给了他一大把核桃。这个玩伴，坐在他家大门口的石礅子上，剥去核桃的青皮，砸开核桃，边吃边说："去地里逮馊蝼蝼，要拿'核桃树人家'的大瓶子，随便拿一个瓶子不行！你拿碎碎的一个瓶子，还没弄就满了，那不行，人家不给核桃！"

他吃核桃时，为了充分表现核桃的那个油香，两个腮帮子很夸张地鼓着。咽下去核桃，还要很享受地再咽几次口水，那是要把嘴里的油香全部咽下去。他吃核桃时的那个表情，那个动作，惹得一旁的娃娃们嘴里也起了口水。

那时，生活苦焦，粮食十分紧缺，吃饭都是个大问题，要吃这核桃，还有杏、枣、梨等果子，那是一件奢侈的事儿。日子艰难，哪里有钱去买呀，除非自家院子里栽了一棵什么果树，才能吃上果子。当时的农家院子，大多栽的是梧桐树、杨树与椿树等速生、容易成材的树木，为的是树木成材后解成木板做家具，盖房可以当椽用。水果和坚果，成为娃娃们稀罕、看重、眼馋的东西。

记得村子北城门内，路东边紧靠巷道的一户人家，后院子有一棵树冠高过房顶的老杏树。从一树白色的杏花开放，到花落后露出一个个小青杏，再到它慢慢长大，由青变黄，到最后杏子完全成熟，几条巷子的娃娃，都虎视眈眈地瞅着那棵杏树。

每到黄澄澄、繁密似蒜瓣一样的杏子挂满枝头，就有淘气捣蛋的娃娃站在人家墙外的巷道上，左右一看没人，用手里提前准备好的小瓦片，狠劲地撇到树上去，想打下几个杏下来。杏树树冠大部分都在院子里，伸出墙外的几根枝条上并未结杏。咣咣，咣咣，打下来的杏倒是不少，但都掉在了人家的院子里，院外的巷道上，连一个杏也没落下。怕主人撵出来，打杏的娃娃们，一溜烟地就逃走了。

用瓦片撇杏，为了啥呀？平日吃的都是杂粮，就是这杂粮也常常吃不饱，嘴里更是寡淡无味。撇瓦片打杏，就是想吃几个杏，解解馋。还有，娃娃们为了吃几个杏，几个枣，翻墙上树去偷，被主家发现告诉给了他们的家人，怕挨家里人打的娃娃们，钻在玉米地里不敢回家。那时，娃娃们偷杏摸枣之类的糗事多得很呢。

好，现在好啦，去地里逮上一瓶子蛐蛐，就能去"核桃树人家"光明正大地换回核桃吃，多好，多体面的事！于是，就有好几个踊跃的娃娃去"核桃树人家"拿了瓶子。那瓶子，是装头疼片之类药物的茶色大瓶子，他们一人掂了一个，撒腿就朝村外跑去。

太阳，似烈火一般在头上炙烤着，空气里，有一股火辣辣的味道，天热得人口干舌燥，无处可钻。机警、善于跳跃的蛐蛐也不是好逮的，它见了人，蹦得很快很远，匆匆去逃命。你快步跟过去，它噌地一下子又蹦走了，逮一只蛐蛐，也要费很大的劲。好不容易逮住一只，摁死，扔进瓶子里；再逮，再往进扔，瓶子大，忙了大半天，蛐蛐刚盖住瓶子底。这时，就有娃娃泄气不逮了，嘴里埋怨开了："逮到啥时候，才能把这一大瓶子逮满呀？把人挣死了，也急忙弄不满啊！"

第一次逮蛐蛐，除过我和另外一个玩伴，没有几个人把瓶子逮满。第二次去，就只剩下我们两个人。去过两次后，另外一个玩伴也嫌天气热，蛐蛐难逮，他也不去了。逮蛐蛐，就剩下我孤零零的一个人。

逮蛐蛐，不是专门干这个事情，是给家里的猪羊挑完草，干完家里能干动的农活以后，我偷空去的。这个空当，常常就是中午饭后大人们歇息的时候，而此时，正是一天中最炎热，最难挨的时候。

没有一丝风，太阳直直地照在地上，村外的三畛地里，割过麦子的倒茬地已被犁过，翻开的一垄垄土，早已被太阳晒成了一排排坚硬的土块，老家人把这叫作胡茬地。寂静的野外，没有其他人，只有远处地头杨树上的知了拉长了声调吱吱地叫着。我一个人，低头在这胡茬地里寻找着蛐蛐。

脸上的汗水，滴答着地往下流，身上的衣服湿透了，被晒干后，又湿透了，又被晒干。胡茬地里，干硬如石头一样的胡茬子，硌得人脚疼。掀起土块，看有没有蛐蛐，没有，再掀。有时刚一掀起土块，就会有几只蛐蛐蹦跳着逃散，有了经验的我，把那个大瓶子往旁边一放，两只手先啪啪啪地拍死几个，再把这拍死的蛐蛐捡起来，放入瓶内。逃走的蛐蛐，钻进了旁边的胡茬地缝里，不要紧，再去掀那土块，再找它们。

瓶子大，忙活了大半天，才有小半瓶子的收获。浑身汗水的我没有气馁，继续掀着土块，寻着、逮着蛐蛐。

一转眼，逮蛐蛐已是几十年以前的事啦。到了现在，我都弄不明白，那时年龄尚小的我，那么热的天，咋就有那个韧劲，有那个耐心，一个人在毒日头下，不停歇地专心地逮着蛐蛐。每一次逮蛐蛐，我都把那个大瓶子装得满满的，压得瓷瓷实实的。

从地里回来，我把一瓶子的蛐蛐给“核桃树人家”直接送到家里去。就在那棵枝叶茂盛，树冠覆盖了整个院子，阴凉阴凉的大核桃树下，先前，对其他的玩伴，他们家人还要拧开瓶盖看一看，再摇摇瓶子，从外边看一看，看装得是否瓷实。他们知道我实在，不会投机取巧，我拿去的瓶子，他们看也不看一眼，只给那儿一放，就抓了一大把带着青皮的核桃给我。

拿回家的核桃，每次我剥掉外边的青皮，砸开后，把嫩核桃仁先给祖父、祖母和母亲（父亲在外教书，没在家），再分给两个弟弟一些，让他们吃。祖父不吃，拗不过我的他，拿了一小块尝了，心疼地对我说：“热死黄天的，再别去了！你去逮馊蝼蝼的那一会儿，村外没人，就你一个娃在地里，叫人操不完的心！”祖父说是说，得了空，我还是去地里逮蛐蛐。我最简单的想法是，逮了蛐蛐，不用花钱就能换回来核桃，这么好的事儿，我为啥不干呢？

逮蛐蛐换回来的核桃，家人吃着，我也跟着吃上一个半个的核桃，觉得特别油，特别香，快活着的我，就有了一种成就感与自豪感，我也能顶一个人用啦！不就是受点儿热、受点儿累、受点儿苦嘛，逮蛐蛐可以换来核桃，可以让一家人尝尝鲜，我受的那点儿热、那点儿累与那点儿苦，又算得了什么！

离开老家几十年了，许多过往之事都淡忘了，记不清了。可是，只要说到或碰到有关核桃、有关蛐蛐的话题，我就不由得一激灵，就想到了儿时逮蛐蛐换核桃那些事儿，别有一番滋味与感慨在心头。

扣雀儿

小时，在老家大张寨，常常听到大人说起自家的娃儿们，顺口就会说出："甭叫饿着冻着，数儿多，忙得跟啥一样，谁能管得过来！"他们说的"数儿多"，意思是家里的娃儿们多。数儿多，难以经管好，就只能大撒手，散养他们。

大人们一天三晌要集体出工，去生产队的地里干活。有了空闲，父亲们拉土弄粪，忙着自留地与家里的各种体力活。母亲们除过做饭，收拾屋里，还要纺线织布，给一大家子的人准备身上穿的衣服和脚上的鞋，忙得连喘口气的工夫都没有。

大人们确实忙，自然就多管不了娃娃们，这样正好，正合了他们的心意。于是，娃娃们大的带小的，成群结队地在村街上，在村外的野地里，由着性子疯玩儿去了。

那时，村子里与村外的野地里，麻雀特别多，一群一群的，扑棱棱地叽叽喳喳叫着飞起，又叽叽喳喳地落下，寻找着吃的东西。列入"四害"之一，被老家人叫作雀儿的它们，就被我们这一大帮子娃娃盯上了，想着各种法儿收拾它们。收拾它们，除过心里认为它们是害鸟，理应收拾之外，最直接的目的是玩，是寻找开心。

白天，我们一人手里提一把弹弓，院子、树上、墙头与屋顶落着的雀儿，看见了就用弹弓去打。月光下，几个玩伴，其中有一个偷偷拿出来只有他们家才有的手电筒，其他的玩伴搬着梯子，一起爬高下低掏"麻眼"（椽与椽担在房子前墙之间的空隙）里的雀儿窝。深秋，雨下个不停，地里的雀儿冻饿至极，翅膀也被连阴雨打得湿透了。飞也飞不远的它们，被张牙舞爪的我们，拿着树枝疯呼胡乱地追赶着，歇息不了的它们，硬是被撵得从空中坠落下来。

嘿嘿，所有打雀儿、逮雀儿与撵雀儿的法儿都用了，都玩儿了。娃娃们有一个共同的认识，那些都不算啥，最好玩的是扣雀儿。

冬天，大雪一连几天下个不停，所有的一切，都被大雪严严实实地覆盖了。好多天没地方寻吃的雀儿饿急了，警惕性就低了。这时，正是娃娃们扣雀儿的好时机。

“走，走呀，扣雀儿走！”我和几个玩伴约了，从家里拿上筛子、绳子与笤帚，给衣兜里装一把玉米糁子，再找来一根一尺多长的细棍子。掂上这些扣雀儿的工具，我们顶着纷飞的大雪，踩着厚厚的积雪出了村子，再越过宝鸡峡西干渠上的桥，朝土壕上边的饲养室跑去。

选择村外的饲养室扣雀儿，是因为那里平时雀儿就多。另外，下大雪那里没有人，我们扣雀儿，就不会受到其他人的干扰与影响。到了饲养室，我们几个，先在如小山一样的大麦草垛前边扫出一块净地，给带去的细棍子中间绑上绳子，用这棍子把反扣着的筛子边棱顶着，再给半扣着的筛子下边撒上玉米糁子。忙完这些，把绑在棍子上的那根绳子，小心翼翼地拉到大麦草垛侧面，我们几个人就躲在这里，静静地等着雀儿自投罗网。

大雪，还是下个不停，四周再没有其他人，静悄悄的，似乎都能听到雪花飘落下来的声音。我给玩伴说：“别说话，都别说话！雀儿听见咱说话就不敢来了！”

不大一会儿，我们的头上、身上落了一层雪。虽然躲在麦草垛侧面，但那呜呜呜叫着的西北风，还是冻得人脸疼、手疼。远处大雪中的雀儿，能看到我们在筛子下边撒的玉米糁子吗？它们是否能识破我们设下的这机关？不管了，不管这些了，别人都能用这种方法扣住雀儿，我们也就能扣住。我一边想着，一边自己给自己宽心，自己给自己打气。

风雪中，我们静心地等待着。过了好大一会儿，听到不远处有雀儿叽叽喳喳的叫声，能分辨出来，那是它们呼唤同伴的叫声，没过几分钟，就有七八只雀儿飞了过来。

“别说话，别吓跑雀儿！”我低声给玩伴们叮咛着。飞过来的雀儿，落在筛子周围，它们一定看到了筛子下边黄灿灿的玉米糁子。我们悄悄伸出头望过去，雀儿们在筛子周围蹦跳着、转腾着，就是不进去，是不是它们起了疑心：大雪天里，怎么突然会出现这样一个玩意儿，里边还撒着吃的东西？蹊跷，蹊跷得很，这东西不是什么好玩意儿，其中肯定有圈套，有诈。我猜测，聪明的雀儿们一定是这么想的呢。

从大麦草垛侧面偷偷看着雀儿的我，紧张得心脏似乎要从胸膛里跳出来。心里骂开了，这雀儿太机灵，太狡猾了！你看，它们在筛子旁边晃来晃去，转来转去，就是不进去，唉，你说急死人不急死人？

终于，有一只雀儿大胆地飞到筛子侧顶上，它在上边一边蹦跳着，一边朝下看着同伴，叽叽喳喳地叫着，似乎在给同伴们说："让我看看这是什么玩意儿，会不会压塌了它？"筛子旁边雪地上的雀儿仰着头，应和着那只雀儿。

"哎呀，这绝对是一群经过世事的雀儿，肯定看见同伴们招过这祸，小心得很哪！"我悄声给同伴们说。也许是这几只雀儿经过观察、试探，看上去没有什么危险，也许它们本来就没见过同伴们招过这祸。我想，最重要的是下了好几天的雪，啥都被大雪盖住了，它们是饿极了，顾不了其他。你往那儿看，一只雀儿率先进了筛子，它十分警觉，进去后啄了一口，就快速跳到筛子外边。其他的雀儿也学它的样子，进去啄了食就快速出来，再进去，再出来。手里握着扣筛子绳子头的我，手心里已有汗冒出，这些鬼精灵，难道就这样吃光筛子底下的玉米糁子，而不让我们扣住它们？我侧头一看，旁边的玩伴，紧张得脸上有汗水流下。

进进出出、出出进进的雀儿，看没有什么动静，没有什么问题，就一起钻到筛子底下，放心地吃开了。好了，时候到了！我猛地一拉绳子，筛子咚地一下子扣了下去。没被扣住，受了惊吓的雀儿，呼啦啦地飞走了。我们几个如箭一样跑出去奔向了筛子。嘿哟哟，扣住了两只雀儿，透过筛子眼可以看到，它们两个，在筛子里疯了一般扑棱着哩。

"你们在一边操着心，我把筛子稍微抬起来一点，给咱把里边的雀儿逮出来！"我左手慢慢地抬起筛子，右手伸了进去，他们几个用手在一边护着筛子。抬起筛子，我手刚一伸进去，那两只雀儿就顺着抬起的筛子缝儿，嗖地一下子飞走了。

“哎哎哎！我就问你们操心了没有？咋护的筛子？费了多大的劲，才扣住两只雀儿，说飞，就叫它飞了！啥货嘛！屄都弄不成，真是屄都弄不成！”气急了的我，厉声呵斥着他们，嘴里有了脏话。一脸无辜的他们，愣愣地站在那里，那表情好像是在说：“光说我们没护好，为啥不说你没逮住雀儿？”

这么灵巧难逮的雀儿，把人还箍住了不成？我让一个玩伴跑回家去拿床单。再次扣住雀儿后，把床单展开盖住筛子。这样，手伸进筛子里去逮雀儿，就是没逮住，跑出来的雀儿，也被单子蒙着，无处可逃了，一逮一个准儿。

扣雀儿，除过个别筛子边棱恰好砸死雀儿的，逮的都是活的。这活雀儿，性子是极烈的，在鸟笼子里要么东碰西撞，寻死觅活，最后碰死了，气死了。要么呆愣愣地不吃不喝，刚硬地绝食而死。我们从来没有听说过，谁能把雀儿养活。那时，年龄尚小的我就想了，这雀儿，是鸟类里的刚硬汉子，是宁死不屈的真英雄哩！

死了的雀儿干硬而消瘦，身上的毛也是奓着的，看它那个可怜的样儿，我不忍心把它扔给猫吃，也不忍心把它扔到粪堆上去，发了慈悲之心的我，把它埋在院子里的核桃树下。那一次，我真正怜悯了雀儿的死，尊崇了它的那种刚烈精神，尽管它在那个时代被叫作害鸟，但是，雀儿烈性的死震撼教育了我！从那次扣雀儿之后，我下定决心并确实做到了，再不打雀儿，再不逮雀儿，也再不扣雀儿了。

而今，雀儿成了国家二级保护动物，再如我们小时的打雀儿、逮雀儿、扣雀儿等的做法，就成了违法行为。时势变化，世事变迁，昨日不同了今日，让我们善待那些今日已不怕人，就是在城市的街道上、在人们脚下不远处就敢蹦蹦跳跳着的雀儿吧。

写到这儿，我一抬头，一只雀儿落在我书房外的窗台上，就跟我隔着写字桌不到一米的距离。只见它歪着头，透过窗玻璃，眼睛直勾勾地往里看着我。我一惊，莫非这是一只神雀儿，知道我在写着我当年和它们祖上之间发生过的那些事儿？

打纸炮

要打纸炮玩，就得先叠出纸炮来。

小时候，我们把找来的废旧纸张，先裁成叠纸炮的尺寸。把这裁好的纸，几张摞在一起，顺长一折，折成约两寸宽的竖条儿。两个竖条儿，十字相压在一起，顺着伸出来两端中的一端，按一个方向，一个个折成斜角，压到中间去。把第四个，也是最后一个斜角别进去，这纸炮就叠成啦。

纸炮正面，叠压出来的四个边棱，呈现出“X”形图案，背面是光面。打纸炮时，想增加其威力，可以在中间夹上硬纸片与铁片。

纸炮，还有另外一种叠法，直接用纸折成长竖条儿，从这长竖条儿的一端叠起，转着；再叠起，再转着。到最后，就叠出双面带“X”形图案的纸炮。这种纸炮，双面都有叠压出的图案，好看是好看，但中间不能夹硬纸片与铁片。

那时，叠纸炮没有纸，我们就用写完的作业本。不多的作业本，没叠几个纸炮就没了。没事，这难不住我们——我们开始操心着哪里盖房，去找人家丢弃的水泥包装纸袋，捡来后，抖掉沾在上面的水泥灰，飞起的水泥灰，弄得满脸满身都是。水泥灰的气味极大，呛得人眼泪直流，不停地打着喷嚏。那水泥包装纸袋，是用好几层牛皮纸一层压着一层做成的，用它叠出来的纸炮，硬铮而结实，颜色为土红色，是我们最喜欢的。

呵呵，四处找纸张叠纸炮，还有很多有趣儿的故事呢。住在巷子西头，跟我要好的玩伴，悄悄撬开了他六爸存书的木箱子，偷出书来叠纸炮。他六爸从西北政法大学毕业后，在县法院工作，这书箱里，装的是他上大学时读过、用过的书。玩伴每次偷书时，都要叫上我，让我在院子里望风。每次，他进入放书箱的房子，迅速把几本书揣在怀里，就匆忙走出来。我俩提前约好了，他拿到书从家里往出走时，不管碰见了准，脸都要挺得平平的，装作没事似的。

记得有一次，望风的我，看见他爷爷从大门口一拐一拐地进来了。他是下过大苦的人，年龄大了，腿疼得厉害，走起路来就不利索了。站在里边院子的我，干咳了两声报警，并压低声音给屋子里正偷书的玩伴报信："快出来，你爷从大门外回来啦！"玩伴立即从屋里出来，拉上门，跟我一起往出走。他们家院子大而深，我俩走到前院那棵大核桃树下，刚好跟他爷爷碰了个照面。"你俩在屋里弄啥呢？"他爷爷有心无心地问。玩伴非常镇静地回答："爷，不弄啥，我俩出去耍呀！"我暗自想，他那会儿刚进房子，书肯定没偷上。胆正了的我和他一起，大摇大摆地走出了他们家大门。

出了大门，一到村街上，玩伴一脸的坏笑，从怀里变戏法似的掏出三本厚书，给我看："你看，咋样？偷了三本厚书，能叠很多纸炮！快走，咱到城门外叠炮去！"说完，他撒腿就朝村外跑，我相跟着，也向村外跑去。

到了村外的地头，他挨着书脊，一次几页、一次几页地从书上往下撕纸。他说："我往下撕纸，你给咱叠！"他撕着纸，我叠着，那书的纸张厚实坚挺，叠出的纸炮周正而漂亮。

想着各种法子，娃娃们都有了各种不同纸质的纸炮。哈哈，纸炮开打了，村街上、村外的土路上，不时可以看到两个一伙、两个一伙的娃娃们在玩着。他们各自拿出一个纸炮押在地上，然后两个人猜崩吃决出输赢。赢的一方，拿起自己押在地上的纸炮，去打对方押在地上的纸炮，把对方的纸炮打翻一个过儿，就归自己了。对方往地上另外放上一个，再打，如没打过来，就让对方打，如此循环往复赢取对方的纸炮。

打纸炮，每个娃娃拿的纸炮厚薄不一，厚纸炮，当然容易赢了薄纸炮。也有运气好的时候，拿着薄纸炮的一方，轻易就赢了拿厚纸炮的对手。这个时候，往往是他们最张扬、最牛气的时候："嘻嘻，咋样？咋样？咱这薄纸炮也狰火着呢，把这厚墩墩的纸炮，也给它赢过来啦！"那时纸张稀缺，能赢取对方的纸炮，特别是厚纸炮，那是一件十分开心、十分快活的事儿。

赢了纸炮不过瘾，还想赢对方的硬纸板或铁皮，双方就约定了"夹货”——在纸炮中间夹上硬纸板或铁皮。这种打法，一旦赢了就是双赢，不但赢了纸炮，还赢了硬纸板或铁皮。输了，不用说就是双输，不管是谁输了，心疼都没用，唉声叹气也白搭，只能自认晦气、自认倒霉。

打纸炮，可以用手中的纸炮，直接去砸对方的纸炮，把它打翻过来，也可以打在旁边，靠纸炮着地那一刹那扇起的风，掀翻对方地上的纸炮。为这，娃娃们是动了心思的。打纸炮时，他们解开上衣扣子，用上吃奶的劲儿，把打纸炮的动作做得很大，使解开扣子的上衣扇起风来，助力打过来对手的纸炮。

你别说，就这种打纸炮的游戏，如果不停地输，那也是一件十分烦躁的事。特别是到了最后，看到对方趾高气扬，手里捏着赢去的一大厚沓子纸炮，而自己手里就只剩下可怜的两三个纸炮，他们的心里是最难受的时候，也是最紧张的时候。

说难受，咋能不难受啊，自己那么多的纸炮到了别人的手里。要说紧张，也是真正地紧张，眼看着手里就剩下这两三个纸炮，如果被对方全部赢去了，就被砸了个青头（推了个光头）。被砸青头，那是最没有面子的事情，会被其他的娃娃小看，耍笑了。往往过去了好长时间，他们还会提起这一档子事，取笑着说，哪一天哪一天，在什么什么地方打纸炮，谁谁谁把谁谁谁给砸了个青头。

被砸了青头，壳子硬，坚强的，面不改色心不跳，输了就输了，他们有了好汉做事好汉当的那种气度。算不上坚强，但也不软弱的娃娃，会羞愧得涨红了脸，出气也变粗、变得不均衡了。性子绵软，心里盛不住事的娃娃，常常就会哇的一声大哭起来。这时，旁边看热闹的其他娃娃就嘲笑开了：“咦？！熊囊鬼，输了就挨不起了！就只知道个哭，哭顶屁用呀！”“怕输就别打；打了，就别怕输。哭是白哭哩，哭了，也没人把纸炮还给你！”

有意思的是，那些当年一起玩打纸炮游戏的玩伴，长大后，有了不同的生活与不同的人生之路。坚强，心理承受能力强的，遇到困难解决困难，遇到事不怕事，积极去处理事。输，自个儿认输，从头再来，从容不迫地渡过一个又一个难关，过上了殷实富裕的好日子。相反，畏缩胆怯者，性格懦弱、怕事、怕失败的人，往往事事不顺，事事难办，日子过得失去方寸，过得不尽如人意。

当年娃娃们打纸炮的游戏，也从一个小小的方面，显示出他们每一个人或多或少的性格特征。

性格决定命运。我常细细咂摸、细细体会这句话，其中的滋味很长，很深。

摔泥炮

摔泥炮，是让儿时的我们开心又快活的一个游戏。

要摔泥炮，就得先和泥；有了和好的泥，才能捏出泥炮来。

那时，在老家大张寨，我们这些小娃，从门口的土堆上铲来两铁锨黄土，堆成一堆，从中间往四周拨拉开，留出中间的空地儿来。用马勺从厨房的大水缸里舀来水，倒入小土堆中间，遇着水的黄土，开始噗噗地冒起水泡来。这时，用铁锨把外围的黄土一点点往水里撩，黄土，就全部包裹住了小土堆里的水。随后，铁锨挨地，把这泥水翻起，倒下，再翻起，再倒下，一锨一锨反复地搅拌均匀。

泥和水搅拌均匀了，娃娃们撇下铁锨，挽起袖子就上手啦。他们蹲在地上，把地当成了案板，把已搅拌均匀的泥巴，像揉面一样揉着。这泥巴，不揉就稀软，就没有筋性，稀软、没有筋性的泥巴，做出的泥炮摔到地上，扑哧一下就没了形，爆不出窟窿，会成了哑炮。有了筋性的泥炮，摔出的响声才脆，才能炸出大的窟窿来。

这是无雨季节，娃娃们在准备摔泥炮要用的泥巴。摔泥炮，是春夏秋三个季节都可以玩的。下雨天，特别是到了秋日雨天里，只需要从被雨水浸泡透的土堆上，铲两锨黏土倒在屋里的地上，直接开揉就行了。

娃娃们一人揉好一大团泥巴，两个人为一个对家，摔泥炮的游戏就正式开始啦。

他们各自从揉好的一大团泥巴上撕下来一小块，擀成泥饼子，放入掌心，转着，把它捏成如烟灰缸一样，但比烟灰缸要高一些的泥炮。捏泥炮是有讲究的，泥炮口要圆，要光滑，不能有残缺，这样的泥炮摔下去才会聚气，声音才会响亮，底儿才会全部炸开。另外，捏泥炮的泥巴也不可太硬。太硬，底儿不容易炸开，就是炸开，也只是一个小孔洞，达不到多赢对方泥巴的目的。

两人还是用老办法猜崩吃决出输赢。赢的一方，端起地上自己的泥炮，口朝下，用尽全身的力气，猛地扣摔下去，泥炮内憋着的气流，加之着地时产生的巨大冲击力，啪的一声响过，泥炮的底儿就炸开一个大窟窿。

另一方，从自己的一团泥巴上拽下来一块，去填补对家泥炮上炸开的窟窿。这填补上去的泥巴，就是对家赢下的，当然就归了对家。

也有摔偏了的时候，泥炮侧面着地而成了一摊泥巴；也有用劲摔下去，底儿并没有炸开的时候。出现这样的情况，对家就不用填补泥巴，就不用赔了。对家，这个时候虽不动声色，但内心里却是幸灾乐祸，暗自窃笑着，好，好得很，多来几个哑炮才好，省得我赔泥巴给你。

你别说，也有超水平发挥的时候，泥炮一下子炸开了天花，成为片片点点的泥巴。这下，就要把炸开的所有泥巴收拢在一起，平摊在地上，对方要用自己的泥巴，摊出厚厚的，能盖住这些泥巴的一张泥饼子，赔给人家。

一盘结束了，把炸开的泥炮再次捏好，两人继续以猜崩吃决出输赢，按上边的规则，一盘一盘玩着。

有意思得很呢，娃娃们常常会为窟窿眼里泥巴填得多少起了争执。摔泥炮的一方嚷嚷着，对方给的泥巴太少，窟窿眼里没塞满。另一方不依，撇着嘴说，窟窿眼填得满满的，你要多少才是个够？不太好听的话就跟着出来了：没个足间（没个够），你这是长虫的尻子没有深浅！

对方也就有了硬邦邦的话顶过去：“输了，就挨不起了，就要僵开了！”

“谁挨不起了？谁要僵开了？给！再给你一疙瘩泥！我看能不能把你好死？”

“好不死我！这是你该给够我的！”

打着嘴仗，并不影响他们手上的活儿，泥炮仍啪啪啪一下一下摔着。手上沾满了泥，身上脸上，有溅上去的星星点点的泥巴。摔泥炮，对我们这些娃娃来说是快乐的，是忘乎所以的。

娃娃们摔泥炮，有大人们眼馋了的，他们走过来，也要玩上一把。他们捏出来的，往往是老碗一样大的巨型泥炮。当他们端起这块大泥炮要往地上摔时，娃娃们会急忙躲到一边，两手捂住耳朵，侧着头往过看。那巨型泥炮摔下去，声音震天响，迸溅起的泥点如果打到脸上，生疼生疼的呢。

娃娃们摔了半个下午的泥炮，当时觉得没什么，也没多大的事儿，到了第二天，小胳膊那个酸痛呀，抬都抬不起来。双方上学见了面，一方笑嘻嘻地问对方："昨儿个后晌摔泥炮，今儿个胳膊疼不？""咋能不疼呢，胳膊酸痛得连笔都捉不住，作业都没法写！""哈哈，我跟你一样，胳膊疼得不知放在啥地方才好！"

摔泥炮，就是为了赢取对方的泥巴，有的玩伴，还为赔的泥巴多少翻了脸。你说，这泥巴值个啥钱呀！可是，在那个环境那个氛围下，双方就是为了赌个高低，争个输赢，不由得就抠掐起来，就斤斤计较起来。至于玩腻烦了，或突然有了新的玩的东西，呼啦一下子就散开了，这玩过的泥巴被遗弃在一边，也就成了垃圾，那却是另外一回事了。

啪，啪，啪，当年玩伴们摔泥炮时那个用力的动作，那个神态，还有摔泥炮过程中那些好笑逗人的言语，我一想起来就想笑，一种久违了的亲切感不由得就浮上心头。

磓鸡

磓鸡游戏，北方一些地方叫作“撞拐”“斗拐”。在老家大张寨，我们把它叫作磓鸡。

这个“磓”字，《辞海》解释为撞击。这就是说，磓鸡是硬碰硬，是激烈的对抗比赛。譬如说，两辆车猛烈相碰、相撞了，陕西人不说车碰了或者撞了，而是说车跟车磓了，从这里你就可以理解，磓鸡游戏名称里这个“磓”字，它的力道是很重的。

磓鸡，玩过的都懂，它是我们这些娃娃常在冬天玩的一种游戏。冬天玩这种游戏，最直接的目的一是玩，二是取暖。玩，暖和了的同时，也锻炼了身体。那时的娃娃们，是没有锻炼身体这一想法的，只是乐和着玩，天寒地冻的日子里不冷就行。说锻炼身体，是后来，是现时人们说的话。

左腿独立，把右腿脚脖子用双手扳住，放到左大腿外侧，膝盖朝外呈三角状，这三角状就成了“鸡头”。也有“左撇子”的，右腿独立，用了左腿当“鸡”的。磓鸡，采取撞、压、挑与点等方法，用膝盖去攻击对方。若对方右腿或左腿落地，或被对得倒在了地上，则为输。

在童年的游戏中，磓鸡是生猛激烈，具有男子汉气概的游戏。不过，巾帼不让须眉，有个别身材魁梧高大的女生也钟情这种游戏。相对男生们而言，她们是属于轻量级的。不过你别说，她们一蹦一跳地跳将过来，照样玩得威风凛凛，女生们玩磓鸡的场面好玩，也好看着呢！

那时，课间、下午课后回到家、星期天，有了空儿，起了兴致的娃娃们相邀了，就咋咋呼呼地玩耍开了磓鸡的游戏。

硊鸡，不是扑上去就硊那么简单，小娃娃们是用了心思，讲了技巧的。硊鸡中，我们常常用黑虎掏心法、云里雾里法、泰山压顶法、霸王硬上弓法、挑帅下马法与点穴放倒法等方法对付对方。

黑虎掏心法，就是快速地蹦跳过来，气势先要夺了人，双手抓着右脚脖子，仰起并尽可能地伸远膝盖，猛烈地去撞击对方的胸部。这一招，往往使对方或后仰倒地，或双手松开脚脖子而使脚落了地。黑虎掏心法，适合个子高大且魁梧的娃们使用。否则，不光会被对方用挑帅下马之法破解，对方还可能有意用了损招，用膝盖狠狠地顶了来者的私处。那问题就严重了，哎哟哟，哎哟哟，来者双手护着裆部，疼得站也不是，蹲也不是，吱哇吱哇乱叫唤着。

云里雾里法，是对决的双方身高与体重旗鼓相当，一时难以击败对方。于是，双方就躲闪来躲闪去，凌波微步般绕过来绕过去。在这个过程中，相互找寻着战机，伺机击败对方。云里雾里法，是要动脑子，斗智慧的。

泰山压顶法，是双方在对峙中，一方强势地冲上去，将膝盖连同大小腿，啪地一下重重地压在对方膝盖上，把对方膝盖猛地给压了下去，使他来不及有抵抗的机会，就啊的一声松开手，脚落了地。赢的一方赢得干脆，输的一方只能认卯服输，怪谁呢，谁都不怪，怪就怪自己实力不如人啊!

霸王硬上弓法，这是两个犟牛一样的娃娃遇到了一起，一个不服一个，双方就是为了斗气斗狠，就是为了显示真功夫，显示真本事。他俩约定了，膝盖硬对膝盖，不许用其他任何的方法，嘭嘭嘭，膝盖对膝盖，绝对的硬碰硬。哎呀呀，当年我们玩这霸王硬上弓时，膝盖每碰一下，那个疼哟，生疼生疼的，疼得人龇牙咧嘴，疼得人腿发软，头上要冒了虚汗出来。谁到最后实在顶不住，招架不了，放下腿，谁就得乖乖地俯首称臣了。

挑帅下马法，是专门对付黑虎掏心法与泰山压顶法的。玩时，一方有意压低自己膝盖，去对方的膝盖下方快速有力地去挑。挑得好，挑得准的，只需一下就挑翻了对方，就把他从“马”上挑了下来，让他心服口服地认了输。

点穴放倒法，顾名思义，是要点了“穴”的。双方争斗中一时不能决胜负，这时，一方寻觅瞅准了机会，迅速转移到对方侧面，用膝盖猛地去顶对方大腿外侧的“麻骨”，瞬间，对方全身酸困麻酥，倏地一下松开了扳脚腕的手。这一招一旦对方得逞，那就只能自认晦气，自认倒霉了。

这是小时候我们玩磓鸡，用的小小的技巧。有了这些技巧，我们的玩法也是花样众多呢，有一一单挑、大帅守擂、四人对阵、三英相会与夺旗之战等有趣的玩法。

一一单挑简单，两个人站出来对阵，没有啥说的，一对一决出输赢，这是我们最常用的玩法。

大帅守擂，能称得上大帅的，那一定是自认为有雄厚实力，无人可匹敌的娃娃。大帅守擂，“大帅”常常是摆了架势，神气十足了的，嘴里往往也就有了欺人的话：“来，来，来来来！谁不服气？谁不服气谁来呀！嘿嘿，谁来，谁敢来呀？！”如果他战胜了所有挑战者，就守擂成功，大帅的名分，也就稳稳当当地戴在了他的头上。守擂中，他若被不服气的愣头青击败，不光无了名头，还会被别的娃娃们笑话了：“哈哈，你看，你看看，把牛吹到天上去了！就那一点烂本事，口气还比脚气大，还叫什么大帅守擂呢！”此时，斗败的守擂者，只能灰头土脸地站在一边，看其他玩伴兴致勃勃地玩着。

三英相会，说是三英相会，实际上是实力强的一个，对付两个实力弱的。若这个实力强的真赢了那两个实力弱的，会豪情万丈地说：“我一枪打了两只鸟啊！”或者自负地说：“我一个人骑了匹双头马啊！”嘻嘻，看他那神态，听他那口气，牛气得很哪！

夺旗之战属于大兵团作战，双方各出三到五个、十到八个，或者更多的人对垒。在各自的阵营背后放上砖头、瓦块或者书包当作军旗。混战中，一方率先冲破对方的防线，夺取了这当军旗的砖头、瓦块或书包，即为全军取胜。

磓鸡，不只是快乐，也有难堪与窘迫的时候：娃娃们有过把棉裤裤裆挣开，露出了屁股，被同伙们笑话了的；也有经常磓鸡，把棉裤膝盖处碰破碰烂，白花花的棉花吊在外边，没少挨大人骂的。

呵呵，不管怎么说，磓鸡，这个单脚跳的游戏，对我们这些娃娃来说，是开心快活的，是充满乐趣，具有战斗性与刺激性的。我们从中学会了不管做什么事，说什么话时，都不要充老大，要清楚自己几斤几两，自己能吃几碗干饭。大帅守擂，也不是谁想当“大帅”就能当上。擂，不是那么轻松就可以设，也不是那么好守的。我们从中也明白了，许多事要开动脑筋，要有智慧，要用巧劲与韧劲。只有这样，才有可能把人生路上遇到的困难与险阻，遇到的坎坷与不幸，用点穴放倒法克服解决了。我们也懂得了，只有精诚团结，齐心协力，奋力冲杀过去，才有可能赢得“夺旗之战”的全面胜利。

就是小时候我们玩的这碴鸡游戏，如今有了一个好听的名字，叫脚斗士大赛。看来，碴鸡，不仅仅是过去的娃娃们玩的土得掉渣的游戏，更是大有名堂，已走向世界的体育赛事了。

碴鸡，这个我们小时玩儿过，难忘的，不需要任何器械，不受场地限制，具有强烈竞技性的碴鸡游戏呀！

狼吃娃

狼吃娃，单看这题目挺恐怖，会吓着人。没错，就是叫狼吃娃。其实，狼吃娃是我们儿时玩的一种游戏。狼和娃，只不过是这种游戏中的两枚“棋子”罢了。

那时，我们年龄小，虽没见过狼，但老是听老人们说起他们经见过的狼的故事。说是夏日麦子开始吐穗，秋天玉米长过半人高，这个时节，狼在野地里有了藏身的屏障，就会频繁出来伤害人畜。四畛，离村子最远，和乾县赵家村、周南村两个村子最远的地接壤，偏僻，多沟沟坎坎，少有人去，旧时是有狼窝的。

祖父说过，在他年轻时，狼曾把北巷子的一个小娃叼了去，村子里的青壮年掂上铁锨、镢头与铁叉，飞跑着出了村子去撵狼救娃。

有一个爱看别人家招祸的婆娘，听人们去撵狼救娃，就慢腾腾地带着事不关己与看人笑话的语气说道：“又是一只狼把娃吃了！嘿哟，不知狼又把谁家的崽娃子叼去了？”别人慌慌忙忙告诉她：“是你家娃被狼叼去了！”她即刻失了腔：“哎哟哟！妈呀，我的妈呀！狼咋把我娃叼去了……这下……这下我咋活呀？！”她边哭边喊，朝村外疯跑而去。

大人们，也常用狼吓唬爱哭闹的娃娃：“再哭，再哭狼就来了！”正哭闹的娃娃一听狼就要来了，立马就噤住哭声，乖了起来。

这是老家大张寨发生的狼吃娃，又用狼吓唬娃的故事。还有很多这类有关狼的故事，给小时候的我留下了深刻难忘的记忆。说起狼吃娃的游戏，就不由得想起那些往事。这是题外话，先按住不说。

狼吃娃，是两个娃娃对玩的游戏。玩的时候，四周常是围蹲、猫腰与站着的一大群观战的娃娃。玩狼吃娃的娃娃，先在地上用手指画出横竖五道正字形框，当了棋盘。一方找了两块指头蛋大小的石子当“狼”；另外一方，找来如织毛衣扦子一般的细树枝，折成十七根寸把长的短截截当“娃”。

狼的一方，在自己这一边的第一道横线上，相隔一格的交叉点上放两只狼（石子）。娃的一方，紧挨狼的一格，正对着狼放两个娃（细树枝），这两个娃就成了娃群里的前锋，后边每个方格的交会点上，一共放上十五个娃，这里是娃们的大本营。

游戏规则是，狼可以走直线跳过去吃娃，但有个前提条件，就是娃的后边不能有娃。也就是说，娃的后边必须是空格，狼才可以跳过去吃了娃，并在此落住脚。一旦狼吃了娃，就要把娃从棋盘上拿走。娃，也走直线，且只能一格格地走，不可跳跃。娃制伏狼的唯一办法，就是想尽一切法子把狼团团围住，把它困死在娃群中间，困死了的狼，同样也要从棋盘上拿走。

狼吃娃，这是一场比拼游戏技巧与心理素质的比赛。开始比赛啦，“狼动弹，娃叫唤”，娃叫唤的意思是，为了迎战恶狼，娃已呼号呐喊，相互提携，做好了准备。这是开赛以后，我们常常挂在嘴边的一句话。狼可以吃娃，属于强势的一方，所以要让娃一方走第一步棋。

比赛的双方，蹲在地上，低头看着棋盘，狼的一方琢磨着如何吃了娃，娃的一方绞尽脑汁想着，怎么样把这凶恶的狼围住，困死。

玩狼吃娃的双方急，心里紧张，旁边围着的一大群娃娃也分成了两拨，一拨给狼的一方当军师，另一拨，咋呼着给娃的一方当参谋。他们叽叽喳喳地出着主意，如果主意没被采纳，娃的一方被狼吃掉了一个娃；或者，狼的一方被对家的娃给困死了，他们生气的同时就有了埋汰的话：“给你咋说，你就是不听，犟得狰㞞！看看，这下子挨了个硬锉！”“熊人，听不进去人的话，一看，你就是个招祸的安子（样子）！”

脾气大，被对家吃了娃，或被对家困死了一只狼，心里难受，此时正在气头儿上的娃娃，会忽地站起来，怼刚才说话的玩伴：“皮干得很！五马六怪地吹个不停，能得真跟豆儿一样！嘴犟，你能行，你上来试试！”

遇着好说话的，笑着不吭了声，发火的一方又蹲下去，继续玩儿开了。遇到不服气的就顶上了牛："你起来，我上！肯定比你娃要得好！""去！去！把你能的！我正玩着哩，凭啥你想要就要？去，滚一边去！"一把就推开了不服气的愣头青，理也不理他，蹲下，又专心地去看地上的棋盘了。

狼吃娃的游戏仍在继续着，围观的娃娃们，还在七嘴八舌地喊着，嚷着："快，左边的狼跳过去，把正前方那个娃给拾掇了！""快赶紧，把右边的狼路给堵死，甭叫它跳过去！"刚才，在玩伴跟前失了面子的愣头青，此时倒戈了，他一心一意地给对方出主意，专门要治死给他难堪的一方。

狼吃娃的游戏就地取材，没有场地限制，随时随地都可以玩。这个游戏玩起来风云突变，险象环生，是大有趣味，是紧张而又吸引人的。狼是强者，是可以吃了娃的，但狼也有弱势的一面，它数量少，只有两只。娃，却人多势众，有十七人，可齐心协力群起而围住、困死狼。比赛中，狼的一方也时常脸上无光地输了比赛。

老家人对遇到危急、危难局势，遇到强势之人欺凌时不敢挺身而出，不奋起抗争而任人宰割者，往往有一句埋怨带责备的话："不怪狼恶，就怪娃太蔫了！"我就想了，这句哀其不幸，怒其不争，经典并富有哲理的话，是不是从狼吃娃的游戏中得来的？

藏猫葫芦

说到藏猫葫芦，许多的人，肯定不知道是什么意思，它是老家大张寨人对捉迷藏的叫法。藏猫葫芦，是儿时我们经常玩儿，有很多意趣与故事的一种游戏。

那时候，哪一户人家没有好几个孩子！大人们要去生产队出工，还要忙自留地，忙家里的活儿，不可能一天到晚守着孩子，孩子属于“散养”一类。不管瞎（方言：坏）好，饭给他们吃饱，冬天让他们穿暖和一点儿别冻着，就不管他们了，由着他们的心性玩耍去。

那时，上小学的娃娃们也没有多少作业，又没有如今的电视、电脑与手机等电子产品可以看动画片，可以玩游戏。那时，也没听说过人贩子把谁家谁家的娃给骗领走了。大人们忙，顾不上管娃，也正合了娃们的意，相约了一起玩耍的他们，大呼小叫着，村内村外，就成为他们疯玩狂耍的天堂。于是，他们喜欢玩的各种各样的游戏，就轮番登场了。

藏猫葫芦开始啦，两个小玩伴先“猜崩吃”决出输赢。输的一方要背转过身去，两手捂住自己的眼睛，嘴里大声地从一数到一百，这是给刚猜崩吃赢了的一方，让出躲藏的时间。输的一方数够数儿，就可以放下捂眼睛的手，回转过身来去找对方。如能顺利找到对方，再以猜崩吃决出输赢，赢的一方再去藏。若输的一方找来找去都找不到对方，承认自己输了，叫对方从躲藏的地方出来，还得让对方再藏一次。就这样，一盘又一盘快乐地往下玩着。

每次和玩伴们玩藏猫葫芦，就想起祖父曾给我讲过，我们马家本家户里发生的，我该叫了他老爷的一则故事。解放前，老爷是共产党的地下交通员。一次，他在村街上正和乡邻们说着话，突然，村口出现了一队提着短枪的人，他们叫喊着："快！快！这就是马家巷子，要抓的人就在这巷子！""今儿个，非要把人逮住不可！"那一队人马吵吵嚷嚷地向村子里冲了进来。

老爷知道大事不好，他的身份暴露了！这些人是来抓他的！他转过身，飞快地朝自己家跑去，他进院子刚关上大门，那一队提着短枪的人，已跑到了他家门口："看见他跑着回家了！门，是他关上的！快，快进院子！"其中两个人立即架起人梯，翻墙进院子开了门，其他的人，呼啦一下子拥进院子。他们把老爷家翻了个底朝天，该找的地方，不该找的地方，都齐齐地找了，找不见人，就是找不见人。他们在老爷家翻腾了多半天，一无所获，气急败坏的他们，不得不悻悻地离去。

原来，跑回家的老爷，知道无处藏身，顺势就把麦草垛跟前的一个背篓翻扣过来，自己蹲在了里边。老家农村的背篓是竹篾子编的，细细的行篾子间可以透气。背篓有多半人高，上大下小，是直挺挺斜着下去的那种，背篓口径约莫三尺，底部直径也有一尺五左右。来抓老爷的人，把屋里翻遍了，就是没人注意到倒扣着的背篓。这普普通通的背篓，救了老爷一命啊！新中国成立后，国家每月给老爷发生活补助费，小时候的我，常看见他微微地低着头，从村街上默默地走过来，除非别人跟他打招呼，平时并没有多余的话。

老爷和背篓的故事，祖父每回讲起，都听得我胆战心惊。如果不是那个背篓，老爷就被抓走了，可能就没命了！后来的我，也就不一定能见上老爷了。背篓，给小时候的我留下了深刻的记忆。我简单地认为，背篓，在关键的时候是可以救命的。所以，在和玩伴们玩藏猫葫芦时，背篓，也就成为我屡屡使用的藏身用具。

记得那是在我们家前院子，我和要好的一个玩伴玩开了藏猫葫芦。他背对着我，从一往一百数着数儿，我在他身后不远处，把背篓倒扣过来，蹲在了里边。他数到一百，就到处找开了我，大门背后，麦草垛后边，他从藏着我的背篓跟前走过去、走过来好几回，就是不往背篓里看，就是不动一下背篓。他甚至把红薯窖上边的薄石板推开，撅着屁股往下看，喊着："快出来，不敢在里边停，里边没空气，会把人闷死在里边！"

背篓里的我，直想笑但憋着不敢笑。他把薄石板从另一侧推过来，又盖好了红薯窖。从背篓上竹篾子的小缝隙里，我看他跨进二门楼子，去里边院子找我了。等了好大一会儿，郁闷的他从二门楼子里出来，走到背篓跟前，一只手搭在背篓底上，一动不动，也不吭声。

糟了！这家伙一定是知道我藏在这倒扣着的背篓里，故意到处找我，采用的是声东击西之计，故意演戏给我看呢。藏在背篓里的我，心脏怦怦怦猛烈地跳动着，像是要迸出胸膛。大气不敢出的我，怕我怦怦怦的心跳声让他听见，怕他忽地掀开背篓，让我原形毕露，让他逮个正着。

“唉，藏得牢实得很哪！怪了，就这么大一个院子，藏到啥地方了？藏到啥地方去了呢？”他无奈地叹息着，嘀咕着。重新去门背后，麦草垛后边找了一圈，仍没找见我。他再次折回到背篓旁，这时的他彻底泄气了，再也没有继续找下去的耐心而自己认输了：“出来！出来！这一盘我输了！我认输了！”

扑哧一声笑出声的我，猛地推开倒扣着的背篓，忽地从他身边站起来。被吓了一大跳的他，用拳头捣着我，嘻嘻哈哈地嚷着：“哎呀呀！藏得牢实，藏得不是一点点牢实！四下里寻遍了，我从这背篓跟前走了几个来回，不光站在背篓边，手还放在背篓底上，哎呀呀，压根儿就没想到你在里边藏着！你呀，你也真沉得住气！没办法，没办法！认输！认输！”他边说着话，边拍自己的脑门儿，一副懊悔不迭的样子。

和其他玩伴玩藏猫葫芦，藏在倒扣着的背篓里，也是回回取胜。我自个儿就坚定地认为，当年老爷躲避国民党抓捕用以藏身的背篓，真真确确也是藏猫葫芦的神器呢。

在玩这游戏的过程中，有狡猾的娃娃，把数字数到一百时，放下捂眼睛的双手，故意用投石问路计，大声问对方：“藏好了没有？藏好了，我就开始找了！”灵醒的玩伴不会吭声，对方明显是想通过应答的声音找过来，不费吹灰之力找到自己。脑子简单的，不假思索地随口接了话：“藏好啦！”对方立即循声跟过来，无须费什么气力，就把他从门背后、罗面柜里或者其他地方拉了出来。

有个别的玩伴，自己藏得好，对方在旁边转来转去，就是找不着，看着他干着急、不知所措的可笑样儿，自己先憋不住，咯咯咯地笑出了声，“一笑成为千古恨”，就被对方顺手牵羊地给拎了出来。

也有玩伴使了“兵不厌诈计”的，明明找不着，也没有看见对方，却自信满满一本正经地大声叫着：“看见你啦，还藏啥呢嘛！快出来，快出来！再藏就没意思啦！”

“嘻嘻，跟谁耍小聪明哩，看见我了？看见我了，你咋不过来把我拉出去？傻子，只有傻子才会信你这骗人的话！”躲在暗处的娃娃心里想着，就是不动声色，让他找来找去就是找不着。也真有“傻子”，一听对方说看见自己了，就中了计，自投罗网地乖乖走出来。

还有的娃娃晚上玩藏猫葫芦，一方藏在了麦草堆里，对方怎么找也找不着；叫他，他故意不答应，找不着他的娃娃就径直回家睡觉去了。藏在麦草堆里的娃娃，不知不觉也睡着了。家里的大人发现半夜了还不见娃回来，就在村里到处找。知悉了消息的半村子人，也加入了找娃的队伍。

满村都是呼喊声，漆黑的村街上，手电光在犄角旮旯到处晃着，照着。被众人喊叫声惊醒的娃娃，迷迷糊糊地从麦草堆里钻了出来。气急了的他家大人扑上去就打：“打你个狗日的东西！黑天半夜地钻到这麦草堆里，害得半个村子的人都睡不成觉地找你！你看看你，是个啥好熊东西！”帮着找娃的村邻，急忙拉开了大人：“找着娃就好，娃找着了就好！再甭打娃骂娃了，快赶紧引着娃回去睡觉去！”

藏猫葫芦确实是一个好玩的游戏，但也是一个危险的游戏。都是一群娃娃，既不知道深浅，也不知道害怕，缺少生活常识的他们，总想藏得隐蔽一些，藏得让对方找不着自己。于是，就发生了娃娃搬开长期盖着的红薯窖窖盖，自己下去后，从下边又把窖盖盖严，窖内无氧气，聚集着的二氧化碳，使藏猫葫芦的娃娃窒息而死的事情。小时，邻村就曾发生过这样的悲剧。

大人们也常以此事吓唬并教育自己的孩子：“你听着！我给你娃说！藏猫葫芦，少给红薯窖那些要你小命的地方去！不听话，不想活了，你想咋耍就咋耍去！”邻村孩子，藏猫葫芦在红薯窖里窒息而死的事件，对当时年龄还小的我们来说，是有警示作用与震慑力的。从那以后，玩藏猫葫芦时，我们确实不敢那么肆无忌惮，也不敢那么胆大张狂了。

藏猫葫芦，儿时这个有过快乐，也有过惊恐的游戏，许多年过去了，仍然让人难以忘记。游戏中，躲藏时的大气不敢出，自己忍不住发出的咯咯咯笑声，找到对方时的狂喜，被对方抓住时的失意与沮丧，还有听到邻村孩子死于红薯窖时的惊恐，那其中的细枝末节，好似昨天发生的一样，每每想起来，心里就有一种非同一般的滋味。

耍水

儿时在老家大张寨，到了夏天，男娃娃们最爱玩的就是游泳了。说是游泳，其实只是在水库、水渠里打打扑腾，玩一玩水，图个凉快的娃娃们居多。会游泳，还会各种游法的，一大群的娃娃中也就那么几个。

老家人把游泳不叫游泳，而是叫作耍水。紧挨村口的宝鸡峡西干渠四畛地的水库，还有邻村更大的周南家水库，都是娃娃们耍水的好地方。

大人们对娃娃耍水是十分操心，也是强烈反对的。他们常训导娃儿们，少去耍水，你看，耍水出过多大的事！又举起眼前的例子，你看谁谁谁家的娃去耍水，淹死在水库里；还有谁谁家的娃，若不是救得及时，差点儿就把命丢在了西干渠。

毕竟都是些娃娃，大人们说上边那些话时，他们只是听着，不敢还嘴反驳。他们也知道自己的玩伴谁谁谁就是耍水时淹死的，他们内心深处是害怕的，恐惧的。然而，大人们的话刚一说完，那些话就成了耳旁风，他们也就忘了耍水可以淹死人的恐怖。

每到暑假，不用去学校上课了，天又特别热，这是孩子们耍水最多，玩得最开心的时候。

在地里劳累一上午回家吃完饭的大人们，他们是要歇晌（午休）的。这是一天中最热的时刻。歇完晌，等太阳偏西，天不是太热时，他们才会扛上工具去地里继续干活。

歇晌的大人，也会让娃们睡一会儿。躺在地上的凉席上，娃们闭着眼睛，翻过来倒过去，怎么睡就是睡不着。不大一会儿，大人们起了鼾声，娃们睁开眼睛一看，大人们都睡着了，悄悄地爬起来，蹑手蹑脚地溜出家门。

溜出家门的娃们，去找自己要好的玩伴，约出来两三个，结了伴的他们光着膀子，每人穿一条大裤衩，一律光脚丫子。村街上，天气燥热至极，吸进鼻子的空气都是火辣辣的。脚下的土路，被太阳晒得滚烫滚烫，他们边往北城门外跑，嘴里边说着："哎嗨嗨，地上烧得狰火，脚都不敢挨地！""我的爷呀！这路能把人的脚烧熟！"

出了北城门就是西干渠，他们并不在村口的这一段渠里耍水。有了心计的他们，跑到上游，在和应家巷交界处的那一段干渠里去玩。这一段干渠的东边是深深的土壕，西边是窄而深一直通到三畛地去的胡同，村里人叫西胡同，过去人们躲土匪时，就会从村子里出来，钻进这条深深的胡同，往西逃命去了。

渠东的土壕里种着玉米，壕岸边长着杂树与一丛丛的杂草。在这儿耍水，离村近，还相对僻静，光着屁股上下渠没人看见。另外，大人们出村口，不容易发现他们，就是被发现了，他们也会下了渠东的土壕，或是从渠西的西胡同里溜走。

人在娘胎里就是在水里的，每个人生来对水就有一种亲近感。你瞧那一两岁的碎崽娃，把他放在大水盆里，他乐得跟什么似的，两手啪啪地拍着水，欢喜得咯咯咯笑着，闹着。

嘻嘻，这么热的天，谁看见水不亲？谁看见水不想立马钻进去？到了与应家巷交界的干渠边上，他们快速地脱下大裤衩，光着屁股，一个跟着一个，扑扑通通跳进渠里。哎哟哟，那个清凉，那个爽快，那个美呀，不知用什么语言来形容了！他们或互相撩着水打开了水仗，或单人狗刨式游着，或把肚皮朝天躺在水面上。这个时候，谁也不觉得天热，忘记了一切，这水就成为他们欢乐快活、无忧无虑的天堂。

在西干渠里耍水，娃娃们还是怕大人们容易找来，就常去几里外的四畛水库里耍水，也有去邻村周南家水库耍水的。周南家水库是附近村里最大的水库，不识水性的娃娃没有几个人敢去，只有个别水性好的娃娃才敢去。他们回来后会在玩伴跟前吹开了牛："周南家水库那个大呀，去的人不多，在那儿耍水美得很呢！我一个人在里边游了十几个来回！别的村子的娃，蔫得很，只在库边傻傻地看着我游，没有一个敢跟我比试的！"

四畛水库离村子远，大人们一般不会找来，娃娃们在这里可以放心畅快地玩上几个小时而不受干扰。

记得有一次，我和玩伴们在四畛水库玩得兴致正浓，突然一个玩伴喊叫开了："不好！不好！唐王陵（李世民寝陵）上起黑云啦！快，赶紧往回跑！"玩伴们都知道一句谚语："唐王陵上戴帽，地上白雨打泡。"意思是说，如果唐王陵顶上有高高如厨师帽一样的黑云升起，大雨马上就要来了。

我们从水库里上来，慌慌张张地穿上大裤衩，撒腿就往回跑，没跑几步，刮起了大风，紧接着，大雨哗哗地下开了。夏天的雨来得快，下得猛，那下着的雨就像从天上往下倒一样，四周白茫茫的一片，人在飞泻的、一望无际的"大瀑布"中东奔西跑，大雨打得我们眼睛睁不开而看不清回村的路。我们深一脚浅一脚地往回跑着，不大一会儿，雨里竟然夹杂了冰雹，砰砰砰地打在头上、身上，生疼生疼的，打得人晕头转向不知道东与西了。野地里并无躲身之地，我们一个个抱着头，鬼哭狼嚎地往村里跑。跑回村里，头上被砸得起了大包，手上、身上也被砸得青一块、紫一块的。这是我们去四畛水库耍水时招的一次大祸。

耍水，也有被大人们发现被收拾的时候。这是发生在西干渠的事。

常有大人歇晌睡醒后，不见了身边睡着的娃们，知道这熊娃又去耍水了，就跟着撵出来。他们从村口的西干渠岸上找来。正耍水的娃娃，远远地看见大人来了，惊慌失措地从渠里爬上来，光着屁股，顺着土壕或者西胡同，提着大裤衩疯一般地跑了。他们跑得那个快，那个敏捷呀，你说像兔子，或者像其他什么一样跑得快，怎么形容都不为过。

跑掉的娃娃，躲了半个下午。回到家，大人们问："中午饭后歇晌时弄啥去了？"他们都不会承认去耍水了。回家的路上，他们就编好一个听起来绝对合情合理的故事，并且和玩伴们商定好了。大人们问起来，他们会口径一致地说干啥干啥去了，跟谁谁谁，还有谁谁谁一起去的，不信你问去。大人们不会相信他们编的故事，也不会去问谁谁谁，他们口气严厉地喊："过来！过来！小小个碎㞞娃，故事还编得圆的不行！把胳膊伸出来！"大人用指甲在他的胳膊上一划，露馅了，明晃晃的一个印子出来，这明显是从水里钻出来的证据。"啥货色，把好的没学下，谎话学了一套又一套！"一顿饱揍是挨定了，紧接着，哎呀呀，哎嗨哟的哭叫声就从那家院子里传出来。

打是挨了，娃娃们也在总结经验，也在找应对大人们的法子。后来，他们知道了，耍完水，用干面面土把胳膊、腿齐齐搓擦一遍，再怎么划，都划不出印子。大人用指甲在他们胳膊腿上划时，他们一本正经，不笑也不胆怯，一副“为人不做亏心事，半夜敲门心不惊”的模样。划来划去，划不出印痕的大人们没有证据，也就没有了脾气。

儿时玩伴们耍水的趣事有很多很多，真要细细说来，几天几夜都说不完呢。

掏圈骑车

人小，个子低，自行车又高，小时在老家大张寨学骑自行车，我们是从掏圈开始学起的。

那时，把学骑自行车也叫学车。刚开始学车时，左脚踩在车子左脚蹬子上，右脚在地上接连用力蹬着，车子滑行起来后，右腿迅速从大梁与前后斜梁中间的三角空间伸过去，脚踩上右脚蹬子，两脚蹬起，自行车就跑开了。

个子稍高一些的孩子，可以蹬整圈；个子小的，腿不够长，不能蹬整圈，只能一上一下，像踩着小跷跷板的两端一样，咯吱咯吱地踩着往前骑。这种骑自行车的特殊方法，就是我们说的掏圈骑车。

掏圈骑车还真是个技术活儿，人的重量都在自行车左侧，车子必须偏向右侧才行。随着蹬车时身体上下起伏，还要不断地调整平衡点，才能保证把自行车顺溜地骑走。

那时自行车稀贵，家里有一辆自行车，不光是值钱的大件东西，也是很有面子的一件事，真比现在家里有一辆轿车的感觉还要好。我记得，日子稍微好一些的人家，托人情弄下票，才能从县上买回一辆自行车来。当时的永久、飞鸽与凤凰，是三大名牌自行车，大人们对这三大名牌常用“永久硬、飞鸽软、凤凰利”来形容它们的质量。意思是说，永久牌自行车的钢材好、硬铮，飞鸽牌的钢材相对软、薄一些，凤凰牌的骑起来轻快利落、省劲。

好不容易买回一辆自行车，那是十分珍贵的。有的人家，买来一寸宽的一卷厚厚的塑料纸，把自行车大梁、前后斜梁还有后架，前前后后凡是能缠的地方，都用塑料带转着圈包裹起来。那塑料带有绿色、红色与黑色三种颜色，根据各自的爱好选择。手把下带着弧度往下撇着的两根拉闸把手，也要用一根相同粗的塑料管套上。这样缠裹、套塑料管，是怕骑车时碰伤，下雨时淋坏了自行车。没有缠塑料带与套塑料管的自行车，爱车的主人，没事时就弯着腰一遍一遍地擦拭着自行车，啥时候都把那车子擦得明光铿亮的。

在村里，自行车作为稀欠贵重的家当，除非自家人或是关系特别好的，一般人不会去借人家的自行车，怕开了口把人搁不住，脸没有地方放。

就是自家人或者关系好的把车子借去，用完后还车子时，心细的主家，一边跟借车者说着“去的还快得不行，没多大工夫就回来了”之类的闲话，一边眼睛却不时地往车子上瞅着，看车子哪里划伤、碰伤没有。曾经发生过借车人还车时，主人家没注意，等借车人走后才发现，车子大梁上被蹭去了一块漆。主家心疼，就给自己关系近的人学说开了：“你看谁谁谁嘛，新新的一辆车子借去用，还车子时我也没在意，大梁上蹭去这么大一块漆！”他用手给对方比画出杏核一样大的一个圆形，说：“唉！新车子呀，蹭去那么大一块漆哩！”接着，又是一大串既心疼又生气的话。

话传到借车人那里，借车人不高兴了：“哪有的事？我好好地骑着，来回没半晌的时间，没碰着，车子也没倒过地，啥时候就把那么大一块漆蹭去了？”两家人为此事心里都不舒服，很长一段时间内，关系都很僵。

把自行车看得这么贵重，这么稀欠，大人们绝不会让娃娃们推着新车去学。我们当年学骑自行车，都是用玩伴家骑了好多年，老家人叫作“烂垮垮”的旧自行车学的。

学掏圈骑自行车，确实不是一件容易的事，不像成年人学骑车，一迈腿坐在座上，两脚一蹬就走了，就是车子快倒了，两腿一撑也就没事了。小娃们学掏圈骑自行车，要困难得多，危险得多。学掏圈骑车，没少发生过摔车、摔人、连车带人一起摔的事儿。常常是车子倒了，脚踏顶到身子上，顶到哪里哪里疼！还有过车子摔倒后，把人套在了车子里，不光摔得哎呀呀地叫唤着，自行车还压着人，半天都爬不起来的窘迫与狼狈。再能行的孩子，谁学骑自行车没有被摔过？

痴迷着学骑自行车的热情仍然高涨，摔疼了，绊伤了，这算什么呀，不算什么。村街上、麦场上，我们乐此不疲地继续学着车。

我很快就学会掏圈骑自行车，不但玩得滴溜溜转，而且车架后边敢带着玩伴骑得飞快，把个车铃捏得震山响。玩伴下来后，还会做了转硬弯等高难动作，那个快活，那个自豪呀，认为自己真是了不起，真是能行得不得了呢。

学会掏圈骑自行车，且只能骑半圈的我，曾经完成了一件重要的事情。那年秋天的一个星期天，突然有一件急事，要去给二十几里外的舅爷家捎个信过去。祖父年龄大了，父亲在外教书，我以跟自己年龄不相符的果敢承担了这一任务。

我借了大妈家的26型自行车，顺着宝鸡峡西干渠渠岸，咯吱咯吱地掏圈骑车赶了过去。26型自行车车轱辘小，本身就跑不出路，腿短的我，又只能掏圈踏半圈骑，赶到舅爷家传了话，没停又赶了回来。回来的路上，腿都是软的、酸痛的，实在骑不动了，就下来推着车子走一段，算是休息，完后再骑，就这样一会儿骑，一会儿推着车子回到了村子。

骑自行车去舅爷家回来几天，腿都酸痛酸痛得缓不过劲来，走路一拐一拐地不利索，但那个感觉真好，我觉得自己长大成人，能为家里分忧解愁了。特别是祖父的一句话："人说男长十二夺父事，我孙子不到十岁，就能给咱解决难题呢！只是那么远的路，把娃累挣着了！"祖父夸奖我，心里美滋滋的我，仰起脸说："爷，路不远，快得很，没累挣着我！"

随着年龄增长，后来在自行车大梁上骑，再后来坐在座上骑，可以用自行车带人一起去走亲戚，可以驮东西去附近的镇上卖，可以骑自行车去县城上学。自行车作为当时的一种交通工具，快捷方便的同时扩大了人们生活的半径，正如今天开的小汽车一样。骑自行车与开小汽车，不同的是那种感受、那个难忘的记忆，还有那份特殊的情感。

童年的口嘙

童谣，在我们老家，人们把它叫作口嘙（pó）。

诞生在这片黄土地上，传唱数千年的口嘙（pó）生动有趣，怡情启智，念读起来朗朗上口，如同唱歌一般好听。口嘙（pó），给我留下难以磨灭的记忆，那时记下的许多口嘙（pó），到今天，我仍记得清清楚楚，把它们都能背诵下来。

口嘙（pó），或叙事状物，或嬉笑怒骂，随性率真、绘声绘色、意旨鲜明、意韵深长，具有强烈的感染力。口嘙（pó），伴随我们的乡村童年，使我们在那个艰难困苦的年代，多了杨柳风轻与鸟语花香，多了使我们想象力丰富的绚烂云彩。口嘙（pó），开阔了我们的眼界，丰富了我们的生活，壮大了我们的精神生命。

那时，年龄还小的我们，谁记下的口嘙（pó）多，谁就牛气，谁就是真正的能行娃。呵呵，摇头晃脑，连说带唱，一首接着一首背出口嘙（pó），那是一件多么令人自豪的事！口嘙（pó）念得好，引得一大圈的玩伴眼红地看着，那种滋润与谄活的感觉，真是好得没法说。

记下的口嘙（pó）多，不仅可以在别的玩伴面前尽情地显摆，还可以和玩伴们相互唱和了，那是一件快活惬意、十分美好的事情。

你听，先有玩伴带着唱腔念口嘙（pó）了：

月亮月亮亮堂堂，
打开城门洗衣裳。

洗得净净的，
捶得硬硬的。
哥哥穿上多清爽，
离别妹妹出了庄。
去呀骑的高头马，
回来坐的花花轿。
一对喇叭一对号，
你看荣耀不荣耀！

马上，就有其他玩伴的口嘜（pó）接上了：

月亮月亮亮堂堂，
马背上驮回花女郎，
打开城门抢新娘，
人家抢回金凤凰，
咱几个抢回女无常！

他们两人的对唱还没完，又有玩伴的口嘜（pó）出口了：

正月正，正月正，
野菜满地青，
二月闪上羊角葱，
三月韭菜发了疯，
四月黄瓜食欲增，
五月面筋蒜捣葱，
六月香油炒葫芦，
七月柿子能养容，
八月白菜绿满垄，
九月萝卜分白红，

十月没到菜园去，
霜下茄子蔫了头。

又有玩伴开腔念口�（pó）啦，那声调，比前边的玩伴高出许多：

高坡坡，低洼洼，
开满马莲花，
马莲花，人人夸，
一开开到沟底下，
沟底下住着两邻家，
生下儿子会读书，
生下女子会扎花，
大女子扎了个牡丹花，
二女子扎了个水仙花，
三女子不会扎，
半天扎了个线疙瘩。
老娘一看要气瓜，
掂起门后小灰耙，
大姐劝，二姐拉，
三姐爬上树杈杈……

玩伴们一个一个对唱着，没有对上口嘙（pó）的玩伴脸红起来，嫉妒起来。于是，就闹起不愉快，闹起小小的别扭来，言语也不那么好听了。

这时，其中一个玩伴就以口嘙（pó）劝他们：

羞羞羞，把脸羞，
修个渠渠种豌豆。
人家豌豆打一石，
咱的豌豆没见面！

哈哈，脸上羞（修）的渠渠，岂能种出豌豆？哎呀呀，你看看，人家的豌豆打了一石，一石，那可是三百斤呀！唉，咱的豌豆没见上面，没见上面，那就是颗粒无收啊！

又有火上浇油的玩伴，把争执的那两个玩伴说成了“贼娃子”“绺娃子”，口嘍（pó）随口就来：

贼娃子，绺娃子，
偷他舅家狗娃子。
舅家狗娃子没在，
偷他舅家烂锅盖！

热闹得很，热闹得很，一个玩伴，也许是有意转换不快的话题吧，念开了跟现场闹别扭没有任何关系的两个口嘍（pó）：

咪咪猫，上高窑，
金蹄蹄，银爪爪。
上树树，逮雀雀。
扑棱棱，都飞了。
把老猫，气死了。

问咱老家在哪搭？
山西洪洞大槐树。
老家名字叫个啥？
大槐树下老鸹窝！

马上有玩伴逞能，接上了口嘍（pó）：

他大舅他二舅都是他舅，
高桌子低板凳都是木头。

走一步退一步等于没走，
有为王坐椅子脊背朝后，
为的是把肚皮挺在前头。

上边的口嘇（pó）念得有水平，有玩伴心里不服气，针对性强的两个口嘇（pó），又从另一个玩伴嘴里迸出来。你听完就会明白，第一个口嘇（pó），明显是嘲讽前边逞能的那几个玩伴。后边一个口嘇（pó），暗指他们长大后会怕媳妇，会不孝顺老娘。你听，他的两个口嘇（pó）是啥：

你稀，你嫽，
你尻子插了个红鸡毛。
风一吹，
扑撩撩。

花喜鹊，尾巴长，
娶下媳妇忘了娘。
把媳妇背到热炕上，
把老娘撂在沟畔上。
把媳妇热得气杠杠，
把老娘冻得硬邦邦！

两个口嘇（pó）念完，还嫌不过瘾，他又来了一个嘲笑、讽刺不孝敬父母的口嘇（pó）：

有些男人怕婆娘，
瞎人给他教样样。
跟会买了大麻糖，
再称半斤甜冰糖。
怀里揣，袖筒藏，

堂上瞒哄了二爹娘。
掀门帘，进小房，
掏出麻花和冰糖。
哄得婆娘喜洋洋，
黑了睡下吃冰糖。
忘了爹，忘了娘，
生下娃娃不成样！

把记下的口嘙（pó）倒完了，肚子没货了的玩伴们，抓耳挠腮起来。玩伴中的娃娃头，想起他祖母教给他的摇篮曲，就说：我还有一个口嘙（pó），我念完，都回家睡觉去，睡灵醒，脑子清白了，再叫大人给你们教新口嘙（pó）。话一说完，他模仿着大人哄娃睡觉的声调，轻轻地念开了：

噢，噢，娃娃乖，
娃娃乖了睡觉觉。
睡醒了，要吃馍，
馍呢？猫叨去了！
猫呢？老鼠洞里去了！
老鼠洞呢？谷草塞了！
谷草呢？牛吃了！
牛呢？上山去了！
山呢？塌了！
土呢？和了泥了！
泥呢？抹了墙了！
墙呢？猪拱塌了！
猪呢？刀子杀了！
刀呢？切了菜了！
菜呢？人吃了！
人呢？走了！

听完，一大帮子玩伴哄堂大笑。一个玩伴灵醒了，唉了一声，说：“灵人快马天生的，瓷尿脸上乌青的。（这两句也是口嘜（pó），他用来嘲讽自己和玩伴们）咱今儿个吃亏了，人家大白天给咱念哄娃睡觉的口嘜（pó），让咱回家睡觉去，是把咱当成碎月娃子要呢！咱几个瓜不唧唧的，还从头到尾笑着听完了！”听到这话的娃娃头也不争辩，只顾笑着往前走，并不接他的话。

玩伴们在一起念唱口嘜（pó）的过去，一转眼，已是几十年以前的事情。当年，他们念唱口嘜（pó）时的那个神态，那个腔调，还有他们每个人不同的动作，到了今天仍历历在目，声声在耳。

口嘜（pó）是古朴、原生态的民间口头文学的活化石，是一本看不见的口口相传的有着启蒙教化作用，叫人向良向善的大书。它以浓郁的乡土气息，以生动幽默、诙谐戏谑而又本真鲜活的语言，潜移默化地影响了一代又一代人。

源远流长的口嘜（pó），用关中话念出来会更上口，更有独特的韵致与味道，不信你试试？

爷孙普通话

祖祖辈辈生活在陕西，我在这里生，这里长，在这里一直过活到现在。不用说，我是陕西人，地地道道的陕西人。

在这片土地上，我和大部分的陕西人一样，说的都是陕西话。本乡本土的语言环境中，说陕西话顺溜、随性，亲切自在。也许是骨血里带来的，也许是习惯使然吧，我总觉得，说陕西话能把自己要说的话与表达的意思，形象而充分地表达出来，能十二分地叙说清楚。

怪得很，身边的许多人有孙子后，没有人强迫，也没有人要求他们，他们不自觉地就和孙子对起不标准的普通话来。我弄不明白，他们嫌和孙子说陕西话土气，还是怕孙子学会陕西话有什么不好？当然，说普通话没有什么错，这么多年以来，国家不是一直在大力普及推广普通话吗？

也真难为他们那些当爷的，舌头硬，不能顺溜地打过弯，往往说出来的普通话就成了“醋熘普通话”。哈哈，大家常把他们说的话，简称为两个字：“陕普”（带着陕西味儿的普通话）。

不信，你看看下边几位是怎么样说“陕普”的：

金君拿着《看图说话》画册，指着画册上的小兔子、小猫和小羊，给刚开始会说话的外孙女教：“来，跟爷学！这四（是）兔娃子，这四（是）猫娃子，这四（是）羊娃子！”也罢，只是把“是”字念成了陕西话“四”的音。把小兔子、小猫与小羊，都给后边加上个“娃子”，问题倒不是很严重。

鲍君，这西安南郊人。一日，领着孙子上街，街边有一卖麻花的店，孙子死活缠着要买。你听，鲍君是这么哄劝孙子的：“爷给你社（说），喔（那）麻糖（麻花）不敢吃！你知道喔（那）麻糖（麻花），是拿啥瞎瞎油（不好的油或地沟油）砸哈（炸下）的？把喔（那）吃了，把你吃日塌咧（吃坏，吃病）咋弄呀！咱不吃，回到屋里（家里），叫你奶用咱的好油给你砸（炸）！”他上边的这些话，是用普通话的腔调跟孙子说的。

旁边，年龄相仿的一位老年男子笑了，婉转地说：“老先生，我看你用普通话跟孙子说话，咱这些年龄大的陕西人，把普通话说不好，说不准。我跟你一样，和孙子用普通话说话，累人得很呢！”

鲍君是个很自信的人，听到这话，明白对方是说自己的普通话说得不好，说得不标准。他不高兴了，气咻咻地接上话：“煞（啥）？俄（我）社（说）的普通话无果（如果）不标笨（准），那中央电视台播音员播的新闻，也就不标笨（准）了！”那老年男子一听，这老先生明显是在抬杠，再不接话，笑过，转身就走了。

那天，我去窦君的工作室，他土匪一样的孙子爬高下低，一点儿都不安分。窦君笑着对孙子说：“覅（别）胡拾翻（生事，捣蛋），你看来人（客人）了，人家笑话这娃咋胡拴（胡整）哩！”

孙子要爬上工作台，窦君赶紧过去，抱他上工作台，说着：“看把你绊（摔）了，爷把你瞅（扶）上起（去）！到案子上，你好好耍！”窦君也是用普通话的腔调和孙子说话。同为陕西人的我，能听出来他“陕普”里那怪怪的，不太好听的味儿，我只是个笑。

那日，在北平街，见一老者前边走着，后边跟着的孙子号啕大哭。那孙子，也就三四岁的样子吧，好像嫌他爷爷不给他买什么东西。孙子哭得凶，老者转过身来哄劝孙子，孙子根本不听他那一套，哭得更猛，更厉害了。一生气，老者不管孙子，径直朝前走去。

气急了的孙子哭着撵上前来，掏出小鸡鸡，边走边哭着，还给他爷爷裤腿上撒尿。

老者一脸的怒气，猛地一拧身，呼地一下高高举起巴掌，又唉了一声，把举起的手无可奈何地放下。他怒气冲冲地对孙子说：“四（是）你，再四（是）你爸，你看俄（我）不拿撇儿子（巴掌）抡圆袭（扇，抽）你个碎瞎㞞（小坏蛋）！把你个碎崽娃子（小孩），简直哄（惯）得不像样子了！”生气归生气，训斥孙子，老者还没忘记要用“陕普”来说。

还有任君，领孙子去公园玩，到了猴园，一大群猴子欢蹦乱跳地玩耍着。一只机灵的猴子刺溜一下就爬到一根竖立的高杆子顶上，稳稳地端坐在上边。任君给孙子说："快看，你快看，那猴子爬得多高啊！"这几句话，他是用比较标准的普通话说出来的，倒也没啥毛病。说过后，他就不知下面的话怎么用普通话来说了。看着高杆上的猴子，他一着急，纯正的陕西话就跟着出来了："俄（我）看你狗日哈（下）的咋哈（下）来呀！"

任君的普通话变陕西话，旁边的人知道他着急时陕西话就迸出来了，惹得众人嘻嘻哈哈笑着，任君脸红得没地方搁。他的故事成了段子，多少年过去了，仍被大家当作笑话传来传去。

嘿嘿，当爷的有时聚在一起，也常自嘲开了："一辈子说的都是秦腔，到了孙子跟前，把人把作地说开了普通话！嗐，那普通话啊，咋样说都说不好，都说不到向上！""俄（我）一说话，孙子就怪腔怪调地学俄（我），笑话我普通话说得不好。把他家的，你看弄下这啥事嘛！"

另有一个老太太，退休了没事干。一天，她带着陕西土特产欢天喜地地去北京带孙子。到了北京，没过半年，儿媳妇坚决不让她带孙子了，给她买了车票，把她送上回陕西的火车。儿媳妇是北京人，满腹委屈地说："这半年，孩子跟着他奶奶，已是满口的陕西话，这样下去怎么行？叫老太太回去，我也是实在没有办法了！"

回陕西的火车上，伤心的老太太一言不发，独自面朝窗外，一路上眼泪流个不停。

我在云南、山东与湖南三省待过五年多，也走过全国许多地方，当地人说普通话，也有许多故事和笑话。他们把带有当地方言的普通话，叫作"甩洋腔""塑料普通话"，也有广泛说的那句顺口溜："天不怕，地不怕，就怕××（指哪个省）人说普通话！"方言与普通话中间，发生过很多很多有趣的事儿。

我说的是陕西话，普通话说不好，也不会说。跟陕西人在一起，大家都说陕西话，不存在问题。跟说普通话的人说话，笨拙的我，也只能用陕西话跟他们对话。

我觉得说陕西话顺畅、轻省，至于听我说陕西话的人，听起来顺畅不顺畅，轻省不轻省，那我就没有办法了。也不能全怪了我，我是真不会说，说不好普通话呀。

◆第四章　味蕾深处的记忆

口齿留香——其味无穷的那些吃食

再也没有机会一边吃着箸头面，一边听着倔老汉连说带唱一长串的报数声，再听不到他跟食客拌嘴美了口腹愉悦了心情的过去。许多人说，倔老汉是个心地实诚，看重情义的好人，只是脾性直，火气大一点罢了。

茶

开门七件事：柴、米、油、盐、酱、醋、茶。这是平民百姓清早开门伊始，日日为生活奔波的七件事。

茶，排在了七件事的最后一件，它不仅与活命的柴米油盐有了距离，还列在调味品酱醋之后。过去，对普通百姓来说，有了开门七件事前边的六件事，最后一件事——茶，有了当然好，无了也罢。

茶，在多年前生活水平不高的农村，算得上是一件奢侈品。

小时候在老家大张寨，对茶最初的记忆是，夏日，父亲从他教书的学校里带回发的两包防暑降温品：一小包茶叶，一包白糖。茶，是用麻纸包的，父亲打开包茶叶的麻纸，站在一旁的我就盯着看。那茶，黄黄黑黑的，是紧紧拧在一起的短短的细丝，中间还掺搅有干了的零星黄白花。

父亲说这是茉莉花茶，我低头去闻，有一股淡淡的清香味。父亲泡了茶，端给祖父母喝，祖父喝了两口，说："有花香味，还带有一点点苦味！"看着祖父手中的茶碗，我也想尝一尝。父亲说："小娃不能喝，茶有刺激作用，喝了晚上睡不着觉！"祖父把茶碗递到我嘴边："没事，让娃只尝一小口，不会有啥事。"我抿了一口，是一种涩涩苦苦的味儿。

那一小包茶叶放在那儿，祖父不喝茶，家里其他人也没有人喝。平日里，有亲戚来了，捏一点，泡了，让他们喝。

舅父是喝茶的，他有精湛过人的打铁手艺，换来零碎的小钱补贴家用，也会买一点儿便宜的砖茶来喝。打铁，老家人说是个王法活，是要出大力、流大汗的。舅父常说："我喝茶，是给茶要劲呢！喝了茶，人就有了精神，才能抡得起打铁的大铁锤！”每次去舅家张则村时，我都能看到舅母给那只外边已被烧得漆黑的大搪瓷缸里添了水，从一大块砖茶上掰下一小块，放入缸中。把那外表漆黑的大搪瓷茶缸，放在两块侧竖起来中间留着空隙的砖头上，然后在大搪瓷缸下边两砖的空隙处生起火，熬开了茶。

火不旺了，舅母会用那把打了补丁的蒲扇去扇一扇。水开了，那砖茶块儿在大搪瓷缸内上下翻腾着，转眼间就没了形，砖茶块化开后，变为很大的茶叶片，一上一下跃动着，瞬间，浓浓的茶香就弥漫整间屋子。茶熬好了，舅父端起大搪瓷缸往茶碗里倒茶，熬出的茶看上去黏稠而黄亮，他喝茶时嘴里发出吱吱的响声，是很香且很享受的那种感觉。

趁舅父去忙他的活，我偷偷地倒了一碗茶，也学着舅父喝茶时的样子喝了几口，尽管苦得舌头发麻，我竟把一茶碗酽茶吱吱吱地吸完了。咦，这一喝不打紧，一会儿头上就冒出了虚汗，接着就觉得天旋地转，想吐又吐不出来。正做饭的舅母看到我难受的样子，慌忙过来问我：“正娃，咋了？啥不舒服？刚才还好好的，一转向，咋就难受成了这样？”我说喝了舅父的一碗茶，就难受得不行了。舅母说：“哎哟！你舅喝的那茶太酽，把我娃喝醉了，快赶紧喝些白开水，吃点东西压一压，到炕上去睡，缓一缓劲！”舅母和我母亲一起把我扶到炕上躺下。那天的中午饭不想吃，下午离开舅家时，还头重脚轻地走不了路。那次，小小的我明白了，茶也是能醉人的。

祖父是生产队的饲养员，到了晚上，我跟祖父一起住在饲养室。一到星期天，我就和小伙伴们在饲养室里窜来窜去地疯玩。和祖父一起喂牲口、按辈分我应叫他老爷的另一位饲养员，他忙完活没事，就用那种上边小下边大，叫“撇撇壶”的黑铁皮壶熬茶。他一边喝着熬出来的浓茶，一边吧唧吧唧地咂着他的老旱烟锅。

老爷熬的茶，我没闻出多少香味来，他吃（方言：吸）的旱烟倒是把我呛得睁不开眼，连声咳嗽着。他把旱烟锅在鞋帮子上嘣嘣嘣一弹，笑呵呵地说：“不吃烟了，把娃呛得一声接一声咳嗽哩！”我也常见生产队里几个人常来饲养室，他们东拉西扯，给老爷说着他爱听的话，以讨得他的欢心，他们是想喝他的茶，吃他一锅旱烟。

冬日的一个早上，天特别冷，他们几个又来到饲养室，老爷吃着旱烟，正在用“撇撇壶”熬茶。老爷耳背，祖父就对他们几个说了：“你看，你看，老人家清鼻涕吊了多长，弄不好都掉到壶里去了。那茶，你们说，能喝不？不能喝，不能喝呢！”他们几个嘻嘻地笑：“不可能，不可能！老人家的鼻涕，咋就能偏偏端端地掉到壶里去？不会，不会的！”他们走过去，和老爷坐在那里说笑开了，一边喝着老爷的茶，一边吃着老爷的旱烟。

事后，我悄悄问祖父：“爷，你咋能说老爷的鼻涕弄不好就掉到‘撇撇壶’里去了？”祖父肯定地说：“你老爷的鼻涕不会掉到壶里去！”他停顿一下，像对我说，又像自言自语：“我是想用这话拦挡他们。这么冷的天，从村子大老远地跑到饲养室来，就想喝一口茶，吃一锅烟，这不好！做人，要硬气！咱都穷，咱都可怜恓惶，可这茶不喝，也能朝前过！烟不吃，也少不了个啥呀！他们为啥要这样？人，不能没有了骨气！”

后来，我长大了，离开老家外出上学，从学校出来走上工作岗位，也曾在产茶大省云南与湖南工作多年，并专门去茶园看过茶农采茶，去茶场看过制茶的全过程。生活好起来的人们，喝茶，成为他们日常生活中再普通平常不过的一件事。这么多年来，我也喝过各种各样的茶。是呀，茶，这一片神奇的东方树叶，除过它的保健功效以外，是有灵性、有禅味，有了许多说法与许多讲究的神妙之品。闲来，想起昔日老家关于茶的种种故事，就有了很多的回忆与感慨。从这茶上，我也悟出了很多做人做事的道理。

糁子

玉米糁子，是普通得不能再普通的一种饭食，老家大张寨人平时不叫它的全名，而是简称为糁子。村街上见了，有人问对方："早上吃的啥呀？""糁子！"对方干脆地回答了。

小时候，糁子饭是每天早晨定要吃的饭。糁子，是把晒干的玉米，拉到有钢磨子的磨坊，用水淘了，磨成细小如小米一般大的颗粒。农家的厨房里，麦草火已烧开一大铁锅的水，把这糁子下进去，也有给这糁子里下了切成小方块红薯的。灶膛里的麦草火慢慢燃烧着，大铁锅里不断熬着的糁子与红薯，要不停地搅着，不能让它们坐了底，焦煳了。

糁子饭熬好了。这个时候，也就是早上九十点的样子吧，一大早就去地里忙碌干活的农人回来了。他们放下肩上的工具，洗手洗脸，从锅里盛上一大老碗糁子，一手端着一大老碗糁子，一手端着一个小碟出了门。碟子里，有生拌的几根切碎的韭菜、蒜苗，以及腌的酸菜，还有的端了先一天打的搅团，切成小块，用辣子水调拌了的。

于是，巷子口的大槐树下，就圪蹴了一大圈的人。那从各自家里端来的各种不同的小菜碟放在一起，你的筷子伸过去尝尝我碟子里的小菜，我用筷子夹了你碟子里的尝尝。碗里的糁子，一律稠得可以挖着吃，糁子做得稠，顶饱，是为了省去要吃的馍。吃一口糁子，就一口小菜。从碗里夹起来的方块红薯，烫得难以下嘴，有人就用嘴呼呼呼地吹着降温，放入嘴里还烫，把红薯在嘴里转腾几下，然后才有滋有味地吃了。

洁白如玉的糁子、黄灿灿的红薯的油香与甘甜，从这老槐树下弥漫开来，半条巷子都能闻着那油香与甘甜。吃早饭的这个当口，也是吃饭的人们海阔天空、神侃海聊的时候，从古到今，从南到北，从东到西，从南巷子到北巷子，从本村到周围村子里的旧闻与新闻，一齐就会聚在这老碗会上了。

一碗糁子吃完，有小娃们操着心的，他们从家里出来，拿了碗回去给大人盛第二碗。年轻一点儿的，自己端着碗回家盛了饭再出来，老碗会继续着。

糁子饭吃完了，有细发的人怕浪费，把碗齐齐地舔了一遍。让我最为惊奇的是，他们竟能把碗底舔得干干净净，而不会把碗上沾着的糁子粒沾在自己的鼻子与脸上。吃完糁子的碗，舔过的、没有舔过的都放在地上，筷子横着搁在碗上。他们并不急着散场，还照旧圪蹴在那里，老碗会还在继续着。对他们来说，这既是吃饭，也是一种休息，一会儿饭后，他们还要下地去干那繁重的农活。

吃的这糁子饭，是用钢磨子打出来的细小的糁子，后来有了叫碾糁子的机器。这碾糁子的机子，可以揭了整颗玉米粒的皮，想吃整颗浑粒的，这就行。那机子还可根据个人的需求，把苞谷粒打成大小不等的颗粒。刚兴起这碾糁子的机子时，老家大张寨还没有，邻村朱家村买了一台，附近村子里吃腻了细碎糁子的人，都会拉了苞谷粒去朱家村碾大颗糁子。

记得我十一岁那年，寒假的一个下午，雪后，冬日的太阳懒懒散散地照着，我拉着玉米去朱家村碾糁子。那磨坊在村子西边饲养室的院子里，院子的北侧摞着生产队的大麦草垛，麦草垛外边一层被雨雪侵蚀，变成灰黑色，给牲口每天扯麦草铡草的地方，露出的麦草是白白的颜色。铡刀还在那旁边搁着，地上有散落的白麦草，被斜阳照着，白亮亮的。

碾玉米糁，先要淘了玉米才能上机子碾，淘玉米要水，需自己去磨坊外露天的井上绞水。我提了磨坊的一只桶要去绞水，磨坊里其他碾糁子的人说，那是双桶井，要提两只桶去。在家里绞水都是单桶，把桶系上井绳前头的链子放下去，转着辘轳把水绞上来就行。我两只手各提一只水桶，走到院子里的双桶井边，长这么大，我不曾见过双桶井，那方形的井口大得吓人，井口四周，是厚厚的光滑的冰，只露出了大大的瘆人的井口。胆战心惊的我折腾了半天，才弄明白把两只桶怎么样一只上，一只下地捣鼓起来。

桶溜入井底，该往上绞水了，井口太滑，脚站不稳，手上就没劲，绞到半截，那辘轳把儿竟脱开了手，向后打倒了我，我的小半截腿搭在了井口上，那辘轳把还在飞快地旋转着，真是吓昏了我！哎呀呀！这是把我打得向后仰倒了，要是打得向前趴下，我不就被打到这十几丈深的井里去了吗？

惊魂未定的我，仰着身子在地上往后蹭了一大截，才敢爬起身来，起身过早，怕站立不稳滑入井底去。从地上爬起来的我，折身跑回磨坊，给管磨坊的人学说了刚才惊险的一幕，他也被吓得不轻，半天才回过神来，说道："你这娃嘛！你看不行，就来叫我，我给你绞上一桶水算个啥？你咋敢自己就绞开了水，捅下个乱子，那可咋办呀？"说着，他就出了磨坊，走到那大井旁，帮我绞了两桶水上来。到现在，我回想起那一幕，都后怕不已，我都能想起管磨坊的人的形象，他说话时的那个神态。感谢他帮我绞了两桶水，碾了糁子。

那次碾完糁子回到家，我没敢给母亲说那事。年龄小的我，母亲不让我去，我是好强逞能非要去不可，差点儿酿下大祸。因为碾糁子，有了一段惊心动魄的故事，一转眼，几十年过去了，每次回老家大张寨路过朱家村时，我都会向原来是磨坊，现在是村部的那个地方望一望，看一看。

回老家，老家人还是多年的老习惯，早饭仍旧是一碗糁子饭，糁子饭仍旧是那么地油香，只是村子空荡荡的，少了袅袅的炊烟，年轻人和年纪略大的人都外出打工了，留下了年龄更大的老人与极个别的小孩。在外打工的，大部分人把孩子都带出去上学了。老槐树下开老碗会的那个温馨的场景，那个热闹劲儿没有了，再也没有了。吃着对我来说，别有一番感慨的糁子饭，我的心里不知是个什么滋味。

豆腐汤

豆腐汤，在我的故乡礼泉，是一种只有在特殊的时日才能吃到的别有一番滋味的吃食。

名曰豆腐汤，当然是以豆腐为主要原料了。把白豆腐、油炸过的豆腐切成指甲盖大小的块，或长约一寸、如筷子后端一样的小四方棱子，配以大肉、黄花菜、海带、腐竹、花生、虾仁、杏仁、核桃仁与葱姜等料，以淀粉勾芡。锅下大火呼呼地烧着，肩膀上搭一条白毛巾的掌勺大厨，用长勺在锅里不断搅着，不能煳了锅底，等锅里突突突冒开了泡，这一锅豆腐汤就做好了。

豆腐汤可丰可俭。过去艰难时，用豆腐、白菜与白萝卜就可做出简单的豆腐汤来。如今条件好了，好的食材尽管往里加，用老家大张寨人的说法就是："豆腐汤没有个尽止法（意思是没有个标准，没有个头），上八珍、中八珍与下八珍，啥好东西都能给里搁，就看你的钱包瓷实不瓷实！"

这豆腐汤不能做得太稠，亦不可做得太稀。太稠，就不是"汤"了；太稀，就寡淡，就缺失了豆腐汤连吃带喝的那种美味与神韵。好啦，热气腾腾的豆腐汤上桌了，端起大碗吃吧。海带、黄花菜与腐竹的筋道耐嚼，花生、杏仁和核桃仁的清脆油香，肉末与虾仁混合在一起，别具风味的那种鲜香，叫人不禁食欲大增。呼噜呼噜吃了一大碗，还得再来一碗。此时，吃豆腐汤的人头上已微微冒出热汗，不急，桌上还有新蒸的热馍，加上刚炒出锅的油汪汪、红艳艳的酱辣子，那真是一种难得的享受呢。许多城里人吃过这豆腐汤，啧啧称奇，感叹在城里难得遇上这美食，他们往往真诚地说："去城里开一家店，就光卖这豆腐汤，肯定会火，绝对能赚钱！"

豆腐汤，是老家农村办丧事时只在早上才吃的饭食。过红事和其他喜庆的事，是坚决不吃的，故而说它是一种特殊的别有滋味的吃食。

相传，这豆腐汤是唐时京兆礼泉人、朔方军节度使杜希全与盐州刺史戴休颜、夏州刺史时常春，三路大军合兵赴难勤王时，大军出征，长途奔袭，军中供给难以为继，将士们只能以豆腐汤充饥。没想到，这热乎而又有营养的豆腐汤在平叛中起了大作用。因赴难勤王有功，唐德宗加封杜希全为检校户部尚书、都知兵马使。后来，这一危难之时军中所食的豆腐汤，传回杜希全故里礼泉，被一代代传承下来。此后，每到危难急迫之时，众乡亲都以简便易做的豆腐汤当了饭食。传说归传说，现实情况是，丧葬活动是极为悲伤哀痛之事，灵柩等着出殡，孝子重孝在身，无心招呼亲戚邻人。于是，就以这豆腐汤招呼亲戚邻人。

念其味美，老家的有心人在西安、咸阳与宝鸡等地开起了豆腐汤店。精心选料、认真制作、用心经营，客观地说，他们做出的豆腐汤，要比农家过事时的豆腐汤好吃许多。不承想，这些开起的店却一家家关门歇业了，许多人十分不解："他们都是做豆腐汤的好手，一个个不可谓不用心，食材、做法地道，味道没得说，咋就没人吃呢？"这时，有高人回答了："那是神鬼们冥冥之中挡了要去吃的食客，这是特殊的日子里特殊的饭食，平日里怎么能随随便便吃呢？"

豆腐汤，这个有讲究有了故事的豆腐汤呀！

油泼辣子夹馍

小时候，吃油泼辣子夹馍，馍的浓浓的麦香，那种鲜爽的辣子香，直到今天都让人难以忘记。现在，我也常趁热蒸馍出锅时，拿起冒着热气的蒸馍夹上油泼辣子，享受与回味一下其特有的美味。

味蕾，对小时候吃过并认为美好的食物，往往具有顽固而深刻的记忆力。它时不时会让你温习一下，当年那些曾让你口齿生香的美食。

过去，在老家大张寨，生活艰难，上顿下顿吃的都是用玉米面做的各种饭食。早上，是干稠的，用筷子可以夹起来一块的玉米糁子，就的是辣子与醋水调的搅团块。

中午饭，吃的是玉米面饸饹或者搅团。把称为“钢丝绳”的玉米面饸饹，下锅后捞出，凉拌着吃，或带汤吃。要是吃搅团，各家都会多打一些搅团出来，除过中午饭吃以外，把多余的部分摊在案板上。约莫一指厚的搅团，在案板上彻底凉透后，再把它切成小块。

晚饭，或吃加水加热，放了辣子面、醋与盐的搅团块（留一小部分，第二天早上当下饭菜），或喝稀玉米糁子。

除过一日三顿饭，馍，也是关中道上人少不了的吃食。没有做饭或来不及做饭，只要有馍，就能当一顿饭吃。那时的馍，都是用玉米面做的一寸多厚的锅塌塌。这锅塌塌，有人叫它玉米发发，有的地方也叫它锅粑粑，按时兴的话说应该是：玉米发糕。

每顿饭都是以玉米面为主食。馍，常年是玉米面做的锅塌塌。一年四季，啥时候吃的都是这饭食，胃就发酸发苦，就难受得不行。也可能是年龄小，把胃吃伤了，到了如今，说起玉米面，说起玉米面做的各种食物，我就怕，就不想吃。

吃玉米糁子就搅团、吃饸饹，还有吃热的或凉的搅团，不管怎么说，都调有辣子、醋和盐，还好把它们哄到肚子里去。吃锅塌塌馍，咬了一口在嘴里，粗粝得扎了口腔，倒腾来倒腾去，怎么样都难以下咽。无奈，只能在辣子面里加上少许的盐，把它撒在锅塌塌馍上，一手把它拿平，侧着头从旁边咬着吃。

锅塌塌馍少筋丝，干了后，疏松不成形，一动，就掉块块，不能从中间掰开，只能把辣子、盐撒在它的面上。平拿着锅塌塌，还要侧着头吃，是怕上面撒的辣子、盐掉了下来。

也正是因为有了辣子、盐，锅塌塌馍才能勉强下肚。于是，既容易满足，也是鼓励娃娃们把难以下咽的锅塌塌馍吃下去，大人们就有了这样的口头禅：“辣子加盐，强如过年！”

“辣子加盐，强如过年！”那时，还小的我就想不通了，过年，可以吃上一年都见不上的馋人的肉菜，可以吃上香得让人流口水的浇汤面，还可以吃上平日吃不上的白蒸馍夹油泼辣子。吃锅塌塌时用辣子加盐，怎么就强如过年？

先不说过年时能吃上肉菜，还能吃上几顿喷香喷香的浇汤面，单就是平日难得吃上，过年那几天才能吃上的白蒸馍夹油泼辣子，也是我们的一大口福，也是一种难得的享受。

当时的油泼辣子，不像现在这么讲究，还往里边放了芝麻与香叶等香料。那时制作油泼辣子，先给辣子罐罐里的辣面中放入少许的盐，先搅匀，然后倒入醋，和成稠糊状，之所以用醋和，是为了节省油，村里人嫌直接干泼辣子面用油太多，太浪费。

把土炼菜籽油在铁勺里烧热。油不能烧得太热。否则，就会烫煳了辣子面，吃起来不但没有辣香和油香，还多了焦煳味。油也不能太凉，油太凉，泼出来的辣子有一股生油味，辣子面与菜籽油的活性成分，就不会被完全充分地释放出来，吃起来就不那么香了。

好啦，油热了，端起铁勺里烧到八九成热的菜籽油，向辣子罐罐里的辣子面泼去，刺啦啦一声响，红光闪过，带着辣香、油香与醋香的青烟，唰地一下子就冒了出来。所有的香味，一下子就弥漫了整个厨房，迅即漫到院子里，村街上也能闻到香味。站在村街上的人就说话了：“哎哟！香得很哪！谁家在泼油泼辣子呢！”

这被醋拌过，放入了盐的油泼辣子就放在案板上。等麦面里搅了玉米面的“两搅馍”一出锅，我们这些娃娃就迫不及待地把热蒸馍从中间掰开。馍不能全掰开，后边还要留一部分连着，不然夹了油泼辣子的上下两层馍就容易散开，不好拿在手里。

把掰开的馍，在中间用大拇指压几下，使它凹陷下去，这样，油泼辣子不光夹得多，还不容易流出来。

热馍，夹好油泼辣子，上下用力捏一捏，吱地一下，油泼辣子的辣油就渗进上下两层馍里。从旁边看上去，辣子油把整个热馍几乎浸透了，带着醋香的红红辣油，散发出醉人的辣香。这油泼辣子夹热蒸馍，不管是看着，还是闻着，都是一个香。

咬上一口，麦香味浓郁，就连中间搅的玉米面，似乎比往日也好吃了许多，香了许多。辣香、油香、醋香里夹杂着盐的厚重味道，在这一刻，有关嗅觉、味觉与消化系统所有的酶都被激活，都被彻底地激活了。味蕾，饱满而酣畅淋漓地体味、享受、吸收并记录着这种美妙无比的味道。呵呵，油泼辣子夹馍，不知用什么语言能形容了它的美！

油泼辣子夹得太多，咬一口，辣油就顺着热馍流到掌心与手指缝里。此时，不管其他，把热馍换到另一只手上，把流有辣油的掌心与手指，在嘴里吮吸干净。嘿哟，香，那真是香呢，不由得人要连着吸溜几声，不由得人沉醉在这美好的味觉享受中，发出“油泼辣子夹馍就是美”的感叹来。

这是热馍夹油泼辣子非同一般的味道，用凉馍夹了，它又有了另外一种独特的滋味。凉馍干硬，有嚼头，口腔里的酶分解得更多，更能长时间地感受馍与油泼辣子特有的那种香。

那时我们年龄还小，有不懂事的娃娃拿馍去辣子罐罐里蘸，就有了大人的呵斥声：“怎么敢拿馍去辣子罐罐里蘸？没一点儿礼行！你拿馍这么一蘸，别人咋去吃呀？！”说别人咋吃，意思是说，你把辣子油都蘸去了，剩下干稠的辣子，别人怎么去吃？这话是在给娃娃们说，那样吃是不懂礼数的。说白了，还是日子艰难，少油没辣子，你这样吃了，别人去吃，就没有了浮在辣子上面汪汪的辣子油。

也有人爱吃辣子，别人家打墙、盖房等活儿要去帮忙，或是去走亲戚，把一罐罐的油泼辣子吃下去不少。主家就笑着说了：那谁谁谁能吃辣子得很，馍夹辣子，把一罐罐的辣子，吃下去一大半哩！虽说是赞叹谁能吃辣子，其中也有那么一点儿心疼：一罐罐的油泼辣子，吃下去那么多呀！

肯定有人疑惑不解了，一个油泼辣子夹馍，用来夹油泼辣子的馍还是“两搅馍”，被你说得这么香，这么好，是不是故弄玄虚，是不是故意矫情了给人看？不是，真不是，这是当年我的真实经历，也是我的真切感受。

在关中道上，经历过那个常年吃不上麦面馍，也见不上个油花花年代的人，你问问他们，是不是有这种真切的感受与难忘的记忆？

答案是肯定的！他们不但会说事实确实如此，还会给你讲起他们小时吃油泼辣子夹馍时那种不会忘记的香来。如果让他们讲，他们肯定会比我讲得更生动，更精彩，更吸引人。

现在，我也常吃油泼辣子夹馍，油泼辣子里放了不少的芝麻，也放了香叶等香料。油，是精炼的上好的花生油或菜籽油，夹油泼辣子的馍，也是用特级面粉蒸出来的，都是好材料、好东西呀。用这馍夹油泼辣子味道好是好，香是香，但怎么吃，也吃不出小时候的那个香，那种令人难忘的味道来。

和我同龄人，有过吃油泼辣子夹馍经历的几个朋友，也说起过这事儿。他们和我一样，都有同样的感觉。他们说了，不是现在的油泼辣子夹馍没有过去好吃，是好东西天天吃，肚子的油水太多太多，吃啥都不香了。他们又说起刘秀喝麦仁，说起让朱元璋终生难忘的珍珠翡翠白玉汤的故事来。几个人，不由得就笑了起来。

油泼辣子夹馍，由这个话题，几个人又聊到小时候经历过的难以忘记的艰辛生活。末了，一个朋友说：“其实，光是油泼辣子夹馍，你就能写一篇很好的文章出来！”我笑了笑，说：“写一篇文章没问题，要说写一篇很好的文章出来，那还得让大家，让大手笔操刀！”

一碟凉粉的滋味

一碟凉粉，是许多年以来，令我口齿间不能忘记的一道美味。

小时候，祖父领着我去礼泉县城闲逛，从老家大张寨，我们步行十多里路到了县城。听县街道上的人说，一会儿县上开公审大会，会后要枪毙死刑犯。祖父领着我跟随着看热闹的人群，去了县城东门外的会场。

会场里人山人海，个子小的我被裹挟在人群中间，四周看到的全是大人们的腿。听不清，也听不懂那大喇叭里都说了些啥。公审大会开完，执行人要拉着死刑犯去枪毙，一会场的人都往出挤，要跟着去现场看。突然间，人群如狂怒的大海一般涌动起来，人疯狂地拥挤着人，喊爹叫娘，呼天抢地之声吓死人了。

祖父用尽全力护着我，好不容易从大乱了的人群里挤出来。我们从东城外走进县城，就听到了不好的消息。在县城街道上住的几个人，站在自己家门口，说道："刚才的公审大会，从会场往出挤时，踩踏死好几个人！光挤掉的鞋子就能拉几架子车！"祖父听到这话，吃惊地说："出了这么大的乱子呀！嗐，嗐嗐，我咋想得起……咋想得起领着娃去看那个热闹？！"

转过两条街，到了另外一条街上，两边全是卖小吃的。一直沉默着的祖父问我："想吃啥？想吃啥，你就说。"

人小，不会说出日子困苦艰难这样的话语，但日子过得紧张我是懂的。我知道，祖父身上没有多余的钱，我不会乱要，也不知道有啥好吃的，看着一边的凉粉摊，就小声说："爷，我就吃这。"当时，我不知道那叫凉粉，就用"这"字代替了。

祖父给卖凉粉的说："来一碟凉粉，娃吃呢，甭放辣子！"这是我第一次吃凉粉。年幼，对刚才发生踩踏死人的事儿，害怕过后，也没有多想什么，坐下来，就吸溜吸溜地吃开了凉粉。坐在一旁的祖父一言不发，他还没有从刚才的惊恐中解脱出来。我吃完凉粉，临走时，他语气沉重，自己对自己说着："今儿个的事，害怕人得很！万一出个事咋办呀，我咋给娃和媳妇交代呀？"我明白，他说的娃和媳妇，是指我的父亲和母亲。

第一次吃凉粉，而且和一件重大事件联系在了一起。我记下了，那天，在礼泉发生过一次惨痛的踩踏事件。我也记下了啥叫凉粉，记下了凉粉那个光滑酸爽的味道。

稍长才知道，这凉粉是用豌豆磨成的粉面做成的。那时，生产队种的豌豆，是留着给队上的牲口当饲料的，不会分给社员。一般的农家没有豌豆，也就没有豌豆粉，只有做凉粉生意的，买了豌豆磨成粉面，或直接买回豌豆粉面做凉粉。

做凉粉，先把五碗清水倒入锅内，再把一碗豌豆粉倒进水里，搅匀。然后上火熬煮，边熬煮，边用擀面杖在锅内沿着一个方向不停地搅拌，一直搅到锅里的豌豆粉和水变得黏稠，开始冒泡才算好。这时，把锅内煮好的黏稠的豌豆糊，倒入洋瓷盆里，等它在盆里晾凉成形即可。盆里成形的凉粉，老家人叫它粉饦。

冬天天冷，不存在变质的问题，把盛有粉饦的盆子放在案板上，加盖上防灰尘的布子就行。夏天，天气太热，那时还没有现如今的冰箱，就把凉粉饦盆子装在筐子里，用绞水绳提着放到井里去，用天然的方法冰镇。

卖凉粉的要出摊了，把装有粉饦的盆子从井里提上来，和碟子、调料、案子、木箱与小马扎等卖凉粉要用的东西，一起拉到县城街道上去。

支起比单人床宽一些的案子，案子上，铺开厚厚的一层塑料布，那塑料布上，带有好看的绿色条块形花纹。案子中央，铺上干净的白色布子，把装有粉饦的洋瓷盆子倒扣过来。揭去盆子，咚的一声，倒在案子上的粉饦，白生生的，软软地颤动着，充满着弹性。其形状上小下大，如倒扣在案子上的一个实心白盆子。

案子右侧，放着几摞子平底瓷碟子。案子后边的右侧，放着一个和案子一样高的大木箱，下面搁着备用的碟子。箱子上面，放着装满油泼辣子、陈醋、香油、蒜汁儿、芥末、精盐、黄瓜丝与黄豆芽的一个个青花瓷大碗。

案子前面的地上，放着一排四五个小马扎，这是给来吃凉粉的人准备的。卖凉粉的那个中年男子，人干练，把自己收拾得利利索索的，正对着案子上的粉饦，坐在案子后边的高凳子上。

他手里拿着一个用得明光铿亮的黄铜凉粉刮刮，那凉粉刮刮把儿前边，是浅浅的不大的勺子，勺子上是一个个的细孔。他拿起凉粉刮刮，在粉饦上快速地旋转两圈，就刮出了一把细细长长的凉粉丝。这刮出的一把凉粉丝，不多不少，刚好就是要卖的一平底碟子的量。

中年男子端起盛在平底碟子里的凉粉，问吃凉粉的人："要不要辣子？有啥忌口没有？"说着，身子就拧向右边，从右边木箱上，给手里端着的凉粉碟里，调上辣子、陈醋、蒜汁儿、芥末与香油等调料。

每一个调料碗里，都放有一把勺子，他飞快地放下这个碗里的勺子，又去拿另一个碗里的勺子，只听见勺子和碗口相碰，发出当当当的声响。调完调料，他又给凉粉上放了黄瓜丝与黄豆芽。所有的调料都调好啦，他一伸手，就把凉粉递到案子前等着吃凉粉的人面前。

凉粉的晶莹剔透与爽滑利口，油泼辣子的爨香、陈醋的酸香，开人胃口的蒜汁儿和芥末、提味的香油，还有鲜嫩鲜嫩的黄瓜丝、脆生生的黄豆芽。接过凉粉的食客们，拿起筷子，把凉粉上面放的调料和凉粉一起搅匀，低下头，就吸溜吸溜、有滋有味地吃开了。那一刻，我就坐在他对面的小马扎上，我是他的顾客，他递过来的凉粉中就有我的一份。

哟嗬，吃这一碟滋味丰富饱满，看着就馋人的凉粉，它所有的香味，不是席卷而来，而是围绕着凉粉分层次，渐次展开的。

油泼辣子的辣香刚刚打开了味蕾，陈醋的酸爽就蹿上舌尖，蒜汁儿与芥末，不断地撩拨出口腔里更多的溶菌酶与淀粉酶，那香油的滋润芬芳与沉厚绵和味儿，呼啦一下子就绽放开了。嗬嗬，凉粉的那个香，那个爽口，那种不同一般的享受，岂能是用什么美好的词语概括得了的！不能，不能的，不可能的！

呵呵，你看，一份有关于凉粉的"研究报告"说，吃哭千万人的不是什么山珍海味，不是什么饕餮大餐，而是这一碟看似平常实则味道奇绝的凉粉！又说，不是所有的凉粉都长得像初恋。当两个吃过凉粉的人相遇，绝对会一见如故，那是心有灵犀的眼神，因为一碟凉粉，他们会成为真正的朋友、真正的同道人与真正的知音。

这样说凉粉的好，这样形容，这样描述凉粉好吃，我不禁笑出声来。可以肯定，提供这份“研究报告”的人，对凉粉不仅仅是一见钟情，绝对是情到深处的。那“研究报告”是一首歌词不长，但情意浓浓的歌，那是从心灵深处发出的礼赞。他说的是真心话，不管别人怎么看，我是认同他的观点的。

说凉粉好吃，那是多年以前，我在故乡礼泉吃凉粉的真切感受。长大后离开礼泉，在外工作这么多年，我也走过全国不少的地方，每到一地，看见凉粉，都会要上一碗，尝尝味道。各地的凉粉，各有各的不同，各有各的特点，好是好，香是香，可是，我怎么也吃不出来小时候在礼泉那一平碟凉粉的独特味道，我总觉得少了点儿啥，缺了些什么。

职务不低、和我在礼泉上过学的一个同学，我们聚在了一起，也说起过当年在礼泉吃过的那碟难忘的凉粉。他把他当时在哪个凉粉摊上吃的，那个凉粉摊在哪条街上，那个卖凉粉的长什么样儿，吃凉粉用的啥筷子，盛凉粉的那种平底瓷碟子上印的是什么图案……所有的一切，他都记得清清楚楚。

老同学把那家凉粉如此这般好吃，讲得很是详细。他说，当时把凉粉吃完了，我端起碟子，连剩下的调料水也喝得干干净净。哎呀呀，那味道，真香得没法说！

我看他说这些话时，喉结一直在动，他一定有口水在嘴里不断泛动着。末了，他说，永远也吃不出过去凉粉的那个香了。和我一样，他对当年的那一碟凉粉，也充满着深深的怀恋之情。

对过去的那一碟凉粉，包括其他吃食的怀恋，是我们真切的感受，因为发生在那个缺衣少粮，很少能见上个油星的困难时期。那时，吃稍微好一点儿，包括白面馍在内或味道独特一些的吃食，我们就觉得特别地香，特别地好。

老家大张寨人有一句话说得结实：现在的人，大鱼大肉吃着，脂都满着呢，吃啥啥都不香。把你不多饿，饿上三天，不管把啥难吃的东西放到你面前，你保险见啥啥香，吃啥啥香！

没错，难忘一碟凉粉的好滋味，会让我们记住那个艰难困苦的年代，也会让我们珍惜今天的美好日子。应该说，这是一件很好的事情！

礼泉水盆羊肉

一大锅的羊肉汤冒着热气，散发出诱人的清香。案板上，是大块煮好的羊肉，有肥有瘦，看着就馋人。旁边的碗里，分别放着撕成小朵的黑木耳，如银丝一样透亮的粉丝，碧绿碧绿的香菜，发泡好的黄花菜，还有满得冒出尖的葱花。

有名的礼泉水盆羊肉，正营业着呢。

“老板，来一碗水盆，要肥不要瘦！”

“老板，上水盆，肥瘦各半，汤要宽，多放葱花！”

礼泉人吃水盆羊肉，跟吃羊肉泡馍简称羊肉泡一样，把吃水盆羊肉叫作吃水盆。平时好友相约去吃，就有了这样的问话：“明早有啥事吗？没事咱一搭吃水盆去！”街上碰见了熟人，问：“弄啥去了呀？”“没弄啥，我刚去吃了一碗水盆！”熟人接话。

碗大如盆，一大老碗的羊肉汤端了上来。有人说，把这种吃食叫水盆羊肉，是因为很早以前，煮羊肉、熬羊肉汤的锡锅或铜锅像盆子，就有了这个名字。对这种说法，我老觉得有点儿牵强附会，锅就是锅，倒是这吃水盆的老碗像盆子一样大。也许，这才是水盆羊肉叫法的真正起源吧。

用不锈钢盘子端上来的，还有两块切成圆角，烙得金黄金黄的热锅盔，另带有老三样的标配小菜：一小碟新鲜翠绿的香菜，一小碟晶莹剔透、温润如玉的糖蒜，一小碟独家秘制、开人胃口的短节节红辣子角。

或是特制的青花瓷大老碗，或是古典的具有鲜明个性的土金色大老碗，碗里是滚烫的、清亮清亮的乳白色羊肉汤。汤上漂着一层子葱花，人们叫葱花，其实，是把葱白切成了薄薄的葱片。热气升腾着的水盆羊肉，金黄的锅盔和附带的红白绿三种小菜，把这些往面前的桌子上一放，羊肉汤的香味扑鼻而来，金黄的锅盔、红白绿三色的小菜夺了人的眼目。呵呵，还没动筷子，嘴里就有了慢慢生出的口水。

说是羊肉汤，拿起筷子在碗里一搅，汤里有细细的洁白的粉丝、黑黑的木耳、一根一根的黄花菜，大片大片的羊肉就在碗底。这羊肉，绝无一丝的膻味，肉烂而筋丝却在，入口颇有嚼头。少许柔柔滑滑的细粉丝，还有咬起来咯吱咯吱响，又筋道又有韧劲的黑木耳与黄花菜，都在这一大老碗的羊肉汤里。

老吃家，并不急着去吃碗里的羊肉和其他东西。吃香菜的，把那一小碟香菜倒入碗里，搅开，先低头就着碗边，吸溜喝一口汤。啊的一声过后，羊肉汤鲜美纯正的滋味，瞬间弥漫于整个口腔，并通过食道进入肠胃，而后在全身散发开来。这第一口羊肉汤，是给味蕾，是给肠胃的一声招呼，一个问候——我要吃水盆羊肉啦。这一口味道鲜美的羊肉汤下肚，人一下子就活泛、精神起来。

吃家子吃水盆羊肉，重在喝汤，店家是懂这个道理的。他们煮羊肉、做水盆羊肉汤时，是极其用心，是下了大功夫的。

首先要精选鲜嫩膘厚的羊肉，这样的羊肉做出的水盆，吃起来才会肥而不腻，才会鲜嫩爽口。煮羊肉熬骨头汤时，先把精选的羊肉下锅，加水烧开，再将砸碎的羊骨头放入，煮半个小时后，投入装有花椒、桂皮、大茴香与草果等香料的香料包，并加入适量的盐与味精。

羊肉煮熟捞出，锅内的原汤与羊骨头，加过水后大火烧沸，后转中火熬煮约三小时，加入盐，调好口味，再小火慢煮十小时。锅下烧着的火，要始终保持锅里的汤不断地冒着泡。从煮肉到熬骨头汤这漫长的时间内，大师傅要不断从锅里往出撇油沫，倒入盆里，最后倒掉。

煮肉熬骨头汤的香料，开水盆羊肉店的老板，各有各的配方。开店子，就凭了一个煮肉熬汤的秘方，才会吸引来络绎不绝的食客。这秘方，就成为行走于水盆羊肉这个餐饮江湖的利器，不用说，秘方，绝对是秘不示人的。吃水盆的食客，说谁家谁家的水盆好，先要说那家的羊肉汤多么多么好，多么多么地道，而后，才会说那家的羊肉、那家的锅盔与小菜怎么样怎么样。

你瞧，偌大的一家店里，那么多的人在吃水盆，他们根据自己的喜好，各有各的吃法。

第一口汤喝罢，有的人把焦黄如金的锅盔从侧面掰开，把碗里的羊肉捞出来，夹到锅盔里，就着红辣子节节，喝着汤；有的人，一口锅盔一口汤，一口锅盔一片羊肉，就着红辣子吃；还有的人，把锅盔泡到碗里，锅盔连肉一起吃；也有不少人，用锅盔夹着辣子节节，边喝汤，边吃着碗底的羊肉。吃水盆，一小碟酸酸甜甜，带有少许辣味的糖蒜，是用来利口的，也有人嫌这味道不够浓烈，从桌上放蒜的碗里，剥了生蒜皮咔嚓咔嚓咬着吃。

水盆羊肉配的那一碟红节节辣子角，是很有特色的，是喜食辣椒的食客们佐食的一道绝佳小菜。红节节辣子角，是店家自己用多种调料，经多道手续加工而成的，其颜色红如玛瑙，柔韧而软绵，辣子角从里到外浸透着上好的油亮的菜籽油，夹一节放到嘴里，那种特有的辣香呀，实在是妙不可言。

许多人，一碗水盆没吃完，给老板要了几次辣子角。也有食客问老板，这么好吃的辣子角，是怎么做的啊？叫我回去也试着做一做！老板只是笑，并不说是怎么做的，只一句话就敷衍应付了打问者："你回去做不了，做起来麻烦得很！"也有人吃完水盆，专门买了这红节节辣角，带回家去吃。

一大碗的水盆羊肉吃完，额头有细细的汗珠沁出，人一下子容光焕发、神清气爽起来。吃水盆的那个滋润，那个谄活，那个享受呀，没吃过的人是体会不到那种美妙的滋味的。

礼泉水盆羊肉以它的汤品上佳，锅盔烙得好，小菜地道，吃起来清爽可口，成为四季咸宜的一种名吃。

特别是到了夏季，礼泉人称其为"六月鲜"，认为它不仅能祛暑，而且可以暖了肠胃，它富含的蛋白质、脂肪、维生素、钙、铁、磷等多种营养物质，既可益脾理气，滋养心肺，又能疏肝补肾，强骨健身，具有延年益寿的多重功效。众多的礼泉水盆羊肉店，长期以来奉守着良心做事、实诚待客的经营理念，在食客们的心里扎下了根，一家家店子，皆是食客盈门，生意火爆得不得了。

据传，水盆羊肉是由商周时期的"羊臛"演变而来。秦汉时称为"羊肉臛"，唐宋时又叫"山煮羊"。清代，慈禧太后吃完水盆羊肉后，连声夸赞羊肉汤汤清如镜，纯正鲜美，羊肉酥烂而味醇厚，是真正的美羊肉，故赐名曰：“美而美”。

礼泉水盆羊肉在礼泉不用说，门店数不胜数，每家店各有各的特色，各有各的固定客源。在古城咸阳，大的礼泉水盆羊肉店就有十九家之多，小的店就更多了。除此之外，新的店还不断地开张着。

每次从大街上走过，看到门头上悬挂着“礼泉水盆羊肉”的店名，看到进进出出的食客，我就觉得十分地亲切，就有了自豪之感。礼泉水盆羊肉，那是我故乡的一道名吃呀！

咸阳𰻞𰻞面

看完这个题目，外地人肯定很费解，𰻞𰻞面？𰻞这个字也太难写了吧。这个𰻞字笔画繁多，《现代汉语词典》里没有，电脑打不出来，需要技术处理才能拼出来。

咸阳人是万分遗憾的！多好，多有文化的一个𰻞字，只能刻在𰻞𰻞面馆的招牌上，只能用手写出来。𰻞属于文化造字，笔画繁多，是口语化的字。你听听，写这个字的童谣、口诀或者叫顺口溜的，是怎么连说带唱的：

一点飞上天，黄河两头弯。
八字大张口，言字朝里走。
左一扭，右一扭，
你一长，我一长。
中间加个马大王，
心字底，月字旁。
留个钩搭挂麻糖，
坐个车车逛咸阳。

还有这样的说法：

一点飞上天，黄河两边宽。
八字大张口，言字往里走。

左一扭，右一扭。
西一长，东一长。
中间夹个马大王，
心字底，月字旁。
留个钩搭挂麻花，
坐个车车走咸阳。

写这个字，还有“穴言幺幺马长长，心月立刀走之旁”等十多种的童谣。

一开头先说了这么多，咸阳人，还有关中道上的人看到题目与童谣，早就笑开了：呵呵，𰻞𰻞面！𰻞𰻞面多香，多好吃呀！

外地人到咸阳，看到𰻞𰻞面馆上的𰻞字，常常半张着嘴，惊讶地说：“哎哟哟，我的天！一个字竟然有四十二画，这么生僻难认的字，谁认识呀？”听到此话的咸阳人不乐意了，甚至有点儿瞧不上人家，于是，就有了这样的话语：“啥生僻字？你到我咸阳的街道上去，随便拉住个娃娃，问他这个字叫啥字，你看他认识不认识！”

千年流传，历史久远，字典里查不出，电脑上打不出的这个𰻞字，留存的是咸阳人的文化记忆。咸阳人，从小就看到满街上的𰻞𰻞面招牌，对𰻞字，岂能不认识？闭上眼睛，他们也能给你写出来。

𰻞𰻞面是有来历，是有源远流长的故事的。该面选用关中道上出产的上好冬小麦，磨成面粉，做𰻞𰻞面时，舀面粉到盆里，给面中加适量的水和盐。水，不能倒得太急太猛，需缓缓地倒入，否则，就成了伤水面，伤水面做成的面不但黏糊，还没有了筋丝，口感会大打折扣。

把面和好，先揉成一团，用锅案上用的湿布子盖严，放在案板上醒面。过半个小时左右，面醒好以后，用力反复地揉搓。这一道工序甚是重要，面揉不好，把面粉里的筋丝没揉搓出来，做出来的面就稀软，就没有了嚼头。面揉到了，才会筋道，才会做出可口的𰻞𰻞面。

面揉好啦，在宽大的案板上，用擀杖手工擀成又长又宽又厚的面片子。这时缠绕在擀杖上的面，落在案板上就发出了那种“biáng biáng”的声音。面擀好了，再切成一寸多宽的长面条，两头扽住，用力在案板上甩着，使面条更长，更筋道。往锅里下面，面条入锅遇到翻滚沸腾的开水时，发出“biáng biáng”的声音。面从锅里捞出，在碗里搅拌时发出的“biáng biáng”声。还有吃面时，嘴里发出的“biáng biáng”声。

𰻞𰻞面的读音就是因为制作过程中，吃这种面时，会连续发出“biáng biáng”的声响。于是，就将这声音带到面的名称上，𰻞𰻞面就这样叫开了。

呵呵，不信你试试，依着𰻞字的童谣写下来，你的笔下就会出现一个高古雅致、结构复杂而又活灵活现的“𰻞”字。这个看上去弯弯曲曲，如画出来一般的“𰻞”字，绝对不是图案，而是一个曼妙多姿，充满着浓厚文化气息的专用字。正如武则天为自己起号造出“曌”字一样。曌，意为日月当空照，除了用在她的号上，在其他地方，这个字是没有意义的。

光滑筋道的𰻞𰻞面在开水锅里煮熟啦，连同锅内下的青菜、白菜与豆芽，一起用大笊篱捞入碗里。要吃油泼的，给碗里的面上，挖一大勺优质线线辣子碾成的辣面，并放上适量的盐、味精，还有绿白相间的细碎的葱花。这时，端起一旁炒瓢里烧得滚烫滚烫的菜籽油，照着碗内面上放的辣子、盐、味精与葱花泼上去。

吱啦啦一声，热油泼过，一团火从面上瞬间升起，旋即没有了影星，而香爽之气，一下子就冲了出来。辣子的香辣味，葱花的爨味，被油泼过的盐与味精，也有了一种特殊的说不出来的香味。

用油去泼𰻞𰻞面的一瞬间，那简直是视觉、听觉与味觉的一次美好享受。

桌子上放有酱油、香醋、盐与油泼辣子罐。可以根据个人不同的口味自己去调。那些爱吃辣子的人，还嫌碗里的辣子不够多，又从辣子罐里再挖出几勺调入碗里。𰻞𰻞面已被辣子染得红红的，白的是白菜，黄的是豆芽，绿的是青菜。红白黄绿都在碗里，看着、闻着都馋人，不由得要快速地端起大老碗，吸溜吸溜地吃开了。

没来咸阳，没有亲眼看过其制作过程，没有吃过𰻞𰻞面，是没有那种真切感觉的。真正到了咸阳，见证了这个制作过程，并吃了这面，你才会发现，在咸阳吃𰻞𰻞面，原来是这样的一种享受！

不光是𰻞𰻞面，咸阳人知道，吃棍棍面、扯面等干面，都要把面用筷子挑起来，不断地调拌。要让每一根面条和空气充分地接触，要让每一根面都要见到调料。这样调拌出来的面，才不会发黏发软，吃起来才香，才爽利筋道。

面调好了，不说话了，开始吃面吧！吃一口面，咬一口生蒜，𰻞𰻞面加上辛辣提味的生蒜，特有的那个香呀！

吃面的人，不吃剥过皮的蒜。每家面馆的每张桌子上，都有一个放大蒜的大碗。吃面人一边吃着面，一边剥着大蒜皮，时不时地端起热面汤喝上一口，而后会舒适地“哎——”一声，又低头去吃面。嘿嘿，不用问，那𰻞𰻞面的味道一定很好，看他们吃面时的那个欢喜劲与快活劲，你就知道面的味道有多好。

说面是咸阳人吃食中的最爱，是他们的魂，一点儿也不为过。啥时候，都是他们吃面的黄金时间，顿顿吃面，绝不会厌了，烦了。一天不吃面，他们就好像少了点儿什么；几天不吃面，他们就会六神无主，手足无措，就嘟囔开了：“吃这吃那，几天不给人吃面，你看人受得了？晚上再别弄啥了，就吃面！”这是他们给自己的老婆安排的晚饭，他们晚上要吃面。

吃𰻞𰻞面，老一辈咸阳人是很讲究的。城里甜水井里的水不用，要跑到城边的渭河里去挑水。他们说，井水是死水，河水是活水，用活的河水和面，下面，做出来的面更光滑，更有筋性，比井水做出来的面好吃了许多。用河水做出来的面，也叫河水𰻞𰻞面，当年名头是很大的。如今街上，也有挂河水𰻞𰻞面招牌的，那仅仅只是挂了个名，河水受污染，多年没有人再用河水做面了。

说起𰻞𰻞面，咸阳人自豪满满，这面，是从咸阳这块地面上走出去的风味名吃呀。说起这面的来历与传说，他们的话就多了，故事就长了！你听听，他们是怎样给来咸阳的外地朋友讲𰻞𰻞面的。

故事一：很久以前，一个穷困潦倒的秀才，从遥远偏僻的乡下，长途跋涉赶往咸阳。到了繁华的咸阳街上，饥肠辘辘。身无分文的他，漫无目的地在街上走着。街两边是宏伟高大的建筑，街上行人，个个衣服穿得光鲜齐整。突然，他听到街前方不远处传来“biáng biáng”的声音，好奇的他，拖着沉重的双腿，向声音那头走去。

原来，是街边一家面馆做面发出来的声音。面馆里食客众多，有等着吃面的，也有正津津有味地吃着宽厚面条的。饿极了的秀才直咽口水，此时的他，啥也不管了，壮着胆子大声喊道："店家，给咱来一碗面！要大碗，辣子多放！"一大碗像裤带一样的面端上来了，他风卷残云般地下了肚，那个香，那个美呀。

结账时，他据实给店家说自己身上没有钱，店家大度，说："没钱？算了，没钱就算了，一碗面算个啥嘛！谁还没有个难处？"秀才大为感动，心想，我不能白吃人家的面。他看店家门口没有招牌，就问起缘由来。店家说，这面像裤带一样宽厚，人们叫biáng biáng面，叫了不知多少年，就是没有对应的一个字。

秀才被店家的憨厚与大气感动，想起自己经受过的苦楚，想到咸阳街上的繁华，想到店家的好，就从随身携带的褡裢里取出笔，略加思索，提起笔来边写边歌："一点飞上天，黄河两头弯。八字大张口，言字往里走。左一扭，右一扭。西一长，东一长。中间夹个马大王，心字底，月字旁。留个钩搭挂麻糖，坐个车车逛咸阳！"他写的这个"𰻝"字，把咸阳的山川地理，咸阳人的品行与生活都写了进去。

店家把秀才写的那个"𰻝"字，刻成了𰻝𰻝面的招牌挂在店门口。街上卖𰻝𰻝面的，只有他家店门口挂着有字的招牌，生意一下子火爆起来。食客们常说，要吃面，走，咱们去𰻝𰻝面那家，边欣赏那字边吃面，多好！从此以后，"𰻝𰻝面"从咸阳传遍了关中。

也有另外的故事。说，"𰻝"字成形，是秦始皇的功劳。秦始皇建都咸阳以后，万事缠身、劳累过度的他，一连几天竟然毫无食欲。御厨做的山珍海味等好吃好喝的，他动都不动一下，这下，可急坏了皇宫上下。急中生智的御厨，去街上买了一碗平民吃的裤带面，并端了一碗面汤回来。看到面中红的辣子、绿的青菜、黄的豆芽，秦始皇胃口大开，把一大碗面吃得干干净净，末了，把那一碗热面汤也喝了个底朝天。

吃完，抹了一下嘴巴的秦始皇，心满意足地问："这是什么食物，如此美味可口？"御厨忙答："皇上，这是biáng biáng面！""biáng biáng面？这个biáng字怎么写？"御厨说："biáng biáng面只是这么叫，还没有字，请皇上赐字！"秦始皇想了想，就把大秦帝国之追求，想要达到之目标写进去，御赐了一个字形复杂的"𰻝"字。

民间种种的传说很多，无从一一考证。但这些传说与故事，作为一种特殊的文化，已和“biangbiang面”紧紧地联系在了一起。

也有人认为，这个biang字，由多个文化元素组成，留存着咸阳人的文化记忆，传达出秦人有棱有角，大苦大乐的特有文化信息。诸如地理环境、心理品格、饮食习惯、审美追求与民族精神等。

biang字中的“宀”部，说明秦人有大房子住。“八”，是指由外向里，敞开的通向房子的通道。“言”是说，秦为统一天下，胸怀宽阔，广开言路，招贤纳士，揽天下英才于秦国。贤能之士来了，从“八”形敞开的通道被请进屋里，请，请坐，请上坐。

两个“幺”字，则充分说明秦地有足够多的棉花，可以纺成线织成布匹，冬有棉衣，夏有单衣。两个“长”字，意为这里非常尊敬老人，尊敬长者。左边的“月”字，“月”字同“肉”，这块土地上有吃不完的牛羊肉，来这里的客人，任何时候都有鲜美的牛羊肉招待。也正是这牛羊肉增强了体质，使彪悍强健的秦人成为虎狼之师，统一了六国。

“马”，是出战的铁骑，也是出行的坐骑，代表了国力，也代表了财富。出战，有纵横奔驰、横扫天下的战马；出行，有马代步，相当于现在人开的车，方便快捷。“心”，大大的心字底，传送出秦人心地宽长、忠厚朴诚与守信热忱的秉性。“车”，是秦将白起战胜赵奢后裔“马服诸侯王”，得胜回朝，坐车回咸阳的故事。

“坐个车车逛咸阳”这句话，就是为了说明，“biang”这个字，是在大秦故都咸阳产生的。

一个biang字，一碗biangbiang面，有这么丰厚的文化积淀，有这么多的传奇故事，怎能不让咸阳人引以为傲？你说，在咸阳，端着像面盆一样的大老碗，有滋有味地吃着biangbiang面，那该是一种多么美好的感觉，那该是一件多么引人入胜的事情。是的，咸阳biangbiang面，它不仅仅是一顿可以饱腹的饭食啊！

倔老汉的箸头面

箸，是指筷子。箸头面，是说像筷子头一般粗的面条。箸头面，是古秦都咸阳有名的一道面食。在咸阳，倔老汉和他的箸头面馆，那名气可不是一点点大，不夸张地说，曾响亮了整座咸阳城。

倔老汉的箸头面，20世纪八九十年代就红火得不得了，爱吃面的咸阳人对其记忆深刻。他的面馆，最早开在一条小巷子里，后来搬到北街中段路东，门朝西开。不大的一家门店，门头上挂着黑底黄字的招牌，招牌上刻着大大的“箸头面”三个字。那招牌显得有些老旧，也有了沧桑感，更多地说明面馆时日久长，属于老字号的店了。

倔老汉的箸头面馆，不卖其他的面食，专卖油泼箸头面，你啥时候去，人都坐得满满的。有坐在那儿有滋有味吃着面的，也有坐着或站着耐心等待着吃面的。

倔老汉的箸头面好吃，是他费了大心思，劳了大神，才有了这一碗让许多人神往并念念不忘的好面。他做箸头面的面粉，精选渭北平原上好的小麦磨制而成。做面时，面和得坚硬，几个精壮的小伙子卖力地不停地揉着面。用了大力气，来回反复揉的面就有了韧头，就多了筋道。

倔老汉的一大碗箸头面，不像一般的面从锅里捞到碗里，就塌软、黏在一起了。任何时候，他的箸头面在碗里都蓬蓬松松的，每一根面，似乎都有灵性，都有生命。富有神采的箸头面，坚韧柔滑，筋道而又有嚼头，多了咸阳人吃面时想要的那种滋润，那股谄活劲。

穿着超过膝盖的蓝色工作衣，个子不高，短短的白发，宽脸盘，眼睛不大，啥时候都没见他笑过的倔老汉，就站在箸头面面馆门口。旁边的案子上，放着辣椒面、细碎的葱花、精盐与味精等调料。案子前的炒瓢里，是沸腾着的滚烫滚烫的菜籽油。

后厨端上来刚出锅的一碗碗箸头面，在案子上排成了长队。倔老汉按食客要求，拿勺子挖了或多或少的辣子面，放在热面上，又搁了葱花、盐与味精等调料。而后，他端起炒瓢，把那滚烫的热油浇上去，吱啦啦一声响过，辣香、面香与各种调料的香味弥漫了面馆内外。

碗内有红红的辣子、绿绿的青菜或清脆鲜嫩的莲花白。倔老汉具有个性的箸头面，那个颜色，那个香呀，看着、闻着就馋人。面馆里，响起一片吃面的吸溜声，在一旁等着吃面的人，喉结一上一下动着，嘴里有口水在涌动。

倔老汉的箸头面好，用的辣子面也独具特色。"陕西八大怪，辣子一道菜。"陕西人吃辣子讲究，嘴是很刁的，吃一口辣子，就知道这辣子是不是好辣子。

倔老汉的辣子面，区别于一般的辣子面。它的颜色，是那种淡淡的红色，不同于我们小时候吃过的辣子。这种辣子不光鲜辣，还有一种独特的浓郁的香。好多人说，倔老汉的这辣子面加了中药香料，是独家秘方。他为这辣子面，可没少费周折，往里加中药香料，香料要香，但不能有中药味，更不能抢了辣子本身的香。为这，他不断调整配方，多年以后，最终才确定下这配方。

有好事者就问倔老汉："老板，你这辣子面，是啥辣子磨成的？颜色跟平常的辣子不一样，味道香得很！"

"你快好好吃你的面，操那么多心干啥！你问是啥辣子，得是想开面馆？想要抢我的生意？"倔老汉冷冷地回应一句话，再没有多余的话。

倔老汉箸头面显赫的名声，不是虚浪出来的。一个咸阳城，有人从渭河以南，有人从北塬上，也有人从西边那么远的茂陵，从东边的渭河发电厂赶来，就为吃他一碗箸头面。也有人从西安、渭南、宝鸡慕名而来。咸阳城里的人，上海、北京与深圳等地来了亲戚，他们也要领着亲戚们去品尝一下倔老汉独具特色的箸头面。

说倔老汉的箸头面这般好那般好，是真心地好，不是高抬高评了他。说他是倔老汉，大家都这么叫，这也是私下里称呼他。你试着在他面前叫一声，看他跟你有完没有完？叫他倔老汉，那是有原因的。你先听听他的真实故事。

那是前多年的事了，我第一次去他的箸头面馆吃饭。要了一碗面，说过多放辣子后，我就坐下来等面上来。倔老汉站在面馆门口，左手攥着一把钱，看着我，很是不满意的表情，说道："交钱！"嘿哟，一家小面馆，等吃完饭交钱还不行？我就问了："先交钱？吃毕交不行？""不行！现在就交！"哎呀呀，这老汉，用这样的口气跟人说话哩。

呵呵，这还算对我态度好，又进来一个小伙子，要完面，跟我一样坐下来等着面。倔老汉右手食指弯成一个钩，朝着自己快速地钩着，还是那句话："交钱！"

那小伙子有点儿不满了："吃完面交钱还不行？急啥，我又跑不了！"倔老汉接话："不行！现在就交，我害怕你跑了！""你这老板咋这样说话？不吃了！到哪儿还吃不上一碗面，说话这么难听的！"小伙子来气了，起身就走。"你叫我咋样跟你说话？你不吃了吓唬谁呢？你爱到哪儿吃到哪儿吃去！想听好听的话，我这儿没有！不吃了，好得很，刚好给我腾开一条板凳！"

陕西人吃面，那是要喝面汤的，吃面的人等面上来之前，要干两件事：一是喝面汤，二是剥蒜。

"老板，给咱来碗面汤！"吃面人喊道。"喊叫啥呢？面汤没有人给你端，自己舀，自己舀去！"站在门口的倔老汉回应着，连头都不回一下。

吃面，当然少不了大蒜，各家面馆的每张桌子上，都会有一个放大蒜的碗。吃面的人，从蒜碗里拿了大蒜自己去剥。但倔老汉的箸头面馆，从来是不备蒜的。又有人要蒜了，倔老汉回过头来，煞有介事地指着马路对面说："要蒜？我给你说，对门老太婆那里卖蒜呢，你快买去！"把要大蒜的人，噎得半天说不出话来。

"端饭！"倔老汉大声吆喝着。经常来吃面的人知道，案子上一大排从锅里下出来的面，油泼之后，他对着谁喊，谁就立马过去端自己的面。第一次来这里的，不知道面要自个儿端，常常坐在那儿就不操心了，心想着会有服务员把面端上来。

这时，倔老汉就会对着第一次来吃面的人连声喊着："端饭！""端饭！"听着连声喊"端饭"，第一次来吃面的人一抬头，看到倔老汉正盯着自己。只见他气鼓鼓地说："叫你呢！饭好了不来端，等着谁给你端？"第一次来吃面的人，慌忙过去端回面来。倔老汉还有话跟着说开了："吃饭都是大撒手，一点儿心都不操！看来还是不饿，饿了，就操心着面好了没有！"

一个十一二岁的小男娃来吃面。吃完面的他，自言自语地说："面有点儿咸……"没想到，倔老汉耳朵还灵得不行，离得远远的他，就高声接话啦："啥？面有点儿咸？我看你把不要钱的酱油愣劲倒，面能不咸？碎碎个娃，还没离身，就给我下开蛋了！"陕西人说的"下开蛋了"，意思是找开了事，找开了碴子。

也许是小男娃常来，知道他的脾气，神态自若的小男娃并不吭声，也不生气，只是吱吱地喝着他自己碗里的面汤。一旁的我，几次想笑，硬是忍着没笑出声来。

那天，是一个冬日雪后的傍晚。一个骑自行车的中年男子，从倔老汉箸头面馆门前经过。看到那么多人吃面，他就停下车子，坐在自行车座上，左脚着地，右脚踩在自行车右脚踏上，开口问倔老汉："老板，箸头面大碗多钱？小碗多钱？"

倔老汉瞅着中年男子，没好气地说："我给你弄品（比大碗大一些，比面盆小的一种容器）这么大的一碗面，我就问你吃得完？"他边说，边比画出一个比面盆还要大的"品"的形状。那中年男子说："有话好好说，我问你大碗多钱，小碗多钱，你躁啥呢？""我话说得好很！我啥时候分过大小碗？你这是故意砸我的摊子！我对你不躁对谁躁？"

箸头面馆里吃面的人，等着吃面的人都在笑。他们暗自想着，今天有好戏看了，倔老汉"精彩"的话语，跟着就要出来啦。

"那你就说不分大小碗，不就完了！还有这样的人？还有这样做生意的？就你这态度，你这面馆再能开下去，怪事就出来了！"那男子推上自行车，气咻咻地转身离开。"我不想给你说不分大小碗，咋了？我这样做生意又咋了？看把你能得一个手指头剥葱呢，你快放你一百二十个心，我面馆能不能开下去，不用你操闲心！"倔老汉涨红着脖子说。

也真是"怪事出来了"，多年了，倔老汉的箸头面馆不但一直开了下来，吃面的人反倒越来越多，生意越来越好。

倔老汉还有一项过硬的功夫：再多的人来吃面，有吃辣子的，有不吃辣子的，有辣子要多放或少放的；有要下青菜，也有不要青菜或少放青菜的。也有人面要下硬或下软，或不硬不软的。各人有各人的口味，各人有各人的要求，客人十几碗甚至二十碗的面，倔老汉从来都不会记错，你听他是怎么给后厨报的："下十五个面！四个面硬不带菜，一个面软少放菜。再下十个面，六个面不硬不软多放菜，两个少带菜，两个不带菜。还有五个面，两个面硬三个软，面硬少带菜，面软菜多放……"他报数，是连说带唱不假思索一口气报出来的。来吃面的许多人，最爱听老汉这一大长串的报面声。

按报出来的这个数下出来的面，倔老汉再按食客的要求，放、不放或多放辣子，再依次泼上油。每一个吃面人端的面，都是按自己要求下出来的，面或硬或软，要菜不要菜，或菜多菜少，另外，要不要辣子，辣子或多或少。所有这些，不会有一点儿差错。

他看你一眼，就把你记下了，就把你要吃什么样的面记下了，绝对不会乱了。

货硬脾气大。倔老汉的箸头面确实做得好，做得赢人，面量不仅大，还舍得放油，吸引了一大批忠实的食客。另外，许多没来过的人，听了倔老汉的故事，也急着要过来，一是要吃一吃这好吃的箸头面，二是要见一见倔老汉，听一听他连说带唱的报面声，看看他到底是怎么样的一个人。

前几年，北街旧城改造，倔老汉的箸头面馆拆了。

年龄大了的倔老汉，因为身体的原因，不再经营他的箸头面馆。他的面馆交给了家人打理，新的面馆也挪了地方，倔老汉从此退出了面食江湖。唉，咸阳面食界少了一位个性鲜明并有故事的名人。爱吃面的人，不仅仅少了一种舌尖上的美味，精神上也多了几分寂寞，没有了饭后茶余有关箸头面的生动而又饶有趣味的话题。

再也没有了一边吃着箸头面，一边听着倔老汉连说带唱一长串的报面声，再听不到他跟食客拌嘴，美了口腹愉悦了心情的过去。许多人说，倔老汉是个心地实诚，看重情义的好人，只是脾性直，火气大一点儿罢了。

在咸阳面食界，少了他这样一位有故事的人，不能不说是一个遗憾。

爆米花

儿时，在老家大张寨，爆米花人行踪不定。就在那几天，当你想吃爆米花，有口水在嘴里不断涌动时，他不知云游去了何方。打嘎，骑驴，碴鸡，忙着玩那些永远玩不完的游戏。当你不曾想起爆米花的时日里，爆米花人却不请自到，突然出现在了村子，出现在了你面前。

爆米花人在村街支起小炉子，开始生火，先预热那台外表黑乎乎，看着像炮弹一样的爆米花机子，娃娃们的第一个反应就是：飞跑着回家，去端爆米花要用的玉米粒、玉米糁子、黄豆与大米等东西。

呵呵，想吃爆米花的欲望又被勾起啦。往家跑的路上是兴奋的，是激动的，想起爆米花特有的香味，沉睡的味蕾瞬间就被激活了，口腔里，似乎已有香味弥漫。

没看到也不要紧，爆米花不像卖其他的东西，要大声吆喝着才能吸引人过来。爆米花出锅时那嘭的一下震天的响声，就是最好的广告，那响声，比一声接一声的吆喝声强多了。第一声响还没完，娃娃们就知道：爆米花的人来啦！

爆米花的人，先前是用架子车拉着爆米花机子、炉子、烧的炭与大编织袋，还有其他几样要用的简单工具。后来，他们在自行车后架两边特制的铁筐里，装上这些东西，骑着车子走村串巷，比架子车方便快捷多了。

洋瓷碗、洋瓷缸子、粗瓷碗，还有耀州大老碗，在爆米花人跟前排起了长队。

爆米花人坐在小马扎上，一手拉着风箱，一手摇着那像黑色炮弹一样的爆米花机子。红红的炉火，随着风箱声一下一下跳动着；爆米花机，在他手中不紧不慢地转动着。嘻嘻哈哈的娃娃们站在一旁，盯着看那在炉火上转动的爆米花机子，他们是快活的，心里也是紧张的。快活，是一会儿就能吃上热气腾腾、香喷喷的爆米花了；紧张，是害怕爆米花人扳动机子扳机，嘭的那一声爆响，嘿哟哟，那一声爆响，能把人的魂吓飞。

爆米花人瞥一眼机子上的压力表，好啦，时间到了。他站起身，把机子从炉子上挪下来，一转身把机子嘴子塞入大编织袋袋口，再把袋子口扎紧。娃娃们慌忙后退，双手捂紧两只耳朵，弯腰侧身往这边看着。他们既怕那吓人的一声爆响，又想看看爆米花人是怎么操作的，还想看看响声过后，爆米花人在腾起的白色烟雾中那幅好看的画面。

玩伴们聚在一起也曾说过，爆米花人是个神人，也是个怪人。他不抬头，也不看你一眼，你把耳朵捂得紧紧的，往他那边看着，他就是不扳扳机。当你放松警惕，刚放下捂耳朵的双手，准备要往他跟前去时，他却扳动扳机，嘭的一声巨响，吓得你即使不坐在地上，也要哆嗦一阵子。

还有，就是你从路边走过，看爆米花人把机嘴子塞入编织袋口，心里已做好准备，准备迎接那一声爆响时，机子就是不响。你刚一转身，那声爆响就来了，吓得你一抖索要跳起来。同样，爆米花人往你这边连看都没有看一眼。

后来想，爆米花人哪是什么神人和怪人，他也不是有意吓唬了谁，只不过是我们这些娃娃自己太紧张罢了。

哎哟哟，刚爆出来的硕大米花，热乎乎的，拿在手里还烫手。爆米花外面，还带着玉米、黄豆与绿豆自身的星星点点的颜色。放一颗进嘴里，一咬，嘎嘣嘎嘣响着，脆脆的、甜甜的，那味道真是鲜美呢。爆米花，是那个物资紧缺、短吃少穿的年代里，我们这些娃娃上好的一道零食。手里抓着一把爆米花，一边慢慢地享受着那个美味，一边和玩伴吹着牛，那种感觉真是好极了。

那时，年龄尚小的我老弄不明白，一小碗玉米粒、玉米糁子，或黄豆或绿豆等东西，灌进那像炮弹一样的爆米花机子，放上糖精，在炉火上一加热，咋就能嘭的一声爆出那么一大堆香脆香脆的爆米花出来?

爆米花，是那个年代难以忘记的一种味道。等到年长了的我弄明白，那台爆米花机子为什么能爆出那么一大堆香脆香脆的爆米花时，过去了的许多记忆，许多美好，许多让人怀恋、让人感慨的时光，都随着岁月流逝而去，都随着远去的爆米花机子那嘭的一声爆响，离我们越来越远，越来越远了。

因为已空壳的农村，只有孤零零的几位老人和小孩留守在那里。寂寥空荡，沉闷苍凉，缺少生气的农村，有一种难以叙说，难以表述的苦涩滋味。

唉，在农村，再也看不到爆米花人的身影，再也没有那么多围着爆米花机子说说笑笑的娃娃了，再也听不到爆米花那嘭的爆响声了。

驴蹄子面

前几日，从上海来了一位杂志社的老编辑，他和我是多年亦师亦友的关系。在我还懵懂年少时，他就在他供职的杂志社杂志上发表了我的影评文章。

我记得，那篇影评文章不长，也就三四百字的样子吧。那是我在《法制周报》发表处女作之后发表的第二篇文章。

嗬，上海，大上海的杂志能发表我的影评文章，你看厉害不厉害？接到杂志那一刻，我自己先夸开了自己，当时还年轻的我，不知天高地厚地狂喜了一阵子。也难怪，在那个年代，能把文章变成铅字，可不是一件容易的事儿，发表一篇小文章，就可能改变一个人一生的命运。对我来说，那篇影评文章，紧随着处女作发表出来，给我的写作注入了强大的兴奋剂！

许多年过去啦，我从内心感激这位亦师亦友的老编辑。是他给我加了一把火，助了一把力，提振鼓舞了我的士气与精神。也使我认识到，只要不断努力，我就还能写一点东西出来。他的提携与扶持之情，直至今天，我都不会忘记的。

在这个北方的冬日，他从上海来西安办完事，专程来咸阳看我，欣喜至极的我，当然要尽地主之谊，十二分热情地招呼他。

没想到，我订好的酒席被他坚决推辞掉了，不容得你和他商量，你听他是怎么说的："到了咸阳，我有两件事，一是来看看你，你带我好好吃一吃你们陕西有名的各种面食！你写陕西面食的那些散文，把我看得口水直流，我这次来，要挨个儿把那些面食吃一遍！还有第二件事，我临走时，你得把你的字给我送一幅！"

我笑着接他话："两件事儿都不算个事儿！面慢慢吃，有你吃的。到咸阳了，也让我好好表现一下，你非要一碗一碗地吃面，是不是为了给我省钱？你说的第二件事儿，要我的字，只要你不嫌弃，带几幅都行！"我跟他开起玩笑来，"你来咸阳光吃面，我弄明白了，以后我去你们上海，你肯定会顿顿叫我吃阳春面，拿阳春面把我就接待了！"

"哪里！哪里！是陕西的面食太诱人，太有故事！我这次来，你写你们老家的《礼泉浇汤烙面》《倔老汉的箸头面》和《咸阳𰻝𰻝面》一定要吃，其他的面也要一一品尝！"看来，他这次来陕西，跟面杠上劲了。接着他又说："再说你的字，别谦虚，我见的字多了，好坏我认得！不说了，我走时你就给我写！"

话题还是离不开面，他又好奇地问我："除了我说的那些面，陕西还有哪些好吃的面？"

"好吃的面太多太多！驴蹄子面、棍棍面、油泼扯面、干拌臊子面、岐山臊子面、杨凌蘸水面、武功旗花面、我老家礼泉北牌的刀劈面、耀州咸汤面与窝窝面，还有陕北的羊肉面……我一下子还真地给你说不完！"我回答他的问话。

"哎哟，还有驴蹄子面？我只听说过驴皮能熬成著名的阿胶，还没听说过驴蹄子能做成面？神奇，太神奇了，陕西人厉害！"他惊讶地叫出了声。不愧是老编辑，知识面广，接着就说开了："驴蹄子，我记得《本草纲目》中说过，它也是一味中药，解毒消肿，可以治疗疔疮肿痛！好，太好了，咱中午就先吃驴蹄子面！"

"行，中午就吃驴蹄子面！"他说上边这些话时，我只是个笑。给他续上了茶水，说："不急，不急。这驴蹄子面，你吃过就知道了，不光名字独特，还非常好吃。它是从唐代传下来的，名字还是唐太宗李世民给起的！"

"驴蹄子面是从唐代传下来的？还是唐太宗起的名字？"他兴趣更大了，想听我说说驴蹄子面的来历。

"是的，没错！驴蹄子面是从我老家那里叫起来的！"我肯定地回答他。"是从你老家那里叫起来的？是呀，我从资料上看过，陕西每一种面都是有故事的！"他兴致更高了。"唐太宗李世民在位时修建自己的寝陵昭陵。一日，他领着一干随从，用现在的话说，就是视察完昭陵建设工地，从九嵕山上下来。又饿又渴的他们，来到山底一个长满杏树的村子，走进了一户人家。皇上随从对这家主人说：‘屋里有啥好吃的，就赶紧做啥！饭要做出新花样，好吃，还要快，银两少不了你的！’

“你听听，随从跟着皇上出来也不白吃饭，挺清廉的吧！恰巧，这家的男主人是一名乡间厨师，来了这么多的人，这么大的阵势，他还是第一次经见。有一手做面食好手艺的他，立即进厨房，去给皇上和随从做吃的，做的饭就是后来的驴蹄子面！唐太宗吃完，连声说：‘好面，好面！朕在宫里，也没吃过这么好吃的面！’这名乡间厨师，后来被招进皇宫当上御厨，专门给皇上做驴蹄子面去了！”

“还有这样的故事！走，咱走，到了咸阳，第一顿先吃驴蹄子面！”听我这么一说，他坐不住了。在去吃驴蹄子面的路上，他还津津有味地和我说着陕西面食的话题。

到了驴蹄子面馆，高个子、大眼睛的老板跟我是熟人，就问：“你还是老吃法，我知道要油泼的。这位老先生吃啥？”我说：“他是从上海来的客人，我的老朋友，他没吃过咱的驴蹄子面，我专门领他到你这儿吃面来了！跟我一样，也上油泼的！”

我特别叮咛老板：“面一定要给咱弄好，不要让人家上海人吃完后说，吹得美很，吃了一般般，也不咋样嘛！让人家笑话了，那就不美了！”老板接我话：“哥，你放心，我不让厨师上手，我亲自去做，绝对丢不了乡党你的人！”“你亲自去做，那肯定没问题！”我跟老板打着趣。

两大老碗的驴蹄子面端上桌，老编辑先是一愣，而后笑着问我：“这是驴蹄子面？我还真以为是拿驴蹄子怎么样做出来的？哎，我问一下，为什么把这种面叫驴蹄子面？”“你先吃面，尝尝味道再说！”我绕开他的问话，给他教怎么个搅面法：“吃面一定要把面搅匀，搅好！让每一根面条都要和空气接触上，要把面里裹着的热气放了，面才会挺，才会有筋骨，各种调味品的味道才会入到面里去，吃起来才香！”

碗内的驴蹄子面，是长约十厘米、宽约一厘米、厚约半厘米的四方棱子，如玉一样晶莹剔透，温润可人。夹一筷子送进嘴里，有了灵性的每一根面，咀嚼起来如驴蹄筋一样筋道而富有弹性。面碗里，下有鲜绿鲜绿的青菜与黄头白秆儿的嫩豆芽。红红的辣子面，还有翠绿的香葱，刚被滚烫滚烫的菜籽油泼过，鲜香扑鼻的辣香味，爨香爨香的葱花味儿升腾着、跳跃着。味蕾的闸门呼啦一下子被撞开了，人不由得立马要端起大老碗，美美地，解馋地吃上一碗。

老编辑被这一大老碗驴蹄子面彻底地吸引住了，低着头，自顾自地吃着。不吃辣椒的他，被辣得嘴里不停地吸溜着，头上已有热汗冒出，手中的筷子却不曾停下来。

他一边吃着面，一边感叹着："这驴蹄子面真好！筋道有味！味道不一般！味道不一般！"他摘下眼镜，用餐巾纸擦了擦脸上的汗，笑呵呵地夸开了，"开眼界啦！驴蹄子面，这么好的面！香，辣，香得过瘾，辣得痛快！"看来，我没征求他意见，就让给面里放了辣子是对的，吃面不放辣子，那吃个啥劲呀！

他把眼镜重新戴上，猛地想起来了，问我："你还没告诉我，这面为什么叫作驴蹄子面？"

"要问为啥叫驴蹄子面，那还得接着饭前的那个话题。唐太宗那次去九嵕山，随从要那名乡厨迅速做出好吃的饭来。乡厨想，关中道上招待人，就是一碗好面。擀面太慢，来不及，他就把和好的面，搓成粗壮的条子，一蛋一蛋地用手撕拽下来，下入锅内。盛到碗里的面，形状像驴蹄子，放了青菜、辣子、和葱花等调料，用热油泼过就端了上去。

"唐太宗吃完面，觉得味道特别好，就差随从去问这是什么面？这种面，是乡厨灵机一动做出来的，他也不知道该叫什么面，总不能胡乱叫个疙瘩面之类的名字吧？他急得不知如何是好。

"突然，院子里的毛驴，似乎闻着了面香，蹄子在地上咚咚咚、咚咚咚地刨着，响声很大。乡厨急得喊出了声：'驴，蹄子！'他的意思是，让家人快去照看毛驴，不要让毛驴蹄子在地上胡乱刨了。没想到，那随从以为这面叫驴蹄子，转过身就给皇上去禀报，说这面叫驴蹄子面。皇上听后，哈哈哈地笑出了声，说道，我看面的形状就像驴蹄子嘛，这驴蹄子面不单好吃，你们看看，这名字叫得多么好，多么生动！"从此，这种面就叫驴蹄子面了。

我给他讲着传说中的驴蹄子面故事，他听得认真，完后，又问起驴蹄子面的制作方法来。这时，忙完了的老板走过来，问我："客人吃了面，感觉咋样？"这正好解了我的围，我对老板说："不停地说你的面香，面做得好，他正问我驴蹄子面怎么个制作法，你是做驴蹄子面的专家，你给他说！"

"要选关中道上挑梢的好麦子磨成面粉，和面时，要加适量的盐。怎么样醒面，醒多长时间，把面和成怎么个硬度，如何揉到位，还有，驴蹄子面从先前的搓条拽撕成一疙瘩一疙瘩，到后来不断改良，就成今天的这个模样。"老板把制作方法详细地讲了一遍。最后又特别说，"泼油用的辣子面，一定要用陕西的线线辣子，线线辣子皮厚肉多，辣而香，出味，跟驴蹄子面才能搭配。"

老编辑听完，笑着说："哟嗬嗬，我明白，我明白啦！鱼香肉丝里并没有鱼，蚂蚁上树里不光没有蚂蚁，也没有蚂蚁要上的树。这驴蹄子面里也没有驴蹄子，但我觉得，驴蹄子面有的是嚼头与筋道，有的是陕西人的朴实大气，有的是深厚的文化！太好啦，太好啦！"

离开驴蹄子面馆，他喜滋滋地说："驴蹄子面真是好吃！我这次来，把陕西的面食吃一遍，回去后，我要写一写，在陕西吃面时那种酣畅淋漓的感受与体会，搞篇系列的散文出来！"

"好，你写，你以一个南方人的眼光来看，来吃，来写陕西的面食，会有新的发现，新的观点，会更出彩的！我等着你的系列散文出来，也让我好好学习学习！"我说。

拌汤

先和好面，把和好的面，在案板上揉成光亮光亮的面团，盖上干净的湿布，让面醒一会儿。随后，把这醒好的面团，放入盛有清水的面盆里，双手不断地、反复地揉搓着，把面团里的淀粉洗出来。这是做拌汤的一道重要工序：洗面筋。

洗面筋绝对是个慢活儿，心急，没有耐性的人是干不好的。

儿时，在老家大张寨，母亲每次做拌汤，我和两个弟弟就站在案板前，看着母亲在面盆里咚咚地一下子又一下子揉搓着那一疙瘩面团。喜不自禁的我们，脸上是掩饰不住的笑容，嘿嘿，我们家要吃拌汤啦！

拌汤，那是多么好的吃食！在那个难得吃上麦面的年代，有了麦面且能把它精心做成美味的拌汤，是一件奢侈的事儿，也是一件费时费工，麻烦的劳作。老家人吃拌汤，都是忙完秋收，到了冬闲时，母亲们才会偶尔做一回，给家里人改善一下生活。

吃拌汤，对村里的娃娃们来说，那是一件可以在玩伴们面前吹嘘一回，自豪一把的事儿。你看，吃了拌汤的玩伴，鼓着圆圆的肚子，在村街上没话找话地问其他玩伴："你屋里晌午饭吃的啥呀？"这是为了引出话题，把自己吃拌汤的事儿在玩伴们跟前显摆了。

玩伴们回答：玉米面搅团，或者玉米面饸饹。还有玩伴们说，吃的玉米面锅塌塌馍，喝的是玉米糁子。他们说出来的饭食，都是离不开玉米的杂粮。这时，吃过拌汤的玩伴就会把头仰得高高的，不无得意地说："我屋里晌午吃的是拌汤！好吃得很！拌汤里的面筋，吃起来比肉还香呢！"

呵呵，在玩伴们面前逞能显摆，是那些娃娃玩的事。大人们忙活着自己的事情，任由他们天上地上、云里雾里乱吹浪谝去。

我们还站在母亲身旁，母亲洗面筋的双手，在面盆里一刻没有停过。一番辛劳之后，她终于把面团里全部的淀粉洗了出来。面盆里的清水，已变成白白的淀粉水，剩下的面筋颜色偏黄，看上去像是软软的腐竹。

母亲把先一天从村街上买的两个西红柿、一小块豆腐，一把小青菜，还有几根蒜苗在案板上切了。西红柿切得碎碎的，是为了把汁炒出来，豆腐切成小丁丁，小青菜只从中间切一刀，蒜苗先顺长从中间划出几刀，再横切成细碎的蒜苗花花，这是母亲给拌汤里准备臊子。

切完菜，母亲要炒臊子了，我急忙划着火柴，在灶膛里开始生火。“不急，不急，还没给锅里滴油哩！”母亲不说给锅里倒油，而是说滴油。

那时，生产队一年分给各家的菜油，也就四五斤的样子吧。母亲把分回来的菜油，灌入那个外表为土红色，并不怎么大的油罐罐里。逢年过节，家里来了亲戚要招待，这一罐罐油平常是很少吃的。偶尔，给长把燣菜铁勺里滴几滴油，在灶膛里燣一点葱花或蒜苗，当成下锅菜，倒入一大锅饭里，算是有了一点儿油星星和菜花花。油紧缺，从母亲给锅里“滴油”的词语里，就可以听出来油是多么金贵。

切好的菜放入滴了油的锅里，吱啦啦地响着，母亲用锅铲当当当、当当当地翻搅着。坐在灶膛前的我拉着风箱，蹲在一旁的弟弟，把一截截折好的干玉米秆递给我，看着灶膛里的火，我时不时把这短截截玉米秆塞进去。油的香味，混合着西红柿、豆腐、青菜与蒜苗的不同香味，从那口老黑锅里弥漫开来。许久见不上油水的我们弟兄三个，闻着那味儿都香得不行，盼着拌汤早点儿做出来。

母亲从锅里盛出燣好的臊子，把洗出来的白白的淀粉水倒入锅里，又加入几碗清水。该大火烧滚水了，我给灶膛里不断地加着玉米秆，哐当哐当，使劲地拉着风箱，大火在锅下呼呼燃烧着，有火舌不断蹿出灶膛口，烤得人脸上热热的。

不大一会儿，锅里的淀粉水咕噜咕噜地沸腾起来。这时，母亲把洗过淀粉的面筋绕缠在两根筷子上，在滚烫的锅里，顺着一个方向快速地搅动着。母亲说："要顺着一个方向不停地搅，搅出来的拌汤才会光滑，面筋，也就成了好看的絮絮子，吃着才香！"

母亲筷子上的面筋，在锅里一点点地变小，最后，全部化解在锅内的淀粉水里。被化解开的面筋，像瘦肉一样，一绺絮儿一绺絮儿，看着都是个香。最后，母亲把爊好的臊子倒入锅里，用铁勺搅匀。

好啦，一锅香喷喷、馋人的拌汤做好啦。把馍可以泡进拌汤里吃，也可以喝着拌汤，吃着馍。红红的西红柿、白嫩白嫩的豆腐丁丁与翠绿翠绿的青菜，还有提味的蒜苗，真是要香醉了人。喝上一口拌汤，拌汤进入喉腔的那个光滑顺溜劲，油炒过的几种蔬菜的美好滋味，不由得让人要舒舒服服地哎一声，真不知用什么语言来形容那个美。喝着拌汤吃着馍，另外嚼着似瘦肉一般的面筋，真比吃肉还要香。

跟八十岁的老母亲说闲话说到了拌汤，说起我们小时候，她做的拌汤的那个香，那个美味来。眼不花耳不背，身子骨硬朗的母亲笑着说："我娃想吃他妈做的拌汤了，妈明天就给你做！"有娘真是好啊，这个年岁的我，还能吃上母亲亲手做的我们儿时难忘的吃食。你说，什么是幸福，什么是快乐，这不就是一种幸福，这不就是一种快乐吗？

明天，我会帮着母亲做一顿拌汤，让我好好回味回味小时候吃拌汤的那种味道。那种味道是长久记录在味蕾里，铭刻在记忆深处，任何时候都难以忘却的呀！

老鸹𬌗

老鸹𬌗（sǎ），是关中道上著名的一道面食。

“老鸹”，本应念“lǎo guā”，而关中话却读“lǎo wā”，老鸹是指乌鸦。“𬌗”，关中话中把“脑袋”，也就是“头”叫作𬌗。其实，𬌗字是由“月、夭、韭”三个字组合而成的一个字：“月”字在左，右上边是“夭”，“夭”字下面是一个“韭”字。

这个字，字典里没有收录，电脑上用很多输入法也打不出来。陕西𰻞𰻞面的“𰻞”也是这样的一个字，它在书面语里没有可替代的同音字，只能用拼音来标示。

老鸹𬌗饭馆的招牌与菜单上，𬌗用拼音就不伦不类了。这难不住那些老板，他们请电脑高人在电脑上把“月夭韭”三个字，制作成一个完整的字打印出来；或者请书法家题写了招牌，刻制后再悬挂上去。

嘿嘿，有了真正𬌗字的招牌，还原了字的本意，看上去就不一般，就亲切自然。这些“老鸹𬌗”店，老顾客不用说，自己会寻了来。每到饭口，路过的行人抬头看到招牌，会对同伴说了：“这儿有一家老鸹𬌗店，咱中午就吃老鸹𬌗吧！”

外地来的游客看到招牌，不认识那个由“月夭韭”组成的𬌗字，也会心生好奇，跨进店子品尝一下这道关中美食。你别说，那些老鸹𬌗的店，各家有各家的特点，各家有各家的风格，个个生意红火。

一道吃食的名字，先解释了大半天，看来，这道面食是有故事，有特点的。

是的，老鸹𬌗是有故事，有特点的。相传，西汉时，骁勇善战、被称为

“飞将军”的名将李广，任上谷太守时，天天与匈奴交战。一日，李广的军队与匈奴兵激战正酣，李广使出了“佯败”之计，命令部队快速南撤。一边撤退，一边故意丢弃兵甲，连吃饭的锅也给扔了。匈奴兵一看，汉军连锅都扔了，愈发骄狂，愈发狂妄起来，认定李广的军队是不要命地逃窜了。不可一世的匈奴兵，紧随汉军之后，穷追不舍。

把匈奴兵甩出一大段距离，李广认为，已达到麻痹敌军之目的。他让士兵以草木枝条为筷，以头盔为锅，将面粉加水快速搅成团块拨入头盔中，入野菜烹之。吃饱了饭的士兵精神大振，李广立即排兵布阵，把追上来的匈奴兵打得落花流水，聚而歼之。

汉武帝时，已召为未央宫卫尉的李广，和武帝说起这一往事。武帝听后，命御厨以其法精做，他和大臣们要尝一尝当年李广和士兵们激战中吃过的饭食的味道。武帝吃完，意味深长地说：“匈奴以乌鸦为吉祥鸟，此食酷似乌鸦头，就把它叫作‘老鸹䥶’吧！众臣们平日都要吃一吃这‘老鸹䥶’，时刻不要忘记了边关之虞，要永保我大汉江山稳如泰山！”

此后，老鸹䥶风行宫廷与军中。很快，老鸹䥶的做法也传入了民间，百姓们因其为“飞将军”李广北击匈奴时所创，汉武帝赐其名而推崇之，又因这一吃食做起来简便快捷，其滋味悠长而盛行关中。吃老鸹䥶，从西汉一直传承到了今天。

这一久远的传说，给老鸹䥶增添了神秘浪漫的文化色彩。啧啧，你听听，老鸹䥶，名字多么彪悍霸气，多么掷地有声，多么铿锵有力。没错，一道面食，彰显出了关中大汉的一种硬朗，一股豪气。

儿时，在老家大张寨，邻里乡党在村街上相遇了，就问：“晌午饭吃了吗？吃的啥呀？”接话人常会响亮地回答出三个字：“老鸹䥶！”

老鸹䥶，相比关中道上其他讲究的面食来说，它是一道简约而富有神韵的面食。老鸹䥶做起来不事雕饰，粗犷大气，具有一种与老秦人简朴实用、注重结果相依相符的精神气质。

说起老鸹䥶的做法，真不复杂。把一碗上好的面粉，用水和匀，想吃硬老鸹䥶的，少加点水；想吃软的，多加点水。然后，顺着一个方向用力搅拌，搅，不断地搅，要把面粉里的筋丝彻底地搅拌出来。搅面，手上有劲的男人最好上手，他们搅出来的面筋性大，做出的老鸹䅟更光滑，更筋道，更有嚼头。搅好的面，放置一个多小时，让面醒一醒，让面自身的活力，让面的精气神充分地散发出来。

醒面的空隙，着手准备老鸹䅟要用的臊子。把油烧煎，提味的葱花刚一下油锅，立即把切成小丁的西红柿放入，西红柿炒成不见块的糊状后，再把红萝卜、豆腐与切成大段的青菜放入，噼里啪啦翻炒几下就出锅。否则，红萝卜炒熟后不脆，会发出甜味，青菜也会被炒蔫，没有了鲜活劲。臊子炒好铲出，搁一边待用。

再给锅里加水烧开，放适量的醋，熬煮一会儿，杀掉生醋的酸，随后加入盐，再烧几分钟。

臊子已炒过，酸汤也已熬制好，这时，把醒好的面端过来，一筷子接着一筷子夹了面团，下入烧好的酸汤锅里。夹入锅内的面团大小，根据自己的喜好而定。下入开水锅里，两头尖、中间圆，极像了乌鸦头的面团，犹如洁白的玉团，在锅里上下翻滚着，煞是好看，煞是可爱。

老鸹䅟煮熟后，下入炒好的臊子，把备好的紫菜撕碎，放入汤中。最后，把搅拌好的鸡蛋液，均匀地倒入滚烫的汤里，蛋液入汤后迅即散开，变成一层漂浮在汤上好看的蛋花。

一锅呼噜咕噜冒着热气，看着就馋人，看着就让人流口水的老鸹䅟做好啦。红红的西红柿汁儿，脆生生的红萝卜，白嫩白嫩的豆腐，绿莹莹的青菜，漂浮在汤上丝丝缕缕的紫菜与黄亮黄亮的蛋花，配着口感柔滑、筋道而有嚼头的老鸹䅟，呼噜噜、呼噜噜往嘴里刨。中间，喝上一口色味俱佳的老鸹䅟酸汤，呵呵，这碗口感丰富、层次分明的老鸹䅟，具有了一种醉人的说不出来的美。不多说了，老碗里的老鸹䅟正热乎着呢，快快吃吧！

寒冷的冬日，一大碗煎火的酸汤老鸹䅟下肚，头上已有热汗冒出。老鸹䅟那个贴心暖胃的舒服劲，那种酣畅淋漓的感觉呀，真是好得没法说。在老家村子，常见村人在老槐树下圪蹴着，吃完老鸹䅟，拿着筷子与碗的双手背在身后，嘴里哼着“啷里个啷里当”的小曲回家去了。

吃老鸹䅟，可丰可简，简约如我们当年食材并不多的那种吃法。要丰盛，上八珍、中八珍与下八珍均可往里放。街上的老鸹䅟饭馆，就有许多的名堂，诸如鳖汤老鸹塍，各类海鲜老鸹塍等，名目繁多，不一而足。

也许是吃惯了小时候的老鸹塍，我总觉得，素菜臊子的老鸹塍清爽利口、清淡本真，更合我的口味。

说“咥”

关中话里，读音“dié”的咥字，秦人习惯性将字音咬得重，说起话来铿锵有力，透射出一股硬朗与果敢之气。

这看似简单的一个“咥”字，从读音这一侧面，反映出了秦人的性格特征与精神面貌。

“咥”字，另一发音为xī，指笑貌，笑的样子。它表达的意思，被关中人很微妙地带到那个读作dié的咥字中去，二者有机结合，相得益彰，形成另外一种特殊语境，此中之独特意趣，只有本地人才懂。

咥字，左为口，右为至，从字形字面上看，口开至到，口至紧紧相依，口一开人就到，说到做到，说了的事马上就办！是的，关中人说话办事，啥时候都来得直接，来得干脆，没有中间地带，不会曲里拐弯，不会拖泥带水。

关中话里，咥字，咬、啮的本意已不再使用，现常用其引申之含义。引申含义有二，一是指吃饭，二是指做事，干活。

吃饭，关中人常常不说吃饭而说咥饭。咥饭，豪爽大气，只有咥饭才会吃得酣畅淋漓，才会吃得有声有色，才会吃得馋人，才会吃得过瘾。

咥，在关中话里，是一个热气腾腾，是一个神采飞扬，是一个大气恢宏，是一个精神饱满豪情万丈的字。

先说咥饭。关中道上，盛产品质优异的冬小麦。用冬小麦磨成的面粉洁白如雪，这面粉一见水，柔韧光滑而富有筋道，可以做出花样繁多的各种面食来。

关中人是面肚子。呵呵，这个时候，一碗带着油泼辣子的裤带面，已盛在了硕大的耀州老碗里。筷子挑起一尺多长，被辣子染得红红的裤带面，一头在嘴里，另一头还盘绕在那大老碗里。啧啧，就是这个美妙的瞬间，被那么多画家、雕塑家作为创作素材，创作出了意趣盎然，让人不禁要笑出声来的佳作。关中人咥面不咀嚼，长长的裤带面，是直接吸溜，直接咽进肚子里去的。

咥着这又长又筋道的裤带面，发出稀里呼噜的响声，还有咬一口生蒜瓣的咔嚓声。这带了响声，带了滋味，带了快乐气氛，让人垂涎欲滴的吃面场景，把那诱人的面香，生动充分地表现了出来。

儿时，在老家大张寨，晌午饭时，时常看到从地里回来，劳累了大半天的邻里乡党们，他们每人手里端着一个大老碗走出了家门，碗下的手里，有一头大蒜。

三五成群的他们，或圪蹴在巷口的大槐树下，或圪蹴在大槐树不远处的碾盘子旁。"老碗会"开始啦，在重体力劳作之后，在饿透饿极之时，他们以这样的姿势，以稀里呼噜的咥面声，以十分享受的表情，美美地咥着家里人擀出来的裤带面。一大老碗裤带面就着生大蒜，狼吞虎咽，风卷残云般地咥着。此时，他们的脸上已有汗水流下。咥面就是咥面，不是表演给谁看。咥饱面，后晌，地里还有苦累的活儿等着他们要继续干呢。

咥，是秦人的习俗，是秦地秦人的进食方式。咥面，是他们的快餐，无须庄重地端坐于桌前，也无须那么多讲究，一碗裤带面下肚，再喝上一碗原汤化原食的面汤，响亮地打过一个饱嗝，嘿嘿，那个滋润与谄活劲呀，真是美得没法说！咥，是秦人一种具有鲜明特征的吃的方式，是一种生活状态，是他们原生态的一种生活习性。

如今，在街上的面馆里，常见一些人故意把面挑得高高的，摆一个姿势让人拍照后，发到朋友圈里秀一下，还给上面标注了醒目的两个字：咥面。那是在玩，是为了博取眼球的戏耍，哪里是咥面？如此吃面，断无真正咥面的那种美好感觉，体会不到那个快活与那个享受的味道。

不光扯面，吃𰻝𰻝面、油泼棍棍面、干拌臊子面、礼泉浇汤烙面、驴蹄子面、岐山臊子面等面食，都能体现出咥的神韵与风采。羊肉泡馍，还有葫芦头泡馍，往嘴里呼啦啦一口口刨着，也是咥的一种姿态。就是一根生葱就馍，在咀嚼与吞咽之中也会咥得豪迈奔放，也会咥得有滋有味，也会咥出另外一种美好的姿态来。

在关中，吃的这一本能行为，通过咥的形式，演绎成为一种具有地域特征与地域色彩，洋溢着浓厚乡土气息的文化景致。

关中人喜用咥，带着秦风秦韵的咥字，外地人真正要理解这个字，能看懂高亢激越、热耳酸心、豪迈大气的秦腔，就能体味出“咥”字的真实意味，就能体味出它的情感色彩，就能体味出那个生动鲜活劲。

◆第五章　游学博闻见贤思齐

心有所依——人生才会一路芬芳

阎纲老师说：《心灵的对立构成艺术哲学，艺术的魅力源于真善美和假丑恶的势不两立。理念的冲突、情欲的碰撞、生死的较量、两难的选择、梦想的追逐，或渺茫的苦撑，都韵味悠长，扣人心弦，突显出深度的人格美、人性美。我喜欢雨果说的这句话：「在主义之上我选择良知，在冷暖面前我相信皮肤。」》

珍寿阎老师

我的老师阎振维先生，今年是珍寿之年。九十五岁的阎老师面色红润，耳聪目明，思维清晰。仁者寿，智者寿。许多人说，仁和智阎老师都占了，阎老师能不高寿康健嘛！

阎老师家在礼泉县城阎家什字。从西北大学历史系毕业后，阎老师先在中学教书，后调入昭陵博物馆，是著名的文史研究学者。在礼泉县，阎氏家族书香传世、文化之家的名气很大。

阎老师的祖父是私塾教师。其父亲阎景超（又名志霄），是阎氏家族中最早接受新文化的人，是五四运动后礼泉县著名的文化人士。九一八事变后，《松花江上》歌词作者张寒晖和阎老师的父亲一起在陕西民教馆从事抗日演出活动。西安有史以来第一个正规话剧组织“西京实验剧团”，就是阎老师的父亲和张寒晖发起的。接着又组建了有相当影响的大型剧团“西京铁血剧团”，阎老师的父亲任团长。

阎老师叔父阎景翰，笔名侯雁北，作家、学者、陕西师范大学写作专业教授、国家有突出贡献的专家。老先生一生崇敬鲁迅与孙犁。鲁迅的韧战精神、孙犁的淡泊为文，铸成了他的灵魂。多年前有人说：“侯雁北是陕西的孙犁。”著名作家陈忠实也曾说：“侯雁北是陕西文坛一棵大树。”

其弟阎纲，是著名的编辑家、文学评论家与散文家。参与编辑或主编《文艺报》《人民文学》和《小说选刊》等多种报刊，出版评论集、随笔、杂文与散文集二十八部。其堂弟阎庆生和阎琦，分别是陕西师范大学、西北大学教授，是研究韩愈、鲁迅与孙犁的专家，有多部专业著作出版。阎老师儿子阎可行，是剧作家、作曲家和秦腔音乐理论家。

阎家一门多俊杰，名人辈出，星光灿烂，他们不仅是阎家的荣光，也是故乡礼泉的荣光。说起阎家，礼泉人对他们一家人的人品与学识无不称赞而钦慕。

忝列阎老师学生的我，马齿加长，学业愧无长进，尽管有诸多原因，但不管怎么说，我是赧颜与不安的。赧颜也好，不安也罢，老师就是老师，怎能忘了老师教我之情？看望老师我是真心实意，是从内心里想要去了的。

看望阎老师那天上午，和煦之冬阳如同春日一般温暖。到了阎老师居所，戴着眼镜的阎老师，静静地坐在床前小桌旁正写着文章，稿纸旁放着放大镜。桌面一角，是一摞子书报。阎老师一生著述颇丰，发表了大量的文史研究文章，他从参加工作至今，每年都订阅有多种报刊。已95岁高龄的老人了，每天都要读书看报，每天都在孜孜不倦地写作。眼前这一幕，让我这个年轻的学生不由得感动，不由得肃然起敬起来。

阎老师看我来，摘下眼镜，说："腾驰，坐，快坐。我给你拿核桃，你看，那里还有不少吃的东西。"说着话，他起身，要到小桌子对面去拿。我慌忙挡住他，说道："阎老师，不拿不拿，不吃！您快坐下，快坐下！"

阎老师坐下，把小桌子上正写的稿子，往桌边挪了挪。"阎老师，您看上去气色很好，身体好，这比啥都强！您身体好，是我们这些学生最高兴的事！"我先问老师身体好。阎老师仍是当年那么谦和，笑着说："老了，老了，不中用了。""阎老师眼不花，耳不背，一定能活过一百二十岁！"我话还没说完，阎老师笑呵呵地说："活一百二十岁？活一百二十岁还得了？"

我和阎老师说起当年他在礼泉一中给我们上课的事儿。阎老师从昭陵博物馆退休后，被礼泉一中聘请去给我们上历史课。他说，你们班，就在进学校大门后往西拐，最西南角的那间教室。又说，你那一班都有谁谁谁，还有谁谁谁，他都记得清清楚楚。阎老师记忆力惊人，三十多年了，一些联系不多或没有联系的同学，他们的名字我都记不清，记不起了。

说到阎老师给我们讲唐代边塞战争时，提到陈陶《陇西行四首·其二》的诗句："誓扫匈奴不顾身，五千貂锦丧胡尘。可怜无定河边骨，犹是春闺梦里人。"我把阎老师当时是怎么讲的，是怎么样一副表情，是怎么样写的板书，还有我和同学们听完他课后的感触感想，说给阎老师听。阎老师慈祥地笑着，而后说："那时，你们那一班同学学习积极性确实高，是全身心投入，真正学进去了！"

我记得很清楚，每到给我们上课时，中等身材，穿着蓝色中山装的阎老师，手里提着一个黑提包，里边装着教案和正写着的文章与稿纸，早早就从县城的家里步行到学校。课后，我们围着他，问课堂上没听明白的问题，他一个问题一个问题耐心地给我们讲清楚。

有时，阎老师上完课，我们是自习课，他就坐在教室后面的空桌上，从提包里拿出他正写着的文章，或修改，或誊抄。我和同学们知道，阎老师在报刊上发表过许多文史专业方面的研究文章。他坐在我们教室里撰写文章，让我们这些学生非常自豪。嗬，等这篇文章在报刊发表了，我们会在别班同学面前得意地说，你看到的阎老师那篇文章，是在我们上自习的教室里写出来的！

在县城街道，我几次见到阎老师从西北关走过来，两只手捏着刚用糨糊粘上口的大信封的两个角，提在胸前。手捏的信封口那一头还是湿的，那是他去县邮局给报刊投寄稿件。

我说过去的那些事情，阎老师谦虚地说："你把几十年以前的事，还都记着。别无他能，我只会写点东西，啥也不会干。"说完，他就转换了话题。阎老师一辈子不事张扬，啥时候都低调做人，谨慎谦逊，扎实地做着他的学问，赢得了人们对他的尊崇与敬仰。

阎老师说，我村子大张寨他去过多回，对大张寨很熟。我知道，编写县政协文史资料时，阎老师多次走访过大张寨马家巷、商家巷与应家巷里的好几位老革命、老教育家。他把他们的名字、年龄与事迹，都记得一清二楚，丝毫不差。

给我们在礼泉一中带课后没过几年，阎老师又被聘请去给铜川矿务局焦坪矿中高三学生带过一年课。那时，我已在焦坪参加工作，和阎老师在异地相逢，欣喜至极。家也在焦坪矿中学的我，和阎老师天天相见，晚饭后，和他一起去学校的操场上散步。近距离接触，我从阎老师身上学到了更多做人、做事与做学问的道理，收获多多，让我终身受益。

也是在那个时候，爱好文学写作的我，发表了一些作品，准备出一本小册子。我壮着胆子，请阎老师给在北京工作的家弟——著名文学评论家阎纲老师说一说，给我要出的小册子写个序。很快，阎纲老师写的序就从北京寄来，惊喜万分的我，不禁诚惶诚恐起来，阎纲老师那么大的一位名家，给我这个稚嫩青涩的文学青年出的书写序，让我不知说什么好，不知用什么语言表达感激之情！阎纲老师写的序言，后来在多家报刊发表，并被收入《礼泉县志》。

我和阎老师说起焦坪的许多人和事。阎老师说，焦坪矿中学的教师，有咱县上的李瑞堂老师，有你父亲，有魏作云，还有咸阳秦都区的谷安军老师。他把他们每一个人当时做出了什么成绩，办了什么重要的事，都记得清清楚楚。

阎老师为家乡文化事业的发展竭尽全力实心实意做着事。他在昭陵博物馆工作时，就托其弟阎纲老师，请一位名人给馆里题写馆名，阎纲老师考虑再三，最后请著名教育家叶圣陶先生题写了馆名。叶老题写的清秀俊美而又骨力刚健的黑底金字馆名，现在还悬挂在昭陵博物馆雄伟高大的仿唐门庭前。阎老师多年被县政协聘请，编写了多期文史资料，为礼泉撰写保存、收集整理了大量珍贵的文史资料，功莫大焉！

要告辞阎老师了，我拿出咸阳著名画家董学颜先生书写的一幅红底篆体寿字送给他。阎老师客气地说："你看看，这又麻烦了画家和你。"照相时，他说，逆光照出来不清晰，咱正对着光照好一些。啥时候，阎老师都那么细心，他从小桌旁站起，走过来，要站着和我合影。我慌忙拿来凳子，让阎老师坐下，蹲在一旁的我，和拿着红底寿字的阎老师照了一张合影照。衷心祝福已珍寿之年的阎老师嘉祥延集，福寿康宁！

拜望阎老师，我有了很多的感慨与感动。珍寿之年的阎老师仍然不断地学习着，仍然笔耕不辍，我这个丢弃了文学写作二十多年的学生在感慨感动、敬仰钦佩之余，应以千倍万倍的努力奋力朝前奔去才是啊！

拜望阎纲老师

初冬的阳光温暖如春，这是一个难得的好天气。在这样的天气里，去拜望令我崇敬的阎纲老师，是一件让人心花怒放，有了满满喜悦的事情。

阎纲老师是我国著名的编辑家、评论家、散文家。曾任中国当代文学研究会副会长，中国新文学学会副会长，现为“两会”顾问，中国散文学会顾问。参与编辑或主编《文艺报》《人民文学》《小说选刊》《当代文学研究丛刊》《评论选刊》《文论报》《中国文化报》与《中国热点文学》等报刊。出版评论集、随笔、杂文和散文集二十八部。礼泉县政协文史资料出版专辑《阎纲专辑》共三卷四册。

阎纲老师的著作多次获中国当代文学研究学会“研究成果表彰奖”“中国新文学学会优秀论文奖”。《知识分子的悲剧》曾获“《红旗》杂志首届优秀论文奖”，《我吻女儿的前额》《三十八朵荷花》分别获“首届冰心散文奖”“感动中国的爱情故事奖”，《美丽的夭亡》和《孤魂无主》分别获“徐迟报告文学大奖”与“老舍散文奖”等多种奖项。

阎纲老师是中国文艺界的一面旗帜。他爱憎分明，不虚与委蛇，最恨“谋财害命”。他醉卧书林，寄情电脑，他的评论著作是水中吐出的火，不避锋芒，仗义执言，义愤中显露真知灼见，体现出其刚烈不屈的性格特点。他的散文作品是火中生出的莲，是热血浇灌出来的苦参，或深情吟唱或长歌当哭，人生酸甜苦辣的诸般滋味尽在他至情至性、率真细腻，具有温度的文字中，亲切得似乎和家人说着知心话，万般柔情温暖了人心，照亮了人们前行的道路。

阎纲老师以冷峻犀利而又温情婉约的一支笔，以其“生前有血气，身后有骨头”的人生信条，构建出结构繁复宏阔、雄伟高耸的精神文化大厦。走进这座大厦，会让人目不暇接，会让人精神昂扬，会让人味蕾大开，贪婪地吸收可以育养壮大精神生命的丰富营养。

我敬仰阎纲老师，敬仰他高尚的人品，敬仰他的铮铮风骨，敬仰他高深的学养与谦逊低调的做事风格。

二十九年前，我还是一个毛头小伙子时，阎老师那么大的一位名家，为我这个蹒跚学步的文学爱好者出的一本小书写了序。他在给我的序言中，历数古今名人之成长道路，为我指明了文学创作的路子该怎么走。他说："家乡的土地和外婆的怀抱往往是作家的摇篮。就在这土地上沉下去吧，家乡的土里有油，永远榨不干！"他还鼓励我："丹凤人贾平凹写不尽商州世事，写不尽的礼泉人情正塑造着自己的贾平凹！"该序言随后被收入《礼泉县志》，并在多家报刊发表。

有愧阎老师厚爱，在这之后，为生计所迫，惶惶然如丧家之犬的我，颠沛流离，东奔西跑，先下云南，又赴山东，再走湖南，为的是讨一口饭吃。一转眼，丢弃手中的笔已二十多年了，前年后半年，我才旧梦重温，拾起笔来开始写点儿东西。说真话，这次去拜望阎老师，欢喜之情中还夹杂着深深的惭愧与不安。

到了，到了阎老师的居所！我和郭立老师刚一进门，面容清癯，精神矍铄的阎老师就问："腾驰说早上来，咋到现在才来？"我忙说："我先去看望了我那位阎老师，和阎老师说了一个多小时的话。那位阎老师是阎振维老师，他是阎纲老师的兄长，是我在礼泉一中上学时的历史老师。"阎纲老师笑着说："好，好，应该，应该先看望你老师！"

我拿出了咸阳著名书画家董学颜先生写的篆书红色"寿"字，送给阎老师，祝他福寿康宁，幸福快乐。他笑着说："好，来，咱合个影，难得腾驰一片心意！"照完相，先生去里间拿出了一幅书法。对我说："听说你来，昨天下午给你写了字，写了三幅，给你挑了一幅。写字的地方没暖气，把手冻僵了！"先生给我题写"纵横腾驰"四个大字，并落了长款。我和阎老师平拉着书法作品，阎老师读了一遍他写的内容，说："名字叫马腾驰，马——腾——驰，就要'纵横腾驰'！"

阎老师又拿出四本礼泉县政协文史资料研究室内部出版、精装带盒的《阎纲专辑》，给在场的郭立老师说："我跟前只剩这一套书了，把这一套先送给腾驰，你完后再给我补一套过来！"说完，他在扉页上，以从容舒展、苍劲有力的硬笔书法为我留言："家史国史文化史尽皆痛史！历史在悲剧中推进！"并署名钤印。

忙完，阎老师对我说："腾驰，你坐下，坐在沙发上，咱说说话。"我给阎老师说了我这么多年走过的不太顺当的人生路。听完我的话，坐在对面藤椅上的阎老师半天没有言语，而后说："不要紧，艰难的生活是一段历程，也是一笔财富。作家成名大抵在四五十岁，中国人有一句话叫作大器晚成。你的《背馍记》影响很大，有《平凡的世界》与《红与黑》的味道。背馍上学，是几代人的经历，我也背过馍。当年，我背馍上的是昭陵中学。平凹给你的新书《背馍记》写的序我看了，写得好。我希望把他写的序在《中华读书报》上发一下。"

"现在，你生活安定下来了，就继续好好写吧！"坐在藤椅上的阎老师停顿了一下，问我："腾驰字写得不错，受没受平凹的影响？"我回答："贾老师字写得好，向贾老师学习着。小时候，我父亲多年要求我，每天临写一篇大字，一篇小字，再写一篇日记。我字写得不好，请阎老师多批评，多指教！"

啥时候，阎老师都忘不了给晚生后辈多打气，多鼓劲。从文学到写字，阎老师给我打气鼓劲的话，让我从内心充满了对先生的感激之情，也给了我不断努力、奋力向前的精神力量！

阎老师是一位极重乡情的人，从柳青、杜鹏程、王汶石，一直到路遥、陈忠实、贾平凹、邹志安、王愚、李星等，陕西的作家与评论家，阎老师都极力推荐。说到了家乡礼泉县的《嵕山》杂志，阎老师说："我从杂志上读到你的《打铁花》，写得很好，还看到县上一位年轻作者赵普东的散文，很有潜力。我让人把作者约来，跟他见个面，该鼓励的就得鼓励。"

《嵕山》是家乡文联办的一本文学杂志，每期阎老师都要细心阅读，从中发现苗子，给予提携扶持。这么多年来，阎老师一直关心支持着家乡的文学事业，让人不由得为之感动。

该吃中午饭了，我问阎老师："咱中午一起吃饭，您看吃啥呀？"阎老师看了我一眼，又转过头去，似乎在征求郭立老师意见："羊肉泡！""好，阎老师，咱就吃羊肉泡！”郭立老师笑着接话。

到了羊肉泡馍馆，阎老师一边掰着馍，一边和我们说着话。阎老师喜欢京剧、秦腔，说起了他小时候看秦腔戏的经历。他说：“我五岁时，就被父亲领着去看戏，爱秦腔爱了一辈子，年轻时就会拉二胡、板胡和小提琴，秦腔许多的戏本我都能背，能唱下来。是秦腔，给了我很多写作上的灵感，很多的帮助和滋养。”

说起秦腔，阎老师有很多的话题，有很多自己独到的认识与见解。是秦腔启蒙了他，给了他做人做事的准则。是高亢激越、热耳酸心的秦腔给了他宁折不弯、傲然挺立的精神气质。秦腔、秦人，秦人，秦腔，这是他永远不会改变，坚强地放射着光芒的底色。难怪，阎老师对秦腔一往情深，时时念起。他曾深情地说过：“戏曲是我毕生在读的艺术学校。”

说到长篇小说创作，阎老师说：“长篇小说结构复杂，人物、情节、场景与故事推进等，都要精心安排，要连接有序，要气息贯通。从开篇到高潮、到结尾，都要吸引人，要有强大的艺术张力与冲击力。否则，读者看不下去，读者是买方市场啊！”

听完阎老师讲如何才能写好长篇小说，我想起了他曾经说过的两段话：“文学是人学、情学，人的情欲学，韵味十足，它以火样的热情催人奋进，以莲一样的佛光净化心灵。”“心灵的对立构成艺术哲学，艺术的魅力源于真善美和假恶丑的势不两立。理念的冲突、情欲的碰撞、生死的较量、两难的选择、梦想的追逐，或渺茫的苦撑，都韵味悠长，扣人心弦，突显出深度的人格美、人性美。我喜欢雨果说的这句话：‘在主义之上我选择良知，在冷暖面前我相信皮肤。’”

什么是文学？什么是我们真正需要的文学？阎老师的话单刀直入，直击要害，给了我们准确生动的回答！喜爱文学创作的我，当细细领会之，慢慢践行之。

八十八岁高龄的阎老师不知疲倦，谈兴甚浓。毫无架子，平易近人的他就像我们自己家里一位可亲可敬的老人。聆听他的教诲，如醍醐灌顶，先生精到的识见与观点，我牢牢记在心间！

衷心祝福阎老师喜乐平安，康健长寿！

给贾平凹先生送请柬

2018年4月22日，是儿子马博和儿媳吴荣杰两个孩子的婚礼庆典。

我们夫妻俩要持孩子的结婚请柬登门邀请一位重要的尊贵的嘉宾。去西安城里邀请的这位尊贵的嘉宾是谁？他就是中国作协副主席、陕西省作协主席、著名作家贾平凹先生。

在那家最大的婚庆用品商店里，我精心挑选了一帧喜庆大方、十分考究的结婚请柬，恭恭敬敬地填写了请柬内容。两个孩子得知我们要去请大名鼎鼎、在他们心中具有至高位置的贾平凹老师时，闹着要跟我们一起去。

我们一家三代人都是贾平凹作品的忠实读者。父亲在世时，20世纪七八十年代，他常从他任教的铁中图书馆借来登有先生作品的文学杂志。他读完，我跟着读。看完归还，再借其他登有先生作品的杂志。先生报纸上刊登的作品，父亲都一一做了剪贴，几本厚厚的剪贴本，就成了我心爱的宝贝。那时，正上初中的我，课余时间就要拿出读读，细细咂摸作品中的滋味，感知先生观察生活的精细与用笔的神妙。先生作品，特别合我的口味，每每读之，都是一次心灵放飞的过程，都是一次快乐的享受，让我喜不自禁，忘记春夏秋冬，不知今夕是何年。

当我把这几本剪贴本放在先生的面前时，那剪贴本与贴有先生文章的剪报其纸质早已变成了土黄色。从这几本剪贴本上，先生看到了我们父子俩对他作品的喜爱程度之深，看到了我们长时期悉心珍藏他作品的一片真心，这已是几十年以后见到先生时的事情了。

上学时，之所以我作文写得比同学们好，是因为与爱读、常看先生与其他大家的作品有密不可分的关系。长大后，从学校毕业走向工作岗位，先生的作品不断发表、出版着，我也不断地买着他的新作，不断地读着，家中的书柜，我专门开辟出了一组存放先生各种版本书籍的专柜。先生的作品，一路滋养、伴随着我成长。许多朋友打趣说，我是半个贾平凹先生研究专家了。这些年，爱文学、爱文字，还能写一点东西，与读先生的作品，多次登门聆听先生之教诲，感知学习先生如何做人，如何作文，是有绝大关系的。

喜爱先生的作品，多年一直读着先生的作品，难免在家里的饭桌上，一家人灯下闲话之时，常说起先生与他的作品。儿子马博受他爷爷和我的影响，从小就文采出众。喜爱文学的他，也自然就成了先生作品的读者，由爱读而爱写，于是，有不少作品在外发表并获奖。真是应了那句古话："不是一家人，不进一家门。"马博的对象吴荣杰，不管是在中学还是到了大学里，都喜欢看书，阅读面广，她也非常喜欢读先生的作品，一本又一本地读，有对先生作品颇有见地、颇有思想的读后感。呵呵，我们家又多了一个小"贾迷"！

这样的情况，孩子们要跟我们一起去先生处送请柬并邀请先生参加他们的婚礼，能不让他们去吗？肯定得让他们去呀！我说："好，去！一起去！你们举办结婚典礼，这是人生的大喜事。贾老师知道了，肯定会很高兴的！"老读先生作品，老跟我在家里一起说先生，只在照片、电视上，在我录制的视频里见过先生的他俩，听说让他们一起去见先生，尽管到了结婚的年龄，孩子毕竟还是孩子啊，此时，竟欢呼雀跃了起来，有了如顽童一般欢天喜地与乐不可支的模样！

4月15日下午3时，我们一家四口赶到了先生书房，摁响了门铃。先生开门后一看见我们就说："快进来，快往进走！"我们问了先生好，一进门，我就给先生介绍："贾老师，这是我儿子马博，这是我儿子的对象吴荣杰！"孩子们问了伯伯好。"孩子是第一回来我这里！你们快跟孩子坐，我给咱倒茶！"先生热情，我们要去帮忙，他说："你们坐，不帮忙。水，还有茶具啥的，搁的地方我熟悉，我来！"

先生事多，非常忙，来拜访的人特别多，不敢多打扰。坐下来，刚端起先生沏好的茶，我欲开口说事，先生却走向了里屋，抱出来两大盒茶叶，对我们说："这是我老家丹凤的上好毛尖，出产在丹凤和商县交界处的一小片山上，产量很少，茶叶品质特别好！有些地方，又是吹又是蒙的，说他那儿的茶多好多好。实际上，你看那茶喝得成？喝不成！我这茶，是老家人送来的，你拿回去尝尝，看味道咋样，是不是好茶？”“贾老师，不要不要，老家人送给您的，是一片心意，这是老家的味道哩！我们不敢要，您留着自己喝！”我接了先生话。“是老家人送的，老家人可没说不准我送人，我今儿个送给你！”这话，是那种常在先生话语中闪现而出的幽默。那两大盒茶叶还在先生手上，我礼貌地从他手上接过茶叶，放在了长条宽凳子上。这茶是先生老家人送给先生的，怎么样也不能要，这我是明白的。“腾驰，走时记着拿上！”先生叮咛了一遍。

先生坐下，我就直奔了主题：“贾老师，两个孩子结婚，我们今天是给您送请柬来的！不知贾老师到时候有没有时间参加孩子的婚礼？”先生忙着拿香蕉和广柑让大家吃，他转过头来问：“孩子结婚？好啊！大喜事！定下啥时间的日子？”我说：“这个月22号，就是下个礼拜天。”先生说：“噢，下个礼拜天？今天是15号……20号我先要到上海，参加《山本》在上海的活动，参加完活动，不停点还要赶到北京去，北京还有一大摊子的事。”

先生从兜里拿出手机：“我可不是推辞，不信，你们看我手机上的短信！”我急忙接话：“贾老师，不用！不用！《山本》刚出版，有关新书的一系列活动，您是主角，都必须到场，耽误不成！”坐在先生右侧的马博笑着说：“伯伯说话，谁能不信！”“说实话，我还真想趁参加孩子婚礼的空当，去咸阳转一转，见见那里的朋友！”先生说着，从手机上找出了信息：“还是让我给你念一下短信，你们就知道这些事都是真的！”说着话，他读开了手机上的短信，是排得满满的活动：“20日到上海，21日下午参加复旦大学图书馆馆庆活动。活动后稍事休息，赶往北京……”

先生抬起头，一脸的认真，说道：“你们听到了，这是真的，不是作假吧？”被先生的真诚感动，我们不禁笑出了声。

“伯伯，您吃水果！”马博与吴荣杰把剥好的香蕉与广柑递给先生。先生把手里燃着的香烟示意性地往高举了一下，笑着说：“你们快吃，我吃水果不行，我跟你爸抽烟！”

我对先生说：“贾老师，我们今天领孩子们来，主要有三个想法：一是孩子结婚送请柬，想请您参加孩子的婚礼。二是，两个孩子对你一直很崇拜，想来拜见他们心目中的导师。我对他们说了，你伯伯不光是中国当代最杰出的作家，也是一位具有世界级影响的大作家。今天让你们去，是叫你们见一见你伯伯本人，沾沾你伯伯这位文曲星的灵气。你们要真正学习你伯伯永不满足、不断进取，不断出精品佳作的坚忍精神！”这时先生插了话：“你们看，你爸把我说的——我没有那么好！”“我爸没说错，说的是真话，伯伯的影响力太大了，您不知道，您在我们这些年轻人心目中的形象有多崇高！有多伟大！”“伯伯真正是我们学习的楷模与榜样！”两个孩子说。

“第三个想法，我对两个孩子说了，让你们去认识你伯伯，认认你伯伯的门，你们以后要常来看你伯伯，时时、不断地向你伯伯学习，你们一定就会有出息，就会有作为！”我说完了第三点想法。先生看着两个孩子说：“好着呢，娃们认了我的门，西安离咸阳近得很，就是一座城嘛，没事了就来！”先生还不忘把我在孩子们面前夸一回：“你们俩有福气，有这样一个好爸！你爸人好，文章也好！”窘得我脸红了起来。我对两个孩了说：“你伯伯是在夸我，他一直是我尊崇学习的先生。我向你伯伯，永远有学不完的东西！”

我给先生递烟，他不接，给我递过来他的烟：“在我这儿，抽我的！”我点着了他递过来的烟，先生手上的烟袅袅地燃着。我说：“贾老师，新出的《山本》封面设计很有意味，特别漂亮！”先生也比较满意，点头称是。他说：“两家出版社，一家是作家出版社的简装本，一家是人民文学出版社的精装本。”吴荣杰说：“伯伯，我去许多书店，看到都有您作品的专柜，我从上中学开始，就读过您的《商州初录》《鸡窝洼的人家》《浮躁》《废都》，还有《高兴》《秦腔》《高老庄》《带灯》等作品。”她说了其中一些作品的故事与细节，还有读完作品后的感想与认识，谈了对她的教育与启发。先生幽默：“我看马博不太爱说话，媳妇口才好，说得条条有理，不光伶牙，还俐齿！”我们被先生逗乐了，先生也跟着笑了起来。

这时，先生把头转向右侧，问开了马博：“马博，你身高多少？”得知马博身高一米八四时，先生接着问：“你爸多高？”马博回答：“伯伯，我爸一米七八。”先生说：“你看，你看看！儿子比老子高，儿子比老子能行！”先生心情好，脸上洋溢着慈祥的笑容。

这时，两个孩子拿出了先生的新作《山本》，马博说："伯伯，您能不能给我们的这本书上签个名？"先生笑，拿起桌上放在那支绿得发黑发蓝的大"凹"石旁的中性笔，拔下笔帽，在打开的新书扉页写下了：马博、吴荣杰婚喜留念，随后签了名，写上了时间。在带去了的《浮躁》《废都》《秦腔》上，先生也分别写了他俩的名字并有"二位正"的字眼，惊得两个孩子惊叫："伯伯，哪里敢呀！我们向伯伯学习都来不及，哪里敢用一个'正'字？"

中间，不断有人打电话进来，先生都以"我这儿有客人，你先不要来"而婉拒。

在先生这儿已待了一个下午，不能再耽误了先生的时间，我们提出告辞。先生送出了门，在电梯口还不忘给两个孩子说了祝福和鼓励的话，又说："没事了常来，你们俩这下知道了我的地方，认下了门。以后来西安了，就过来！"

下楼到了院子，我手机响了，一看是先生的电话，赶紧接了电话。先生以不容推辞的口气说："腾驰，给你的茶叶，你咋不带走？叫娃上来！让你拿你就拿上！我在门口等着！"我和两个孩子又折回去，上了楼，先生在电梯门口，正对着电梯站着，手里抱着两大盒茶叶。那一刻，我心里一热，先生对人的真诚与良善，真不是一般人能比的，不了解先生的人，哪里又能知道先生为人处世的细心与周到？

回来的路上，妻子说："咱们多次去贾老师那里，他那么有名的人，从来没有一点儿架子，人是顶级的好！文是顶级的好！跟贾老师没有交往过的人，你把这些事说给他们听，他们肯定不信！"一旁的马博给吴荣杰说："我们今天见了伯伯这么有名气的大作家，是见了我们心中的偶像！跟咱一般大的年轻人，嘿嘿，他谁有咱这么大的福气与荣光！"

5月5日，我们全家围坐在电视机前看电视，先生在一档节目中作为压轴者登场，节目阵容强大，规格高端，气氛热烈，场面震撼。先生在台上讲道："我觉得一个作家实际上一直在写自己，如果写到社会上不好的东西，或者写到人性里边不好的东西，实际上是给社会来排毒的。我经常说一句话，写作的过程实际上也是与神相会的地方，全神贯注，或者说聚精会神，你聚精才能见到神。”说完后赢得了现场观众与电视机前观众长久的喝彩和掌声。

看完节目，我给先生发了条短信：“贾老师晚上好！我们刚一起兴奋地看完中央电视台《朗读者》栏目，贾老师神采飞扬，在节目中游刃有余，尽显你个人之风采，尽显我陕人之风采！太好了！祝贺贾老师！”

短信刚发出没几分钟，先生回了短信：“谢谢！”他仍是那样不事张扬，仍是那样静默淡定。是的，还是那句形容与描述先生的话说得到位：贾平凹先生从来没有说过一句硬话，也从来没做过一件软事。

先生就是先生，不服不行。

贾平凹先生的一个下午

《背馍记》是贾平凹先生题的书名、写的序。这本散文集《花本无心自在开》即将出版，还想请先生题写书名并作序。

年初，《背馍记》出版，我给先生送书之后，再没有见过先生，很想去看望一下先生，顺便说说题写书名与作序的事儿。

中秋节前的9月27日，跟先生联系，先生说节前事太多，让把书稿给他快递过去，让他看看再说。10月25日，跟先生联系，先生刚从外地回来，他说，回来事太多，过几天吧。11月1日，和先生联系，先生说，你明天下午5点来。

第二天下午5点，我准时到了先生书房门前。门是一中年男子开的，一进门，一屋子的人，满地摞着书。书是先生盒装的《贾平凹三部》：《浮躁》《废都》与《秦腔》。先生正坐在放着温润如玉的黑蓝色凹石的桌前，看着打印纸上密密麻麻的人名字，给一本本的书上签着名。见我进来，先生给屋子里的人介绍说："这是马腾驰，从咸阳来的。"他扭过头，对我说："快坐，自己给自己倒水，烟在桌子上，你自己拿，我把这些书给签一下。"先生又给我介绍来签书的那些人，说他们是一起的，是西安某某单位的。

说着话，先生手中的笔一刻也没停，书一本本地签着。来签名的一大帮子人，有人从盒子里往出抽书，有人传递，有人在先生跟前打开书的扉页，用手按着封面，好让先生签字。旁边房间里，还有人把签好的书装盒，打包。

这么多的书，签起名来真是一件辛苦的事，这份辛苦，我是懂的。我自己的书，曾经一次也签过三百多本，签到最后，酸痛得胳膊似乎不是自己的，手麻得不听使唤。先生一下子要签这么多的书，真是一件大工程呢。

先生签着名，应答着旁边人的话。其中有人说："贾老师，这三卷本的书印得好，漂亮。"先生说："好着呢，要说，那套四本的书印得好。"我知道，先生说的四本书，是2013年8月人民文学出版社出版的《平凹四书》。先生接着说："正规出版社出版的书都没有问题。刚才来签名的那两个人，拿的是盗版书。要是熟人就不给签名，来的人半生不熟，也不好说啥。人来了嘛，不能叫人空跑回去，我在书上写此书为盗版，给签了名。"

"贾老师这么一签，那盗版书却成了有收藏价值的书！贾老师太善良，面情太软。有的作者不管是熟人，还是半生不熟的人，只要是盗版，坚决不给签！"坐在先生身旁的我，接了先生的话。正给先生手中递书的人也说："贾老师人好，那些盗版书不给签才对！"又有人说："盗版者太可恶，真正爱贾老师书的人，不会去买盗版的！新书刚出来，盗版和正版同一个价，人们还分不清正版和盗版！刚走的那两个人，也不知道自己买的是盗版。若知道是盗版书，绝对不会拿到贾老师这儿来！"

刚在楼下，我碰见了那两个人，一人手中提着一捆书，他们出楼梯大门，我刚好进门。当时，我就看他们脸色怪怪的。两人说着话："嗐！今天咋挃下个这活？把人丢扎了！""咱不知道呀，知道了，肯定不会把这书拿到这儿来！"噢，我现在明白了他们话中的意思。

一个多小时后，要签的书终于签完。来签书的他们，一起把签过的书打包。先生起身，从脚下一摞摞书的空间走过，说道："午饭后就忙开了，到晚上8点还要来人。你看把人忙的，上趟卫生间都没时间，来，让我过去，我先上趟卫生间。"从卫生间出来，先生对我说："腾驰，走，咱上上边去。"先生说的上上边去，是指上二楼，是写字的地方。和先生一起上二楼，先生在楼梯里说："人来的就不断，这事那事，把人忙的，就没有个停歇的时间。"

到二楼，先生用裁纸刀开始裁宣纸，问我："书名是啥？你快递过来的书稿上也没写书名。"我说："书名是"花本无心自在开"。""花本无心自在开？"先生自言自语着，"书名好是好，有点长，定了就这样题吧。"他提笔蘸墨，瞬间，浑厚而苍秀，书卷气息浓郁，看着就叫人喜欢的书名写好了！"感谢，感谢贾老师！"我连声感谢着。

我和先生提着题写好的书名合影留念后，先生从旁边的一摞书上，拿过来已打印好的稿子，我一看题目：生命深处的真情吟唱——马腾驰散文研讨的发言。先生戴上眼镜，把稿子看了一遍后，从上衣兜里抽出中性笔，从头到尾，重新改了一遍，删掉了其中的几段话。

改完稿子，先生说，你的书稿我看了，就用我这篇发言稿做序言。拿过先生的书稿，我一看，是10月22日写的，真不知道说什么才好。先生厚德载物，这么多年以来，给了我很多的提携与扶持。这次，又在百忙之中整理出他研讨会的发言稿，给我当新书的序言，作为一个普通的不能再普通的作者，内心深处的感激之情，不知用什么语言来表达！

和先生一前一后下楼。来签书的他们还忙着打包，地上堆满了打好的包。我拿出先生新出版的长篇小说《暂坐》，让先生签名。《暂坐》还没出版，就有很多的朋友给我打电话，还有专门跑到我工作室来的。他们说，书一出版就买，麻烦你让先生给我们签个名。9月，书刚一出版，他们就把一捆捆的书抱过来，不光要给他们签名，还要给他们的亲朋好友签。他们都是先生忠实的铁粉。实在抱歉，先生太忙，不能过多地打扰他，这么多的书，我只能给他们一人签一到两本，我只拿了十六本书来。

正签着名，门铃响了，进来了两个年轻人。那个高个儿的小伙子自报家门之后说："贾老师好，我领导让来取您给我们杂志的题词。""好，好，等一下，我把这些书签完再说。"先生应答着。各种事情安排到了晚上8点，先生真是忙，真是辛苦！书签完，我赶紧装包，与先生告辞，先生太忙太忙，不敢多打扰了！

我刚出门，又有三个人从电梯里出来，去摁先生的门铃。你看，你看，他们还是找先生的。

我记得有人写过一篇文章，题目叫《贾平凹到底有多忙？》，把先生的忙写得很详尽，先生的忙是大忙，是特别忙。那种忙，一般人是想象不到的。

这么多年，每次去先生那里，都是一拨一拨来办各种事情的人，除过这些来访的客人，还有多种社会活动需要他出席，他还要挤出更多的时间进行他的创作——他不断创作出那么多的优秀作品，要花费大量的时间啊！

平时，我老觉得自己忙，忙得不可开交，忙得焦头烂额。唉，跟先生相比，自己那个忙算个啥呀！先生忙，他把时间看得金贵，充分合理地利用了时间。前多年，我就跟自己说过，不光要跟先生学习文学创作，还要很好地跟先生学习如何珍惜时间，如何巧妙地利用时间！

走进棣花

丹凤县棣花古镇，是一个神秘而让人神往的地方，是众多喜爱文字、爱好写作者虔诚膜拜与追寻动力的地方。

这是我第二次走进棣花。第一次走进棣花，是去年8月19日，商洛棣花古镇乡土文化研究院成立暨揭牌仪式时。

那天，贾平凹老师回到棣花。各地来的人很多，先生很是高兴，到了自己的故乡，他总怕把来人没招呼好。会前，见到了先生，他问我："腾驰，你啥时到的？这么热的天，你看看，把远近的人都折腾来了！"先生什么时候都客气，都怕给别人添麻烦。

"贾老师，昨天到的，棣花过大事呢，高兴喜庆的事，一定要赶过来祝贺！昨天去您老宅学习了，完后，在棣花街上细细地参观了！"我回答先生。先生笑了笑："没来过，转一转倒可以，学习不了个啥！"不管啥时候，他总是那么谦逊，那么低调。

研究院成立暨揭牌仪式，在棣花镇牌楼下的广场举办。仪式快开始了，参会人员进入会场。先生被安排在第一排就座，我的座位在第二排，就在他身后。先生转过头来，问我昨天住在哪里，来了几个人，还去哪儿转了。就在我和先生说话时，记者们抓拍了好几张照片。那几张照片，我精心收藏了，和先生在其故乡棣花的合影，成为我珍贵的记忆。

仪式开始，先生讲话了。他说："研究院成立暨揭牌仪式，没想到来了这么多的人，我穿着T恤衫就来了。"他的开场白还没说完，会场上就有了笑声。

先生在讲话中回顾了棣花的历史和传说，希望文化人携起手来，为棣花、为丹凤，为商洛文化事业的繁荣与发展，积极努力，发挥最大的力量。他说，在全国景区成立文化研究院，棣花是屈指可数的，他对研究院充满了期待。他叮咛任研究院院长的弟弟贾栽凹与其他骨干成员，不要把牌子一挂起来就没事了，要集中精力研究挖掘棣花的文化基因，把事做实，做好，做强。

到棣花古镇，我是激动与欣喜的，贾平凹老师是爱好写作的我心目中的神。年少时，我就读先生出版的各种文学著作，对先生笔下钟灵毓秀的故乡商州是向往的，是充满了好奇心的。那里，竟有那么多先生写也写不完，让人好奇，让人充满了兴趣的传奇故事。

后来，在我学习写作的过程中，先生经常给予指点与扶持，给予帮助与鼓励。我即将出版的散文集《背馍记》，先生要替我吆喝上“几嗓子”（序言中的话），他不仅为我题写了书名，还在百忙之中撰写了序言。从内心深处，我是感激先生的。你说，在先生的故乡能面见先生，能追寻先生在故乡的成长之路，能探秘他写作的出发地，我能不高兴、能不喜悦吗？

站在古镇上，就有了许多的联想，就有了探究这块地面上是如何培养成就了一位文学大师的强烈欲望。

望着不远处的大山，我就想了，先生小时背着背篓去山里打柴、割猪草，他都走过哪些山岔？那每个山岔，他见过的各种好看的山花，现在仍鲜艳地开着吗？

我把先生的老宅，棣花古镇上的宋金街、二郎庙、戏台、魁星楼、清风街、千亩荷塘，包括唐式建筑的餐饮店与客栈，还有所有的门店，角角落落的地方，都齐齐地走了一遍。那高大的各种树木，那结了繁繁密密柿子的老柿子树，都细细地看了一遍。

在棣花，我寻找着先生走过的足迹，探寻着先生经见过的旧事。小时，他常去村口荷花塘，看那可人、悄无声息地飞来又飞去的蜻蜓。那只被他捏住又放飞了的蜻蜓，它留在空中的翅膀印痕，我是否还能寻觅得到？先生看蜻蜓的那方荷塘，是否就是现如今千亩荷塘的一角？

先生在散文《六棵树》中说，村子分涧上与涧下两部分。那长在涧沿上硕大的皂角树，细碎的叶子落在涧根的泉里。用石板把泉水箍成饮水、淘米洗菜与洗衣服的三个池子，那泉眼、那三个池子还在吗？

长在法性寺后土崖上，树皮像一片片鳞甲一样，已有三百多年树龄，被称为“龙树”的药树，它曾是先生村子的象征。人问：“你是哪里人？”答了：“药树底下棣花的！”可见药树知名度之高。先生儿时，就在这棵药树下，大年初一，先生的母亲都要烧香磕头，希望儿子能考上大学，能出人头地。药树被炸药炸过，被砍伐后深埋在土地，历经多次风波，是受了难的。最终，它被解成木板，作为桥板架设在村前的丹江上，那座以药树板搭成的桥，还在不在呀？

引起刘新来和李书富两家几多争执的楸树，还有那棵香椿，那棵苦楝树，那棵痒痒树，我试图一个个找到它们当年生长的地方。现在，那个地方又是个什么样子？

当然，在棣花停留时间最长，看得最仔细、最认真的地方，还是先生的老宅与其文学艺术馆。先生的生平、创作的文学作品、获奖证书、音像作品，还有先生的书画作品，一件一件物品，我徘徊流连其前，一件件细致认真地看着。

先生十九岁在西安上大学以前，一直生活在这里，直到现在，仍然时常回到这里。小时候站在院子里，瘦小，黑黑细细的脖子上顶着颗大脑袋，如“小萝卜头”一样，一个人坐于堂屋前那高高的石条石阶上，看远远的疙瘩寨子山顶的白云，猜测着它从哪儿飞来，又要飞到哪里去。堂屋前高高的石条石阶，它应该在现在院子的什么位置？

在楼顶，放有整整齐齐的一条板书籍。那时，先生在生产队上工，劳动回来，就搬来梯子爬上去看书。劳动了，就下来，抽掉上楼的梯子。先生的父亲瞧着他那样子，就背转过身去悄悄抹泪。这有了楼顶的房子，又在院子的哪个方向？

院子一角，那棵结满了黄澄澄梨子的梨树引起了我的注意。先生在其《祭父》一文中有这样的描写：“满院的泥泞里人来往作乱，响器班在吹吹打打，透过灯光我呆呆地望着那一棵梨树，还是父亲亲手栽的，往年果实累累，今年竟独独一个梨子在树顶。”这棵梨树，是先生文章中的那棵梨树吗？

在棣花，在这里的每一个地方，我都试图找到先生作品中描写过的场景，或者找寻到记述过的故事与刻画过的人物的影子。我思忖先生是怎么样把这些生活中不经意，看似普通实则有意义的故事与人物，变成了他笔下的锦绣文字。

我是贪婪的，我全身的每一个毛孔都是张开着的，我的眼睛眨也不眨一下，我是聚精会神的。我全身心地感受与吸纳着这里给我的所有的信息，以至于我不断地口鼻并用，要大口大口地吸了这秦岭山中棣花古镇的新鲜空气，它会使我神清气爽起来，会给我写作的灵感，给我前行的力量，给我奋力向上的精神。我想，会的。

在棣花古镇的两天，确切说一天半的时间里，我一直处于兴奋状态。

研究院成立与揭牌仪式完后，我们没有吃会议上安排的中午饭，直接上高速返回咸阳。吃饭时，贾平凹老师不见我们，专门叫人打电话问我们："吃饭了，怎么不见你们的人？"让我们快过去吃饭。先生心细如发，同行的几个人，不由得念叨起先生的好来："那么出名的一位大作家，会上那么多的人，他竟然操心着我们吃饭的事儿！""先生就是先生，让人不由得尊敬他！"

从棣花回来不久，我去西安见了先生，先生亲自沏了上好的茶。和先生喝着茶，我说起了去棣花的感受与感想。先生抽着烟，喝着茶，只是笑。

我问起先生散文《六棵树》中的六棵树在村里的具体位置时，先生说："你心细，还记着那六棵树。六棵树，都是有故事的树。树不在了，早都不在了。村子变化大，没人给你指地方，你找不着！"我又问起老宅子过去的房子是怎么盖的，是怎么个方向。还有，我关心的门前的石台阶，他在楼顶读书时，那座房子的朝向。先生详尽地给我说了，当年的院子是怎么一个形状，还有房子是怎样盖的，门开在了什么地方等，去棣花不明白的地方，先生一下子就给我说清楚了。

我又问起院子里那棵梨树，是否是先生《祭父》一文中提到的那棵梨树。也可能我这个话题，使先生想到他离世的父亲，撞到了先生的痛处。他只是点了点头，语气沉重地说："是的，是那棵梨树！"我后悔起自己的莽撞与刨根问底的劲来。

我转移了话题，说我们先一天到棣花，见到先生弟弟贾栽凹老师，他倒茶递烟，很是热情。到了先生老家，让我们觉得非常亲切。先生脸上有了笑容，说，他人好，正直，在村里影响好，有威望，又说起他做人做事的许多事来。可以看出来，先生对其弟弟是赞许的，是充满了深厚感情的。

第一次走进棣花，我有了许多的感触，有了许多的收获。棣花之行，有意识无意识中使我清楚、使我感悟。我明白了，写作者应如何立足于自己最熟悉、最痴爱的那片被称为血脉的热土，从那里的生活中提取写作素材并观照大环境，把它艺术化地表现出来。我想到了我的故乡礼泉，想到了老家村子大张寨。

尽管这个感悟还不是那么深刻，在自己的写作中不一定运用得那么好，但不管怎么说，自己已意识到这一点，并朝着这一方向去努力了。

第一次走进棣花，我感受到了那种独特的气息，爱好写作的我，从那里吸纳了营养丰富的养料。有机会，我还想再去棣花参观学习一回。

一个下了雨的深秋日终于成行，我第二次走进棣花。

车过秦岭，不大一会儿就到了棣花。位于商於古道旁的棣花，霏霏秋雨中，显得安静而从容。

商於古道，沿着秦岭南坡丹江河谷，向东南逶迤而去，连接着关中地区与南阳盆地。这条古道上，秦楚在这里决胜霸业，刘邦经过这里巧胜项羽，先进入咸阳；李自成在这里积蓄力量，再起雄威，攻占北京，夺取了大明江山。

这条古道，自中唐之后，成为转运钱粮贡赋的国道。明清时，又成为长江流域与黄河流域商贸交流的一条纽带。汉唐至明清，也是在这条古道上，韩愈、李白、杜甫、白居易、王维、苏轼等文人墨客都曾在这里居住过，在这里留下了传唱千古的名篇佳句。

这条古道，在历史上不仅是一条烽烟之路，一条国运之路，也是一条诗歌之路。贾平凹老师曾多次在其作品中，或在其讲话中，以其为背景写过、说过这条古道上的许多故事。商於古道，是贯穿，是深深刻在了先生文学作品与精神世界里一条通向更广阔世界的通道。

站在紧挨棣花镇的312国道旁，路边竖立的红色圆鼓上，红底白字的“棣花古镇”四个大字，在秋雨中显得更为醒目庄重。不远处的铁路上，有疾驰而过的列车。当年，路途漫漫，远的地方，舟车劳顿要行进十天半个月，甚至更长时间，如今，半天或一天的工夫就到了。

静静地站在棣花，心绪不由得就飞扬起来。

先生曾说，我的故乡商州在秦岭深处。春秋战国时期，它是秦楚交会地。秦强了，我们属秦地；楚强了，我们属楚地，号称是秦头楚尾。文化上商州既有秦之雄沉浑厚，又有楚的绮丽钟灵，尤其是家乡以前偏僻封闭，巫的氛围特别浓，楚文化的那种浪漫诡秘的感觉很强烈。所以说，我的血液里，有楚文化的基因，也有秦文化的基因。

先生还真切生动地说过，他以他的家乡商州为文学根基，作品写的都是故乡的人和事。在他的理解中，故乡是一个人身体和灵魂的地脉！

秋雨还在下着，我第二次走进了先生的故乡，先生身体和灵魂的地脉——棣花古镇。

当年宋金议和，以棣花旁边的陈家沟为宋金分界。建在这里的宋金街，西北为金地，东南属于宋地。这两国交界的边境之地，有短时的和平相处，更有兵戈相见的激烈碰撞。故而，这里崇文又尚武，武有“拳不过棣花”的说法，也就是说，高明厉害的拳师，从棣花街上是打不过去的。

到了艺术馆门口，这里应该是先生说过的涧上，地势比别的地方高了许多。站在艺术馆前不高的围墙旁，我极目远望，寻找着原龙驹寨现丹凤县城的方位，远眺具有神灵之气的笔架山。

从先生艺术馆出来，在我旁边照相的那个中午男子正对妻子说着话。听口音，他是从河南赶来的游客。他说：“棣花古镇，贾老师的老家值得一来，确实值得一来！从三门峡到这儿，路也不远。回去后，让孩子们也来，叫他们来这里好好学习学习！”“你看，远处就是笔架山，你说能不出大师吗？这儿处处都有文化，环境好，充满着灵气！叫孩子们来，要叫他们来！”他妻子接了他的话。

步入先生文学艺术馆，贾平凹影音馆里的大屏幕上，正播放着中央电视台一套的访谈节目《朗读者》。该节目由董卿主持，先生作为嘉宾出席。同行的王博渊说：“马博、吴荣杰结婚典礼，贾老师去北京录制这个节目了。时间碰到了一起，要不然，贾老师来咸阳，我就有机会见上贾老师一面了！”

“贾老师太低调了，那天，我们去给他送请柬。他说，时间实在错不开，先要去上海忙完事，不停，当天晚上就要赶到北京。在北京还有个活动，要不是上海和北京的事，他肯定要去参加孩子的婚礼！”随行的我妻子回答博渊的话，“后来我们才知道，贾老师在上海开完长篇小说《山本》研讨会，又去北京录制这个节目了。他事前不透露一点儿风声。不像有些人，不大一点儿事，先要在人面前张扬一番才行！”

这个节目在电视台播出时，我们全家就一起收看了。后边，我们还多次看了录像。今天，在先生故乡老宅，我们又从头到尾细细地看了一遍《朗读者》，具有了特殊的味道，非凡的意义。

节目主持人在节目里多次和先生说到棣花，说到丹凤与商洛。是呀，先生的作品，通过对商山丹水山川地理风貌、自然人文景观与风土民情的倾心抒写，使其作品独具地域特征与个性色彩。我记得先生说过，他的作品中，有商州地面上的一种力，这种力，或者可以称作“野蛮”的一种力。

商州地面上的这种力，“野蛮”的这一种力，其实，是先生沉入其文学创作根据地——故乡商洛，而后获得的生命体悟。那是潜隐在其文字深处的灵魂的跃动，是故乡清风朗月吹拂照耀过、雨露滋润过而散发出的独特的人文乡土气息，是瑰丽芬芳的精神之花。

许多的人，用很费力、很生涩、很拗口的语言企图表达清楚先生文学作品与其故乡的关系而往往不能。其实，先生有一段很简单的话：“我是商洛的一棵草木，一块石头，一只鸟，一只兔，一个萝卜，一个红薯，是商洛的品种，是商洛制造。”这是最简洁、最有力量的回答！

两次走进棣花，我期望自己能有所开化能有所顿悟，使自己笨拙的笔在以后的写作中能轻快一点，顺当一点。

白描先生回故乡

著名作家白描先生，从北京回故乡泾阳已一个星期了。在陕西，他有那么多亲朋旧友与学生，他给谁也没有言说，大家谁也不知道他回来了。任何时候，先生总是怕打扰人，怕麻烦人。

先生是全国著名的作家、学者、文学教育家与玉文化专家。早年，三十二岁的他出任《延河》文学杂志主编，是当时全国最年轻的文学杂志主编。在任期间，他编发了许多高质量的稿件，为陕西扶持与培养了一大批年轻的作家。后来先生调往北京工作。之后，出任鲁迅文学院常务副院长，全国许多著名作家，都是先生的学生。

先生出版有《苍凉青春》《人兽》《恩怨》《荒原情链》《陕北：北京知青情爱录》《秘境》《天下第一渠》等长篇小说与长篇纪实文学。出版有《被上帝咬过的苹果》《人·狗·石头》《作家素质论》等散文集与文学论著。曾担任多部电视剧编剧与电视专题片总撰稿。文学作品曾荣获全国报告文学奖、人民文学奖、十月文艺奖等全国和地方刊物奖。他还主编或参与编辑一千余万字的图书作品。

先生是真正的名家，他同当代诸多泾阳籍的全国名人一起，组成了光彩夺目、群星灿烂的泾阳名人大星系。他们每个人都是一张亮丽的名片，都是泾阳的骄傲，是陕西的骄傲。

不管走得多么远，白描先生任何时候都心系故乡。2017年4月，受泾阳县委、县政府邀请，先生从北京返回泾阳，开始收集、采访、整理有关郑国渠的资料。在一年多的时间里，他不辞辛苦，跋山涉水，寻访溯源，采访上百位人士，查阅了大量的历史资料，完成了四十余万字，反映郑国渠前世今生的长篇纪实文学《天下第一渠》。

先生以文化守望者、践行者、传承者与开拓者的姿态，写这部《天下第一渠》，他把对家乡的挚爱与情思倾注于笔尖。他以宏阔远大的眼光，以翔实的史料，以个人对郑国渠的独特审视，向世人讲述了这条大渠两千多年的故事，解读出它在人类文明进程，在文化与经济建设等多方面的巨大价值。

《天下第一渠》出版发行后，引起强烈持久的反响，极大地提高了郑国渠，乃至泾阳在全国的知名度。先生的《天下第一渠》，为泾阳，为陕西，树立起一座包含有诸多史料价值与丰厚人文精神的大渠文化丰碑。

之后，先生向县上提出建议，在郑国渠风景区打造全国最大的、独一无二的十里摩崖石刻书法长廊文化工程。先生以其个人影响力与号召力，组织邀请了全国三十多位文化大家与书法名家，参加了2018年郑国渠风景区文化采风活动。采风的文化大家与书法名家到泾阳，作为一大新闻，从中央到地方，多家媒体持续跟踪报道，提高了泾阳的知名度，扩大了泾阳的影响力。

采风的各位名家，留下了珍贵的诗词歌赋与墨宝，还有全国的很多名人也纷纷寄赠作品，给泾阳留下了珍贵的精神财富。

西咸新区的实施推进，使泾阳的行政管辖区域有了新的划分。泾阳，目前正处在一个重新确定发展思路，重新调整产业布局，重新设计目标愿景，重新整合可支配资源和可支配力量的转型时期。

在这个关键时期，先生为家乡的未来发展出主意，想办法。他说："这个特殊时期可能会有暂时的困难，甚至会产生迷茫，我也看到泾阳的各级领导在努力，泾阳的人民在努力。作为一个在外工作的泾阳人，在这个关头，我很想为家乡出一把力。"

先生又说："泾阳重新调整发展思路的很多想法，我是赞同与认可的，甚至可以说，与我的想法很是契合。比如，利用泾阳文化资源优势，打文化牌，以历史文化、红色文化与农耕文化发展全境旅游。在这一点上，我认为自己能出上力，故而，就积极配合县上搞了郑国渠旅游文化采风活动。"

先生是玉石方面的专家。如何开发、如何推出具有优异品质的泾河奇石，也是他一直思考的问题。他说："泾阳蕴藏有品质很好的泾河奇石，从专业角度深度挖掘其文化与收藏价值，并予以大力宣传推介，在此基础上升级开发，打造玉文化空间，这是一个市场潜力很大的产业，会为拉动泾阳经济发展助一臂之力。”

作为一位名人，白描先生不因名重就高高在上，不因名重就忘记家乡。他永远是故乡泾阳的儿子，他对这方养育过他的土地，任何时候都充满着深厚情感，拳拳赤子之心，日月可鉴矣。

先生挚爱着、牵挂着他的故乡和故乡的人，啥时候都没有忘记他，都惦记关心着他。他不管啥时回到故乡，故乡人都以欣喜的笑脸与一片真诚之心欢迎游子归来。

先生这次回泾阳，最早只有县上相关的几个人知道，他是为县上的一个项目回来的。先生叮咛相关的几个人，不要告诉其他人自己回来的消息。他说："不要给人添麻烦，大家都忙，都各有各的事。”但是，他回泾阳的消息，还是传了出来。

咸阳日报社高彦民总编得知先生回来的消息后，第一时间告诉了我，他也是一位心系故乡、重情重义，被先生高度认可的文化人。

去年先生《天下第一渠》首发仪式后，再没见过先生，从高总编处得知先生回来啦，这是大喜事呀，一定要去拜望先生的！

11月10日，初冬难得的一个阳光灿烂的日子。一早，我们就从咸阳出发，赶往泾阳去拜访看望先生。

到了泾阳宾馆，我打电话给先生。电话接通后，我问先生住在哪间房间。电话那边的先生先是一愣，问我人在哪儿。我说，就在宾馆的院子里。先生给我说了房间号，接着说："哎呀，腾驰也来了，惊动了这么多的人，快上来，快上来！”跨进宾馆大厅，正好碰见高彦民总编，我俩刚一到先生住的楼层，先生已让人在楼层电梯口来接我们。

进先生房间，沙发、凳子上，还有床边坐满了人。先生起身，热情地打招呼。握手时，给旁边的人介绍着我们，他又把房间的其他人介绍给我们。

先生任何时候都是那么平易近人，都是那么平和可亲，跟人交往，他从来不会居高临下，从来不会拿架子。和先生在一起，如沐春风，觉得他是真正的先生，不像有些没有多大学问，没有多大成绩的人，谱却摆得大得不行，让人不但不认可他们，反倒对他们有了不同的看法。

跟先生相识交往，会让人明白，越是大名人，越是学问高深的人，越是谦逊低调，让人不由得崇敬他们。跟先生相识这些年，每次见先生，都是一次向先生学习的过程，并生出许多的喜悦与感动来。

先生拿出香烟，给抽烟的人散着，说："你看看，来了这么多的人，今天是周日，是休息的时间，大家远地跑来看我，耽误了大家的时间！"先生话刚说完，马上就有人接先生的话："白老师回来了，能见白老师，是很荣幸的事！"又有人说："白老师回来一个礼拜了，我们才知道消息，今早，就早早过来看您！"先生说："县上有个项目要我回来，回来也没给其他的人说，都忙，怕给大家添麻烦！"

一屋子的人和先生说着话。有人说着读《天下第一渠》的感想，说着这部书在社会上产生的影响力。有人和先生说着泾阳的这事那事。先生静静地听着大家的话，不时插上一两句话。

坐在一旁的我，听先生和大家说话。过了一会儿，先生把话题转到了我的写作上，他说："腾驰的散文写作有生活，写得很好。很多人出去旅游，浮光掠影地转了一圈，回来就大写一通，那样的应景文章，你说能看不？"先生在那么多人面前夸奖我，我不由得脸红，不好意思起来。

先生一直是我敬重的老师。年轻时，爱好文学写作的我，就经常读先生的作品，从其作品中汲取营养，寻找自己创作的路径。中间耽误了许多年，当我重新拿起笔，一篇篇稚嫩的散文写出来后，先生以一个师长对学生的爱护与扶持之情，发来信息鼓励我、支持我，我从内心充满了对先生的感激之情。

到了午饭时间，先生和大家一起去吃饭。饭前，我从手机里调出我即将出版的散文集《背馍记》的封面，让先生看。封底上，准备把先生鼓励我的话印上去，那是先生通过手机发给我的，话是这样说的："腾驰的每一篇散文都用真情写就，饱和着深切的生命体验，读来格外动人。""腾驰是近年来陕西很引人注目的一位作家，他的乡土题材书写，让一个时代的中国记忆复活，这样的作品是会传世的；而在我心中，他又是分量很重的一位朋友。"

先生接过我递过去的手机，说："我不知道你用的那些话，先让我看看，如果不行，我另写！"他把书的封面设计点开，细心看完文字，说："我刚看了，好着呢，就用这两段话！”

和先生同为泾阳人的陈喜林先生，是一位很成功的企业家与收藏家。关于修建泾阳名人馆与博物馆，他有很多的想法。他拿出了他的书稿，其中有他收藏的一块珍贵玉石的照片，让先生看。先生认真地看着照片，根据照片，他讲了那块玉应该是一块什么玉，应该是哪个朝代用过的东西。末了，先生说："这只是我从照片上看到的，要准确地判定，还得看原物！"

菜上来了，先生让招呼大家吃饭的泾阳作家李胜灵女士先讲话。他给大家介绍，李胜灵是鲁院第三十六届学生，为他创作《天下第一渠》做了大量的辅助工作，并且表达对她的感谢。随后，李胜灵讲话，她说："热烈欢迎白老师回故乡，对先生长期以来关注故乡，支持故乡发展的真挚之情表示感谢。对从先生身上学到的怎么样做人，怎么样作文，表示谢意。"一段讲话，句句是真心话，句句打动人心。

完后，先生讲话，他对大家专门来看望他表示感谢。他说："每次回故乡，见到这么多新老朋友，都让我高兴，都让我激动。回到家乡，看到所有的人，看到一山一水都是亲切的，都是让我难以忘记的。"他祝在座的各位和家人幸福快乐。先生的谦逊，先生真情实在的话，让在座的每一个人心里暖暖的，对先生更多了一份尊崇与敬仰。

饭桌上，和先生熟悉的，还有刚认识的，争相和先生合影留念。先生站在那里，笑着，和每一个人合影。每与谁合影，他都要说上两句话。可以看出来，先生回到故乡是自在的、快活的，是高兴的。

下午，先生还要去郑国渠风景区他的工作室，有重要的事情要去处理。匆匆吃完饭，先生和大家在饭店大厅集体合影留念，一一握过手后，大家送他乘车离开。

先生每次回来，都有许多的事要做，每天都被许多的事安排得满满的。先生是忙碌而不知道疲倦的，因为他回到了故乡，是故乡给了他精神与力量。

李小超和他的雕塑

向阳原来在镇上干抄抄写写的活儿，自从去年当上副镇长，一下子器宇轩昂起来，人也就有了不大不小的派头。不过，你别说，没干多长时间的他，就被台湾艺术大学当宝贝请去，成为该大学的一员。

村里的风水先生，老一辈人谁不认识呀。高高瘦瘦的，常穿件长袍行走于乡间，右手拿着罗盘，掐着左手指，阴阳两界的事好像都在他的神机妙算里。

教了一辈子书的教书先生，瘦瘦弱弱、和和善善的样子。你若去法国蒙达尔纪市市政广场，一眼就能看见教书先生，他还像过去那样，穿得整整齐齐，背着手，好像马上要上讲台，要给学生们讲课似的。

还有村东头那个老戴副茶色圆坨坨石头镜的老汉，不管啥时候，右手都半捏着一个茶壶举在嘴边，随时准备吸溜一口。

村里的解放、援朝、光荣与文化等一大帮子人，这多年可没有少在德国、法国、美国，以及中国台湾、香港地区和国内各大城市旅游，他们经见过的世面大着呢。

这么多人如此有“福气”，定居国外的定居国外，国内外旅游的旅游，就是因为有了一个人，有了一个非同凡响的人：著名雕塑家、画家李小超。

上边的那些人，都是李小超《一个村庄的记忆》《百姓》与《乡亲父老》等大型系列雕塑中的人物。过去的许多年里，李小超的这些雕塑作品，或被国内外有关政府与艺术机构永久性地陈列收藏，或在世界多地巡回展出。李小超独具个性魅力的雕塑作品，在国内外产生了广泛而深远的影响力。

这么多年来，作为一个热心观众，一个常常静观静悟他作品的观众，我一直热切地关注着李小超，关注着他不断创作出来的具有鲜明风格的新作品。李小超关于乡村，关于乡村记忆的系列雕塑作品，蕴含着那种生生不息、积极向上的精神；充溢着那种乡土情怀，温润人心的悠长滋味。他的作品，抚慰了远离故土的游子之心，常常让我们激动兴奋不已。

李小超的人物雕塑，是来自关中那片黄土地上带有黄土味道的一个个人物。这些人物，是他的亲人，也是同在那片地面上你我的亲人。李小超把这些父老乡亲以雕塑作品的形式，真实地推送到了我们面前。面对他们，我们不由得就要叫声大爷、三伯、四叔与五哥，不由得要叫声小燕、文皓、奥运与豆豆娃这些孩子的名字。他们就是生活在故乡，活生生的我们的亲人啊！

李小超的雕塑作品之根深深地扎在那片黄土地上。他挚爱那片黄土地，挚爱那片黄土地上的故乡与亲人。他创作出来的作品，那形象，那气息，不由得就具有了黄土般的质朴淳厚，透露出黄土般的凝重。他的雕塑作品，是凝固的立体的文章与诗歌。从他作品中的每个人物上，我们都会读出辛酸苦辣，会读出悲苦艰辛，会感叹生活的困顿与不易。当然，更多的时候，我们从他的作品中读出了嘉祥延集，读出了喜乐平安。

李小超的雕塑作品不同于别人，独具个性与品质，是夺目光彩的“李家雕塑”。

欣赏李小超的雕塑作品，之所以让我们看得如此忘我，看得情不自禁而有了发自心底的赞叹之声，是因为他们就是故乡那片皇天后土上生活着的我们的亲人们，他们每个人的音容笑貌，每个人的喜怒哀乐，都尽在李小超的心里，都尽在他的记忆中。他用他手中的雕塑泥，把他们活灵活现地推向了前台，推在了世人面前。

李小超出生在关中平原礼泉县北部唐昭陵下的一个小山村。从出生呼吸的第一口空气开始，就注定了他和这片黄土地割舍不了的情缘。这里，是祖祖辈辈们生活的地方，他是喝着这里的水，吃着这里的粮长大的。父母亲和村子里的乡亲们，是他认识世界、了解世界最早的老师，他和他们朝夕相处，他对他们最了解最熟悉不过了。闭着眼睛，他都知道这是走到胜利家门口了，还是走到美娟家门口了。不见人，只要远远地听到说话声，他就能听出来哪个是社会，哪个是富强，哪个是军锋。

让我们看看，李小超是怎样用雕塑这一艺术形式，来刻画表现他熟悉的父老乡亲的。雕塑作品《文化》中的人物原型，戴着已经软了的一顶单帽子，胖胖的脸蛋，鼻梁上架着一副宽边眼镜，右手插在上衣兜里，正牵着一条狗从我们身边走过。曾是生产队记工员、出纳，现任村民委员会文化站副站长的他，当别人说他叫文化而不文化时，他撇嘴笑着说："我看重的是才气！"他绕开话题，不直接回答别人的问题，那种自负又自信的笑容，让人忍俊不禁，咯咯地要笑出了声来。

雕塑《水利》中的人物原型，是李小超乡村记忆中街上门子里的老哥。水利是干农活的一把好手，一整天不见他说一句话。李小超说："水利那专注的神情和身影，至今还在我的心里时时浮现……"站在这尊雕像前的我，被李小超塑造的这个人物深深地震撼了。

水利正收拾着麦子，手中举起的那个簸箕，正往下落着干净的麦粒，他那眼神，平静得近乎冷漠而又透射出一股坚忍与倔强之光。和他的眼神相碰，你一定会被他的眼神击中，你的心会为之一颤，会被强烈地感染，会被真正地感动。像水利这样和土地打了多半辈子交道并深深热爱着土地的人，让人不由得从内心里生出敬佩之情来。

雕塑《兴国》中，兴国正就着放在地上的一个脸盆撅着屁股洗脸。上初中的儿子正给他念课文："为什么我的眼里常含泪水，因为我对这片土地爱得深沉。"兴国马上接话了："胡吹胡吹，说这话的人和土地没打过交道，眼泪太多！"他弯腰九十度在洗脸，半侧着的脸，让人也看得不甚清楚。听了他上边看似随口而说，实则真切犀利的话，我不由得要感慨他的"深沉"了，他是生活中、农民中的哲人！

李小超的雕塑，有对田园牧歌般美好生活的深情吟唱，也有对当下社会转型期间农村现状的深刻思考。雕塑作品《普选》中的人物普选，生于1964年，三年前，进城当了建筑工，一整天都忙在工地上，每天很晚才下班回到工棚。你看他，话很少，穿着脏兮兮的工服，嘴巴紧紧地闭着，深陷的眼窝里藏着一家人生活的艰辛与难场。当我看到这尊雕塑时，心被重重地撞了一下，我从他的脸上，读出了什么是人生的悲苦，什么是人生的沉重与艰辛。

雕塑《朝辉》中的朝辉，在村西和他老母亲住在一起，四十几岁的人了，还没有找下媳妇，只得到城里去当装卸工。想靠下苦养了娘，娶了媳妇。装卸工，活苦累至极，挣的钱却少得可怜，常把活干完了，钱却拿不到手。劳累疲惫至极的朝辉，面对我们，弓着腰，垂着手，他那耷拉着的眼皮，无奈的眼神，半张着的嘴，让人不由得生出许多的怜悯来。

李小超这些雕塑作品中的人物，是火辣辣，是带了灼人的温度的，让我们要时时牵挂了他们，惦记了他们。李小超的作品，准确地凸现出乡村人的生存状态。他视他们若亲人，视故土若母乳，视故土为其精神之皈依地。他的创作素材就来自故乡的村子，就来自关中道上村子里人们真实的生活。他的作品接地气，鲜活生动，常让我生出许多的亲切与向往之情来。我住的小区外边的街道上，就立有李小超的好几组雕塑作品。没事了，我会下楼，出了院子，去细细看看他的那些雕塑作品，静静地站在那些父老乡亲身旁，尽管不知从这些作品旁走过多少次，又专门来看过多少回。

雕塑，作为一门世界性的艺术门类，在国内外都有其悠久的历史，不管在西方，还是在东方的中国，都留下了璀璨夺目、不胜枚举的艺术珍品。李小超毕业于美院，经过专门严格的基本功训练，在长期的雕塑创作实践中，他继承吸纳了前人优秀的成果，摸索探寻出了属于自己的创作理念与作品风格，用“李家雕塑”的称谓，是名副其实，不带一点儿感情色彩的。

李小超的雕塑作品，如果要说技法，无疑是属于写意一类。写意，在艺术创作中无疑是快意奔放的，是唯我独尊的，艺术家每在激情创作时，所有的一切不管了，都不管了，一切的一切都属于我，这是放，是大胆地放开。在这大胆放开中，李小超是清醒的，他时刻又绷紧了“收”这根弦，高度注意作品整体气息与神采的把控，避免写意环境、写意氛围下的随性随意而失了精度，失了神韵。李小超在艺术创作中，非常注意人物面部表情，注意其内心世界的传达与凸显。这个时候，他是全神贯注的，是倾注了深切情感的。在创作中，即使是表现主人公闭着眼睛时的形态，他也是极度精心、极度小心的，他要把人物的气度、人物的精神与人物的魂魄，活脱脱地、全盘地、神妙天成地展现、展示给观众。

李小超对其雕塑人物衣着与物件的处理，我们从他创作时的神态与动作可以看出来，他是大胆而率性的，是在他完全掌控之下的快活创作；可以看出来他的张扬，可以看出来他的游刃有余。人物身上坑坑洼洼、凹凸不平，刀铲留下来的粗糙印痕清楚可见，但并不让我们觉得凌乱破烂。这样的处理方法，恰恰表现出庄稼人那种真切的质感。还有三扁二圆的烟锅，没有让人觉得那烟锅就不圆了。眼镜，搓一根细泥条，圈成圆形，贴在眼睛周围，让我们也不觉得那眼镜就不漂亮了，反倒觉得更有意趣，更为真实。这就是写意的力量、写意的魅力，这就是李小超雕塑作品的过人之处，辉映并闪烁着个性艺术之光。

乡村生活熟稔于心，又有专业的独具风格的创作手法，他的作品源源不断地问世了。正如他说："当我每次面对一大堆雕塑泥时，总会有一种感觉，看到我的父老乡亲、兄弟姐妹都在那一堆泥里面站着，向我招手，让我过去把他们依次拉出来，站在观者的面前。我只想用我的双手塑造出他们的一种生存状态，没有更多的修饰与褒贬。生活依然在继续，他们有他们的活法，确实活得艰辛不易，但我深知他们是社会的底色，是一块块基石。"

站在那里，左手攥着长长烟锅的关中老农，向前抻长了脖子，大张着嘴唱开了激越昂扬、长人精神与壮人魂魄的古老剧种秦腔。于是，雕塑作品《秦腔》诞生了。你还在这雕塑的远处，就似乎能听到"哎嗨嗨！哎呀呀！"酷似呐喊的秦音从那边传过来，人不由得精神为之一振！

唢呐，这种能表达大喜大悲情感的乐器，吹起苦音来如泣如诉，痛断肝肠；吹起欢音来，会震翻了天，能让你蹦跳起来，把天边的一朵云彩抓了下来。呵呵，李小超表现唢呐的雕塑作品《唢呐》出来了！

《唢呐》，他却反其道而行之，以静态来处理这一场景，一名双手笼在袖筒里，胳肢窝夹了一把大号唢呐的吹鼓手，腼腆中有了几分羞涩，就是这看似文弱的吹鼓手，一旦吹起唢呐来，就会吹他个地动山摇，就会吹他个丹凤朝阳、百鸟争鸣！在《唢呐》中，那把夹在吹鼓手胳肢窝的唢呐，让人增加了无限的想象力。唢呐，唢呐呀，这个来自土地的声音，这个来自心灵深处摄人魂魄，黄铜做成普通得不起眼而又有了大精神的乐器呀！

是的，李小超的这双妙手，从一大堆雕塑泥里面依次拉出来了他的我们的父老乡亲，拉出了我们的乡村记忆，拉出了我们的乡情，拉出我们的乡思与乡愁。

我曾专门看过他的那双手，那双手是一位艺术劳动者的手。三十多年来，天天和雕塑泥亲密接触，他的手大而结实有力。

挂画人苏文帅

开着电动三轮车，车厢里拉着要安装上墙的书画框，工具箱中装着电钻与铁锤等挂画的工具。咸阳城里，挂画人苏文帅每天穿大街，过小巷，给这家挂完字画，再去给那家挂。

挂画，这是装裱业的行话。就是说，把书画装裱入框后，让安装师傅去给客户悬挂上墙。

“上次来装画的那位师傅，人麻利得很，活干得漂亮！明天上午，还让他来给我装画吧！”这是驰风轩的老客户给我打电话，想让文帅去给他挂画。

“我的那幅牡丹画，还让那位苏师傅来装。他人好，活干得好，出手还快！”电话里，客户在点文帅的名。

文帅干挂画这一行当，已有好几个年头了，他给驰风轩许多的客户都挂过画，赢得了一片好名声，我跟他开玩笑，说他是“挂画名人”。文帅干活舍得出力，人又灵巧，不管是在什么墙面上，难度再大的活儿，到了他手上，都不算个事儿。经常那边的活还没干完，这边客户的电话就打过来了，对他只是个夸奖，只是个赞不绝口。

挂画，六尺以下的书画框，可以从电梯直接上楼，挂这些小尺幅的字画，不需要费太大的周折。六尺以上的画框，要从楼道里，一个台阶一个台阶地抬上去，行内人把这叫作“抬楼”。

“抬楼”是个大苦差活。画框大且镶嵌有玻璃，两个人或三个人配合着，在楼道里转弯抹角，拐来拐去，一点点地转着方向往上抬。这不是扛一袋面，或背一大兜重东西上楼，只要有力气，就只管往上走那么简单。书画框体积大，分量重，“抬楼”光有劲儿不行，还得有技巧，不能磕碰了书画框表面的油漆，不敢打了玻璃，更要小心玻璃破碎伤了人。

冬天“抬楼”都会出一身汗。到了夏天，在憋闷不通气的楼道里，要把书画框抬到三十多层的高楼上去，更不是一件容易的事情。楼还没上几层，就大汗淋漓了，全身的衣服湿得能拧出水来。用文帅的话说，在楼道里转来拐去，一层层往上爬，把人时常就给转晕、转蒙了。到了最后，腿已发软打战，眼看着不停地上台阶，就是到不了地方。

“抬楼”上书画框，没有其他的好办法，再高的楼层都得上，都得咬着牙上，真正是一步一流汗，一步一喘息。终于艰难地爬上来了，唏嘘，此时才能站在客户家门口，长长地舒一口气，扶着书画框休息一下。你看看，“抬楼”的他们几个，湿透了的衣服紧紧地贴在身上，个个脸色涨得通红，上气不接下气，累得半天说不出话来。

费了九牛二虎之力，平平安安地“抬楼”上来，这算运气好。几次，文帅他们好不容易把六八尺的大书画框抬到二十九层、三十层，离客户家就剩下一层或两层了，翻转画框时，咔嚓一声脆响，不好，玻璃打了！哎哟哟，我的天呀，眼看着就到了，竟弄下这事！你说让人沮丧不沮丧，你说叫人难受不难受？唉！长叹一声，沮丧、难受完后，擦一把脸上的汗水，还得把打碎玻璃的书画框，怎么样抬上来，再怎么样抬下去。

这事儿，我经见过好几回，打碎玻璃，大家首先担心的是玻璃伤着人没有；没伤着人，那就好，打块玻璃算不了什么。

“没有啥，咱干的就是这工作，谁也不愿意碰上这档子事儿！碰上这事儿了，那就往下抬吧，换玻璃，再拉过去，重新上楼！”文帅说起这事儿来，反倒是很轻松的样子。

“你别说，看着自己抬上来的书画框，顺利地挂到墙上，把那好看的字画瞥上一眼，嘿嘿，心里那个自在，那个高兴劲呀！”文帅乐呵呵的，给我学说着把字画挂上墙后，他的那个快活。

说到字画挂好，主家的反应时，他兴奋起来：“要说主家的反应，那我见得多了！书画框一上墙，主家常会后退几步，欣赏起字画来，他们往往会惊叹地说：哎呀呀，字画一挂上墙，房子好像跟着跳了几跳，感觉一下子不一样啦！文化味道、书香味道，哗地一下子就出来了！”

文帅前多年走过不少地方，经见的世事多了，看问题就全面，就客观，就能尖锐地看到事物的本质。没事跟他聊起天，话题也就多了起来。他说：“我走过全国不少的城市，像咸阳有那么多的文化人，有那么多喜欢读书的人家，有那么多喜爱字画的人家，真是少见！每天挂字画，出了西家门进东家门，所有这一切，我看得清清楚楚。文明城市，文化城市，咸阳名实相副，名不虚传！”

话题又转到了字画上。他说：“咸阳，一座不是很大的城市，在那条街上，全是一家挨一家的字画装裱、字画销售店面，加上分散在其他街道上的店子，干这一行的家数就更多了。字画，在咸阳有这么大的场面，有这么大的规模，确实厉害！”

文帅一侧头，盯了一眼窗外鳞次栉比的高楼，转过头来说：“我时常想，文化让人有了灵魂，有了方向；书籍给人力量，字画滋润丰盈了人的精神。有了这些，光鲜的城市就有了灵魂，就有了底蕴和内涵，咸阳就是这样的一座城呢！挂画时，我跟主家也常拉话，能感觉出来，他们关心国家大事，有理想，有思想，日子过得有方向！”

“说得好！‘挂画名人’挂画是专家，这一席话说得实在，概括得好，有高度！这也是‘名人名言’！哎呀呀，大秦古都，德善咸阳，随便拉出一个人来，都有两把刷子，都不敢小瞧哩，比如你！”我接了他的话。

“啥名人名言，你是在夸我！我只不过是一个挂画的，把我看到的，想到的随便说了说，说不到向上，让你见笑了！”他不好意思起来，连连摆着手，脸上露出了羞涩的笑容。

三位好人

去古城洛阳的第一天，我们住在了洛阳新安县新区。

晚上无事，开车去了县城老区。妻子祖籍新安县，她是在陕西出生，在陕西长大的，多年前曾回过老家，对老县城还有一些印象。到了洛阳，她想过去转一转，看一看。

转完老县城，在一“丁”字路口停下车。从东西方向的大路下去，那条路是一个慢下坡，下到坡底，路上边好像有一座过火车的天桥。天黑，也看不清这两条路叫什么名字。

到这个点了，晚饭还没吃，我们去正对着“丁”字路口的那家饭馆，要了两盘炒面。老板脸宽眼大，三十岁左右，人干练麻利，两碗炒面很快就端了上来。

哎哟，吓了我们一大跳！我的天，这么大两盘炒面，分成平常的四盘，绝对绰绰有余！

“老板，你也太实在了！这么大的量，哪里吃得完呀？”我惊问老板。他笑着接话：“俺这儿饭馆本来给的量就大，听你口音是外地人，俺给你们一人多加了一个鸡蛋，多加了一些面。这不加钱！出门在外辛苦，不管怎么样，把饭要吃好！”正说着话，他忽然看到门外的车，“路边的车是你的吧？不敢给路边停，电子警察抓拍了要罚款，你快把车挪到我店门口来！”

我出门挪了车，回到饭馆，继续吃炒面。“老板，你炒面里多加鸡蛋多加面，谁来了都免费加，那不赔大了？”我吃着炒面，和老板说着话。“不是谁来了都免费给加，你们是外地人，走到我门上来了，出门不容易，加个鸡蛋，加点面不算啥！”老板回应我的话。

他的几个朋友，坐在里边那张桌子旁，喝着啤酒。也许是熟人，他跟他们并没有说很多的话，倒是跟我聊起了天。

他说，开车跑长途要休息好，要吃好饭，安全行车比啥都重要。又说，他邻居谁谁谁开了一辈子的车，跑的都是长途，他人小心，干什么事都稳当，开车一辈子，车连一次剐蹭都没发生过。他接着又说，谁谁谁慌张，车也开得慌里慌张，去年出事故受了重伤，钱花了一大堆，人到现在都没好利落。开车一定要操心，要慢，小心无怨肠！

那炒面，我吃了不到一半，妻子吃了不到三分之一。结账时，我给老板要开多加的鸡蛋和面钱。他说："说好的不加钱，怎么能多收你们的钱？"他拿来一次性饭盒与筷子，"把剩下的面带上，路上饿了还能垫垫肚子！"他坚决不多收钱，弄得我们不好意思起来。

离开饭馆，老板跟了出来："天黑，我给你看着把车倒好！"站在车后的他，给我指挥着倒车。我们该走了，他对我说："天黑，路不熟，车开慢点儿！"看着我们离开，他才进了饭馆。

炒面馆老板的真心实意，确实感动了我们。这是我们在洛阳遇到的第一个实实在在的好人！

在洛阳的第三天，游览完白马寺与龙门石窟，我们住进了洛阳九龙宾馆。我看了看车上的油表，油箱里的油不多了，该给车加油了。

出宾馆去吃饭，走出不远，碰见一名中等个子的交警正在路边值勤，顺便就问了他，警官，哪里有加油站呀？

他一怔，大概是看我步行着，怎么问起加油站在哪里。他听出了我外地人的口音，马上反应过来："你们是从外地来的吧？车在哪儿停着？车里的油还有多少？""车就停在这宾馆里，油还能开几公里！"我指着前边的九龙宾馆说。

他说："车没油走不了，加油站肯定不卖散油给你，真出现那种情况，我可以帮你想办法。不过，你车还能跑几公里，那就没事！"

他边走边说："跟我来，我给你说，加油站在哪里！"他领着我，朝回宾馆的方向走了五十多米，来到一个巷口，往北指着那条巷子："你开车从这条巷子上去，遇到第一个红绿灯往左拐，前行到第二红绿灯往右拐，到第三个红绿灯，再直行二百多米，路东边就有一个加油站！"

怕我没记下，他又给我重复了一遍。完后他说："我就在这儿值勤，有啥事，你随时来找我！"

这名交警真好，真有耐心，我连声说着感谢的话。这是我们在洛阳遇到的第二个实实在在的好人。

告别那名交警，我们转到洛阳西关的大张超市。进超市转了一圈，买了点儿东西。出超市后，朝东走，我们要去找吃饭的地方。

从东边那条街道进去不远，路北有一家饭馆。我们走了进去，店主是一位四十多岁，看上去清瘦而精干的中年男子。

还没等我们开口，他就说话了："吃饭呀？是这样的，我媳妇有事回孟津老家了，我也是下午才赶回来的。炒菜，我没我媳妇炒得好，平常都是她掌勺。要不，你们去旁边的店子吃饭？"

竟有这样实在的人，把客人给别人家店子介绍！没等他把话说完，我就接了话："不去别的店子吃，今晚就在你这儿吃！光凭老板你说的这实在话，菜炒得再不好，我们也要在你这里吃！"

他笑起来，给我们倒上了茶水，说："那你们先喝茶，我去炒菜了。"他拿过我写下的菜单，转身进了后厨。

要的几道炒菜上来了，也许是被老板的真诚感动，也许是饿了，我觉得他那菜炒得还真不错，还真香呢。我夸他菜炒得如此这般好，说这水平够上大厨的水平了！他笑了，带着几分羞涩说："没有，没有，你是说好听的话让我听！叫我炒菜，这是赶鸭子上架，你们就凑合着吃一顿！"

这么实诚，这么不知取巧的一个人！这是我们在洛阳遇到的第三个实实在在的好人。

世事纷繁，为了生活奔波忙碌着的人们脸色冷峻，行色匆匆，现实生活中，往往多了冷漠，少了温情。

在这样的环境下，有时候一件细微的小事，一个小小的关心，抑或看似普通平常却有了温度的一句话，都会让人心生暖意，都会有美好的情感滋长与绽放。

洛阳之行，三个好人让我从内心里感动。尽管我不知道他们叫什么名字，但我记住了他们，我要写一篇小文章出来，说说他们的好。

宜君圣树

端午假期，这里是宜君县艾蒿洼村，我是专程来朝拜这株圣树的。

眼前，这株枝繁叶茂，已有一千三百六十多年树龄，高约二十米，树围约三米八，树冠硕大如撑开之巨伞，遮地约六百平方米的娑罗树，沉静稳健得如同一座青山。此时的娑罗树，一树的白色繁花，开得正盛。

相传，公元645年，玄奘法师自天竺学成归来，携带回三颗娑罗树种子，其中一颗种子治好了唐太宗御马的疾病。

玄奘法师先在大慈恩寺住持寺务，领管佛经译场，后转玉华宫译经。在玉华宫，他将另外两颗娑罗树种子，亲手种植在了这里。后因其他原因，将其中的一株移至玉华宫西四十里艾蒿洼村的悬崖下。玉华宫留下的那株娑罗树郁郁寡欢，就有了流不尽的泪水，相思千载之后，最终枯萎，死亡于1996年仲夏。

移栽到这里的这一株娑罗树，历经千余年，顽强地活了下来，成为世界上现存的唯一的一株玄奘手植娑罗树。

娑罗树与菩提树，被称为佛教圣树。在这个夏日的上午，站在圣树下的我，仰望这株古娑罗树的枝叶，仰望它满树的繁花，不由得就有了遥远的联想。

当年，玄奘法师从天竺归来，带有那么多卷经文，关山险阻，路途迢迢，这娑罗树种子，在回来的路上放在了什么地方？

是和经文放在一起？那么一路上，娑罗树种子在经文的世界里，被熏陶得就有了佛的品德与性情；抑或玄奘法师一直随身携带，那么，它就浸润吸纳了法师的气息与汗血。哦哦，娑罗树种子不管放在什么地方，不管怎么带回来的，它是跟着法师回到大唐的，它就有了神奇的灵性，就有了神秘传奇的色彩。

娑罗树种子在宜君这片地面上入土，在这里起根发苗，在这里长成参天大树，它记录下自然之变迁，见证了世事变迁，际会了历史风云。这株娑罗树，在人们心目中就成了佛，成为树中之佛，生发弥漫出恒久璀璨的佛的光芒，也就有了济世度人的法力。

望着千余年后仍昂扬着精神，焕发着生机，蓬蓬勃勃生长着的娑罗树，人不由得要赞叹它生命力的顽强，不由得要恭恭敬敬地给它鞠躬，呼之为神树、圣树了。

高僧大德玄奘法师的精神、眼神与体温，一定会从唐朝，一定会从这株古娑罗树上传承蔓延下来。今天，我们望一望它，就能感知体会法师之精神，就能看到法师深邃睿智之眼神。如果能摸一下它，我想，就会和玄奘法师进行一次穿越时空的握手。会的，应该会的。只是那保护娑罗树的围栏，不能，也不可逾越而过，我们只能以仰视以崇敬庄重的目光，给它行了庄严的注目礼。

娑罗树，玄奘法师手植唯一存活下来的娑罗古树，它从唐朝一直走来，就有了佛的慈祥，就有了佛的看开放下，就有了佛的博大光辉。于是，一代代的人，从内心深处爱这娑罗树，敬这娑罗树，尊这娑罗树。

树上悬挂着那么多的红布条和红丝缎被面，给绿叶白花的娑罗树增添了一绺绺、一簇簇的红色，不仅增加了一道有生活滋味、有烟火气的景观，更多了几分迷人多姿的人文色彩。这红布条和红丝缎被面，是远近的人们来这里祈求风调雨顺，祈求家宅平安，祈求幸福生活，祈求佛光普照众生的物体，是一件件鲜活的人与佛之精神交流的信物，也是人们祈愿生活美好的一个个希冀、一个个憧憬。

细看这娑罗树，叶子似手掌，由七片小叶组成。繁密的花儿如同一团团白雪，夹杂在郁郁葱葱的绿色枝叶间，与红布条及红丝缎被面交相辉映，煞是好看。

远看过去，娑罗树上一朵朵硕大的白色花朵呈圆锥形，花序分为九层，好似众多的佛教弟子手捧九层烛台向佛祖朝拜。近前看，洁白的花瓣泛着淡淡的鹅黄色，簇拥在一起的橘红色花蕊吐露着醉人的芬芳。嗡嗡嗡，飞来飞去忙着采蜜的蜜蜂，就是在这静谧的山坳里为圣树伴奏的了。

我在铜川矿务局焦坪煤矿工作时，就常去跟前的玉华宫遗址游玩。玉华宫里玄奘法师手植的那一株还未枯萎死亡的娑罗树，那年开花时节我曾和人合作给它照过相，后来将介绍它不凡来历的大照片刊发在了《铜川日报》上。那个时候，我就知道娑罗树为玄奘亲手种植，它是佛家之圣树，生性洁净，没有虫害，无须施肥打药，只需天然的雨水浇灌，它就可以茁壮、茂盛地生长了。

1996年，玉华宫那株娑罗树枯萎死亡，物伤同类，悲从心起，艾蒿洼村的这株娑罗树仿佛有感应一般，2003年至2007年，连续四年竟然不长树叶，不开花，直到2007年秋季，这株仿佛从伤痛之中走出来的娑罗树才再现生机，结出了三百多颗娑罗果。

2016年5月14日，佛祖释迦牟尼诞辰日，宜君县向大慈恩寺赠送的娑罗树子树，其母树就是艾蒿洼村这株娑罗树。每年到了九十月，娑罗果逐渐成熟落地，形如深褐色的板栗。娑罗树上结出的娑罗果很少，培育起来十分困难，那次送给大慈恩寺的子树，是经过多年艰辛的培育，才培植成功的。

根植于大雁塔下的娑罗树子树是西安和宜君两地传统文化的相接相续，是玄奘法师专心向佛，天竺取经之坚韧不拔精神在佛教圣地大雁塔的再传承，再弘扬，再光大。

当年在铜川工作时，我未曾拜谒过艾蒿洼村这株娑罗树。今天，站在树下，算是续了前缘，我是虔诚而郑重的。那些年，我曾多次拜谒过玉华宫那株娑罗树，并把它的照片登在了报纸上，时隔多年之后的今日，我专程来拜谒在我心目中具有同样崇高地位的这株娑罗树。

说这些话，不是表功，也没有别的想法，只是想说，我当年和玉华宫那株娑罗树是有交集，是有缘分的。两株古娑罗树跟玄奘，跟宜君有那么深的渊源，两株古树又有那么深厚的亲情，我一定要来拜望艾蒿洼村这株娑罗树，今天，算是实现了夙愿，我是快乐的，是欢喜万分的。

宜君，宜君，多好的名字。圣树娑罗树生于斯，长于斯，是应了天意的。离开这株古娑罗树时，我真诚地给它鞠了三个躬。但愿岁月静好，祈望它生生不息，与天地同在，与日月同辉，把玄奘法师为法忘躯的伟大民族精神，以它为载体，久远地传下去！

礼泉御杏

礼泉御杏，出产在九嵕山唐太宗李世民昭陵下的山底村。御杏以其个大，色泽鲜艳，口感极佳而声名在外。

御杏刚成熟时，喜欢吃硬杏的人就来了。他们把青黄色，已染上一丝丝红的杏从树上摘下，两手一掰就成了两半，取出杏核，把掰开的杏，急急地放入嘴里，咔嚓咔嚓就吃开了。他们要吃的就是这种脆脆的、酸酸甜甜的味道。

喜欢吃甜杏的，等杏完全熟透后才来吃，张口一咬，一不小心，杏汁就刺地射了出来，拿杏的手掌心也流满了汁。那种美妙的味道，那个味蕾的陶醉与享受呀，看一眼他们吃杏时的那个表情，那个快活劲儿，你就知道了礼泉御杏的味道有多好。

6月11日中午1点多，贺海平通过徐以荣传话给我："海平让我叫你，再叫上吴哥，还有史哥，咱一块儿到你礼泉摘御杏走！他一会儿就开车过来接咱们！"以荣说的吴哥、史哥，是吴东辉与史仁立。

我是礼泉人，御杏当然多次吃过，但去御杏园子摘杏，还真没有去过，这是第一次，我想也没想，就爽快地答应了。

说回礼泉的御杏园摘杏，真还有点儿小小的兴奋与激动。礼泉，是生我养我的故乡，是我常常牵挂着的地方。故乡礼泉，从御杏开园到深秋初冬，后边各种各样的水果，就不断地上市了。被称为果乡的礼泉，不同品种、不同味道的各种果子有你吃的呢。

海平打开手机导航系统，直接将终点设置为烟霞镇山底村冯日宁家的御杏园。车子出了城朝前飞奔而去，初夏的咸阳塬上郁郁葱葱，是一眼望不到头的绿，清风徐徐拂过，顿觉神清气爽，一身轻快。

十几年了，年年御杏下来，海平和以荣都要去冯日宁的御杏园拉杏。每次，他们都要把车后排座放倒，一箱箱摞起来的御杏，把车后空间塞得实实满满的。冯日宁的御杏园，成为他俩和他俩的朋友们定点的采摘园。他俩去的次数多了，对御杏的来历，对御杏的传说，对御杏诸般的好，能如数家珍似的一一道来。

山底御杏有一千三百多年的种植历史。传说有一年初夏，唐太宗李世民带着皇戚大臣在九嵕山围猎后，从山上下来，又热又累，又渴又饿，经过山底村时，当地村民就把这儿的特产梅杏给圣上奉上。

李世民一口气吃了好几个看上去就馋人的梅杏，饥渴全消，也不觉得暑热与劳累。他连声夸赞这梅杏好，是果中珍品。他又问老百姓，这梅杏是如何栽培的，为何有了如此这般的美妙滋味，百姓一一做出回答。李世民听后高兴地说："四时陵园山自润，千果梅杏水长流。"跟随李世民的大臣与当地官员，记下了圣上的话。从这以后，山底梅杏成为上等贡品，年年献给朝廷。当地的梅杏，也就被称为唐王御杏，千百年传了下来。

这个优美的传说，给山底御杏增添了神奇而又神秘的色彩。

山底村，因位于九嵕山李世民昭陵山下而得名。这里土质肥沃，自然条件优越，从九嵕山神洞"烟霞洞"里流淌出来一股清澈甘甜的泉水，世世代代滋润与呵护着这片丰腴而古老的土地。御杏，就是这富含矿物质的泉水浇灌生长出来的，含有多种的矿物质、微量元素和维生素。山底村御杏园，在九嵕山之南，向阳，光和作用好，昼夜温差大，御杏糖分高，果品上色好，品质优异，被视为杏中珍品。

一转眼，车子就到了御杏园，冯日宁两口子热情地迎了上来。杏园劳作，风吹日晒，两口子黝黑的脸上是真诚而质朴的笑。海平、以荣和他们熟，打过招呼后就介绍开了我们三个，说到我时，我笑着对他两口子说："咱是乡党，我是新时社区大张寨的。"以荣说："这是作家。"我打断了他的话："啥作家不作家的，也没有怎么怎么样，就是一个礼泉乡党，一个来摘杏的！"他两口子还是那个真诚质朴的笑，说："都是咱人，咱自己人！""进园子摘杏吃，快进园子摘杏吃！”

地上落了不少黄黄的红红的杏，杏熟蒂落，甚是让人心疼。“咋落了这么多的杏呀？”我们直喊可惜，真是可惜了！“没办法，杏不像其他果子，一熟，来不及摘，就哐当哐当往下落呢！我这园子，从开园到摘完杏，能落一千多斤！”冯日宁是一脸的无奈。

“落到地上的杏，都软了，好多都好好的，比树上的还甜！我每年来，不去树上摘，就到地上拾杏吃！”以荣弯腰，从树下捡起来一个黄杏，用手拨拉拨拉就吃开了。“哎嗨呀！甜得很，甜得很，比去年的杏还甜哩！”他又说，“老李来了，也是不吃树上的杏，专拾地上的杏吃。”他还说：“从地上拾起的杏不用洗，这样，才能吃出真正的杏味。不信，你试一下，一洗立马就没有那个味道了。”听了他的话，我们几个笑着，从地上挑没受伤的好杏吃。“这杏甜，真真确确比其他地方的甜！”“在城里的市场上，哪能买上味道这么好的杏？”我们边吃边说。

到了御杏园，体会一下摘杏的喜悦滋味是必须的。我拿来主家摘杏的专用兜兜。这兜兜，看样子用了多年，我把这兜兜挂在脖子上，爬上梯子去摘杏。摘满下来，鼓鼓囊囊的一大兜杏挂在胸前，我把兜兜从脖子上准备取下来，倒入纸箱去。以荣说：“别取兜，别取兜，就挂在脖子上，让我给你照张相再说！”说着话，他给我递过来挂着五六个杏的一根杏枝，让拿在手里作为道具。照完相，他把照片发给我。呵呵，相照得好看、好玩、有意思。我连同刚才照御杏园的照片，配了这样的文字：“礼泉山底冯园主御杏园，山泉浇出来的非同一般的杏，有了非同一般的滋味！”发入手机朋友圈，嘿哟，一下子来了一大片的点赞，还有许多人的留言。

摘杏，吃杏，照相，发朋友圈，忙着看谁点赞了，看谁留言了。嘻嘻哈哈，乐乐和和，把有趣的留言读出来给大伙听。在其他几个人发微信、看微信的时候，海平坐在一旁，作了一首名为《御杏园》的诗。平日，他有灵感时，就自顾自地在手机上写开了。他写的那些诗来自生活，鲜活而生动，有了不同于别人的独特味道。

人，特别是在农村长大的人，一看到土地，一看到土地上生长着的可以收获的庄稼与果树就亲，就非同一般地亲。那是因为他们懂得土地，曾经在土地上辛劳耕作过，曾经在土地上洒过滴滴的汗水。他们品尝过来自土地上的自己的劳动果实，那种感觉，那份情感，没在土地上出过力流过汗的人，你说给他，他是不懂的，是没有体会的，是不会跟你有共同语言的。

站在地上摘杏的我，和站在高梯子上摘杏的冯日宁聊起了天。他感激地说：“老贺、老徐人好得很。前多年，知道我家里老人瘫痪在床，日子过得难场，十几年了，一年不落，来我杏园子几十箱几十箱地拉杏。他们哪能吃这么多的杏呀，拉回去后，都送给了亲戚朋友。”

“他们还叫来好多的朋友来拉杏。我知道，他们是实心照顾我，是实心帮扶我呢！人心里要有数儿，要知道啥哩！你来时也看到了，咱这杏园子在村子西头，没有紧挨公路，到地里来，要穿过村子街道才能过来。老贺、老徐人好，介绍来的朋友们也好，他们从来不讨价还价，也不让我优惠。人要记人的好，要记人的恩，我啥时候都不会忘记他们的好，他们的这个恩！没事了我也寻思，咱就是一个普通的农民，咋就能遇到这么多的好人，想来想去，是我命好吧！”

“是，是的，你是遇上好人啦！人说，人有贵人相助，才能弄事，才能成事，你这是遇上贵人啦！好，好着呢。人都不容易，能帮上人就帮，人帮人，对谁都好！光从这事上，就能看到他俩为人的品性！买个杏是小事，年年从咸阳远道开车来买杏，能坚持十几年，这可不是一件小事，不是容易的一件事！把这事说给谁听，谁都会感动！”同样受了感动的我，说了很多。

一个下午我们摘了三十六箱杏，箱子摆满一地。还没封口的箱子里，黄澄澄、红彤彤的杏儿，看着真是漂亮，真是诱人。仁立去杏树上折了枝叶，给每个箱子的杏上摆上枝叶。心形、绿色的杏树叶，把那箱子里的杏，点缀衬托得颜色越发艳丽好看了。那一箱箱的杏，不管送到谁手上，谁打开箱子，光看一眼，保准口水就会流下来。

礼泉御杏色泽鲜艳，礼泉御杏甘醇蜜甜。你说，去礼泉御杏园摘杏，这其中发生的有关御杏的故事，不也多姿多彩，不也甜蜜感人吗？

金粟山

游金粟山，是原行程中未安排的一顶活动。

6月15日，我们一行五人跟随贺海平去他老家富平田村，专程去看他们贺家立于康熙五十五年（1716）的记事碑。一方家族的记事碑，三百多年了，能完好地保存下来，不是一件容易的事。海平先前说过那通碑，我们来了兴趣，要亲眼看一看贺家在康熙五十五年有什么事，要庄重地以碑石记之。于是，就有了这次富平之行。

此时，正是关中麦收之后，收过麦子的麦茬地泛着金黄色的光，让人生出许多的亲切感来。田村村外，在那一块地势略高，旋耕机刚刚深旋过，一脚踩下去就一个深窝的地里，我们看到了那方被镶嵌在小亭子里的碑石。这通名为《大田村朝华山西岳大帝碑记》的碑石保存完好，碑文文字清晰，只是碑身太高，人即使踮着脚，也看不清高处的文字。

从能看到的碑文上大略知道，该碑记述了贺家康熙年间朝拜华山，祈求西岳大帝保佑的过程。碑文正文后，列有众多贺家当年建庙立碑时的人名。同行者有人提议，找人先打出拓片，依照拓片上的完整文字，再慢慢研究。又有人笑呵呵地提议，不妨成立一个小范围的五人贺氏家事碑研究会，好好研究研究这通碑。贺家户族大，人老多辈人丁兴旺，是出过有影响的人物的。

看完记事碑，从田间小路出来。海平指着北边的山说，碑看完了，这下没事了，咱去金粟山转一转。山上有寺院，有金粟菩萨，还有好多的传说故事，西安、渭南和铜川，还有省外人，赶过来朝拜的很多。

山以金粟山命名，多么独特美好，多么金贵吉祥。我是第一次听说金粟山，也是第一次要登上金粟山。

“走，上金粟山！”“好啊，上山拜金粟菩萨，祈盼菩萨保佑！”大伙应和着。我们的车跟着海平的车，朝金粟山飞奔而去。

金粟山，远远就能看得见，真正要到它跟前，车子还得跑一阵子。几十公里的平路跑完，金粟山就挺立在了人的面前。平原上，突然就矗立了这么一座大山，那个气势，那个感觉，很是震撼人心。从山下向山上望去，金粟山群峰耸立，气势磅礴，威势逼人，郁郁葱葱的满山的绿，看着就让人兴奋，就让人来了精神。

海平知识渊博，口才好，又是本地人，从小，他对金粟山的风物掌故就了然于胸，天经地义地就当起了我们的导游。

为啥叫金粟山？是因为山上的碎石像金粟一样璀璨发光，这山也就被叫作金粟山。金粟山还叫菩萨山、灵泉山与紫金山。山上的寺院是依了山势而建，兴于秦代，盛于元代，香火连绵不绝，一直传延到现在。金粟寺院里有老君殿、药王庙、老母殿、地母庙，还有出名的娘娘庙和鸿雁姑姑庙。

金粟山上，另有秦王庙、明月寺、关帝庙、秦王点将台、杨八姐下马处、刀劈石崖、老虎桥、火烧坡与龙泉水等传说故事与名胜古迹。

海平停顿了一下，回过头来给我说，山的那边就是咱矿务局的金华山煤矿。他跟我，都曾在铜川矿务局工作过。那时，我们常去金华山煤矿，对它是熟知的，是了解的。金粟山的北边就是金华山矿。他这么一说，让我对金粟山一下子也跟着亲近起来。

蜿蜒盘旋，回环往复，上山的路，就像一圈圈缠绕在大山身上的绳子。顺着这一圈圈的绳子，车子转来转去向上爬着，每一圈的转弯处，都是几乎九十度的硬转弯。往往车头已在下一圈路的起点上，车尾却还在上一圈路的终点上。上金粟山的路似胳膊肘，逼仄而惊险。

山路上，不时有漂亮的野鸡出现，它在路上站着，看车上来，并不飞，不慌不忙，绅士般走入路旁的密林里。倒是那些小松鼠见车上来，刺溜一下，飞速地窜入路边草丛里，不见了踪影。

山路陡峭，越往上走，路两边的森林植被越是浓密，越是深厚，那植被，越是深绿而有了蓝的颜色。越往上走，视野越发开阔，景色也越发好看，越发神奇多姿起来。

山顶到了。停下车，前边车上的人车门一打开，还没有下车，就急急地说话了：“哎呀呀，哎嗨呀，坐在车上，就像坐在低飞着的飞机上，下边的景色看得清清楚楚的！上山像坐飞机，这感觉太好啦！”“嘿嘿，金粟山，金粟山不是一般的山嘛！上山像坐飞机的感觉，我们今天算是体会了，算是享受了！”有人笑着接话。

这里是金粟山的制高点，视野十分开阔。往下望去，四周是一座座交叉排列的山脊。每座山脊之间，有一道深绿色，那是山与山之间的分界线。从这个位置看下去只是一条线。其实，两山之间还有深而宽的沟壑，还有不近的距离，只是远，造成视觉上的差异罢了。

早上，天上还有零零星星的雨点滴下。这时，雨彻底停了，跳出云端的太阳并不灼热，凉风习习拂过，空气干净得像多次过滤过一样，大口大口地吸吸这新鲜空气，也是会醉了人的。

五个人各忙各的。忙着照相的，或站或蹲，或前倾或后仰，选着不同的角度。山顶景色如画，不管怎样照，照出来的照片都是那么美。有人站在那里，只是静静地看着脚下望不到头的一层层的山，不知他想着什么，还是什么也没想。也有人对着脚下的群山“噢——噢——”地大声喊起来，他要把平日不能大声呐喊而郁闷于胸的那口气喊出来。

这里没有别的人，远离了琐屑尘世，远离了烦心愁苦，远离了悲戚艰辛。这一刻，在这里，是属于与别人无关的我们自己的一个独立的世界，想怎么放松就怎么放松吧。

海平一个人把车朝北开去，他是想试探一下，看车能不能开到金华山矿去。他跟我一样，虽然离开铜川矿务局多年了，但对有情有义，给人温暖，给人成长空间的矿务局，我们还是有很多的留恋，还是有很多的不舍。

“前边走着走着，路就窄了，车彻底过不去了，我才掉头回来。骑摩托没问题，一溜烟就能到金华山矿！”开车返回来的海平笑着对我说。

“咱下山，去金粟寺院，那里边的古迹多，各有各的传奇，各有各的故事，到那里朝拜朝拜，好好看看。”

“噢，对了，下山的路上，还有一棵八百多岁的老合欢树，那树神奇得很呢！我敢说，你们在其他地方肯定没见过！绝对没见过！走，下山去看，看了，你们就知道是啥啦！”海平招呼着大家下山。

不大一会儿，车就停在那棵硕大的合欢树下。上山从合欢树旁经过时，只顾赶路，并没有注意到它。树左侧竖起的牌子上说，这棵合欢树树龄八百余岁，是金粟山上的爱情树等。

神奇，确实神奇，神奇得令人目瞪口呆，不禁要惊叫出声来！

合欢树，一定是汲取了天地之仙气，吸纳了金粟山神明曼妙之灵气。不然，怎么会长成如此奇特如此不可思议之形状？树的左侧，同根生出一棵小树。这小树，就是合欢树的儿子，它在其母亲身旁，一直默默地守护着。金粟山上这棵被叫作爱情树的合欢树，着实让人叹为观止。

这棵合欢树，还有更神奇的事儿。每年6月份花开之时，树上会开出九千九百九十九朵粉红色的合欢花。九千九百九十九朵合欢花，你不用去数，一朵也不会少，一朵也不会多。这么有灵性，这么别具美意的合欢树，难怪有情人来到树下，有幸觅得合欢花一朵的话，爱情将会甜甜蜜蜜，婚姻将会美美满满。求子许愿者，必能椿萱并茂，子嗣兴旺。

合欢树下往左转一个弯，就进入了金粟寺院的侧门。从正面上寺院，要上一百零五级台阶，才能进入寺院大门。

寺院供奉的诸神中，主神是金粟菩萨。传说很多年以前，金粟菩萨是金粟山下鸿雁村的一个村姑，人们叫她鸿雁姑姑。一次，她救了一条受伤的小蛇，这小蛇，原来是东海龙王的外孙，鸿雁姑姑精心照料，伤好后的小蛇，化为一条巨龙返回龙宫，把鸿雁姑姑救它一命的事，详详尽尽地告知了老龙王。这个时候，金粟山一带已三年六料没有收成。龙王知悉后，为了报恩，立刻普降大雨救了百姓。

老龙王向玉帝禀报了鸿雁姑姑救其外孙之事，玉帝被鸿雁姑姑的善良和真诚打动，就将她羽升为仙，封为金粟菩萨，掌管金粟山的风雨雷电。金粟菩萨根据天气变化，干旱时，该下雨就下雨；碾场扬麦时，该刮风就刮风。此后，这一带年年风调雨顺，五谷丰登，穷苦艰难、天天为生活发愁的百姓，在金粟菩萨的呵护下，过上了美满幸福的好日子。

寺院中，还供奉有求子之神的高禖神，民间称其为送子娘娘，供奉高禖神的高禖祠远建于唐，祠两旁镌刻有“祈婴感应”“保嗣永延”八个大字。凡是不能生育，无子嗣者来此求之，据说“祷者辄应”。这里，是海内外祭祀高禖神之圣地。

山灵异，祠辄应。生长于高禖祠祠顶峭壁上的抱玉树是奇上加奇。抱玉树以女身示相，繁茂怒拔于坚硬的青石之中，树干中间的两棵光滑圆润的树瘤，如同一对丰满坚挺的乳房，时有汁液流出，似要哺育树下的两株幼树。难怪门口的大柏树上缠绑着那么多的红布条，大柏树下方绿色的柏树枝叶几乎看不见，被密密麻麻的红布条所覆盖，一棵绿色的大树，硬是变成了红色的大树。不用问，送子娘娘肯定神灵准验，要不然，哪儿能有这么多虔诚的信奉者？

转完金粟寺院，打开手机百度，我想查一查关于金粟山的资料。介绍“金粟山”的链接中，有这样一则文字：

金粟山素有“渭北小华山”之称，融华山之天险与翠华山之苍碧于一体。其山以架子梁为主峰，东、西、中诸峰依其形势，层峦叠嶂，各呈异秀雄奇，正如当地民谣所说：“中峰雄鸡东峰鹰，西峰好像万花丛。”山之东侧，与石叠山紧连，与万斛山依依相望。其西侧海拔一千四百三十九米的频山为富平县境内最高之山峰，亦名明月山，俯对玉镜山，其状若欲揽“玉镜”而顾盼自雄耳。

秦时大将王翦、王贲父子曾在金粟山练兵、隐居与避暑。明吏部尚书张眈，曾在金粟山隐居修学。明监察御史杨爵、太子太保孙丕阳也曾在此隐居。

百度上，还有金粟山与其相关的许多的链接介绍文字。

金粟山是一座灵异之山，一座满山都是文化，弥漫着神灵之光的山。我回过头来，把金粟山又郑重认真地看了一遍。

从金粟山下来，东方出现了一道异常漂亮的彩虹。我们正惊叹彩虹的美丽时，西边天际的云彩，又形成一只向南飞翔而去的鸿雁。“鸿雁”那头，那眼睛，那脖子，还有那翅膀上的茸毛，那么真确，那么生动。那“鸿雁”，惊动了很多人，有的人仰头在看，在欣赏，有人忙着抢镜头拍照片。

游金粟山，瑞祥之象接连出现，让人不由得要准确地看一下这是什么日子。噢，2019年6月15日，没错，是6月15日，这是一个不同于别日，具有特殊意义的日子，我会把这个日子牢记在心里！

石川河畔的沙燕

这里，是富平县石川河南岸。高高的土崖上，崖沙燕啄出了成千上万个窝儿，它们在这里快乐地生活着，在这里忙着繁衍后代。这里，成为石川河湿地公园一大景观，吸引了远近的游人来此赏景观鸟。

崖畔上，挖掘机修路植草坪时，挖出来的一排排印痕仍清晰可见，土崖靠上部分，是密密麻麻，数也数不清的沙燕窝。一大群一大群如精灵一般的沙燕，叼着虫子扑棱棱地飞回来，喂过窝里的小沙燕，扑棱一下折过身，又箭一样射出，寻觅食物去了。

傍晚的夕阳，把醉人的金黄色挥洒在土崖、草坪、路旁的车辆与众多的游人身上。这里成了金黄的世界，梦幻而迷离。

游人，站在崖畔下草坪外的路边，或仰头看那还是黄黄的小嘴，向外探头探脑的小沙燕；或是盯着周围的天空，看成群结队出去，又成群结队归来的老沙燕；还有游人，忙着用手机照相或录视频，发到自己的朋友圈。

人群里，一个中年男子给他的同伴说，沙燕不但不怕人，还是个人来疯。它像是要给人表演一样，崖畔下站的人越多，它越是来劲，越是来回飞得快，越是在空中要多盘旋几圈，炫一炫自己的飞翔技能。

人和鸟，这么近距离地相依相望，这么融洽自在地在一起，美丽得如同童话世界。此时看沙燕，看招人喜欢的沙燕，那个玄妙的色彩，那个悠然的情调，那个美好的感觉，让人不由得陶醉起来而忘记了一切。

这么近距离地看沙燕，且看到这么多的沙燕，对我来说，还是第一次。

小时候，在老家大张寨，对家燕再熟悉不过了，家里二门楼子内的屋顶上，年年春上都有燕子从南方飞来。育雏期间，老燕子叼食回来，一窝的三四只小燕子，脖子都抻出了燕窝，大张着嘴，叽叽喳喳地叫着，等老燕子喂食，那幅画面是温馨的，也是叫人难以忘记的。燕子是益鸟，村里的大人小孩们没有人去伤害它。有小燕子从屋顶的窝里掉到地上，没摔死的，大人们都会端来梯子，把它送回窝里去。

记得一天傍晚，跟我关系要好的一个玩伴，天快黑了，没看清村外电线上落着的是一只燕子，误以为是麻雀，就啪地一弹弓打了下来。他跑过去一看，哎呀，是一只燕子！咋打下了燕子呀？吓坏了的他，把手里做工精良，喜欢得不得了的那把弹弓扔到了野地里，不要了，不要了，他觉得，这把弹弓充满了罪恶。惊慌失措的他，连跑带颠地回到村子。多少天过去了，他仍不敢给人说这事，怕家里的大人揍他，怕村里的人骂他不是个东西。

“嘿哟哟，这么一大群沙燕呀！快看，快看，它们飞回来啦！”旁边的人兴奋地大声叫了起来。

我抬头望去，土崖上空是一大片跳跃翻飞着的沙燕。金色的阳光，把它们灰褐色的羽毛染成了金色。飞回来的沙燕群，叽叽喳喳的叫声响亮而动听。人群里一阵骚动：“哎呀呀！”“哟嗬嗬！好看，好看！”“我的天神，这么多的沙燕哪！壮观！壮观！”一大帮子的观燕人，欣喜地叫喊起来。最后一个说出两个“壮观”的人，应该是一个文化人，我回头去看，看是谁说的。

“你们是从咸阳来看沙燕的？”身后一个长得挺帅的小伙子问我。没错，听口音，听说话的腔调，他就是刚才接连说出了两个“壮观”字眼的文化人了。“是的，你咋知道我们是从咸阳来的？”我接他话。“你们的车牌号是咸阳的！”他心还真细，我跟他拉起话来，知道他不光是富平本地人，还是在这石川河畔长大的。于是，话题就多了起来。

“这石川河，以前是个杂草乱生的臭水沟，那味道把人能熏死。周围的蚊子，一疙瘩一疙瘩的，把人给死里咬哩！石川河改造成国家湿地公园以后，你们也看到了，河水多清，景色多好！用风景如画、美不胜收这样的词儿来形容不为过吧？自然景观改变了，环境好了，沙燕才来了！”他自问自答，生动地叙说着。

“你问沙燕是哪一年到这儿来的？应该是2014年春天吧，从那往后，沙燕一年比一年来得多，一到这个季节，远近的人，都赶过来看沙燕。那不，那边的那几个老外，是从菲律宾来的！”口才好，能说会道的他，话语里是一个富平人特有的自豪劲。

崖畔下的草坪里，有从土崖上的沙燕窝里跌摔下来已经死了的小沙燕。同行的吴东辉，低头看着死沙燕，怜悯地说：“自然生存法则，能活下来的就活了，死了的就死了。物竞天择，谁也没有办法！”

眼尖的徐以荣，在草坪里发现了一只活着的小沙燕。他把那小沙燕放在掌心，萌萌的可爱的小沙燕并不怕人，歪着小脑袋好奇地看着人，以荣让海平给他照了一张手捧着小沙燕的照片。完后，海平也把那小沙燕捧在左掌心，右手指逗着它，跟它说着话，咔嚓咔嚓几声过后，留下了他与小沙燕交流对话的珍贵照片。

照完相，他俩小心翼翼地把那只小沙燕放在土崖上能够着的最高处的一个洞里。未长大不能飞的小沙燕，一旦从窝里掉下来，就是没摔死，老沙燕也没办法把带到窝里去，离窝的小沙燕，十有八九难以成活了。阿弥陀佛，但愿这只小沙燕的妈妈能找到它，但愿它能活下来，展翅飞翔于蓝天。

又一大群出去觅食的沙燕飞回来，土崖上，成千上万个沙燕窝里的小沙燕又探出了脑袋，叫唤着，等着老沙燕给它们喂食。“沙燕有灵性得很哪！这么多的沙燕窝，没有门牌号，又没有定位系统，它们咋就能准确无误地、端直地飞到自己的窝里去？神奇，神奇得很呢！”史仁立开着玩笑，感叹地说。

“哟，往东边看，快往东边看，有彩虹，彩虹出来啦！”呼啦啦，游人忙着往左侧身，要照那些在金色的夕阳下，又有了彩虹作为背景的沙燕与沙燕窝的照片。

我也抢拍了两张照片，照完，打开刚照的两张照片仔细看了，那个独特的瞬间真美，借用上边那个有文化的小伙子的话说，就是两个字：壮观。

车出潼关

车出潼关，要去河南洛阳一趟。这是我第一次开车出省，第一次跑这么远的路。

去之前，儿子马博说，你没有跑过那么远的路，不要开车了，路上劳累，还得让人操心。我给你们订高铁票，高铁快，也就两个小时的车程吧，很快就到了。

去洛阳，一是要给亲戚带陕西的特产猕猴桃与户太八号葡萄，满满的两大箱水果，坐高铁上下车不方便。二是新车需要磨合，正好利用这个机会把车磨合磨合。另外，也有一个小小的想法：跑一次不是很远的长途，树立起敢开长途车的自信心来。哟嗬，这会让那些善于开长途跑远路的老司机笑话了。

我不敢吹牛，我车开得多么好，但不管怎么说，我也是拿驾照二十年的老司机了，开车回老家大张寨，或去铜川这些近处的许多地方，来来回回地不知跑过多少次，另外，也西去过宝鸡，就是没开车出过省。

说实在话，我不是一个爱车的人。爱车的许多朋友，车换了一辆又一辆，日子过好了，不断换车这是好事。但也有人紧紧巴巴地买下一辆好车，却为加油的钱发愁，算计着过路费、停车费又要花多少多少钱，属于死爱面子活受罪的一类人。

我见过爱车的人，每天早上起床，别的事先不干，第一件事是洗车。提个水桶，拿着毛巾，满头大汗地把车里车外仔仔细细地擦洗了一遍又一遍。

有朋友在我跟前讲玩笑话，说："谁谁谁的车号称'咸阳第一脏'。他从不洗车，天下雨，车也就跟着洗了。天不下雨，不管车脏不脏，他就那么大气地开着。”“大气”地开着？听他这笑话，我就忍不住想笑，该不是他借说谁谁谁，是在说我吧？

呵呵，你别说，这次去洛阳，我可是把车擦得锃亮锃亮的，出远门去外省，不能让外省人笑话了咱。

车上的导航已打开，我和妻子出了咸阳城，踏上去洛阳的征程。

到了西安六村堡立交，没听清导航语音提示，在立交上转了一圈，竟然向南转出了立交，出了收费站。不好，路走错啦！前行一段，到了高架桥下的红绿灯处，这里路况复杂，在掉头回来重新上高速的匝道上，车变了个道，我怀疑，可能在这里走错了。

重新进收费站上立交，驶上京昆高速，方向没错，那就放心地跑吧，车在规定车速内行驶着。走时，我就告诉自己，和我原来开车一样，坚决遵守交通规则，礼貌行车，不长时间占用超车道，不骑线行驶，不开赌气车，不疲劳驾驶，两个多小时就休息一次，确保行车安全。

高速路上，不时有车不打转向灯，突然从超车道变道到行车道上来。也有从后边飞速上来的车辆，不管行车道与超车道上的车辆，斜刺里，呼啦一下子就插到超车道上去了。他们这突如其来的动作，把正常开车的司机们吓了一大跳，一个个紧急刹车，我也跟着刹车避让。

唉，开这车的司机要么年轻气盛，属于天不怕、地不怕的角色；要么，就是开车没招过祸，不知道高速路上一旦发生交通事故，那将是多么恐怖，多么惨烈的车毁人亡的大事故！这些司机，在高速路上如此开车，不光是拿自己的生命在开玩笑，还给其他行驶的车辆造成巨大的安全隐患。高速路上，称他们为“马路杀手”不太恰当，准确一点儿说，应该叫他们“高速杀手”才对。

我也常坐老司机的车，他们驾龄比我长，经验比我丰富，开车水平那是没得说的。遇到上边那些开车者，他们是要骂娘的，那骂娘的话特别难听呢。话难听，理却正，那也是为了他们好，真心不希望他们出事故又连累了别人。可惜，可惜他们听不到这难听但为了他们好的话。我想，就是当着他们的面，好好说给他们听，他们也未必能听得进去。

平时一上车就睡觉的妻子，这次坐车，没打一次瞌睡，一路上给我操着心，看着前边的路况。车到潼关，我把车开进服务区，在服务区喝口水，抽支烟，休息了二十多分钟后重新上路。休息过后开车，人觉得清醒、精神了许多，车开起来好像也顺溜，也有劲了很多。

过了黄河，进入河南境内的灵宝，车辆限速一百码，车速也就跟着降了下来。连霍高速路上，小车道与大车道相隔离，各行其道，车速也不高，车在这儿好开了许多。

在三门峡服务区休息后，继续开车前行，途中经过渑池和义马，行驶四个多小时，顺利到达洛阳新安县的亲戚家。妻子回到了老家，亲人们相见，有说不完的话。

第二天下午，我和妻子去了龙潭大峡谷。龙潭大峡谷，在新安县西北方向，山不大沟不深，路却曲折回环，一圈圈地转着上山，下山。礼让慢行，我的车开得倒是顺畅而没有问题。第三天，我们拜谒了白马寺与龙门石窟，随后开车去洛阳市新区。

新区高楼耸立，绿树掩映，大街宽阔气派。大气漂亮的洛阳市新区，给人留下了深刻的印象。

转完新区，没停，就直接赶往老城区。途中经过两条隧道，第一条隧道长是长，但灯光明亮，好走。进入第二条隧道，不知什么原因，隧道内漆黑一片，打开车大灯都看不清前行之路。导航反复提醒前边有三个出口，用专业的术语一遍又一遍地解说着，漆黑的隧道里辨别不出方向，导航的话听得我一头雾水。我稀里糊涂地往前开，先出隧道，出了隧道再说。还好，出了隧道，路没走错！

快到老城区了，我在导航上打出“洛阳市老城区”几个字。去老城区，就是想去看看古都洛阳老城区到底是个什么模样，跟着导航走，不大一会儿就到了老城区。老城区道路尽管较新区狭窄了许多，但明显可以看到街上车多人多，街边店铺里顾客出出进进，生意看好。老城区人气旺，商业气氛浓郁，烟火气十足。

在洛阳住了一夜，第四天开车，一路顺风返回咸阳。洛阳之行，在西安六村堡立交、河南新安县老城区、洛阳市新城区与老城区，可能有四处交通违规。放心不下，随后几天在网上查，没有，这次出行没有一次违规。“好，好呀，你看这么远的路，车开得多么好，没有一次交通违规呢！”我自己先表扬了自己一番。妻子开玩笑说："你这是孔明夸诸葛，对着镜子说，镜子里的这个人真漂亮！"

车出潼关，跨省出行洛阳，对长途开车有了一点儿认识与体会。有二十年驾龄的我，今后开车，只要继续严格遵守交规，开车，就好好开，别像那些要二杆子的司机不顾安全，由了性子胡乱开。其实，长途开车没有什么可怕的，我是能开好车的，我告诉自己！

"啥？开车出去转几天？好呀，你说，咱去哪里转？"朋友相约出去玩，有了开长途车洛阳之行的胆气，我爽快地答应了他："行，我给咱开车，把地方定下来，说走就走！"

龙门石窟记游

龙门石窟，在我小时的记忆里，是深刻难忘的。

记得那年暑假，在西安教书的父亲和他们学校的老师去苏杭旅游，路过洛阳时，他们去了龙门石窟，父亲给我带回来一本介绍龙门石窟的精美册子。那时，除过上学的课本，要找一本课外书来读，也不是一件容易的事。正在老家大张寨上小学的我，这本印刷漂亮的小册子，自然就成了我的宝贝，没事时，我都要拿出来细细地瞧瞧，慢慢地看看。

册子封面，彩印着被作为龙门石窟形象代表的卢舍那大佛。大佛慈眉善目，安详平和，弥漫着难以言说的，让人心静如水，让人忘记了一切的美好气息。大佛亲切动人的微笑，叫人不知说什么好，不知以什么方式表达喜悦，只能欣喜地、久久地凝望着她。

册子里大段的说明文字，被我背得滚瓜烂熟。我知道，龙门石窟开凿于北魏孝文帝年间，在南北长达一千米的龙门山上，历经东魏、西魏、隋、唐、五代、宋初等，四百余年，一直在大规模地开发营造着。石窟内有佛龛二千三百四十五个，造像十万余尊，碑刻题记二千八百余篇。年龄尚小的我记下了，龙门石窟是世界上最伟大的石刻艺术宝库之一，它是中国石窟艺术变革的里程碑，与莫高窟、云冈石窟与麦积山石窟并称为中国四大石窟。

“若问古今兴废事，请君只看洛阳城。”长大以后，从北宋名臣司马光的感慨里，从我读过的许多史料中，对于洛阳城，我有了非同一般的全面了解。因为关注曾给我留下深刻印象的龙门石窟，也就知道了唐代诗人白居易曾经说过的一句有分量、常被人们拿出来说龙门的话：“洛阳四郊，山水之胜，龙门首焉。”

前多年，为生活所累，南下北上四处奔波的我，多次坐火车路过洛阳，只能望一眼从车窗外呼啦一下子飞闪而过的古城洛阳。也就想起父亲当年给我带回的那本龙门石窟小册子，想起那些庄严的佛像，想起那些优美、宁静的介绍文字来。每次，我眼睛都盯着窗外，希望能远远看到心仪已久，被作为洛阳城千年象征、千年名片的龙门石窟。呼啸而过的火车，什么也没有让我看到。

己亥初秋，我来到洛阳，专门来到了洛阳；我来到龙门，专门来到了龙门。来洛阳，不为看那雍容华贵倾城倾国的牡丹，只为拜谒那神秘的在我心中驻留了许多年的龙门大佛。

白居易说，洛阳四郊，山水之胜，龙门为首，道出龙门景色之秀丽旖旎。当我踏入青山绿水、万象生辉的龙门景区时，那种不同于别处旅游景点的肃穆庄严的氛围，那种气息，瞬间让人没有了浮躁，没有了恣意任性，多了平和、宁静与内敛。

站在伊河西岸青石铺就，被游客踩得明亮如镜的游览路上，沐浴在龙门万丈佛光中的我虔诚恭敬，我是净身静心，专程来拜谒龙门石窟的。

向龙门山上望去，从北向南一公里长的崖壁上，古阳洞、宾阳洞、莲花洞、普泰洞、潜溪寺、敬善寺、摩崖三佛龛、万佛洞、奉先寺与龙花堂等五十多座大中型洞窟星罗棋布，洞口密密麻麻，仿若满天繁星。

山上的石窟，有的从山下游览路上，可以直接攀缘踏梯而上。有的石窟，在空中以扶梯相连，参观完这座石窟，再步入旁边那座石窟。

我先踏入了龙门第一石窟古阳洞。古阳洞是龙门石窟中开凿时间最早，工程延续年代最长，北魏皇室贵族发愿造像最为集中的石窟，也是内容最为丰富的一座洞窟。

古阳洞内保存碑刻题记近千品，它是中国所有石窟中保存造像题记最多的一座石窟。闻名天下的魏碑作品“龙门二十品”，有十九品出于古阳洞（另一品在慈香窑内）。喜爱书法的我，朝圣般地驻足这里，眼睛也跟着明亮了起来。

民国元老于右任曾有“朝临石门铭，暮写二十品”之名句。康有为把“龙门二十品”命名为“龙门体”，称其有十美。龙门二十品为魏碑之典范，魄力雄强，气势浑穆，点画峻厚，神采飞扬，蓬勃昂扬着开拓进取与奋发向上的豪迈精神。学书法之人，多以习魏碑而“补钙”，以使自己的作品气足神旺，血肉丰美。龙门二十品以其独特的魅力，在中国书法史上占有极其重要的地位。

离开古阳洞，经过了宾阳中洞、莲花洞、潜溪寺、宾阳南北洞等洞窟，我来到了万佛洞。

好一个万佛洞！万佛洞内南北两壁上，雕刻有高约四厘米的一万五千多尊小佛像！哟嗬，你看，你快看，整个万佛洞，好像佛祖在弘扬佛法，众佛们在虔诚地聆听着佛法呢。庄严的气氛，震撼人心的场景，让游览的游客也要久久地停留于此，要听听，要感悟感悟佛祖正在弘扬着的精妙法理。

前边宾阳中洞洞口两侧石壁上的大型浮雕《文昭皇后礼佛图》和《北魏孝文帝礼佛图》在20世纪三四十年代被盗走，现在，分别陈列在美国堪萨斯纳尔逊博物馆与纽约大都会艺术博物馆。万佛洞前室南北两壁，龙门石窟中体型最大、造型最为精美的两尊护法狮子，20世纪30年代亦被盗，现藏于美国波士顿博物馆。

一路走过紧靠山崖的扶梯，由于离雕刻有佛像的山体太近，佛像又没有被隔离保护，不断有好事的游客去摸那山崖上的佛像，好多佛像，已被摸得锃亮。当下，文物仍在继续遭到人为的污损与破坏，令人痛惜遗憾。

到了，到了奉先寺石窟底下了！从山下的游览路跨上上山的台阶，那么高的一级级台阶，脚步轻盈的我，没觉得费什么劲就登上了奉先寺平台。

平时登山，常常气喘吁吁，腰酸背痛腿抽筋。今日，一会儿上山，一会儿又下山，竟没有一点儿劳累与疲惫的感觉。真心朝圣拜佛，这是满山具有强大法力的佛祖们给的力量？还是山清水秀的绝佳位置与多氧的优异环境，让人不觉得劳顿与困乏？

登上奉先寺平台，卢舍那大佛依山就势，雕刻在高高的崖壁上。那宏大庄重的场面，那神秘静谧的感觉，那雕刻精湛精美，不知用什么更好的词语来形容的九尊大佛像，惊叹得我半天说不出话来。

我静静地站在这里，感受承接着千年大佛赐赠给我这个朝拜者的福祉与吉祥。这个时刻，我和所有来这里的游客一样，是幸福的，是快乐的。祥和欢喜之情从内心弥漫开来，尘世间、生活中一切一切的不如意，一切一切的烦恼悲苦没有了，都没有了。

我走到父亲当年带回来的那本册子封面上的卢舍那大佛跟前，仰望着博大壮美、巧夺天工的大佛雕像。是呀，再好再美的印刷品，也不能完美真切地表现出现实生活中真实事物的美，也不能反映出佛像那种旺盛的生命力与鲜活的艺术气息。站在卢舍那大佛跟前，和我原先在册子上看到的大佛完全是两回事！

主佛卢舍那大佛是报身佛，端坐于奉先寺中央。她身着通肩式袈裟，衣纹简朴大方，一圈圈同心圆式的衣纹把头像烘托得异常鲜明而圣洁。

大佛通高十七米一四，头高四米，耳朵长达一米九，头顶为波浪状发纹，形态圆满，面容丰润，双耳颀长略略下垂，双眉弯如新月，一双看透世间万物，平和淡然，露出些许祥和笑意的秀目微微地凝视着下方。高挺的鼻梁，小小的嘴巴，遗世独立，睿智而慈祥。雕像把大佛丰富的情感与典雅的外貌完美地结合在了一起。

奉先寺，是武则天赞助两万贯脂粉钱修建的。卢舍那大佛，相传是工匠们依据武则天的形象雕刻塑造而成。武则天自起名“曌”，意为日月照乾坤，正好与卢舍那译意“光明遍照”相吻合，别有了一番意味，是有意为之，还是神明的旨意？

千余年之后，从这尊大佛身上，我们可以去寻觅、去想象武则天当年的绰约风姿，可以去追寻、去探究她那不平凡而又有诸多是非的人生。大佛旁老成持重的大弟子迦叶，温顺聪慧的小弟子阿难，盛装艳服、雍容华贵的二菩萨，英武雄伟的天王，咄咄逼人、天下无敌的力士，他们与主佛卢舍那一起，构成一组令人惊叹，极富情态质感，具有无穷艺术魅力的群体雕刻形象。

在这坚硬如铁、高耸入云的龙门山石上要凿出巨大的石窟来，在这石窟里又要雕刻出或壮硕高大，或仅有二厘米高，形态各异、千姿百态而又栩栩如生的十多万尊佛像来，我实在想不通，没有现代大型施工机械与先进工具的古人，是怎么干出来，怎么做出这惊艳了世界千余年而又要永远惊艳下去的石刻艺术作品？那是一种什么样的信念，那是一种什么样的精神，那又是一种什么样的坚守与执着，让他们的手下诞生出这样辉煌灿烂、光照千秋的杰出巨作？

我仿佛听到龙门山满山传来叮叮咣咣、咚咚咚的声音。那是穿越千年而来，伟大的工匠们用手中最原始的铁锤与錾子等工具在忙碌着，在劳作着。他们没黑没明、锲而不舍地辛劳着，他们以内在的人文意识涵养，以对现实世界充满着诉求意愿的信仰情感，在打造着心目中最崇、高最圣洁的佛，他们以超常的智慧与艰辛的劳动，一件件完成了心中最美好的佛像，给后世，给我们留下了博大宏伟、灿烂壮丽的文化艺术瑰宝。

在我心目中，这些伟大的工匠也是我要崇拜要学习的佛。他们的智慧，他们执着忘我、心无旁骛、坚守如一的精神，不就是佛的品行、佛的品格、佛的境界吗？称他们为佛，是妥帖的；称他们为佛，是不为过的。

走过伊河大桥，来到东岸香山脚下。隔着宽阔、碧波荡漾的伊河向西望去，龙门山上的石窟，仿佛变成了一只只黑亮的眼睛，瞩望着两山相夹，春秋时称“伊阙”，隋以后称之为龙门的这块宝地，静观着世事变迁，俯视着脚下的芸芸众生。

行进在安放着十万余尊佛像的龙门，那是一种什么样的感触？什么样的感觉？又是一种什么样的体会与感想？每个人，在佛光辉映、佛光普照、佛光氤氲之中，都会有不同的感触，都会有不同的感觉与不同的体会与感想！

佛曰：前世的五百次回眸，换得今生的一次擦肩而过。你在看佛，佛也在看你。龙门石窟拜佛，这历经沧桑的十多万尊佛像，看过了人世间太多的悲欢离合。我们与佛像上那一个个透着大彻大悟般空灵淡然的眼神相遇的那一瞬间，就注定了作为朝拜者的我们与佛的前世因缘。佛，让与其相见之人在学会放下之时，也会让其变得安静，变得沉着，变得坚定而果敢。

虽是初秋时节，仍骄阳似火，龙门石窟拜佛，我觉得有缕缕清风拂过，心中有了莲一般的喜悦。

洛阳白马寺

白马寺，洛阳白马寺的名气可谓大矣。

一说到洛阳，一说到洛阳的旅游景点，没有人会忘记了白马寺。

同样，一说到佛教，谁也绕不开被称为中国第一古刹的白马寺。已有一千九百多年历史的白马寺，是佛教传入中国后兴建的第一座官办寺院，是中国佛教的祖庭和释源之地。说到佛教，谁又能绕得开白马寺呢？

白马寺，在我心里一直是神秘的，我是神往与膜拜的。朝拜这座千年名寺之前，我曾细心地做了功课。做功课，是为了拜谒白马寺时不会走马观花，不会去了一趟什么也没搞明白。

白马寺的兴建，既充满着神奇神秘的梦幻色彩，又有着西天取经，实打实的舟车劳顿与艰辛付出。其中，时时还闪现着西方高僧远来东土译经布道、弘法利生的身影。于是，在中国佛教历史上，在洛阳，便有了一个名声远播、影响千古的名寺——白马寺。

说兴建白马寺神奇神秘，缘起很简单，就因为一个人做了一个神奇神秘的梦。呵呵，今天看来，这个梦可以被称为中国佛教史上的“千古一梦”了。

做这个梦的人可不是一般的凡夫俗子，平凡普通的人梦做得再好，再美妙，也没有能力弄出这么大的响动，造成这么大的影响来。做这个梦的人不是凡人，他是东汉明帝刘庄（58-75年在位）！先不说明帝在位时有没有其他的功绩，单在中国佛教史上，他的名字绝对是璀璨夺目，绝对是熠熠生辉的。

看看汉明帝的这个“千古一梦”是什么？夜里，他梦见一位身形高大，头顶放光的金人自西方而来，在大殿里飞来绕去。博学多才，对西方佛学应有深刻了解的博士傅毅，破解汉明帝这个梦的启奏也确实到位：“西方有神，称为佛，就像皇上您梦到的那样！”

不用说，傅毅是绝顶聪明之人，他是揣摩了皇上心思后才说出来上边的话。喜不自禁的汉明帝说干就干，立即派大臣蔡音、秦景等十余人出使西域，踏上了西天拜求佛经佛法的漫漫长途。

一场结缘于西方之佛教，要把西方之佛教引入中国的大戏开演了。

西天取经的蔡音、秦景他们，在大月氏国遇到印度高僧摄摩腾与竺法兰，并看到了佛经和释迦牟尼佛的白毡像。可以想象出来，他们的态度一定是谦卑真诚的，他们的语言一定是能够打动人心的。经过他们游说，两位高僧和他们一起东赴中国弘法布教，他们用白马驮着佛经、佛像一同返回国都洛阳。白马，白马驮回佛经佛像，这是多么吉庆祥和，多么富有联想的大事件呀。

汉明帝见到佛经、佛像与两位高僧，欣喜异常，他亲自接待了两位高僧，对他们礼遇有加。其后，敕令在洛阳兴建僧院，为了纪念白马驮经，僧院取名为“白马寺”。“寺”字源于两位高僧暂住的掌管外交事务的“鸿胪寺”之“寺”字，后来“寺”字便成了中国寺院的泛称。

在白马寺，摄摩腾和竺法兰译出中国第一部汉译佛典《四十二章经》。在以后的一百五十多年里，多位西方高僧在白马寺译出三百九十五卷佛经，白马寺成为中国第一译经道场。随后，印度高僧昙柯迦罗在白马寺译出了第一部汉文佛教戒律《僧祇戒心》。安息国僧人昙谛也在白马寺译出了规范僧团组织生活的《昙无德羯磨》。至此，佛教戒律与僧团组织章程，在白马寺都已备齐。

公元260年，朱士行依《羯磨法》登上戒坛，在白马寺长跪于佛祖面前，成了中国第一位汉地僧人。

啧啧，白马寺多么的了不起，多么的辉煌灿烂，中国佛教史上许多个“第一”，紧紧地和白马寺联系在了一起！

白马寺，白马寺，你说，这个有了悠久历史，有了许多个中国佛教“第一”的千年古刹能不出名，能不让人神往吗？

我是专程赶来洛阳，专程赶来白马寺镇朝拜白马寺的。这一刻，我就站在坐北朝南，红墙红门，黑底黄字，赵朴初题写了“白马寺”三个字的山门前。

白马寺山门，是牌坊式一门三洞的石砌拱券门。一门三洞，象征佛教的

“空门”“无相门”与“无作门”，意为“三解脱门”。

白马寺，声名远扬的白马寺，站在这里，沐浴着千年不散、厚重通灵的佛光，感知体味着白马寺历代高僧弘法修行的丰功懿德。站在这里，你可以看到从古到今，千千万万个来此朝拜者留下的挚诚目光。你似乎也能看到，在那地面上，留下了他们重重叠叠交织在一起的脚印。

进了山门，我先去西侧，拜读了碑文分为五节，矩形书写，被称为“断文碑”的《重修西京白马寺记》石碑。又去东侧，拜读被后世称为“赵碑”的《洛京白马寺祖庭记》石碑。

喜爱书法的我，闲时也写写字，竟被人喜欢，被他们称为作品而收藏起来。我知道，字要写好，还需不断地丰厚个人的学养，不断地学习揣摩古人留下的名碑名帖。我一个字一个字，详细认真地拜读着“赵碑”，“赵碑”记述了元太祖忽必烈两次下诏修建白马寺之过程，由元代著名书法家赵孟頫书写刻制而成。赵孟頫博学多才，能诗善文，更以书画享有盛名，读他结体严整、遒劲秀逸的书作碑刻，是一件快活的事情，是一种莫大的享受。

东西两通石碑后的小院子，分别是摄摩腾和竺法兰两位高僧之墓。浓密茂盛的迎春花树丛，把整个墓遮掩起来，只能看到高高的绿色的圆形墓顶。他俩是最早来到白马寺，在白马寺译经布道，圆寂后葬于白马寺的印度高僧。他们是弘扬佛法的高僧大德，是在中国传播佛教文化的先行者。

伫立于他们的墓前，我在猜想着他们该是怎样的形象，是今天的画家们常画的那种留有大胡子的达摩的形象吗？不得而知，不得而知。我在他们的墓前双手合十，分别给他们深深地鞠了一躬，以表达对他们真诚真切的崇敬之情。

依次走过宏伟肃穆、布局严整的天王殿、大佛殿、大雄殿、接引殿和毗卢殿五大重殿，每座大殿内均有佛造像。佛，静默无语，人在看佛，佛在看人。是呀，人是未醒佛，佛是已醒之人。许多的事说不清、道不明，数不清的朝拜者来到这里，许多人给功德箱里投完钱币后，在佛像面前跪下去，深深地埋着头而半天不起身。

在摄摩腾、竺法兰两位高僧曾经翻译佛经的清凉台上，我驻足许久。真心是菩萨净土，当年，持斋把素的两位高僧在这里冒酷暑，受严寒，焚膏继晷，夜以继日地翻译佛经，他们正是因为有信仰有情怀有善念有宏愿有追求，故而才能静下心来，把浩大深奥的佛经，一字一行地翻译过来，有了他们和众多中外高僧的努力，才有了佛教文化在中国的传播与弘扬光大。他们以他们的品行与学问，以他们锲而不舍的忘我精神，修炼成为千百年来广受人们尊崇的高僧，修炼成为人们敬仰的佛。

朝拜洛阳白马寺，在这佛教祖庭与释源之地，我感知感悟到了佛教佛法的浩大深远。对净因法师的一段话也有了更深的理解："所谓佛性就是善的种子。佛向性中作，莫向身外求。自性迷即是众生，自性觉即是佛。慈悲即是观音。"

阿弥陀佛！

龙潭大峡谷游记

到了河南新安，县内有名的洛阳龙潭大峡谷，那是一定要去的。

车子出了新安县城，向西北方向行驶不远，就开始转着圈爬山。山并不怎么险峻，路却陡峭曲折，一个硬弯连着一个硬弯。从盘山路上一路转下去，就到了龙潭大峡谷所在地：石井镇龙潭沟。

从山上下来，这里的龙潭沟宽阔敞亮，像是走进一个葫芦的圆肚子里。前行，沟越来越窄小，似乎走到细长的葫芦把儿顶端。这不，掩映在葱茏群山里的龙潭大峡谷景区大门，豁然出现在了眼前。

进入龙潭大峡谷，又像是另外一个葫芦的顶端，进口小，里边大。这龙潭大峡谷的形状，莫非是两个葫芦头相对，另两个葫芦头又相对，如此这般串联起来的不成?

右侧脚下是青河，这条发源于“黄帝密都”青要山的黄河支流，正像它的名字一样，河水碧绿得发青。河水之上，山体犹如利刃，嚓地一下子切了下来，直直地竖立着。整座山，紫红色的石英砂岩层层叠加，仿佛用一块块平整巨大的红色石板，平压着摞起来的，看上去壮观而又热烈。

壁立千仞，碧水丹峡。龙潭大峡谷进门的景色，就美得灿烂美得缤纷美得炫目，美得让人挪不动脚。

从弯弯曲曲的龙潭大峡谷中往进走，峡谷的第一道景观，是五座山脉环抱的五龙潭。潭上，五龙瀑布从山顶飞入潭中，珠迸玉溅，繁音环绕，使幽静的五龙潭显得愈加幽静，愈加神秘。

环抱五龙潭的这五座山脉是有故事的。相传，玉皇大帝把布设山河有功的黑、白、青、黄、赤五条巨龙封于此处休养，天长日久，它们化作五座巍然耸立的山峰，千百年来，时时呵护守卫着这一泓碧水。因了五龙潭，此处，还有五龙庙与五龙洞之说。

有了龙的传说，有了龙命名的山、峡、潭、瀑，这山川就有了灵气，就有了葳蕤而生动的景致，就有了非同一般的气象与气韵。赤壁丹岩的五座山峰，绿得醉人的五龙潭与如巨幅白练悬挂下来的五龙瀑布。这些美景，一起组成了一幅山奇水异、风光旖旎、意境幽远的山水画。

越往里走，龙潭大峡谷的景色越发地美艳多姿。从五龙潭里端靠山的扶梯攀缘上去，穿过隧道，就是宽不足十米的峡谷黄龙峪。进入峪内，气温较山下一下子幽静清凉了许多。峪底，清澈的溪水淙淙流淌，流水声似乎从钢琴上弹出的曲子，清亮而美妙，让人欢愉，让人舒心。

黄龙峪两侧悬崖上怪石嶙峋，沟壑纵横，参差交错，有了各种各样栩栩如生的形象。

你看，那不是一只威震山林的猛虎吗？它那眼睛里，射出了让百兽为之惊恐战栗的寒光，那胡须也好像一上一下晃动着哩。这边崖石顶上，一排排尖锐锋利的锯齿刺向天空，那锯齿如果动起来，真能吱吱吱地锯开天上的云彩。哟嗬，你再往前看，那不是一根巨大的神力无边的降龙棒吗？像，太像啦！呵呵，你若要细心欣赏大自然鬼斧神工的艺术杰作，不急，没人打扰，你可以慢慢地在这儿欣赏。

过了黄龙峪，龙潭大峡谷突然收得更紧，变得更加狭窄。耸立之高峡双壁对峙，雄关当道，不知前边有了什么样的景致，有了什么样的秘密。峡谷上空烟岚弥漫，轻舒曼卷，宛若天宫，有了神秘莫测的仙气。

继续往大峡谷里走，青龙峡、黑龙峡和飞龙峡等峡谷，一个连着一个。每个峡谷，潭前有关峡，潭后有飞瀑。飞练悬空，潭瀑联珠，高峡、潭水与飞泻而下的洁白瀑布，因山势与角度不同而有了不同的美妙形态，有了不同的绰约风姿。亦真亦幻之胜景，怎一个美字了得！

令人称奇叫绝的青龙峡里，青龙瀑布两侧几乎不见土的绝壁上，长满了一片片四季海棠。肥厚的桃形叶子，粉红色的花朵，健硕而精神。那绝壁上的四季海棠，倒映在微微晃动着的青龙潭里，一潭迷离的红绿色叫人沉醉。此时，正是天气晴好的中午时分，太阳光一折射，潭水里的四季海棠倒影又映在崖壁上，如青龙一样在游动，甚是奇妙。

进入黑龙峡，两侧崖壁向里倾倒，好像随时都要合上似的，仅露出的一线天，让人有了许多的联想与感慨。现实生活中，我们不是也常常遇到仅有一线天，甚至暗无天日的时候吗？悲苦艰难、辛酸困顿的人生际遇，常常让我们觉得活不到明天。其实，没有啥，没有啥，到了明天太阳不是照样升了起来，日子不是照样往前过着，生活不是照样多姿多彩，有滋有味吗？

黑龙峡内昏暗少光，潭水幽深如墨。一挂白色飞瀑溅泻而下，给黑龙潭带来一道忽明忽灭的亮光。这一明一灭的亮光，让人若在梦里，若在尘世之外。

进入飞龙峡，直径二十米，弧度二百七十度，龙潭大峡谷最大、让人震撼得要叫出了声的瓮谷就在这里。飞龙峡曲面对峙的崖壁上，平行层理与纵向节理的图形交织在一起，似一张麻网，似一本读不懂的天书。这交织在一起的复杂图形，默默地记录着漫长地质演变过程中发生的山崩地裂、乱石穿空之所有惊心动魄的故事。

从飞龙峡走过，到了最后一个景点，两边悬崖突然笔直挺立，谷底平坦如修好的马路。步入其中，似穿行在院墙高大的街巷上。百尺胡同的名称倒是十分妥帖，十分准确呢。

处处以龙的传说为宗，处处以龙为景点名称，而具有了祥瑞与神性魂灵的龙潭大峡谷，本身就像一条东西横卧着的巨龙。这条巨龙以“之”字形延伸，把颗颗明珠一样的嶂谷、隘谷、瓮谷与悬谷联结在了一起。云蒸霞蔚，红崖绝壁，飞瀑幽潭，奇石绿荫的龙潭大峡谷，就是一组组璀璨夺目，让人流连忘返的山水画廊。

八里迷谷，桩桩迷景逗客伫；千尺险峡，步步险象令人惊。

关峡相望，岚为轻云绕；潭瀑联珠，水呈青龙飞。

出来到景区门口，红崖寺遗址南侧石牌坊上前后两副对联，写得颇有意味。

游龙潭大峡谷，在神圣而吉祥的龙的世界里走了一大圈，人变得精神，不觉得劳累与疲乏了。按原路返回，同样的盘山路、同样的路程，车子似乎比来时轻快了许多，不多大一会儿，就回到了下榻的宾馆。这是龙潭大峡谷神龙们给的力量。

拜祭杨震墓祠

前多天，王博渊就相邀我一起去潼关四知村拜祭杨震墓祠。博渊不但是数学教学高手，文史知识也了得，对古今高洁豪侠之士尤为崇拜。

不谋而合，我也一直想去拜祭杨震墓祠。于是，就有了这次潼关之行。

9月24日早7点，汪传明开车，我们一行三人从咸阳出发去潼关。初秋早晨的阳光柔柔地映照着，妩媚而美好。

去拜祭杨震墓祠，车上，说的都是有关杨震的话题。

我上中学时，教我们语文课的杨老师，在课堂上就给我们讲过杨震的生平、才学与为官之道。讲过他在那个宦官与外戚乱政、腐败没落的东汉王朝，难免要遭遇的人生悲剧。

杨老师对他们杨家人杨震，是极为钦佩与崇拜的。他讲起杨震的故事来声情并茂，引人入胜。

他说，杨震先祖在汉时世代为官，杨震年少之时就好学上进，后来承继其父之志，开设学馆，讲学授徒，学生多达一千多人，被称为明经博览、无不穷究的“关西孔子”。隐居不仕的他，五十岁时才踏入仕途，当过荆州刺史、郡太守、司徒、太尉等官职。杨震为人刚直，为官清正廉洁，后遭遇宦官诬陷罢官，遣归故乡途中，在洛阳城西夕阳亭饮鸩而亡，以死明志。

说到杨震悲愤之死，杨老师还就夕阳亭发了一番感慨。他说，杨震在洛阳城西夕阳亭，完成了他的清官之路。夕阳亭，这是杨震亡故之地，也预示着昏暗腐败的东汉王朝亦夕阳西下，走向了穷途末路。杨老师用红色粉笔在黑板上写下了大大的“夕阳亭”三个字。

拜祭杨震墓的高速路上，车子一直朝前飞奔着，窗外的景色迅速向后滑去。当年，杨老师讲杨震被誉为“四知先生”那节课的过程，清晰地浮现在了我眼前。

杨老师在黑板上写下了苍劲有力的“天知、神知、我知、子知，何谓无知？”几个字，又在杨震这句著名的、直至今天还被人们引用的话下，用蓝色粉笔，快速地画了两道重重的横杠，以示强调。他在黑板上用力书写，快速画过横杠的那个背影，到今天，我都难以忘记。

杨震举荐的荆州秀才，时为山东昌邑县令的王密。王密夜里怀揣十斤金子，前去拜见对他有知遇之恩的杨震。王密送金而被杨震断然拒绝的过程，被杨老师讲述得绘声绘色，出神入化。

王密怎么样谦卑地弯腰进了客舍，怎么样开口问好，怎么样拿出了十斤金子。杨震看到这一幕时，是怎么样的一个坐姿，还有他那怒目愤然的面部表情。杨老师一边讲着，一边做着当事人在一起时不同的动作。他真切生动地描述，恰到好处的形体动作，就像我们都在“暮夜却金”的现场一样。

最后，杨老师抬高声调，以演说家的激情，用他啥时都说着的一口标准的普通话结束了他那节课：杨震，杨震的悲剧不是他个人的悲剧，是那个时代的悲剧！阴谋者一直在奸笑，忠诚者悲愤倒下，那是当时的现实，也是不容争辩，已有公论的史实！但不管怎么说，“四知”之事，已成为千古佳话，杨震不贪不义之财的高风亮节，他那坦荡宽阔的胸怀，一直受到后世历代仁人贤士的敬重与爱戴！他是廉政奉公的榜样与楷模！他永远站在了精神的高地！大家看看，那些贪官污吏，不是永世、永远被钉在历史的耻辱柱上了吗？！

那堂课，我听得特别用心，通过杨老师的语文课，杨震的名字永远刻在了我心间。

到了，到了潼关四知村杨震墓祠。这个由杨震“四知”之事起的村名，多么的有寓意，多么的出众！

“千古潼关清风明月廉声远，万寻华岳剑影莲峰正气高。”杨震墓祠前，由六根硕大石柱顶立，高大而雄伟的“四知坊”牌坊，其两边的对联说出、道出了杨震的气节与风范。

牌坊后不远处，是左手攥着奏章，巍然屹立的杨震雕像。空旷而宽阔的广场上，杨震之雕像愈发显得高大而伟岸。杨震雕像双目如炬，一身凛然正气，沉着坚毅地远视着前方。

进入“四知堂”博物馆，过了屏风，白色的杨震坐姿雕像居于中央。环绕雕像四周的墙面上，丰富的图文资料，详细地介绍了杨震的一生。

眼里容不下一星半点沙子的杨震，在任时，多次上书陈弊。汉安帝亲政后，曾哺育过汉安帝的乳母王圣得到恩宠，其女也跟着不可一世，飞扬跋扈起来。杨震向汉安帝上书，陈说内侍得宠，将会产生严重的祸端。你说，皇帝恩宠自己的乳母，乳母的女儿嚣张了一下，撒了一下歪，有什么不可以？就这么点儿小事，你杨震就放不下，就指东道西，说这说那。你也不想想，皇帝爱听你这话，能待见你吗？这个昏庸的皇帝，竟把杨震的奏折拿给王圣看，哎呀呀，内臣们恨你，恨你恨得不牙痒痒才怪呢！

汉安帝又为恩宠的王圣修建庭院，中常侍樊丰与侍中周广、谢恽等人勾结一起，借此机会，调拨国库钱粮中饱私囊，又疯狂地征伐林木，为自己修建家宅、园池与庙观，征用民工不计其数。

杨震看不下去了，又上书怒斥贪官之丑行。汉安帝接奏章后，把奏章扔在一边，理都不理他。你看看，这杨震又惹皇帝不高兴啦！皇帝是谁呀？皇帝至高无上，天下都是他的啊！皇帝肯定想了，我泱泱大国，有的是钱粮物产，他们贪能贪个啥呀！就你多嘴，就你爱较真儿，就你杨震跟我过不去！皇帝盛怒的同时，能不惹怒皇帝恩宠的乳母王圣，能不惹怒中常侍樊丰、侍中周广与谢恽？杨震，你说你和皇上，和这么多权倾朝野非同一般的人较劲儿，你能有好果子吃吗？

一件件事，杨震得罪的都是要命的人，这不，又一档子事儿来了。皇帝舅父耿宝向太尉杨震推荐皇后的哥哥，希望他们能够得到提拔重用。不避权贵，看不来火候的杨震，却以德才不配坚决不用。相反，有眼色、善于察言观色的司空刘授就重用了此两人。唉，同样做官为宦，差别咋就这么大呢？

不用说，司空刘授肯定得到了皇帝，得到了皇后一家人的恩宠与喜爱。杨震，杨震呀杨震，你这是把不疼的手往磨盘里塞，你这不是自讨苦吃，你这不是在砸自己的饭碗吗？

“高尚是高尚者的墓志铭，卑鄙是卑鄙者的通行证。”正直埋祸，杨震遇馋遭罢免悲怆而死，就是不可避免的事情了。

杨震在世时，有人提醒他要给后代留点儿遗产。听完此话，他那段铿锵有力、穿越时空，具有启迪与警示后人作用的名言留在了青史上："要遗产做什么？遗产又有何用？让后世说，我的后代是清白吏的子孙，这不也是很丰厚的遗产吗？"

杨震清廉自律、刚正不阿的品格，幻化成为一座直插云霄的巍巍高山，他给后代树立起了高扬不倒的精神旗帜。其儿子杨秉、孙子杨赐、曾孙杨彪都做了太尉。"一门四太尉""四世三公"，他们家族在中国历史上留下了万世传扬的美名。

参观了"四知堂"博物馆，我去了博物馆最后边的杨震墓。

一排又一排繁密茂盛、碧如翠玉、形如高塔的松树挺立在杨震墓后，肃穆而庄严，弥漫着挥散不尽的浩然正气。"有的人活着，他已经死了；有的人死了，他还活着。"风范千古、名垂青史的杨震，他就是死了还活着的人。杨震精神，杨震文化，已成为中华文化不可缺失的重要组成部分。再让我们看看，当年杨震斥责、反对，并且遭受他们迫害的那些权贵，他们的下场又如何？樊丰、周广被杀，耿宝自杀，王圣被逐出京城。魑魅魍魉、奸佞邪恶之辈，他们早已被滚滚尘埃湮没，他们早已被人们的唾沫星子淹死在了历史的长河里！

在杨震墓前，我深深地鞠了三躬，以表示对这位先哲清官由衷而又深深的敬意。

"廉心洁似潼关月，浩气雄如华岳风。"回到"四知堂"博物馆门前，我把门前的对联，还有那横额"清风正气"四个字，抄写在了我随身携带的小本子上。"清风正气""廉心"与"浩气"，这做人做事的准则，会滋润丰盈了人的身心。

步出杨震墓祠，向西远望，高高耸立的西岳华山隐约可见。东边不远处，"山势雄三辅，关门扼九州"的千古潼关，仍然把守在黄河边，默然无语。

传说的力量

前几日，去潼关四知村，拜祭东汉名臣杨震墓祠。

“天知、神知、我知、子知，何谓无知？”不用说，杨震这一流传近两千年的名言，就是四知村村名的来历了。

杨震清正廉洁，不屈权贵，屡次上疏直言时政之弊。昏庸的汉安帝不高兴了，我给了你高官爵位，你是哪壶不开提哪壶，专找我的碴儿，专和我唱对台戏！

杨震又被贪官们忌恨，他不仅挡住了他们贪赃枉法的财路，还成天在皇帝跟前告状告得不停，他们联合了起来，不灭了你杨震灭谁呀。

杨震，站在了那个时代最大的当权者皇帝与贪腐之重臣们的对立面，不被朝廷上下待见。他不被排挤，不被罢免，那才是怪事呢！心如死灰的他，被遣返回乡时，途中饮鸩而卒。

杨震，是那个奸佞当道、腐朽专制时代优异杰出而又带有了浓烈悲剧色彩的人物。

历史上优异杰出的人物，往往因为他们的出类拔萃，因为他们的非同一般，他们就有了各种各样的传说与故事，他们在这传说与故事里如神如仙，不由得让人要仰视了。同样，悲剧色彩的人物，因为他们坚持道义，坚持公正，坚持良心，与当政者与当权者过不去，必然注定了他们惨烈的悲剧结局。这个惨烈的悲剧结局，定然会刺痛道义刺痛公正刺痛良心，也刺痛了老百姓善良的心灵。

乌云罩住了太阳，风雨摧残了真诚良善之花，正义得不到伸张，老百姓就有了传说，就有了吉祥美好与天理报应等传说与故事。终极目的就是，使真诚良善与正义在道德层面得以完美无缺，使人们的心理得以稍许安宁，得以稍许平衡。

杨震的杰出奉献与悲剧结局结合在了一起，注定他和他的家族，就有了更多、更美好的传说与故事。

拜祭杨震墓祠，敬读了其祠堂中的图文资料。我走访了四知村的老者，又去潼关脚下的水波巷，拜访了多位八十多岁的老人，听他们讲述关于杨震及其家族的传说与故事。

杨震的父亲杨宝九岁时，去华山牛心峪砍柴。在山崖上，他救了一只被老鹰啄伤、气息奄奄的黄色小鸟。杨宝把小鸟小心翼翼地带回家，精心护养了三个月，小鸟羽毛丰满起来，羽毛的颜色光亮光亮的，看上去非常精神，非常漂亮。它的叫声，比别的鸟儿好听了许多，如唱歌一般优美动听。只要这只小鸟一叫，村子里树上、墙上、屋顶上，还有空中飞着的鸟儿都不叫了。所有的鸟儿，都侧着头听它歌唱。

杨宝想了，鸟儿伤好后，那就让走吧，回到大自然中去吧。他把鸟儿带到了牛心峪放飞。那鸟儿看着杨宝，喳喳喳地叫了几声，像是感谢，又像是和杨宝告别，然后，快速向西飞去。

哟嗬，这只鸟是什么精灵呀？它原来是西王母派出出使东海的使者，途中遭到恶鹰攻击，险些丧命。养好伤的小鸟回去，给西王母禀报了它受伤并被杨宝相救的过程。西王母大受感动，让这只小鸟变成一名黄衣童子，给杨宝送去四个玉环，并捎话：你们家的子孙，会出清廉的大官，官位会到三公。杨宝苦笑了："我一个种地的，子孙哪会出什么大官？更别说官至三公了！"那黄衣童子接话："先生，天机不可泄露，话到此为止，告辞了！"话一说完，就不见了人影。所有的这一切，杨宝如同在梦里。

后来，果然如黄衣童子所说，杨宝儿子杨震，杨震儿子杨秉，杨秉儿子杨赐，杨赐儿子杨彪做了四代太尉。

这是"救雀得报"的传说故事。

这传说神奇，还有神奇的传说，你再看杨震当年在今天的河南灵宝市豫灵镇一带讲学吧。有一天，一只鹳雀嘴里叼着三条鳝鱼，放在了杨震讲学的学堂门口。学堂门关着，鹳雀在学堂门前上空边飞边叫，久久不离去，好似在叫学堂里的人们出来开门。

杨震让主持学馆工作的人去开门，看看是怎么回事。哟，门口有三条鳝鱼！那鹳雀，看着三条鳝鱼被人提着进了学堂门，才欢快地叫着飞走了。三条黄鳝被拿进了学堂，杨震不明白这是怎么回事，主持学馆工作的人说："先生，鳝鱼身上是黄底黑纹的图案，这是公卿大夫服饰的颜色啊！三条鳝鱼，是说先生要贵为三公，先生您马上就要当大官啦！"

后来，杨震确实贵至太尉，这是"鳝堂预庆"的传说故事。

杨震"诗祭过湖"的美丽传说，更是美好，更是奇特有趣儿。

东汉时，凡是过洞庭湖不投祭礼品者，湖里的河神，就会毫不客气地打翻船只，让过湖者葬身湖底。杨震和邴代夫人乘船过洞庭湖，摆渡人说了这个过湖的规矩。杨震说："我不贪不昧，哪里来的钱祭河神呢？"摆渡人苦苦相求："大人，你不怕死，我还怕死呀，我家里还有八十岁的老母，大人看在我还要照顾八十岁老母的面上，就给河神投一点儿祭礼吧！"杨震无奈地说："那好，我没钱祭河神，就写一首诗来代替吧！"

杨震为官一身清，哪有金钱祭河神？
平生不做亏心事，船到江心任尔沉！

船行不久，果然狂风大作，浊浪滔天。摆渡人大惊，哭喊着："完啦！完啦！河神发怒，今天船要翻了，没命了！没命了啊！"杨震命随从将诗稿焚烧，然后将诗稿烧过之灰投入湖中。邴氏夫人为了表示虔诚，背着杨震拔下头钗，悄悄投入湖中。湖面顿时风平浪静，杨震一行顺利地过了湖。回到官署，夫人去街市买鱼给大家压惊。剖开鱼腹，不曾料到，鱼腹中竟然有一支头钗，就是夫人投入湖中的那支头钗！众人大惊，说这是河神被杨震的清廉感动，让这条鱼把夫人的头钗送了回来。

礼葬杨震时，有一只白色的大鸟，从杨震饮鸩而亡之地洛阳西夕阳亭，一路飞到墓前，悲伤地鸣叫哭泣，直到葬礼所有程序完毕，才悲鸣着飞走。明代诗人张瀚有诗为证：

夫子关西杰，脱迹湖城隈。

四知心不负，三疏祸成胎。

谮言君未悟，大鸟空遗哀。

也正是因为这一传说，拜祭杨震墓祠时，我看到后人在其墓前西侧，安放了一只白色的大鸟，以寄托对杨震的崇敬缅怀之情。我给杨震墓虔诚地深深三鞠躬之后，走到那只大白鸟跟前，久久地凝望望着它，有了许多的联想与许多的感慨。

传说，是人们对杰出美好或悲伤哀痛之人与事，依据自己的想象力生发出来的。这种想象力天马行空，带有强烈的浪漫主义和浓厚炽烈的感情色彩。这种传说，深爱其之爱，大恨其之恨。

这种深爱，这种大恨接了地气，被广大的民众所接受所认可所推崇所传播。这等等的传说故事如一粒粒种子，种进了有水、有肥的土地（这土地就是民心，就是民众之口碑），快速地发芽成长开了，或者开出永不衰败的瑰丽芳香的花朵，或长成葳蕤参天，可以教化可以庇荫后世的高大的神树。

传说，作为一种特殊的文化现象，可以专门出许多本书去研究，去探讨。传说是有力量的，它可以给人们希望，给人们前行的力量。否则，那些历朝历代走过的人，他们在悲苦的人生与严酷的现实下，怎能望见远处的灯火而有了活下去的信心与勇气?

各种传说，如杨震及其家族的传说一样，给了人们真善美的期盼，给了人们是非观，给了这个世上一丝的温暖，给人们眼睛里增添了一点儿光亮。

潼关水波巷

潼关，这座进可逐鹿中原，退可扼守关中，自古为兵家必争之地的天下雄关，我多次坐火车或开车从其中穿过。

“峰峦如聚，波涛如怒，山河表里潼关路。”路过潼关，我时常就想起元代张养浩《潼关怀古》中的这一千古名句。

群山连绵，雄关耸立，潼关是秦、晋、豫三省交界，黄河、渭河与洛河浩浩汤汤交汇于此的要扼之地，历史上，这里曾经发生过多少影响中国历史进程的大事件呀！这里的一山一石，都被鲜血浸染过，都回荡着鼓角争鸣之声。这里的每一寸土地，都存储有惊心动魄的大故事。

己亥初秋，我和王博渊、汪传明相约，专门到了潼关。我要放慢急匆匆的脚步，抛开忙不完的凡尘俗事，在这里慢慢地、随意地走走。感知潼关的厚重沧桑，好好体味一下潼关雄关漫道的夺人风采。

车停在了潼关西南角那座石桥南边的空地上。我顺着石桥北边的路，往西走去，到了顶端，有一通石碑，上面的文字是“民国铁路遗址”。这里只是空竖着一通石碑，已没有了铁路的踪迹，刚路过的石桥，应该是民国时修建的铁路桥了。

往东望去，山巅上竖立着塔吊，正在修建着高大宏伟的仿古建筑。西边是逶迤相连、一眼望不到头的高山。南边地势稍低，紧靠铁路，是废弃了的时日久远的老旧民房。这些老旧民房一定还记得当年咣当咣当，喘着粗气西去又东来的火车吧！

顺着原路下来，从那座石桥下穿过，往南，紧挨着桥东侧，已拆了半截的几间老房子，看上去也有些年代了。正看着这房子，一中年男子从我身边路过，我就问了他："师傅，老潼关县城在哪里？离这儿还有多远？"

他停下脚步，朝东南角我们停车的地方指了一下："从那个门洞进去，就是老潼关县城留下来的唯一一条街道，你可以进去看看！"嘿，巧得很哪，不经意间，我们竟然把车停在了老潼关县城门口。

不远处的那个门洞，在不很大的古式门楼下。进入门洞，向前望去，洞天别开，哟嗬，一条古色古香的关中农村巷道展现在了眼前，让人精神为之一振。

一低头，看到路面上的下水井井盖上，铸有"水波巷"的字样。下水井井盖上，竟铸有一条小巷子的名字，这水波巷的来头还真不小呢。

到底是老潼关县城，这巷道，比我小时候记忆中的关中农村房子漂亮了许多，硬扎了许多。每一家的房子，都一砖到顶，门头为古式门楼，修建得颇为讲究，这些房子尽管已经老旧，但依稀可以看出来，当年是多么气派，多么讲究。

沿着石子铺就的上坡巷道往里走。随着地势增高，一家或几家，石头摞起，把坡地填平，然后才在上面盖房。所有的房子，都是往后让了地方盖起来的，门前，就有了一米到二米宽，几十厘米或一米多高的平台子。于是，错错落落的传统民居，就有了不一样的景致，就有了不一样的味道。

一家一家，我细细地看着巷道两边的房子。在一家门头上，看到了"凝瑞聚"的字号；从另一家门口望进去，他们家院子里，用青砖箍起来的圆门上嵌有"清白堂"的字号；有的人家，门口的字号已斑驳，那上面的字已分辨不清。当年，三省相邻，三河交汇，被称为了水旱码头的潼关，南来北往南腔北调的客商，或客居闲游或忙碌着生意。你想想，那时的潼关县城，该是多么繁华，多么热闹的地方。

从巷道里继续往里走，一棵粗大的古槐，长在巷子南边人家的门口，从空中横卧着穿过巷道，伸到路北人家的西墙角。古槐在墙角，被一根深灰色的石柱子撑住，又直直地长了上去，树冠浓密阔大，高过房顶许多。来回行走的人，都要从这横卧在巷道上的古槐树下走过，站在树下，伸手就可以够着古槐树树干。

摸了摸粗糙的古槐树树干，我不禁感叹，从古到今，从这条巷道走过不知多少人，他们谁没有瞩目过，谁没有抚摸过这有了年代，成为一个巷道标志，具有不同意义的古槐树？

同行的博渊是一位资深数学教师，文史知识也非常“博渊”，让许多的人敬佩。望着古槐，他感慨起来：“古槐，吸纳日月精华，惯看春月秋风，历经人世间沧桑，它会有了神灵之气，会有了宏大的法力。仰望拜见古槐，会给人带来好运，带来喜乐安康！”

路南，古槐树旁的那户人家门口，闲坐着几位老人，看着我们徘徊在树下，呵呵地笑着。一位老婆婆说：“老槐树陪伴过不知多少辈人，树有灵气呢！拜老槐树，跟老槐树照相合影会护佑人，会保平安哩！”

顺着巷道再往里走，地势越来越高。巷道两边，高高低低的房子错落有致，似乎高明的画家画出来的，更具有了意趣，更具有了神韵。

水波巷，古井犹存，当我看到那个面朝西开的井台时，就激动起来，就想起小时候在老家大张寨，从井里绞水的场景。

许多年过去了，老家村里早已改用自来水，原来的吃水井都被填埋了。那粗壮的辘轳身子，那常年绞水、被磨得光滑万分的辘轳把儿，还有那辘轳身子上缠着的一圈圈井绳，已不知所终了。这些过去每户人家离不开的物件，早已消失在了人们的视线里。在水波巷看到水井，看到保护完好被红布覆盖着的辘轳和井绳，我亲切得不知道说什么好。

古井，使这条古街更有了烟火气。这口古井尽管不再使用，但作为一段历史的见证，可以作为一处很好的景点保护起来。消失了多年的吃水井，还有那辘轳和井绳，此中回忆之况味，绞过水、吃过井水的人都懂得的。

从街道折回，快到门洞处，几位老人坐在门口聊着天。和老人们打过招呼，我给抽烟的老人每个人递上了烟，坐在他们身旁的石阶上，和他们拉起了家常。

身旁这位快一百岁，身子骨硬朗，左上边只剩下一颗牙齿的老婆婆，眼不花、耳不聋的她，带着欢喜之情说：“你说话跟咱人一样，平平常常的。不像有的人到了咱巷子，跟当官的一样，话说得大很，还胡擢文呢，净说些让人听不懂的话，我就不爱招识那些人！咱说话能说到一搭子，话就多啦！”

“老婆婆您这么精神，身体这么好，儿女肯定孝顺得很！依我看，您一定能活过一百二十岁！”被老婆婆的开朗与直爽感动，我说出了这些祝福话。

“活到那个岁数，还不把人害死？活不了，也不敢活到那么大年龄！活到那么大年龄，就成了妖精啦！”老婆婆说完，自个儿先笑起来。

趁这机会，我问起水波巷的来历。旁边那位八十多岁，圆脸，笑呵呵的老先生来了兴致，其言语里明显多了自豪之情。他说：“老潼关县城西汉时就有了。水波巷，是古县城南街的第一条巷子，我们住的这老房子，是从明清时传下来的。”

“你们才看过的老槐树，已经有一千多年的树龄，村里人叫它‘卧龙槐’，《潼关县志》上记载着这棵老槐树。老槐树北边的那家，老早是老潼关县的县衙门。”

对面，那位白发稀疏，方脸盘，眼睛不大的老先生，双手撑在拐杖把儿上，靠着石砌平台站在那里。他说起老潼关县城，说起潼关这一块的历史，说起水波巷，有说不完的话。

我细心认真地听着他讲过去的事情。他说起老潼关县城门楼子多么高大宏伟。还有，水波巷谁谁谁他先人，在外当大官时的这事那事。他和我旁边坐着的那位老先生，两人互相补充着说，把其中的根根节节，末末梢梢，说得很是生动，很是详细。

讲完上边的故事，那位老人又说：“潼关老县城，只留下水波巷这一条老街。过去，水波巷许多家都有商号、斋号，做生意的人多，文化人也多，留下了很多的古物。前多年一直到现在，来了一茬一茬收古旧东西的人，把值钱的东西收完了。屋里的老盆盆罐罐，不用了的门礅石，几块老砖老瓦，一块捶布石，这些看着不值钱的东西，他们也像得了宝贝，拿到手里喜得眉开眼笑。”

也许是我听得专心认真，也许是老人们心情好、兴致高，把他们知道的事情一一讲给我听。我不时地给老人递上烟，把火点着。一个上午，老人们讲的古潼关与水波巷的故事，是弥足珍贵的，是可以作为历史资料记录下来的。

漫游潼关，误打误撞地走进水波巷。从老人们的讲述里，我知道了古潼关县城，知道了古潼关，知道了水波巷很多很多的故事，让人生出许多的欣喜来。来潼关、来水波巷，没白来，没有白来。

告别老人，出了城门洞。王博渊展开手心，手中有一段两寸长，如三根筷子一般粗的一截槐树枝，那是他从那棵千年古槐下捡的。他说：“千年古槐是神灵之树，树下捡拾的这一截槐树枝会给人带来祥瑞，带来福气，会让我给学生们的课讲得更好！回去，我要把它放在我的案头！”手上拿着槐枝的他，十分得意。

他把那截槐枝，小心地装入随身携带的包里，笑着对我说：“到潼关，走进水波巷，不虚此行！你回去，肯定会有一篇文章出来。”

“来潼关，听老人说古潼关，说了水波巷那么多生动的故事，会有一篇文章出来。”我回答着他的话，回头又望了一眼水波巷，算是和它告别。

拜谒司马迁祠

司马迁，一个多么神圣又伟大的名字！

这是汉武帝时曾任太史令，著有鸿篇巨创《史记》，被尊称为“史圣”的司马迁；这是被联合国教科文组织列为世界历史文化名人的司马迁。无须赘语，司马迁是光照千秋，被人们膜拜，被人们仰视的杰出人物！

司马迁祠，位于韩城市芝川镇东南的韩奕坡悬崖上，东临黄河，西枕梁山，汉武帝改陶渠水为芝水的那条河流，潆绕墓前。

此刻，宁静的秋雨里，我就站在司马迁祠景区大门前。

以朝圣之心，我来到被称为文史圣域的司马迁祠，是为了追思先贤，希冀千百年来弥漫在这里的人文精神、生长在这里的浩大壮阔的文胆，给我以浸染熏陶，给我以坚强向上的精神力量，使吭吭哧哧笨拙地写作的我，笔下的文字能灵动芬芳，能葳蕤昂扬起来。

“挥毫三千年，一日阅古今。”景区大门前的对联，一副对联两行字，是在说《史记》之千秋功绩，是在道此地之盛景，气势夺人，引人遐思。读此对联，司马迁其人，其所处时代并发生在其身上的诸多故事，不由得就浮上心头。站在这里，那种不同的氛围，那种特殊的气息，使人有了一种穿越时空的梦幻之感。

带有一丝典雅之气的秋雨，仍淅淅沥沥地下着。雨中拜谒司马迁祠，朝圣之旅多了一份崇高，多了一份静穆，多了一份从容与和润。

走进司马迁祠景区，司马迁青铜雕像高大巍峨，一卷竹简执于右手的他，抬头凝视着远方。走近这尊雕像，方知其高十二米，寓意司马迁所著之《史记》为十二本纪。重量二十六吨，折合五十二万两，寓意《史记》之五十二万字。一尊雕像，其高度与重量，融进《史记》体例与文字之字数，多了几分巧思，多了深长之意味。

进入司马迁祠，山下的芝水里，密密匝匝的莲花旺盛得看不见河底。当年汉武帝曾在此河北岸采摘灵芝，兴致勃勃的他，一高兴，就把陶渠水改名为芝水。谁能料到，因李陵案龙颜大怒的汉武帝，就因为司马迁替李陵辩护了几句，而让他遭受了残酷的宫刑。

不知所终的司马迁，从历史的长空中消失几百年之后，西晋永嘉四年（公元310），汉阳太守殷济就在这里，就在汉武帝昔日采摘灵芝的芝水岸边，就在韩城这条唯一通往长安的古道旁，为司马迁修庙立祠。在这里修庙立祠，是给那个故去的汉武帝看，还是为了司马迁无处安放的魂灵，依着这条古道，顺利地从长安回到故乡？

这个太守殷济啊，他是有意为之，还是无意为之？谁能说得清，谁又能说得清呢！历史呀历史，在诡谲多变、纷繁杂扰的进程中，就有了诸多让人要去追寻，要去探究的谜团。

通往山顶祠院的司马古道，又长又陡。司马迁祠墓建筑群由四座高台组成，从山下到山顶，依崖就势，层叠飞旋而上。远远望去，峻峭挺立，高展凌云。脚下，北宋时铺设，相连四个高台的九十九块大石条台阶，层层上升。九，古人认为在阳数中为最大，有最尊贵之意。九十九块大石条台阶，长长久久，意为司马迁伟大的思想与不会磨灭的精神长留人间。古人是动了心思，是饱含一片真情在其中的。

这条古道，最早修建于春秋战国，北宋时，改修而成的石条路一直使用到今天。早已坑洼不平的石条路，让人不禁感叹起来，沧海可以变桑田，时日，可以把脚下平坦的石条路踩踏得坑洼不平，但留史的英杰们，时日愈久，愈发地光彩照人，愈发地神圣伟大，如我来这里要拜谒的司马迁。

在坑坑洼洼的石条路上，我轻轻地跺了几下脚，想听听历史的回声。这条记录了历史烟云的石条路，承受了风霜雨雪，见证了悲喜交集，其中的每一块石条，都有久远的不为人知的悠悠故事。

走在这石条路上，肃穆庄严之感油然而生，思绪也随之飞扬起来。司马迁祠建成距今已有一千七百一十一年的历史，有多少达官贵人，有多少名儒巨贾，又有多少普通百姓专门踏上这条古道，踏上这石条台阶来朝圣，来拜谒史圣？他们沿着这陡峭的古道，一步步往上爬着，他们把自己的汗水，把自己的脚印留在了这里，把自己对司马迁的崇敬虔诚之情，把一瓣心香留在了这里。

留下诗文的访客，我们可以看到，可以体味到他们的心境，可以读出他们对司马迁非同一般的尊崇与敬仰。没有留下诗文的，他们把仰慕，把感动，把朝拜的身影留在了这条古道上。

从石条路上登高前行，四座高台前，分别立有一座宋代建筑结构的木牌坊。自下而上，第一、第二、第三台的牌坊上，分别书有“高山仰止”“龙门才子故里”“河山之阳”。到了最高一台，修建有一座砖砌蒙古包形状的八卦墓，此为司马迁的衣冠冢。

相传元世祖忽必烈把初建时的土冢，改建成今天的模样。墓顶植有一柏，枝分五枝，被称为五子登科柏，盘虬劲直，郁郁葱葱。墓四周，刻有《周易》之八卦图案，是对司马迁“究天人之际，通古今之变”史学思想的诠释。我围绕着墓地，正三圈反三圈转了六圈，之后，轻轻地摩挲着墓四周的八卦图案，向史圣表达最真挚、最真诚的敬意。墓碑上的“汉太史公墓”五个字，为清乾隆年间（1736—1795）陕西巡抚毕沅所书。

墓前，是宋代建筑结构的献殿和寝宫，其内供奉着司马迁塑像。

在塑像前，一路上来，衣服已被汗水湿透的我，双手合十，低头闭目，向方脸长须、双眉入鬓、器宇轩昂的司马迁塑像，深深地鞠了三个长躬。在心里，我是向史圣许了愿的。

面前这位伟大的史学家、文学家、思想家与天文学家，他的人生路上，经受了多么大的屈辱与不平，他隐忍苟且地活着，是为了实现他和父亲两代人的夙愿。他不虚美，不隐恶，不为尊者讳，不为亲者讳，以实录的手法完成了“范围千古，牢笼百家”，成一家之言的巨著《史记》。雄深雅健、奔放浩荡的信史大书《史记》，名列二十四史之首，后世历代对其尊崇有加，被鲁迅先生誉为“史家之绝唱，无韵之离骚”。

一部《史记》，使司马迁残缺不全的身体与悲愤忧痛的心灵在精神上得以完整健全，得以抚慰欢欣。司马迁历经狂澜惊涛，埋葬了奇耻大辱，高高树立起了被后世称为礼义一统的司马迁精神，他以他的《史记》而永生而流芳百世而名垂青史。

我一抬头，一脸坚强坚忍、不屈不挠、矢志不渝，具备了伟大人格的司马迁看着我。其祠门上悬挂着的“穆然清风”四个字，让人心生温暖，有了许多许多的感慨。

一部《史记》，单从文学方面来说，司马迁是我这个爱文字的人心目中的文圣。读《史记》，那一个个鲜活，历经几千年的人物，如今仿佛还活着，他们的言谈举止，他们的音容笑貌，还是那么真切，还是那么传神，如同我们身边的你我他一般。《史记》中的语言，简练干净而又丰润淳朴，疏宕从容而又摇曳多姿，常叫我惊其为天语！许许多多，有了百分美好，有了高度概括力，有了巨大力量与瑰丽色彩的词语，岂能概括得了《史记》无与伦比的博大与精妙？

走出古柏参天、环境幽静的献殿和寝宫，站在司马迁祠墓最高处，极目望去，古城韩城尽收眼底，中华民族的母亲河——黄河，静静地向东流去。也许是出圣人的地方，韩城和我走过的其他历史名城一样，史悠久，地气壮，文脉雄，一草一木都长得丰茂健硕，都长得华滋挺秀。是的，在韩城，那空气中似乎都能触摸到历史的回音，似乎都能嗅到司马迁笔墨文字的幽香。

韩城这片地面，给了司马迁以生命。司马迁以他的渊博学识，以他的伟大品格，以他刚正不阿的史圣风骨与气贯长虹的精神，给了韩城这座城市永远的盛名。司马迁，照耀了韩城的往昔，也必将明丽于韩城的未来，他永远是韩城一张光彩夺目的名片。

风追司马，品格永存。离开司马迁祠时，雨已停歇，我又回头望了一眼形势之雄，景物之胜，为韩城诸名胜之冠的司马迁祠，心中有许多的触动，有很多的感想。

拜谒司马迁祠，长了我的精神，拓了我的心胸。是呀，司马迁是韩城人，韩城又在陕西，作为一个陕西人，我不由得就要自豪，就要骄傲一回了！

◆第六章　几度新春不在家

咫尺天涯——故乡年的滋味

有了高兴与快乐，有了醉人与浓烈的年味年气，当然，那盏一年中只能点亮一次的年灯，也一定会照亮来年我们前行的路，使我们坚定地面对未来。

腊八面

腊八面，是只有腊八节时吃的一种别有滋味的面。小时候，吃腊八面那个独特的感受，那个美好的记忆，我至今都是难以忘记的。

老家大张寨，人老多辈传下来：腊八节这一天不吃腊八粥，但一定要吃一顿有讲究、带有特殊意味的面——腊八面。

时令进入腊月，渭北平原上的村落里天寒地冻，村街上的大树枝梢被西北风刮得来回摇摆。其间，从村子的一角，不时会传来零零星星的叭叭声，那是小娃们在燃放鞭炮，他们闲不住，疯着，闹着。年，眼看着就要来了，他们是激动而亢奋的。是的，不管是刮来凛冽的寒风，还是在这个时节飘落而下的大雪，抑或是贫困艰难的苦日子，也阻挡不住悄悄弥漫开来的年的气息，阻挡不住年的脚步。

腊八节前几天，各家的母亲们就开始忙着准备腊八面了。她们找出专门存放着的一把黄豆泡入碗里，从走村串街的卖菜人那里买上一棵白菜、一块豆腐，或者几根红萝卜与一把菠菜，这是腊八面做臊子要用的菜蔬。按老人们的说法，这腊八面的臊子，放齐了八样东西才为最好。那时日子过得紧巴，谁家也没有能力凑够八样东西，能有两三样菜蔬做臊子，就是很丰盛很奢侈的腊八面了。过年时才能吃上的肉，腊八面的臊子里是绝对没有的，是想也不敢想的事儿，儿时我们吃的腊八面，从来没有过带肉的臊子。

粮食非常紧缺，上顿下顿，几乎天天吃的都是玉米糁子、面糊糊、锅塌塌、搅团与红薯等杂粮，吃面的机会少之又少，就是吃一顿汤面片，也都是中午吃，早上是不会吃面的。腊八节这天一大早就能吃上面，就能吃上几样蔬菜做了臊子的腊八面，对我们这些不懂事的娃娃来说，那真是一件兴奋而具有了仪式感的事情。

腊八节前一天晚上，村街上一起玩耍的孩子们，如一群小鸟叽叽喳喳地叫着。这厢，掉着鼻涕的一个娃娃，快乐地给同伴们夸：“明天是腊八，我屋里买了白菜和红萝卜！”那边，稍大一点儿、脸冻得红红的一个孩子带着炫耀的口气接了话：“我妈不光买了红萝卜，还给我们买了豆腐、菠菜呢！”喜滋滋乐颠颠的他们，就等着睡一觉起来，吃那馋人的腊八面了。其间，还有逞能的玩伴，蹦蹦跳跳地用手比画着，高声念起过了腊八，白天时间就会不断变长的谚语：“过了冬至，长一枣刺。过了腊八，长一杈把。过了年，长一椽。”他们嘻嘻哈哈地玩闹着，那稚嫩的童音，在空旷的村街上回荡着。冬日的夜晚，因为他们多了几分生机与温暖。

记得每年腊月初八一大早，还在迷迷糊糊睡梦中的我，就能听到母亲在厨房咣咣咣地拉着风箱，听到她在案板上当当当切着红萝卜的声音，母亲已早早起来，开始给一家人做腊八面了。不大一会儿，母亲就从厨房出来，走到厢房里叫我们起床：“快起来！赶紧起来！腊八面好了！吃了面，你们还要去学校上学哩！”一听腊八面好了，平时，从热被窝里半天不愿意钻出来的我和弟弟，一骨碌从炕上爬起来，急急忙忙地穿好衣服，跳下炕，慌慌忙忙洗过脸，要急着吃腊八面了。

腊八面臊子已炒好，盛在了碗里。案板上，母亲把擀好的面切成菱形片，抖开，再聚拢到一起。大铁锅里的水已烧开，就等着我们起床以后下面了。

母亲给灶膛里添着柴草，柴草噼里啪啦地燃烧着，不时有火星从灶膛里迸出来。灶膛里的火光，映红了母亲沧桑的脸庞。我们在锅灶旁站着，等着吃腊八面。面很快熟了，母亲把炒好的腊八臊子倒进面锅里，用勺子转着搅匀，她先给祖父母各盛了一碗，端了过去。回过身来，母亲边给我们盛面边说：“我小时候过腊八节，你舅婆会叫我给院子里结果子的树上，都挂上一根面，叫我还要说了：树儿树儿吃腊八，明年给咱结个大疙瘩……”

听着母亲说着关于腊八节的故事，我和弟弟端起热腾腾的腊八面就吃开了。腊八面臊子，有红红的脆脆的红萝卜丁，有白嫩白嫩的小豆腐块与碧绿碧绿的，还有黄澄澄、被煮熟后变得涨大了许多的黄豆。这一碗腊八面，看起来就香。我用筷子先夹了红萝卜丁放入嘴里，嘎嘣地将它咬得脆响，把碗里的面片吃上几片，慢慢地享受着那面香。又去夹了小豆腐块与菠菜，豆腐的鲜嫩与菠菜的清香，在口齿间回旋着。喝上几口汤，再把碗里的几颗黄豆刨入嘴里嚼着，黄豆的豆香瞬间发散开来，叫人沉醉。腊八面，我是仔细地品着味吃的，为的是体会多种蔬菜做成臊子的腊八面那种让人享受、让人快活的味道。

吃完腊八面，全身上下热乎乎的，擦了一把嘴，我赶忙背上书包，丁零咣当地打开院子的前门，领着弟弟去上学了。村街上漆黑一片，不知谁家的狗听到响动声，汪汪汪地叫过几声，就不再吱声了。满天的繁星，亮晶晶地闪烁着。风，呼呼地从耳边刮过。这一刻，觉得天似乎不那么黑了，也不那么寒冷彻骨了。腊八节清晨，吃了腊八面去上学，不像平常要带着冰凉的玉米面锅塌塌或者红薯，边走边吃当早饭了，那个美劲儿、那个滋润的感觉真是好！那时，我就傻想了，一年只有一个腊八节，要是天天都是腊八节，天天早上都能吃上这腊八面，那该多好呀！

1984年，我们一家搬离老家去了铜川。在铜川，我们家仍保留着在老家时的习惯，每年到了腊八节，母亲都会给我们做腊八面吃。跟大家一样，条件好起来的我们，吃腊八面早已不算什么了，想吃什么样的臊子都有，想吃别样的其他的东西，都不是什么问题了。

人都有怀旧情结，都难忘过去经历过给自己留下深刻记忆的事情。我也一样，每年到了腊八节，就不由自主地想起过去在老家吃的腊八面，想起腊八节前后发生过的那些大大小小的事情，想起忙忙碌碌为生活所困所累的大人们，想起不知世事难场只是快乐着只是兴高采烈着的儿时的玩伴们。严冬里的村子，干冷异常却十分干净清纯的空气，还有故乡那种奇特的让人难以言表的让人怀恋的氛围与场景。

腊八节，难忘的腊八面，难忘那些曾经发生过的许许多多的往事。

杀年猪

“哎！我给你说，明儿个队上要杀过年的猪呢！”小时候，在老家大张寨，这杀年猪的消息，在我们这些小娃娃中间传得比啥都快。过年杀猪，能吃上猪肉啦，那绝对是一件叫我们满心欢喜的大事。一大帮子的娃娃互相约定：“走，明早咱一搭里走，看杀猪去！”

村子里，年的气息越来越浓了。昨天，腊月二十三小年刚过，父亲们已开始筹谋着，过年要买几斤豆腐几斤白菜几斤粉条；母亲们，还在忙着给孩子们准备过年的新衣裳。放了寒假的小学生娃，他们不管大人的事，男孩子们一边扳着指头算还剩多少天过年，一边想着法儿看能不能给自己做一把枪，再买上几个墩子炮。嘻嘻，明天队上要杀年猪啦！年，越来越近了，他们快乐着，兴奋着。

队里要杀的这头猪，是二三月间，从县上牲口交易市场逮回的猪娃，就养在饲养室一旁的猪圈里。记得暑假里，我们几个玩伴闲着没事，手里拿着当枪使的树枝，从不高的猪圈墙跳下去。其中的一个捣蛋鬼，拿着树枝去逗那已长大的猪，猪没有拴绳子，是由着性子长大的。它突然看着从墙上跳下这么多人，手里拿着长树枝，受了惊吓而又性烈的它，扑过来就在前边那个玩伴的小腿上，猛地咬了一口，吓得我们几个慌忙从猪圈墙上爬出来。

那个被猪咬了一口的玩伴爬出来后，用手摸摸被咬伤，还在流着血的小腿，拾起一个大土块，就去砸那头猪。那猪，雄赳赳直挺挺地站在那儿，仰着头盯着我们，也不躲避砸来的土块，嘴里发出示威般的哼哼声。

听队里负责喂这头猪的饲养员也说过：“这猪，烈蹶得很，是这几年养得猪里头最歪、最厉害的一头。那天，我给猪槽里倒猪食，不知是嫌我挡住它吞食的地方，还是因为啥不高兴，端直过来就咬了我一口，把我气得狠狠地蹬了它几脚！”

明天，这头烈蹶而又厉害的猪，大限就到了。

第二天一大早，赶到村外饲养室猪圈旁的，是我们这些约好来看热闹的娃娃。一会儿，烧锅的人先来了，给那只大得怕人的铁锅里加满水，从生产队的大麦桔垛上，扯下一背篓的麦草背过来。他在大铁锅底下点着火，再一把把塞进麦草，不时用棍子捅一下，那火呼呼地燃烧起来，火舌从锅底蹿了出来。天冷，被冻得清鼻涕、眼泪流着的我们，围在一旁烤着火，等着杀猪的人来。

大铁锅里的水，慢慢地冒开热气。请来的外村那个杀猪的，老队长陪着他从村子里来了，后边还跟着一大群准备帮忙的年轻人。老队长走过来，对烧锅的人说：“把火弄大，赶紧把水烧开！杀猪的人来了，立马就要用水呢！”请来的那位杀猪者，是附近村子有名的一位屠夫。他高个子，人长得结实健壮，眼睛大大的，周围村子的人都说他人快刀利，是杀猪宰羊的一把好手。老队长走过去，对正在杀猪案子上收拾屠宰工具的他说：“今日要杀的这猪烈蹶得很，时常还咬人哩，你操着心，不要叫它咬了你！”“它烈蹶？还敢咬人？我就不信，它还能烈蹶过我这把快刀！人都说我身上带着杀气，一般的猪羊见了我，吓得卧在那里，就只知道发抖了！”

他说着，就拿起一根近两米长，叫“挽子”的工具。这“挽子”有大人的大拇指那么粗，是前边带了锋利的弯钩，后边弯了一个圈当把手的钢棍。提着“挽子”的他，唰地一下子跳上猪圈墙，几个年轻人也跟着他跳上墙。我们这些小娃娃呼啦一下子围过去，看他怎么样用“挽子”挽住那头烈蹶而又厉害的大肥猪。那猪也灵醒，一看这阵势，就知道大事不好，眼睛凶恶地瞪着，全身的肌肉绷得紧紧的，在圈里来回疯窜。那位屠夫，在猪圈的四堵墙上跑过来跑过去，用力抡着“挽子”，想挽住猪脖子，“挽子”几次从猪脖子上滑脱。好不容易挽住，那猪一甩脖子，就甩开了“挽子”，几次下来，猪脖子上满是血，还是没能挽住它。

那位屠夫怒了：“还真没见过这么烈蹶，这么狰㞞的猪，把人还箍住了！我就不信，把你还没办法了！”话还没说完，他嗵的一声就跳进猪圈。一旁的人大喊："那猪咬人哩！小心猪咬你！"话还未落音，他已用挽子牢牢地挽住了猪脖子。被挽住脖子的猪嗷嗷嗷地叫着，墙上的人跟着跳下去，人们拉"挽子"的拉"挽子"，拽猪耳朵的拽猪耳朵，有几个人在猪屁股后边用力往前推着。

把猪拉出猪圈，大伙七手八脚地把它抬上案子，牢牢地按住。猪还在嗷嗷嗷疯叫着，屠夫唰地一下卸下挽子，顺势抄起案子上明晃晃、闪着寒光的尖利长刀，用尽全力捅向猪脖子。有人已用提前准备好的盆子接着猪血。狂嚎的猪，越来越没有了声气，很快，就一动不动了。

站在一旁，暑假时被这头猪咬过的那个玩伴，抬起脚就踢了那猪几脚，边踢边骂："叫你狗日的咬我！叫你狗日下的咬我！"屠夫走过来，提起他，放到一边去，继而骂他："碎尿娃滚开！滚远一点儿！你没看见我来回在这儿动着刀？要是把你个碎崽娃碰一下，那还了得！"

他嘴里骂着，抄起案子上的短刀，在猪后蹄子上边吱的一声划开一道口子，拿起长长的、小拇指一般粗的铁棍，从那道口子捅进去，一直捅到猪脖子下的肚皮处，把铁棍拔出来，再捅进去，朝不同的方向反复捅着。

而后，他让人在猪肚子上用棍子不断地敲着，自个儿弯下腰，掰开猪蹄上边的那道口子，嘴搭上去，用尽全力吹着。他吹着，拿棍子的人在猪肚皮上抽打着，一会儿，那猪就跷着四条腿，圆鼓鼓地躺在案子上了。屠夫快速把刚才吹气的那道口子用绳子扎紧，招呼大家抬着滚圆的猪，放入水已咕嘟嘟滚开的大铁锅里，他一转身，取来长把的大勺子，不停点地给猪身上浇着滚烫的开水。浇一会儿，把猪翻个过儿，和刚才一样，继续给猪身上浇着开水。烫到位了，就用刮毛的工具"刮刮"，刺刺刺地刮开了猪毛。刮净猪毛，从锅里拉出来白生生的猪，上架子准备开膛。这一系列的活，那屠夫干得干净而麻利。

最让人吃惊的是，屠夫在开猪膛的一刹那，用手抽出猪前胸里还带着热气的花油，仰起头放入嘴里，刺溜一下子就咽进肚子里。惊得一旁的我差点儿叫出了声：我的天！就这样生吃了？油腻得咋咽得下去哪！开过猪膛，屠夫把那长刀的刀背咬在嘴里，刀刃对着猪，他先用拳头用力去捶，然后掏净内脏，再用砍刀把猪分成两扇子。

我们这些娃娃，跟前跟后，就是为了看杀猪的全过程。有年龄大的老人，拿来盆子，在烫过猪毛的大铁锅里舀水洗脚。他们说，用这水洗脚好，干脚不会再开裂，脚上厚厚的干死皮，也就能一层层揭下来了。

就在现场，称过净猪肉，队上按人头给各家各户开始分肉。每家分到的这两三斤猪肉，各家拿回去后，都不会当天煮，要等到大年三十才煮。大年三十煮肉，这是老家人老多辈的习惯。煮肉，吃肉汤带了一点点薄肉片的煮馍，这是个讲究。不多的猪肉，不光要过三十，要过年，还要招待年后来的亲戚。

高兴地看过杀年猪，肉也分回来了，我们这些娃娃就等着腊月三十，等着过年，等着过年后亲戚们来，跟着吃上一年都吃不上的几片猪肉。

那个等待的过程，尽管只有短短的几天时间，却让我们觉得好漫长、好难熬。有时，一天几次要去看那挂在屋里的生猪肉，嘴里就有了口水。这个时候，就不由自主地埋怨开了：这鬼天，一天天咋过得这么慢？腊月三十，还有年，咋还不早早来呀！

难忘过去杀年猪的那个热闹场景，难忘艰难困苦时期有了许多快乐、有了许多期待的那个岁月。

祭灶神

小时在农村，在老家大张寨，腊月二十三，是人老多辈传下来祭灶神的日子。“祭灶不祭灶，全家都来到。”这句话是说，祭灶，全家人都要参加呢。你看看，这是一件多么庄重而又讲究的事情。

每到快要祭灶的时日，祖父都要讲一讲灶神的传说。到现在，我都把他说的那些话记得清清楚楚。祖父说，灶神原名叫张单，出生在一个普通人家，娶妻郭丁香之后，他外出经商发了大财，娶了好吃懒做的青楼女子海棠，休了丁香。后来，丁香嫁给一个贫穷的打柴人。不会料理家务、笨手笨脚的海棠失火烧光了所有的家产，撇下他另嫁人家。一无所有的张单，当起叫花子，只能沿街去要饭。腊月二十三，张单乞讨到了前妻丁香家，看到生活得平安幸福的前妻，想到自己以前的所作所为，羞愧难当至极，一头钻到灶锅底下烧死了。

张单钻入锅底烧死自己的消息，传到玉帝的耳朵。玉帝觉得这人还是一条汉子，能知道自己的过错，应该是知耻而后勇之人，就把他封为“九天东厨司命灶王府君”，就是人们常说的灶神。让他专门记录下各家各户在这一年里的所作所为。每年腊月二十三，返回天庭，禀告下界凡人的善恶。玉帝根据他的禀报，确定这家人下一年的吉凶祸福。

灶神，可以给玉帝直接禀报各家的是非长短，权力如此之大，普通的人就想了，他给玉帝想怎么样禀报，不就怎么样禀报了？百姓敬畏其权力，敬重起灶神，称他为灶王神、灶王爷，把他的画像贴在厨房的墙上，供奉起来。从此，民间就有了腊月二十三祭灶神的活动。

听了祖父讲述的传说，我知道了灶神原来是这样的来历。年龄还小的我，对每年腊月二十三祭灶神的经过，记得很清楚。生活艰难苦焦的农村，那时，人们没有糖果糕点，也没有麦面之类的好东西，只能用玉米面烙成圆饦饦馍祭祀灶神。碰上这一年农历十二个月，就烙十二个饦饦馍，农历十三个月，就烙够十三个。一个圆饦饦馍代表一个月，圆圆满满、实心实意地表示对灶神的尊崇。祭祀时，先把圆饦饦玉米面馍，恭恭敬敬地献于灶神画像前，点亮蜡烛，烧了香表，再磕头。

在这个过程中，母亲除给灶神说着平常大家都说的“上天奏好事，回宫降吉祥”这样的话之外，我还记得，母亲还说了自己家没有麦面与其他的东西，只能以玉米面圆饦饦馍祭灶神的复杂无奈心情之类的话：

灶爷灶婆你别嫌，
玉面还比麦面甜。
抛撒米面我的错，
上去别给玉帝说。
…………

母亲说的玉面，就是玉米面。贫困艰辛的日子，没有麦面烙饦饦馍，只能用一家人一年里，大部分时间都吃的玉米面做成饦饦馍，给灶神做了献食。当时，我就傻想了，灶神肯定知道玉米面再甜，也没有麦面好吃呢。他一直被供奉在厨房里，他也知道人们的难场，不是不给他献好吃的，是的确没有啊。他听到“玉面还比麦面甜”这句善意而又不真实的话时，一定会扑哧笑出声，心里肯定会说：“呵呵，玉面还比麦面甜？玉米面和麦面哪个好吃，我还能不知道吗？”

母亲说的“抛撒米面我的错，上去别给玉帝说”这两句话，我怎样也理解不了。日子恓惶，和所有的家庭一样，母亲与全家人都非常节俭，不会抛撒一粒米，就是玉米面，也不会浪费星星点点。在大人们的影响下，我们这些孩子吃馍掉下馍花，都要从地上拾起来，噗噗地吹去灰尘，放入嘴里吃了。母亲咋能说“抛撒米面我的错”呢？后来，长大后的我才明白，一家人的俭省，灶神是心知肚明的。母亲这样说，是自己给自己故意找问题，自己给自己提出更高的要求，也是为了让灶神高兴。他高兴了，上天后，会给玉帝多说一家人的吉言美语。

祭完灶神，揭下贴在厨房北墙上的灶神像，焚烧了。这是送灶神上天宫，老家人把这叫作“送神”。

送走了灶神，小年一过，年真正就来临了。大人们忙活着过年的各种事儿，我们这些娃娃，高兴地算着时间。哈哈，离过年只剩下七天了！玩伴中间有人蹦着跳着，念开了口诀：二十四，扫房子。二十五，做豆腐。二十六，去割肉。二十七，宰公鸡。二十八，把面发。二十九，蒸馒头。三十晚上熬一宿，大年初一扭一扭。也就是在大年三十下午，燃放鞭炮，要把新请回来的灶神像，贴在原来那个地方。灶神，从天宫回到人间，他要和大家一起过新年了，人们把这称为“接神”。

灶神，在老家人的思想深处，把他看成是居家神，灶神掌管着人间衣食与祸福的大权，是神仙队伍中最基层、管辖面最宽的干部，自然对他非常敬畏和崇拜了。

我们一家离开老家已三十多年，在城里，没有农村的锅灶，也没有贴灶神的讲究。但祭灶神这一习惯，我们家还一直保持着。每到腊月二十三晚上，年近八十岁的母亲，都要在灶台上点着蜡烛，放上各种供品，虔诚地给灶神说了感恩感谢与辞旧迎新、迎祥纳福的话，以此形式祭祀灶神。

许多年过去了，小时候在老家祭灶神时的那一幅幅画面，那一个个场景，还有那种神秘的氛围、神秘的感觉，仿佛就是昨天发生的事情一样。是呀，诸神中，这尊神是我们能看到，离我们最近的神，想起灶神那宽厚的笑脸，想起他那长长的大黑胡子，就让我们有一种温暖而亲切的感觉。

过年扫屋里

小年腊月二十三，送走“上天言好事，回宫降吉祥”的灶神，年，眼看着一天天就要来了。

小年以后这几天，各家各户，每天都忙着和过年紧密相关的事。这不，第二天就是腊月二十四，是老家大张寨人“扫屋里”的时日。村子里所有的人，腊八节过后，挂在脸上的年的喜气，越发地显亮，越发地灿烂了。

老家人把家不叫家，称作屋。平日家里有事，说屋里有事；家里来人了，说是屋里来人了。腊月二十四家里的大扫除，自然就说成了“扫屋里”。

平时就爱干净的老家人，尽管贫寒，不富有，住的是土坯房，前后院子没有砖铺地，没有水泥打了的地面，更没有现在的瓷砖。但是，你看每家屋内屋外，不管啥时候，都收拾得清清爽爽、利利落落。干净的土质地面上，没有遗落的一根柴草。锅案上用的并不贵重的瓦盆粗瓷罐，每天都要擦洗一遍。年来了，“扫屋里”，更是要来一次全面彻底的大扫除，全家老少都要参与其中。“扫屋里”，是年前一项辞旧迎新，具有重大仪式感的活动。

“扫屋里”这天一大早，吃过玉米糁子饭，在外教书、放了寒假回来的父亲，打发我和大弟弟拿上铁锨，提着担笼，去村外的北土壕里找回白土块。我俩一个拿铁锨，一个提着担笼，迎着凛冽的西北风走出北城门，向北土壕走去。经过一阵折腾，找好一担笼的白土块，把拿去的铁锨当成抬杠，弟弟在前，我在后，铁锨头放在我的这一头，抬回白土块。

我和弟弟把白土块抬进家门，祖父母，还有父母亲，把屋里不少的东西已搬到院子。我俩把抬回的白土块，倒入父亲已倒满水的那个大铁盆里，用铁锨翻腾搅和一番。大铁盆里，干土块遇着水，噗噗噗地冒起泡泡，不管它，让泡着去。我们也跟着大人，从屋里搬出我们能搬动的东西。

把能搬动的东西全都搬到院子，是为下一步清扫灰尘、泥水抹墙腾出地方，利于人出手干活。“在屋里放着，也不见得有多少东西，给出搬，这这那那，小东小西的，还多得不行！”母亲说着。

从屋里往院子搬东西，是一件费人、费工夫的活儿。能搬的东西都搬出来，笨重硕大，如厨房里能装近十桶水的大水缸，还有那宽宽的厚木头大案板等，这些不好搬动的东西，或盖好盖子，或给上面苫上席子与各种能遮挡住灰尘的东西。

该搬、能搬的东西已全部搬出来。父亲和母亲各自换上旧衣服，父亲戴上一顶草帽，母亲的头上也包上了头巾。父亲给长长的竹竿顶上，绑上一把笤帚，先从院子最里边的厨房开始，清扫净房顶与四周墙面顶端的灰尘。农村用柴火做饭，一年烟熏火燎，屋内房顶与墙面的高处，积下不少黑烟的痕迹。父亲用长竹竿笤帚，一笤帚挨着一笤帚清扫过去，把那一根根已发黑的木椽，也齐齐地扫了一遍。母亲拿一把顶头竹叶已不多的扫帚，扫着低处墙上的灰尘。

这个时候，我们弟兄三个和祖父母端了两盆水，在院子里清洗搬出来的东西。第一遍把大的灰尘洗完，盆里再换上净水，开始第二遍清洗，把那些盆盆罐罐，还有各种各样的东西连底部都洗了个干净。

父母亲清扫过屋里，再清扫屋子外面。清扫完后，他俩一人手里拿一个盆子，另外还有一把细糜子笤帚，走到院里泡白土块的大铁盆旁，把盆里的泥水反复搅匀，给手里的盆子盛满这泥水。父亲端上盆子，先站在梯子上，后站在高凳子上，用小笤帚蘸着泥水，刷高处的墙。母亲站在地上，刷低处的墙。这个时候，我和弟弟就操心着父母亲手里端着的盆子，没有了泥水，就急忙接过盆子，跑着去院子里的大铁盆里盛上一盆，再跑步送回来。

用泥水刷墙，手里端着重重的盆子，一小笤帚一小笤帚地在墙上抹过，是很鼓拉（方言：难受）很劳累人的一个活。刷完屋里，父母亲到了院子，把厢房的外墙，二门子里四周的墙，也齐齐地刷了一遍。我现在都清楚地记得，父亲累了，也不言语，停下来，站在那儿稍稍休息一小会儿，又开始忙了。母亲会长长地舒一口气，“哎嘘”一声，算是缓解一下疲劳。

好不容易，父母亲刷完屋内屋外所有的墙。这时，祖母进了厨房，忙着去给一家人准备中午饭。“快歇歇！喝口水，把人甭赶得太紧！悠悠散散地干，别逼自己，别自己给自己加劲加火。已经铺开了这摊场，就当一天的活干，撵天黑弄完就行！”年龄大了的祖父，像是对我父母亲说，又像是在自言自语。父亲接过祖父的话：“爸，不急，大活儿忙过去了，把这些东西搬回去，再把里里外外一打扫，也就忙完了！”我抬头一看父亲，尽管戴着草帽，他的脸上还是落上了灰尘，鼻子下边的人中，有一道竖着的黑黑的灰。

父亲拍拍手上的灰尘，坐下来休息。他笑着对坐在一旁，也跟着歇息的我们弟兄三个说：“年前大扫除，这一习俗有三千多年的历史。咱们北方，腊月二十四打扫卫生，叫作扫房子，咱这儿叫扫屋里。南方说是掸尘，不管咋样说，就是年前的一个大扫除。大扫除，就是要扫去灰尘，除旧迎新，扫除掉陈芝麻烂谷子不快乐的‘旧事’，以新的面貌，新的气象，迎接新的一年到来，这是最主要的目的！”

歇息完，母亲把那些不能用的废旧东西挑出来，放在一边，准备扔掉。一家人，再把其他的东西全部搬回屋内，物归原位。一趟趟跑着，我的腿开始发酸发胀，肚子也跟着咕咕地叫开了。搬完所有的东西，把前后院子，又彻彻底底地打扫一遍。父亲还把大门外的土堆，用铁锨往上铲了铲，拍平拍瓷实。

哟嗬，屋内屋外一下子亮堂了许多，十分干净清爽，像是换了一个新家一样。这个时候，心情特别好的我，迫不及待地把父亲买回来的年画，给各个房子一一贴上。站在一旁的祖父，看着我贴好的新年画，笑呵呵地说：“新年画一贴，好看哩，新年，新年立马就来了！”忙完这些事，太阳早已偏西，这时，已是下午三四点了，一家人这才补吃中午饭。

腊月二十四，忙忙碌碌地和一家人扫了屋里。晚上，困乏至极的我，睡在烧得热乎乎的炕上，参加了大半天过年扫屋里的劳动，就有了一种小小的成就感。闻着墙上新刷上去的泥土散发出的那种淡淡的清香，心里盘算着，离过年又近了一天，心里那个快活那个兴奋呀。不知什么时候已进入沉沉的梦乡，那一晚，我睡得特别香，特别甜。

年画记忆

儿时，小年腊月二十三前后，老家大张寨的人们，一趟一趟往县城跑着，欢喜地置办着并不怎么丰盛，但十分用心十分在意的年货。

买一捆葱、一块豆腐与几根红萝卜，还有其他各种各样的东西，回来一盘点，还有几样东西没买，不行，第二天还得再往县城跑一趟。十多里的路，来来回回跑着，辛苦是辛苦，但在年味越来越浓的那个环境下，在那个氛围里，他们的脸上，时时刻刻洋溢着喜悦之情，脚下的步子，也是轻盈而欢快的。

除过置办年货，穷家小过的日子，不管谁家手头再紧，都要买上一张新铮铮的年画贴在家里。年画，就是年的象征，就是新年的祝福呀，不贴上散发着浓厚热烈、吉祥喜庆之气的年画，怎么能算得上是过年呢?

那时的年画下边，都印着一年的日历。老家人常会在日历上，把自己和亲戚家重要的事情，诸如故去亲人的周年、老人过寿与孩子婚嫁等时日都画了圈，做了标注，提醒自己不要忘记，不敢错过了。

年前，在西安教书的父亲已放寒假，回到了老家。他除帮母亲忙着家里大大小小的年事，还上县城采办年货。记得每年置办年货，顺带要买年画了，父亲会特意带着我们弟兄三个一起去县城。办年货买年画，父亲一是想让我们去县城逛一逛，二是让我们去卖年画的现场看看、转转，挑选自己喜爱的年画。

后来长大了的我们，才明白了父亲的良苦用心。那么多品种繁复，有了各种美好寓意的年画，在那个年代，对我们这些孩子来说，就是一次盛大无比、机会难得的“画展”呢。父亲是想让我们开阔眼界，增长知识，提高鉴赏能力。不能不说，我后来喜欢涂涂画画，能提起笔来画几笔，与每年购买年画，看这“画展”不无关系。

嘻嘻，每到年前，听说父亲明天要带我们去县城买年画啦，我们弟兄三个如快乐的小鸟一般，叽叽喳喳叫着，蹦跳着，那个快活，那个高兴劲呀！去县城的路上，我们一直在前边跑着，走在后边的父亲叫着我们：“别跑了，慢慢走！那么远的路，跑着去，怎么受得了？”我们还是嘻嘻哈哈的，撒着欢儿住前跑。

年来了，县城里人山人海，忙碌着的人们，手里提着各自置办的年货。父亲领着我们穿过熙熙攘攘的人群，先赶到中山街十字路口的县新华书店。书店的房子年代久远了，墙上的大青砖砖缝里，残留着一道道青苔干枯后留下的黑灰色印痕。书店，是一间深长的店子，门朝北开着。过年，买年画的人太多，书店把年画搬出店外销售。在书店路西，摆开了一长溜儿桌子，桌上，是厚墩墩，一包挨着一包打开了牛皮纸外包装的年画。那一厚沓一厚沓卷折在一起的年画，背面颜色非常白，白得耀人眼目。对着顾客，从顶侧面看上去的成卷年画，是印刷厂用机器切出来的，齐茬茬的一厚摞子，每个品种都有好几百张。

一长溜儿桌子里边，书店工作人员背后的墙上，从上到下，拉了一道道长长的绳子。每条绳子上，一张挨着一张挂满鲜艳多姿、浓墨重彩的年画样品。

墙脚下，摞着成捆成捆未打开包装的年画。要买年画的乡亲们，在人群中抻长脖子，挑选着自己喜爱的年画。看上了哪一张，就指给卖画的工作人员：“哎！同志，把《天官赐福》给咱拿一张！”“给我拿一张《富贵满堂》！对，对，就是第二摆子，右边的第二张！”“我要那张胖娃娃骑鱼的！就是那张，就是顶上边的那一张！”工作人员忙得团团转，他们先看过墙上那张年画的标号，随后，低头在桌子上整卷的年画里，去找相同标号的那张年画。找出年画后，画面朝里，噌噌噌将年画卷成圆筒，用提前剪好的废旧报纸条儿一缠，从大糨糊瓶里，提起做刷子用的小排笔，在那卷好年画的报纸条顶头，点上糨糊，用手粘紧，递给买画人。

哎呀，那么多的年画呀！张张都美，幅幅都好看哩，真让人眼花缭乱！高兴着的我们，从大人身下挤到桌子前，去仔细看那挂在墙上的年画。年画，都是些人寿年丰、招财进宝、吉祥如意与祈祷丰收的画。我们弟兄三个站在桌子前，互相指点着墙上挂的年画，说这张好看，那张漂亮。

喜滋滋的我们挤出人群，给在人群外站着的父亲说，我们看上了哪一张，还有哪一张年画。我问开了父亲："爸，那么多那么多的年画，把我眼睛都看花了！一大片子的年画，爸，它们都有啥区别呀？"

父亲笑了，说："好，好，说明不光看了，还动脑子了！年画的来历还真长呢，它兴起于汉朝，唐宋时期得到发展，到明朝、清朝时，就十分兴盛了。过年贴年画的风俗，一代一代传下来，一直延续到了今天。"父亲指着挂在远处墙上的年画又说："年画大都是神仙与吉祥物、故事传说、百姓生活与娃娃美人。有门神、吉庆、风情、戏出、符像和杂画等门类。譬如吉庆类中就有《连年有鱼》《一团和气》等；风情类中有《老鼠嫁女》《猴抢草帽》之类的；戏出类中，就有《群英会》《盗仙草》《杨家将》与《西厢记》等品类。每个门类的年画，都有不同的寓意与说法。不管咋说，都是图个喜庆欢乐，图个吉祥如意！"

对"戏出"不理解的我，问父亲"戏出"是什么意思？父亲说，"戏出"，就是戏曲。弟弟还问了父亲，"符像类"和"杂画类"都是些啥年画？父亲解释了这两类年画是什么，都有什么样什么样的内容。

我们和父亲又一起挤进买年画的人群。两个弟弟分别要了《春风得意》与《一马当先》，我要了《蟾宫折桂》。书店工作人员把三张画卷在一起，用报纸条儿贴好，递给我。我接过年画，手挨到了糨糊粘到的地方，凉凉的。父亲毫不犹豫地付了钱，在那个艰难困苦，钱紧缺得厉害，把一分钱都要掰成几半花的年代，父亲对我们关于知识与学习，买小人书与启蒙教育方面书籍的支出，从来都是舍得花钱，都是极力支持的。

买过年画，我们和父亲又在几条街上，补办了尚未办齐的零零碎碎的年货。到了中午饭时分，父亲领着我们弟兄三个，去县印刷厂东侧不远处的面馆吃面。父亲要了三碗素面，弟弟问父亲："爸，咱们四个人，咋要三碗面呢？"父亲笑着说："你们吃，爸这会儿不饿，爸回去以后再吃！"面端上来了，我们让父亲吃，他说："你们快吃，你们快吃。我不饿，一人一碗，赶紧吃！吃完面，咱们一起回家！"

父亲坐在一旁，看着我们吃完。我注意了，父亲看着我们呼噜呼噜地吃着面，他的喉结动了几动。后来，稍稍长大的我才知晓了，到了饭时，父亲咋能不饿，咋能不想吃？他是为了省下一毛二分钱的一碗面钱啊！长大成人后的我，每每想起这件事，心里就会泛起阵阵的酸楚。

年画拿回了家，按正常时间，应该在大年三十下午贴出来，等不及的我们弟兄三个，常常在扫过屋里以后，就急着把年画贴上了。屋里屋外，已用白土泡的泥水全部重新刷过，焕然一新。屋内年画一贴上，整间屋子马上就好像跟着新年画抖了几抖，那个气氛，那个环境，还有那个感觉，一下子就不一样了！突然间，屋里好似变得灿烂明亮起来，变得吉祥喜庆了许多！

日子，就这样一年一年往前过着，一年一次的年画照样贴着。美好热烈与喜庆祈福的画面，是年画永恒不变的主题。

1994年秋，我们一家搬离老家，先铜川而后咸阳。其间，过年的年画逐渐变成了挂历。后来，有了手机，可以随时随地看时间，挂历，也就失去了其掌握时间的实用功效。慢慢地，很少也有人挂挂历了。年画、挂历，都淡出了人们的生活。

一转眼几十年过去了，难忘儿时的年，难忘有着许多美好记忆与故事的年画。

蒸年馍

过小年，送走上天奏好事的灶神，紧跟着第二天已扫过屋里，老家大张寨每户人家的门前门后、里里外外，村街上的犄角旮旯，都是十分清爽利落，洁净而亮堂。

为过年忙活着的大人们，一刻也没闲着，他们的脸上挂着笑容。这笑容，在那个贫苦艰难、日子过得恓惶的年代里，是一年中很难见得上的笑。

不管大人们事儿的娃娃们，对过年的期待和憧憬，使平时不关心时日的他们，进入腊月后却变为最关心时间的一群人。玩伴们聚集在一起，每天都掐着指头，以倒计时的方式算着，今天是腊月二十几二十几，离过年还剩几天了。说日子过得慢，也过得快呢，一转眼，就到了腊月二十八。笑嘻嘻的他们，说出了大人们进入腊月后常说的顺口溜："二十八，把面发；二十九，蒸馒头。"年马上就来了，这是最牵动他们心思，也是最让他们为之兴奋的一件大事。

腊月二十八，各家的母亲们都发上面，准备第二天蒸年馍。那时蒸馍，都是用酵头发面。发面，是母亲们最操心的一件事。面没发好，就蒸不出好馍。蒸年馍，老家看重一个"蒸"字，"蒸"字，有了蒸蒸日上，有了"圆一口气"的不同于平日的意味与讲究。年馍蒸好了，预示着来年的日子会蒸腾向上，会红红火火，会顺顺当当；馍蒸不好，就不吉利，就不顺当。馍没蒸好，是一件让人很不开心，很忌讳的事。故而，母亲们都分外地操心，是提着劲儿要做好的一件重大事情。

我记得小时候，腊月二十八下午发面，祖母和母亲把大块的酵头掰成小块，放入那个黑大粗瓷缸里。那时的农村，天寒地冻，滴水会成为冰，为了保暖，要把这黑粗瓷缸放在连着锅灶的烧锅炕上，再用被子盖上，让酵头快点儿化开。酵头化开后，给里边加上面粉，搅匀，再盖上被子，让面慢慢地发起来。其间，祖母和母亲不时地揭开被子，看看面发得怎么样，有时，母亲会低下头，用鼻子去闻闻那味道，以掌握面发的程度。

那时的农村，物资极度匮乏，粮食紧缺，日子过得难场。一年中，大部分时间吃的都是玉米面与红薯等杂粮。过年，每户人家一定要攒下，或者借来不多的麦子蒸年馍。年前，早早把这过年的麦子收拾干净，用水细细地淘过，是为了磨出来的面能白一些。随后，把淘洗净的麦子拉去磨坊，收下头茬的面蒸年馍，二茬、三茬的黑面留下，自己一家人吃。

腊月二十九，村子里各家厨房顶上，炊烟袅袅升起，开始蒸年馍了。这年馍要蒸够正月十五前自己一家人和来拜年的亲戚们吃的。一般的人家要蒸六七锅馍，人多、亲戚多的要蒸十多锅。耐烧的玉米秆或棉花秆当成硬柴，已剁成尺把长的短截截，就码在院子里。晾馍的干净麦草或席子也已准备好。锅里加上水，锅灶下生起火，硬柴噼里啪啦地开始发出爆响。“哐当哐当”的风箱声，不像平时那么单调乏味而没有韵致，今天，你听听，它的声音是欢快而热烈的，仿佛有了优美的旋律一般动听入耳。呵呵，心情好了，看着什么都舒畅，听着什么都动听。

老家平日里不管锅灶上事儿的男人们，今天成了蒸年馍的主要劳力，他们在大案板上使着劲，揉那一大团一大团的面。“外头人手上有劲，把面能揉到、揉好，面揉到揉好了，蒸出来的馍就展拓，吃着才香。”屋里的主妇，像是对正在揉着面的自己男人说，又像是在自言自语。

在我们家，这时第一锅馍已出笼，父亲把蒸馍笼揭起来，倒在铺着麦草的席子上，一个个白生生、亮光光的馍冒着热气。母亲惊喜地说：“哟嗬，今年的馍蒸得好很！你看看，碱放得合适，面也揉到了，馍颜色多好，光一看，就知道这馍好吃！”我一手拿起一个馍，想先给坐在一旁的祖父母拿过去，“哎哟哟，烧死我了！烧死我了！”馍拿到手里太烫，我赶忙撂回到麦草席上去。

烧着火的父亲笑着说：“别着急，等凉一下，给你爷你婆一人拿一个，叫他们先尝一尝。”“我就是给爷婆拿哩，把我手烧得疼的！”我回答父亲。馍稍稍凉一点，我给祖父母各拿了一个过去。祖父接过馍，高兴地说：“好，我孙子乖！你也快吃去！先吃上一个，别往饱里吃。你爸你妈一会儿还要蒸包子，包子出来了，再吃包子！”

老家蒸的年馍，主要有这么几种，礼馍与油包子，是走亲戚用的。礼馍要大，要蒸得皮展好看，油包子是把菜油和面拌过，放上盐，做成馅，再包包子，油包子油馅要多放才好。另有蒸馍，还有白菜、豆腐和粉条放在一起的菜包子，这是自己家人和亲戚们拜年来要吃的。那个年代肉稀罕，只有队里分的那可怜的几斤猪肉，老家很少有人用肉包包子的。

蒸年馍，各家都在忙活着。馍蒸得漂亮好看，一家人欢天喜地。馍没蒸好，老家人尽管沮丧，心里很不舒服，但他们是智慧的，会自己给自己解脱，会化解掉这不快。揭开蒸笼那一瞬间，透过呼呼往出蒸腾着的热气，看到馍裂开了口子，或是面没发起来成了死面馍，她们立即会说：“哎哟哟！馍笑了！”或者说：“嘿呀呀！馍睡着了！”那个时候，我就暗自发笑，馍没蒸好就没蒸好，咋能说“馍笑了”，还要说成“馍睡着了”？长大后的我才明白，她们是给自己找由头、找台阶，不想把年馍没蒸好的不快传染给一家人，也不想让来年的日子，因为馍没蒸好而受了影响。

记得有一年，蒸年馍那天，因为要拿一样东西，我去前巷子的外甥家。跨进他们家门，他和媳妇正蒸着年馍。比我大好几岁的外甥，坐在锅灶前，正使劲地拉着风箱烧火，他的脸上，落有锅灶底下飞出来的星星点点的黑灰，可以看出来，他是兴奋而快乐的。外甥媳妇给我拿了要拿的东西，我要走，她留我：“舅，第一锅馍已搭到锅里了，一会儿就熟，你等一下尝尝，看我们馍蒸得咋样！”烧着锅的外甥也说：“舅！舅！你别走，馍立马就蒸出来了，你吃了馍再走！”看我有事，急着要走，他又接着说：“舅，我正烧火赶馍气呢，你回，我送不成你了。”

心里有未来，对未来有着希望，贫寒困窘的日子里也会照射进来一束温暖而又灿烂的阳光。外甥家蒸年馍那个小小的不经意的场面，那个温馨而又昂扬着向上力量的场景，到现在想起来，我都觉得非常亲切难忘。

嘿嘿，蒸年馍这天你不用问，中午，村子街道上小娃娃们手里拿的，肯定都是各自家里新蒸出来的热乎乎的菜包子。一年里，除过大人们忙，家里也没有条件包包子吃。蒸年馍，吃上了菜包子，他们嘴里嚼着，手里抓着几个包子到村街上来吃。不错，馍是中午的一顿饭，但很大程度上，他们是想让小伙伴们看看，我屋也包了包子，我这不正在吃着包子吗？！

蒸好的年馍凉透后，放入底部铺了麦草的大瓦瓮里，上边盖上木盖子，吃时，拿出来上锅馏热就行。也有一帮孩子，在寒冷异常的天气下，直接拿了冷馍一口口咬着吃。他们说，这样吃才能吃出馍味，才能吃出麦子的清香。那个时候，也许是一年都吃不上麦面馍吧，吃那馍，真是特别有味，特别香呢。

蒸年馍，从早上开始，一直要忙活到天快要黑时。这一天，村子里到处弥漫着新蒸出来的年馍的香味，那馍香是醉人的，那馍香也告诉孩子们，明天就是大年三十了，整天盼着早一点来临的年，真真正正地要来了。

大年三十的肉煮馍

儿时在老家大张寨，腊月里，吃过腊八面，就进入过年的节奏。年的那种气息，那种氛围，还有洋溢在大人和小娃们脸上的笑容，使凛冽的空气里似乎也有了一缕缕暖意。

年正迈着轻快的步子，朝人们走来了。生活贫寒，但精神不贫瘠的老家人，是有心劲儿的。他们根据时日，一样样安顿着在他们心目中神圣而又充满喜悦之情的年事。尽管日子过得捉襟见肘，手里没有多余的钱；尽管还要为过完年二三月吃饭的事发愁，但对过年，他们士气没有低沉，情绪没有低落，他们的心是热的，希望来年的日子能好起来。

过年，过新年，从老家人的意识深处，从那一个个形式大于内容的仪式上，明显可以感觉出来，可以看出来，他们以蓬勃昂扬的姿态迎接新年的到来。

队上已杀过年猪，给各户人家分的两三斤肉，就挂在厨房的笼子里。小年，送走灶神，第二天扫过屋里，二十九的年馍刚蒸完，大年三十紧跟着就到。呵呵，大年三十，我们这些小娃娃期盼着的肉煮馍就要吃上了，盼了一个冬天的年，终于到来了。

大年三十，是老家人传统的煮肉时间。这天，大小的人家都要吃一顿肉煮馍，“大三十，小初一”，大年三十的肉煮饭，是人老多辈传下来的习惯，是一定要吃的，是绕不过的。肉煮馍，这是腊月里继腊八节、蒸年馍之后，孩子们第三次打牙祭，这次打牙祭不同于前两次，是肉煮馍啊，不管肉煮馍里的肉有多少，它对我们这些娃娃来说，吸引力都绝对大过素臊子腊八面与蒸年馍时的菜包子。

一年四季，春夏秋冬，上顿下顿吃的不是杂食玉米做成的各种饭食，就是吃的人口里发酸发苦的红薯。一年中不见油水，不见肉，这大年三十的肉煮馍，对我们这些早早就馋了，早早就等着美美吃一顿肉煮馍的娃娃来说，是充满着诱惑的，是美好的，是十分向往而又非常期待的。

那些年，每到被老家人称为“长头大耳朵”的二三月，正是青黄不接的时候，一天的时间扯得太长，天黑得太慢，每一天都过得不容易，老家人就以“长头大耳朵”来形容这难熬的二三月。没有了粮食吃，大人们只能东借西借些玉米，聊以度日。借下的玉米，等麦子下来后，再折算成麦子还人家。秋天，地里的玉米棒子还没结上粒，又没有了接济的粮食，只能用仅有的几毛毛钱，去瓜园买两个梨瓜回来，让饿得睡不着觉的娃娃们吃。

经过那个时日的我们，对啥时能吃饱饭，能不饿肚子，有着深刻而难忘的记忆。

困顿难场的日子，就这样一天天往前过着。年前，各家各户用平常舍不得吃，攒下的或者借来的麦子磨成面，准备着过年。在那样的境况下，你能想象出来，娃娃们对腊八节的腊八面，对年前蒸的年馍，对大年三十的这顿肉煮馍，该是多么向往，多么期盼了！

今天就是大年三十啦，一大早，每户人家吃过玉米糁子或是玉米面糊糊早饭。大人们从厨房里挂着的笼里，取出队里分的那几斤肉，开始清洗、收拾，准备煮了。娃娃们高兴地看了一眼已放在案板上的猪肉，蹦着跳着出门找伙伴玩去了。他们难以掩饰住内心的兴奋，快乐而忘我，欣喜而张狂，嘻嘻，肉煮馍，今儿个中午就要吃肉煮馍了！在村街上疯跑着、玩着的他们，脸上多了更多的欢喜，多了更多的快活。

玩着，想着屋里煮着的肉。当一村人煮肉的肉香飘散到村里村外时，往常，大人们叫几次都叫不回去吃饭的他们，此时一闻着肉香，就主动散了玩伴，朝各自的屋里飞奔而去。

肉煮好了，馍是昨天刚蒸下的年馍，一大碗的肉煮馍端在手里，脸上喜滋滋的。到底是孩子呀，急急忙忙低头去喝碗中的肉汤，滚烫的肉汤烧了嘴，嘘嘘地吸过两口气，再慢慢地去喝一小口肉汤，长长地哎了一声，肉汤的那个香那个鲜美啊，在口腔里瞬间弥漫发散开来，那个感觉真是特别好呢。

这一碗肉煮馍，说是肉煮馍，其实，碗里也就只有薄薄的两三片肉，更多的是肉汤里的馍。那两三片肉是舍不得先吃的，娃们要放在最后去吃。喝过几口肉汤，用筷子去夹那已被肉汤煮泡透了的馍。馍，是白面馍，又有了肉汤的浸泡滋润，那个美味是动人的，是销魂的，萦绕在唇齿间的那股醇香，真是好呢。

一碗肉汤泡馍见了底，才把舍不得吃，留在碗底的那两三片肉，一片一片，慢慢地咬着吃，这样吃是为了细细地体味那难以形容的肉香。一大碗肉煮馍已下肚，还要吃第二碗。吃完第二碗，此时，小小的肚皮已被撑得滚圆滚圆。放下碗，抹一下嘴，说："香！还是肉煮馍香！比开水泡玉米面锅塌塌馍好吃多了！"一旁的大人，脸上的表情复杂而难以言说，他们接了话：娃们一年吃不上一顿肉，就是今儿这肉煮馍，里边也没有几片肉呀，不管咋说，馍，叫娃一定要吃饱！

期待已久的肉煮馍终于吃上了，饱了口腹的娃娃们，响响地打过一个饱嗝，他们满足、享受的那种样子，好像自己是世界上最幸福的人。

许多年过去了，大年三十的那一碗肉煮馍，是难以忘记的，让人有了许多的回忆与许多的感慨。

大年初一的浇汤面

盼了整整一个冬天，儿时认为最热闹最美好的年，终于到来了。

大年三十晚上，老家大张寨一大帮子的娃娃，聚集在村街上玩耍。其中两个小不点，先径自吹开了：“明天是大年初一，明早的浇汤面，我妈已摊好这么厚一大摞子鸡蛋饼！”其中的一个娃娃，用手等出一尺多厚的高度。“我屋里的‘嗞啵喽’，炸了这么大一老碗哩！”另一个脸冻得红红的娃娃，比画出比盆子还要大的一个老碗形状来。

呵呵，摊一尺多厚的一大摞子鸡蛋饼？炸出比盆子还大的一老碗“嗞啵喽”？这明显是在吹牛，在那个艰难困苦的年代，哪里弄来那么多的鸡蛋？只有队里杀猪后，分下的那一点点带着骨头的肉，哪里又有那么多的肥肉过油，擦下比盆子还要大的一老碗“嗞啵喽”？

吹完牛，嘻嘻哈哈的他们，大呼小叫着，在黑漆漆的村街上，开始放自己手里仅有的那几个小炮。而后，满村子里疯跑着，看谁家要放整串的鞭炮，好去捡拾几个未放响的。有引线的，捡起来后直接放响。没有引线的，剥开一个个的包装纸，倒出火药，用纸包好，嘻嘻，明天一早装到自己做的枪里，够打几枪用啦。

折腾过小半夜，这才慌里慌张跑回家去。屋里，母亲们已把娃娃们过年要穿的新衣服、新棉窝窝（鞋）拿出来，整整齐齐地放在炕头。明天就是大年初一，明早就能穿上新衣服新鞋，明早就能吃上向往已久、让人馋涎欲滴的浇汤面，那个好心情，不知用什么语言来形容了。

前巷子后巷子，还有零零星星的炮声在响。兴奋而快乐的他们，平时觉多得睡不够，这会儿，躺在炕上半天睡不着，只恨这天亮得太晚，在炕上翻过来倒过去，一个晚上都不曾睡踏实。

第二天早上，不用大人们叫，睡得迷迷糊糊的他们，忽然听到村街上不知谁家放响第一声炮，听到炮声，他们从炕上忽地就爬起来，慌忙穿上新衣新鞋，跳下炕，洗过一把脸，就冲出大门。村街上，已有早早起来的玩伴，他们和昨晚一样，在村街上跑东追西，看哪里放炮，就循声撵过去。

天亮了，大人们走出家门，叫村街上玩着的娃娃们，挨家挨户去给自己本家的长辈们磕头。领了几毛毛压岁钱的娃娃们，欢天喜地地跑了，要用这钱去买炮，去买好吃的。大人们急忙赶回屋里，开始准备初一早上，老家人非常看重非常在意的浇汤面。

浇汤面用的面条，是年前专门用淘洗过的麦子磨下的面，除过留下蒸年馍的面以外，用剩余下来的面挂了挂面。挂面，有手艺的人家自己挂；不会挂面的，请了“挂匠”挂面。年景不好的年份，挂不起面，只能买或者用仅有的一点麦子，换几把挂面回来。

制作手工挂面，要从先一天下午开始，在寒冷如冰窖般的“挂房”里不停点地忙活。和面、揉面、搓条、盘条与上竿子等过程，一个晚上不得闲，直到第二天下午，才能从晾晒挂面的架子上收下挂面。挂面制作过程十分辛苦，是一件大苦差事，足够另外写一篇长文章出来。之所以要提起挂面制作的辛劳不易，是为了说那细如一根根长长的银丝、光洁平整的挂面做成的浇汤面真是实实在在地好吃。

这手工挂面，从锅里下出来后，直接捞到一大盆的凉水里，凉水过后，挂面没了黏性，吃起来就柔滑筋道，爽口利落。凉水过一下子，老家人把这叫作“用凉水冰一下”，凉水“冰”过，再一筷头一筷头捞到箅子上，摞得高高的。这一筷头面浇上汤吃，也就几口的样子吧，面捞得多，到了碗里太稠，就没有了浇汤面“煎、稀、汪”要求的稀的特色，也就断无吃浇汤面之意趣。

挂面已下好，母亲们开始准备浇汤面的臊子。臊子，荤素都要有。肉臊子，是年前队里分回的猪肉上的肥肉炸过油后残留的肉渣，老家人把它叫作“嗞啵喽”。昨天煮肉时，已单独炸过肥肉，“嗞啵喽”是现成的。素臊子主要有两种，一种是细细的蒜苗，从中间一分为四，再斜切成细碎的花花;另一种，是用鸡蛋摊成薄饼子，再把这薄薄的鸡蛋饼，切成小小的菱形块，单独放入碗里待用。

面与臊子准备好，开始熬制浇汤面要用的汤。一大锅的开水，倒入少许煮肉的汤，放上大料调和，然后，把熬过的香醋倒入，继续熬。这汤里，醋一定要出头，才能应了浇汤面“酸、辣、香”中酸的要求，才会有滋味。前边说的大料调和，放的比例一定要拿捏好，比例拿捏好了，那调料才能“咬合”在一起，熬出来的汤，各种味道才会各司其职，才会有大味道，浇出来的挂面才能吃出韵味，才能吃出那种酣畅淋漓的不同于一般面食的美好感觉。

浇汤面的汤也已熬好，所有的东西一应俱全啦，把“嗞啵喽”、蒜苗，还有那鸡蛋饼，放入一大锅咕嘟咕嘟冒着热气的大锅里。把箅子上摞起的一筷头一筷头挂面，捞入一个个碗里，再把熬好的汤与汤上漂着的荤素臊子，用铁勺浇入碗里。冬天天太冷，被冰过的挂面凉，要用热汤浸一到两次，这时，一碗碗热气腾腾、煎煎火火，闻着喷香喷香的浇汤面就端上了桌子。

去村街上玩耍的娃娃们，昨天刚吃过肉煮馍，今日又要吃馋人的浇汤面，还像昨天一样，已早早回到屋里。一个个都是欢天喜地的样子，就等着吃这浇汤面了。

柔软光滑、细如银丝的挂面沉在碗底，汤上飘着绿绿的蒜苗、诱人的“嗞啵喽”与金黄金黄的鸡蛋饼，看着就是个香。吃辣子的，挖一大勺子刚泼下、爨香爨香的油泼辣子，在碗里搅匀，端起碗来，先吱儿地喝一口汤，哎哟，那个香，那个鲜美啊，真是十分舒服呢。

香气四溢的汤还在锅里滚着，一碗碗冒着热气的面，继续往桌上端着，整间屋里都弥漫着浇汤面的香味儿。吸溜吸溜有滋有味地吃着面，一碗、二碗、三碗，再来第四碗第五碗，忍不住，还想吃，碗里的面少，就是老人或者小娃们，吃上七八碗也不成问题。

浇汤面，就几口挂面，不用嚼，直接吸进了肚子里。“嗞啵喽”脆，嚼起来咯嘣嘣地响，油香油香的。蒜苗、鸡蛋饼，和着多种调料熬成的肉汤，所有的滋味全被激活，全被释放挥发出来，那是给长时间不见油水的肠胃一次盛大的犒劳。那是干枯的味蕾，被这摇曳多姿而又生动芬芳的美味彻底唤醒后的一次欢畅愉悦的绽放。浇汤面啊浇汤面，那种口腹的享受，真是叫人陶醉，叫人流连。

“细、筋、光，煎、稀、汪，酸、辣、香。”这是老家浇汤面的典型特点。挂面，细，筋道而光滑。煎火滚烫的碗中几筷头的挂面，一层汪汪的臊子在碗面上漂动着。锅下的火在熊熊燃烧，各种调料调得恰到好处的一锅汤，在锅里跳跃翻滚着。浇汤面千般的好，万般的妙尽在其中了。

我离开老家三十五年了，时常想起那鼎沸共餐、亲密无间，那气氛热烈得让人难以忘却的浇汤面。每年过年或是婚嫁之喜事回老家，我都要多吃几碗浇汤面。每每吃着面，就有了心思，就有了许多的回忆与许多的怀念，往昔岁月里的一幅画面，或者一段记忆就会闪现在眼前。

“正娃，你尝汤味道好着没有？也不知道合口味不？不行了，让你哥给你把汤另调一下？”每次吃浇汤面，二嫂都会这样问我。“汤好！汤好着哩！我哥把汤调得香很！你看我啥都不管，只忙着吃面，话都顾不上说了！”我笑着接话。“汤好着，就快吃！叫娃给你再端汤煎的面！”二嫂招呼着我。二哥是乡间有名的厨师，他浇汤面的汤调得特别好，是一绝。吃饱了浇汤面的我，经不住它的诱惑，还要再吃上一碗。

年味

“年味越来越淡了！”“过年，越来越没有意思！”这么多年，每到过年跟前，周围的许多人都有这样的感叹。

他们这话不是做作，不是矫情，也不是自认为阅尽世事后的老成或者清高，这话是他们真确的体验，是发自内心的大实话，至少，我是这么认为的。

年味，什么是年味？又是谁偷走了我们的年味？

你看下边的歌谣，看看过去的年：“小孩小孩你别馋，过了腊八就是年。腊八粥，喝几天，哩哩啦啦二十三。二十三糖瓜黏，二十四扫房子。二十五冻豆腐，二十六去买肉。二十七宰公鸡，二十八把面发。二十九蒸馒头，三十儿晚上熬一宿。初一初二满街走。”

还有这样的说法：“糖瓜祭灶，新年来到。姑娘要花，小子要炮。老头儿要顶新毡帽，老太太要件新棉袄。贴窗花，点鞭炮，回家过年齐欢笑。摇啊摇，看花灯，我们一起闹元宵。”

两首歌谣，生动地记述了往昔传统新年的过法。第一首歌谣，以小孩的“馋”起头，说的是过去进入腊月后，娃娃对接踵而来的各种美食的期待与向往。第二首歌谣突出了一个“要”字，过年啦，姑娘、小子、老头儿与老太太们，要买各自想要的东西。嘿嘿，你看看，那个快活劲儿，那个美好的场景与气氛是多么好！

小时，进入腊月，就像上边那两首歌谣中说的那样，大人们一样一样安排着过年的事儿。过年，对我们这些娃娃来说，最深刻最生动的记忆就是舌尖上的享受与舌尖上的记忆。那个享受与记忆，被完整无缺地储存在了我们大脑深处。

凛冽干冷的西北风、悄无声息下的一场大雪，还有那贫寒困顿、艰辛难场的日子，这一切，所有的这一切，丝毫也阻挡不住人们对过年的热情，也绝对不会消磨掉人们对过年的认真劲。该过年啦，辛苦劳累了一年的人们，放下手上的一切活计，以神圣并具有仪式感的态度，去筹办跟过年有关的每一件事儿。

什么是年？因为年而忙碌着的每一件事儿，因为年而生发出来的喜乐心情，还有挂在脸上、发自内心的灿烂笑容就是年，就是叫人难以忘记的年呀！

时令进入腊月，渭北平原上的老家大张寨，关于年的一项项活动正式开始了。腊八节，那一碗冒着热气，有了萝卜、白菜、豆腐与黄豆几样素臊子的腊八面。腊月二十三祭灶神，点着的香烛上袅袅升起的青烟，那种神秘的气氛，母亲们口中念念有词，虔诚送灶神上天奏好事的话语。扫屋里，从屋顶落下黑色的灰尘，泥水抹墙后散发出的泥土的芳香。热气腾腾、白生生，刚蒸出来的年馍。队上已杀过年猪，每家分下不多的肉，大年三十煮年肉，那弥漫并飘香一个村子的肉香。那贴在大门两侧红底黑字，还逸着墨香，给予年以喜庆热烈气氛的大红对联。到了大年三十晚，长幼一家围坐在一起，有滋有味地吃着一年只有一次的年夜饭。

为所有这些年事辛劳忙碌着的大人们欢喜的笑容，他们不知疲倦为过年奔忙着的身影，还有村街上高兴得大呼小叫疯玩着的娃娃们，伴随着大年三十晚与初一清晨响起的噼里啪啦的鞭炮声。年，期盼已久的热闹的年，终于隆重而热烈地到来了。

这就是老家给我留下的具有深刻记忆的迎接大年的过程。

是呀，说起过去的年，每一个人的心目中都有属于自己故乡，属于自己的关于年的美好记忆与故事。

有人可能要说，那是过去过年的过法，不时兴了。这话有合理的成分，是不能全部照搬那时过年的样儿，但合理并具有文化传承意义的东西，不能全丢了。也许有人还要说，如今物资极大地丰富了，要啥有啥，天天都是过年，不像过去那样缺吃少穿，不需要像过去过年时，样样还得自己去准备。现在一进超市，一应俱全，一会儿就把过年要用的所有东西全部搞定。

没错，我们不可能像过去为了过年吃猪肉去养猪，我们也不可能为了过年吃上豆腐自己去磨豆腐。问题是，没有为过年吃的这些东西的忙碌，我们对过年，是不是从内心里缺少了庄重的仪式感？缺少了那一份隆重而认真的热乎劲儿？你瞧瞧，年前的大扫除，简单敷衍而过。有的人家，过年的对联也懒得贴。大年三十团圆了，不是热热闹闹地跟父母亲一起吃团圆饭，说说知心的话，而是低着头，拿着手机一个劲地玩微信。人团圆了，心没团圆，让坐在桌子一旁的父母亲，尴尬无奈得不知如何是好。

其实，年味是个啥呀？年味，不就是我们为过年去准备、去专心做的一件件大大小小事情的过程，以及在这个过程中被赋予的浓厚的文化色彩吗？年味，同其他味道一样，就依附存在于这每一件年事的全部过程之中。说年味淡了，是因为我们过年的种种活动少了、没有了，是因为我们在某些方面可能迟钝了、麻木了，没有那种对生活、对未来的热烈向往与向上的劲儿了。其中的复杂原因也好，抑或叫作责任也罢，不能单独怪了谁谁谁，也不能说，就是谁谁谁的错，它是有多方面多层次的深刻原因的。

不管怎么说，不管了其他，个体的我们肯定能做到，肯定能浓烈起我们自己家的年味来。年，就在我们每一个人的脸上，就在我们的手上，就在我们的心里，就在我们能做且能做好的每一件为年而忙的事上。只要我们真正把年当年过了，年，就会回馈给我们以浓浓的年味，就会给我们以热闹喜庆的年气。

传统的年，使我们平凡琐碎而艰辛不易的日子多了一个明丽欢欣的由头，多了一个休整的港湾。如果说，年味是一年中唯一一次散发出来的、不同于往日的一束璀璨夺目的光芒，那么，年就是灯，这光芒就是从这一年中只能点亮一次的、特殊的年灯上发射出来的。

这一年里，我们是有过很多的艰难，是有过天南地北的奔波，是有过把黑夜当作白天过的辛劳，是有过狼狈与不堪。不怕呀，高兴起来！快活起来！先不管了其他，先把所有的不快、沮丧与失意，还有一切一切的劳顿与疲惫抛在一边。让我们把年这盏灯点得亮亮的，举得高高的。有了这亮光，它会温暖了高兴与快乐的我们，会给我们以浓浓的年味与年气。呵呵，这种高兴与快乐，这种浓浓的年味、年气一定是会传染的，并会不断发酵膨大的。

有了高兴与快乐，有了醉人与浓烈的年味、年气，当然，那盏一年中只能点亮一次的年灯，也一定会照亮来年我们前行的路，使我们坚定地面对了未来。

请先人回家过年

儿时，在老家大张寨，每到大年三十下午，老家人把所有的事儿都准备停当了。

村街上，前几天还只是零零星星响起的鞭炮声，到年三十下午，慢慢变得密集起来，那些兴奋并快乐着的娃娃们，这里一伙，那里一帮，戏耍着放鞭炮。屋里，已接回了上天奏好事的灶神，笑呵呵的灶神从天宫回到凡间，他要和人们一起过大年了。

村里的母亲们，已开始忙碌三十晚上的饭食，虽不怎么丰盛，但也是十分在意、十分用心了的。那时的农村，没有年夜饭这么好听的名词，老家人只是真切地认为，这是一家人喜气洋洋、热热闹闹的一顿团圆饭。

忙着锅灶上事情的母亲，催促开了孩子父亲："把你手上的事儿先放下，快赶紧到坟上去，早早去，撵天黑就回来了！"她们说的到坟上去，就是要到村外的坟地，去请故去的先人们一起回家过年。男人们迅即放下手上的活计，胳肢窝夹着香烛与烧纸顶着凛冽的西北风，朝村外的坟上疾步走去。

大年三十下午，请先人们"回家"过年，这是老家人传下来的雷打不动的铁规矩。也有人在蒸年馍时，去坟上烧纸的，那是为了告诉先人们要蒸年馍了，祈求他们护佑，让家里把这个具有非同一般意义的年馍蒸好。

有的人家，第一锅馍没蒸好，主妇们马上想到，是给先人们没烧纸。她们会急切地说道："哎哟！你看馍蒸成啥样子了！今年没到坟上去烧纸，第一锅馍就没蒸好，快到坟上去烧一下纸！给先人们叮嘱叮嘱，叫咱屋里把后边的馍蒸好！"她们说的叮嘱叮嘱，就是到坟上去，给先人们报告一下蒸年馍的消息，让他们操心着关照着把家里的年馍蒸好。男人们或大一点的男孩子们，马上拿上香烛与烧纸，三步并作两步去了村外的坟上。他们跪在坟前，点香点烛，焚烧纸钱，并给先人们叮嘱着，请他们恩示照应着把年馍蒸好。

如果说，有的人家去坟上是为了恩请先人们予以照应的话，那么，大年三十去村外的坟地请先人们，那是真正的别无他事，就是纯纯粹粹地请他们回家过年。大年三十下午，把先人们请回家，就是让他们和一家人一起欢欢喜喜地过个年。过完年，到了正月十五，再把先人们送回去。

去村外的坟茔请先人们回家过年，要从最高辈的坟茔请起，根据辈分与年龄，依次从一座座坟茔转过。

去坟地请先人的男人们，每到一座坟上，先在坟头压上巴掌大的一块白纸，用土块压上。然后跪在坟旁，点上香烛，烧了烧纸，边烧边叫着老爷、老婆、爷、婆、大、妈之类的称谓，无一例外最后都会说："一年年了，今儿个是大年三十后晌，走，跟我回，跟我回咱屋里过年！"听他们的口气，仿佛故去的先人们仍旧活着，仍旧能听到他们的话语，并会随着他们一起回家过年。老家人在坟旁庄重严肃的那个认真劲，叫人不由得生发出许多的感动来。

在这个过程中，这一年有重大欣喜之事的，不免把这欣喜之事，还要给故去的亲人们再絮叨再重复一遍，好让他们再高兴一回。儿子结婚，女子出嫁等的喜事，在过喜事的前一天，已在坟上告诉过故去的亲人们，那是为了让先人们知道家里发生的每一件重大事情，叫他们也高兴高兴。今天，把这喜事又给先人们重复一遍，喜事重复一遍，是会喜上添喜的！

这一年遇到大难或者不幸之事，此时，跪在坟头前的他们，忍不住要给亡去的亲人们诉说诉说。这些坚强的男人，平时是那么刚强，是泰山崩于前而面不改色的人，是打掉牙和着血吞的硬汉子。这会儿，在先人们的坟前，在故去的亲人们面前，在这个大年三十下午的特殊日子，在这个特殊的地点，他们变得脆弱起来，不由得给先人们倾吐起积压在心底的难过与委屈来，这个时候，往往他们的眼里就有了泪。

硬气的他们，还没等泪水流出来，就马上控制住自己的情绪，说道："不说了，不说了，大过年的，你看我咋说开这些难受的事啦！"他们从跪着的坟头前，忽地站起来，重重地叫着亲人的称谓，说道："过去的事过去了！没啥！明年啥都会好起来，啥都会好起来的！走！跟我回，回咱屋里，咱高高兴兴地过年！”

从坟地里回到家里，在已安顿好的老容（画的先人们的遗像）前，供奉着年馍与点心，在已点着香烛的案子前，磕过头，这就等于把先人们安顿在了灵位上。嘴里随即说：“老人家们，你们都回到屋里了，咱一家子人，就热热闹闹地过个好年吧！”

在一旁等着大人们从坟地回来的娃娃们，跟着大人磕了头。当听到安顿好先人灵位的大人们说：“先人们安顿好了，放炮！”他们唰地一下子从地上爬起来，从旁边拿起早已准备好的鞭炮，冲出了大门。紧接着，门外就响起了噼里啪啦、噼里啪啦的鞭炮声。

迎过灶神，大门口已贴上对联，安顿好了先人们的灵位，三十晚上的团圆饭就要动筷子了。这时，给先人们的灵位前，要端上做好的几样菜，让先人们先享用。晚辈们一起聚于先人灵位前磕过头，然后，一家人的团圆饭才正式开始了。

离开老家几十年了，人老多辈传下来的这个规矩这个传统，老家人还一直保持着坚守着。大年三十请先人，老家人认为，故去的亲人们，以另外一种方式在另外一个世界活着，只是住的地方不一样，他们住在村外的地里，活着的人们住在村里。住在村外故去的亲人，他们是知晓一切事的，他们时刻关心着自己住在村子里，在世上奔忙着、努力生活着的亲人们。

老家大年三十请先人回家过年的活动，是多么温暖人心、多么具有亲情的一项重要活动啊！是的，故去的亲人们住在村外的坟地里，他们活在天上；活着的亲人们住在村里，辛劳在这片世世代代生活着的土地上。高邈悠远的天空与脚底下这片坚实的土地，永远挡不住故去的先人们与活着的亲人们之间坚如磐石的亲情！这一亲情，会穿越了时空，会越过阴阳两界，会真情万分地相聚相会在这新年里！

年，马上就要到来了，老家人大年三十下午请先人们回家过年的活动，这种具有仪式感与幸福感的庄重活动，还会继续传承下去的！一定的！

一块七毛钱的压岁钱

儿时，领过年的压岁钱，对我们这些娃娃来说，是穿新衣、吃肉和放鞭炮之外，另外一件最为欢喜、最为期待的事儿。

那时的农村生活艰难，钱紧缺得厉害，一个家里，要让一个当家的拿出几块钱来，那肯定会难为了他。村上的人们常会自嘲着说：“唉！这日子过的！啥时候都是背锅上山——前（钱）紧！”老家人把驼背叫背锅，自己把自己比作了背锅。背锅上山，头更朝向了前，“前”谐音了“钱”，是说钱太紧张啊！

我们这些娃娃很少摸过钱，平日，手里也不曾有过一毛、两毛的零花钱。对钱的深刻记忆，就是大人们被钱打住了手，犯愁犯难时的叹息声。

记忆很深的一次，母亲要去一位高辈分，我应叫了她婆的人家去借一块钱，母亲在那位婆的家门口转了几圈，不好意思进去，又折身回来。进了家门的母亲说：“老去你婆家借钱，借了还，还了再借。没错，每回都借给了咱，来来回回的次数多了，戗茬得很，让人难进人家的家门！”在家里没停一会儿，无奈，急着用钱，还得去借，母亲强打起精神，鼓起勇气，又出了门。要借的一块钱借回来了，母亲长长地舒了一口气，好像完成了一件十分为难而又重大的事情。她对已稍稍懂事的我们弟兄三个说：“你婆人好！到你婆跟前借钱，只要她手里有，从来没打过绊子，老是这样借借还还、还还借借的，成天麻烦你婆，口涩得叫人张不开嘴呀！”

上村小学的我们，有一次，老师在班上说，每个学生要买一个算数本，让从家里拿八分钱来。一个同学回家给他父亲说了，正在为家里没钱犯难的他父亲听了要钱买本子的事，大骂开了那个同学："整天要钱买本子，要钱，就知道个要钱！我没有钱！你看那学能上不？不能上了回来，不上他大（爸）头的那所学校了！"站在一边的同学，只是无声地哭，大颗大颗的眼泪，吧嗒吧嗒地往下掉。

骂完一堆难听话的同学父亲，可能意识到不能怪了孩子，把头拧到一边，用手擦去自己眼里的泪。转过脸来，语气平和了下来，对自己的孩子说："甭哭了！甭哭了！叫我想办法，给你买本子！"我看到，他眼里的泪水还在往出涌。看到这一幕的我，想到了母亲借一块钱时的难场，就傻傻地想了，钱这东西太难为人，太坏了！世上没有这坏东西还不行，长大了，我一定要挣下很多的钱，不能让这坏东西把人逼成这样！唉，那只是一个黄口小儿，在当时那个伤心场景下的一个稚嫩想法罢了。

说过去关于钱的艰难之事，我是要说，那时过年收的压岁钱尽管不多，总共就只有几毛毛钱，多的也就是个块把钱，但在那个缺钱、没有钱的年代，那点儿压岁钱，对我们这些娃娃来说，充满着多么大的诱惑，多么有吸引力！

小时候，过年的压岁钱，父母亲不给我们发，但给来家拜年的亲戚娃一定要发。压岁钱，祖父母们、本家的长辈，还有亲戚们才会给，一毛，是正常的，两毛和五毛就是大数字了。大年初一大清早，穿着新衣服的我们，匆忙赶到本家的长辈们家里，进了门的我们，不说，也不会说新年好之类的漂亮话，先响亮地脆生生地叫了爷婆伯叔娘之类的称呼，紧跟着就扑通一下子跪下，嘴里说着："我给你磕头了！"三个头磕完，老人们会说："快起来，快起来，娃乖得很！快叫我给我娃发钱！"也有长辈们跟磕头的娃娃们开玩笑的："头没磕响，要磕响头哩！"跪在地上的娃娃们，真的就嘣嘣嘣磕过三个响头。那长辈心疼起了娃娃，慌忙叫开了："哎呀呀！瓜娃！瓜娃！爷跟你耍呢，叫你磕响头，你就真磕了？真是个瓜娃，肯定把额头磕疼了，来来来，爷多给我娃一毛钱！"

长辈们发的这钱，不用说就是压岁钱，但那时，没有人说压岁钱这个好听的名词，只说给娃发钱，给娃发过年的钱。这时，磕头的娃娃们站起身，拍拍膝盖上的尘土，双手去接了钱，以最真挚最纯朴最灿烂的笑，代替了谢谢之类的客气话。

记得那年过年，我收的毛毛钱，加起来有一块七毛钱。父母亲知道我不会胡乱花钱，我又说过，今年的压岁钱，年过后，我要去县城的新华书店给我买学画画儿的书，还有纸张和毛笔。我把那浸满汗渍，已被揉得皱皱巴巴、软不塌塌的毛毛票子，一张张用手抹平，摞在一起，折叠好，为了放心，就一直装在我的上衣兜里。

大事不好！不知什么时候，那装在兜里的一块七毛钱"巨款"丢了！证明确实丢了这笔"巨款"的一刹那，我一下子蒙了！一块七毛钱呀，就装在我的上衣兜里，怎么就弄丢了？怎么说丢就丢了呢？

我记得清清楚楚，钱就装在我学生装右上角的口袋里，我把那口袋翻了个底朝天，没有。把衣服脱下来，又把那口袋翻了一遍，再齐齐地把衣服摸过一遍，还是没有。在我睡觉的炕上，在家里的角角落落翻过几遍，仍是没有。又去村街上，村外的城壕边，凡是我玩过的地方，一个地方一个地方去找，全部找了好多遍，就是没有。在村外的城壕边找钱时，哪怕是一个大的土块，都要翻动一下，看在不在它的下面。一丛干枯的荒草，也要拨拉来拨拉去，看会不会落在里边。所有能找的地方都找遍了，没有，没有，还是没有！

唉嗨哟，那个失望，那个沮丧，那个难受呀！一块七毛钱，一块七毛钱要买好几本美术资料，买了纸与笔，剩下的钱，还能买一两本小人书啊！这钱，丢了，说丢就丢了，原来想的要买这要买那，这一下子全泡了汤，全没了影儿！丢了压岁钱，那个年，让年龄还小的我，过得极为郁闷，极为不快，痛苦失落的心情，好长时间缓不过劲来。晚上睡觉，几次梦里都在找钱，竟然梦见在城壕里的树林子里找到了！嘿嘿，在梦里都笑出了声！梦醒后，想到了丢失的一块七毛钱，心里更是难受，更是悲怆。

丢了钱，也有过疑人偷的心理。那时候，我还怀疑过我的一个玩伴拾了去，我到处找钱的时候，他一直陪着我，但我看他的那个表情，那个言语，甚至那个笑，都好像不自然。越看，越像他拾了钱。那时，几次想开口问他："你拾了钱吗？拾了给我，咱一人一半！"最终，还是把这话咽了回去。现在想起来都汗颜，真是小娃娃的小心理，你的压岁钱不知丢到哪里去了，怎么就怀疑起帮你找钱的玩伴来？可笑得很，可笑得很哪！

丢了一块七毛钱的压岁钱，现时想起来，那算个啥事儿呀！但在那个钱紧缺、钱值钱的年代，确实让我难受了好多天。也正是从那个艰难困苦的日子走了过来，经受过磨难与艰辛的我，知道了生活的沉重悲苦，懂得了钱来之不易。

长大参加工作，走向社会以后，在花钱方面，对自己不由得就手紧起来，该花的钱坚决花，不该花的钱，一分钱也不乱花。艰苦朴素，勤俭节约，这八个字，可能会被一些人认为是过时了的口号，说句实在话，我却真切地把它化为我骨血里的自觉行为，成为一种自我的约束力。说这些话，不是故意做作给谁看，也不是为了自我标榜一回，更不是矫情虚套。我清楚，我也明白，跟我一样从那个岁月里走过来的人，他们会有共同的认识，会有共同的坚守。

一到过年，一说到压岁钱，不由得就想起那个艰辛困苦的岁月，不由自主地就想到那年我丢失过一块七毛钱的压岁钱。

大年初二祭新灵

大年初二，就是我们老家人说的祭新灵的日子。

说谁家有新灵，意思是说，谁家在这三年中有故去的老人，他们家的灵位上，新增加了一个灵位，称为新灵。老人离世的这三年中，每年大年初二，就是他们家的新灵日。三年过后，就不再有祭新灵的活动。

大年初二祭新灵，在老家是一个严肃而庄重的日子。有新灵的人家，三年内，过年不贴红色春联，不挂红灯笼，不放炮仗。

初二这一天，除过有新灵的亲戚家，其他所有的亲戚，是一律不走动的。初二一过，外甥看舅，媳妇回娘家，七大姑八大姨许多的亲戚，才会热烈而隆重地走动起来。

谁家有新灵的，大年初二，全部的亲戚一早要赶到他们家去。一是祭奠故去的老人，二是看望安慰亲戚一家人，让他们在失去亲人的这年节哀保重。

大年初二一早，乡村路上，当你看到有三三两两走亲戚的，不用问，那一定是去走有新灵的亲戚。

进了亲戚家门，亲戚们迎了上来，接过来客手里提的拜年礼当。来客们先径直走到门道供奉着的故去老人的灵位前，点上三炷香，插入香炉，后退几步，跪下磕三个头。这时，在一旁的亲戚家辈分低、年纪轻的，也要跟着来客一起磕头。

来客起身，亲戚们把客人带入屋内，来客首先上前，给亲戚家的老人们拜年问好。被让着坐下，亲戚家人开始招呼来客喝茶。这时，来客们先开了口：唉！你看快不快！他们叫了故去老人的称谓，接着会说，真快哩，一转眼，老人家就过世多少天多少天了，而后，就是一阵的长吁短叹。一提起故去的老人，亲戚们就动了容，说起老人在世时的千般好万般好；也会说起老人走后，多次在梦里梦见老人。说着说着，眼里就有了泪。

来客们急忙接了话，我谁谁活着时，我四时八节来，对我是多么偏爱，多么好，问这问那，恨不得把屋里好吃的，都叫我吃了。又说，那一年老人家去我家，说了什么什么的话，帮忙给干了这样那样的事情，不管啥时候，我都忘不了……事情的根根节节，他们讲得详尽而动情，话题，都是围绕着故去的老人展开。

最后，来客们宽慰开了亲戚家人："再甭难过了！活着时，你们都在老人跟前把孝行了！老人走了，到另外一个世界，去过他们的日子了。跟老早离世的老人，还有许多许多的亲人都在一搭子了。他们会相互照看着，相互帮扶着，就不用咱们再操他们的心了！"

话题转到了其他事儿上，这时，亲戚家人和来客们的脸色，变得欢喜起来。亲戚家人就会问来客，家里的老人身体好着没有？儿子说下某某村的那个媳妇，有眉眼了没有？女子有没有瞅着合适的人家？还有，年前冬上都忙了些啥？等等。家长里短的亲情话就聊开了。

"汤烧好了，快给桌子跟前坐，先吃饭，先吃饭，吃着说着！"亲戚家的主妇走了过来，叫来客吃饭。正月里，老家走亲戚，不用说，早饭肯定是浇汤面。你看那浇汤面，清清的汤上漂着绿莹莹的蒜苗、金黄金黄的小菱形鸡蛋饼、肥肉炸后留下的"嗞啵喽"臊子，还有一层一口气吹不透的辣子油。别有滋味、稀疏的几筷头面，看着就香，肯定要吃上十来碗才会放下筷子的。

大年初二，老家祭新灵走亲戚，是别具意味、别具情怀的一个日子。过大年，家里有新灵的亲戚家，亲人们离世，在这个热闹而又喜庆的日子里，每逢佳节倍思亲的他们，思绪不免就翻动起来，不免就悲苦心酸起来。在他们难过悲伤的时候，所有的亲戚，年后第一时间赶过来，祭奠离世之老人，探望并劝导他们，那其中的真情与牵挂，只有亲戚们自己心里明白，只有他们自己才能体味到其中的诸多慰藉与万般情感。

十里乡俗不同，老家大年初二祭新灵走亲戚的特殊仪式，是人老多辈传下来的规矩，谁也不知道是哪朝哪代，在哪辈先人们手里立下的规矩。

老家初二走亲戚祭新灵，是一个不同于其他地域，独具了特别温情的规矩。人走为大，亲戚们大年过后，第一时间赶到有新灵的亲戚家，悼念追忆故去的老人，安抚看望亲戚家人。血，任何时候都浓于水，不管了其他，在这里亲情永远大于天。祭新灵走亲戚，其深切厚重的情意，会温暖会抚慰了亲戚家人悲伤哀切的心，会告诉了他们，逝者长已矣，活着的我们定会相互关照，相互扶持！祭新灵走亲戚，会让亲戚家人长了精神，多了一份坚强，多了一份前行的力量。

大年初一过后是初二，大年初二是老家祭新灵走亲戚的日子。祭新灵走亲戚，那是一个让人有了许多亲情，有了许多回忆的日子！

给先生拜年

腊月二十九，年马上就要到了。前几日，和贾平凹先生通电话，知道年前这多天，先生特别忙。

早上一到先生处，先生就忙着沏茶。我要给他帮忙，他说："你不知道茶叶在啥地方放着，冰箱里有好茶叶呢！"吃上茶，我先问了先生年好。先生说，年好，年好，年都好！给先生递烟，先生去拿他的烟，非要我抽他的，我说都一样，先生说："不一样，意义不一样！到我这儿了，就要抽我的！"先生坐下来，点着烟，接着说："过年了，要来的人多，都忙得跟啥一样，我把多少人都挡了！我知道，把你挡不住！"我接先生话："贾老师肯定把我挡不住，几个月没见你了，想来看看你！不来，我心上不行！"

喝着茶，抽着烟。我不由得就说开了，过去这一年，贾老师取得那么多的成绩，真让人仰慕与敬佩！你看，当选为第十三届全国人民代表大会代表；第十六部长篇小说《山本》出版发行，荣登2018年第三届"长篇小说年度金榜"榜首，并应邀参加中央电视台《朗读者》节目。长篇小说《浮躁》入选"改革开放40年最有影响力40部小说"……当我如数家珍般一项项说着先生的成绩时，先生只是浅浅地笑，时不时接我话："没有啥，没有啥！那些成绩，也都算不上个啥！"

当我祝贺先生的散文集《自在独行》发行突破百万册时，先生轻声地说，发行量过二百万册好长时间了。"呀！早已过二百万册了？"我惊讶地瞪大了眼睛，"二百万册！那是多么大个数字哪！祝贺贾老师！祝贺贾老师！呵呵，我专门带来了《自在独行》，我只知道这本书发行量越过一百万册，没想到早已过了二百万册！太好了，太好了！贾老师给我这本书签名后，就更有纪念意义了！”先生签完名，我看着先生刚签过书的扉页，说：“贾老师签错了！”先生一愣：“签错了？哪儿签错了？”“应该签上让我好好读书，好好学习的字眼。不应该，也不敢写上‘先生’和‘正’三个字！”我回先生的话。先生听后觉得很有趣儿，笑得很灿烂：“不能那样写，咋能那样写呢！”

我又和先生聊起他最近出版的《贾平凹散文选》(汉英对照)一书。先生会客厅南侧墙边的那个柜子里，是作品翻译出版后的各种样书，摆得满满当当的。我在柜子边，一本本看着书脊，大部分不认识是哪一国的文字。问先生：“贾老师，你看这一本是哪一种外文？”先生走了过来，站在柜子边，指着说，这一本是哪一国的译本，那一本是哪一国的文字。先生介绍完，我说：“我得在贾老师这个放满翻译作品的柜子跟前，认认真真照个相，留个纪念，真正地、扎实地向贾老师好好学习才是！”于是，就有了那张表情虔诚，抽着烟，若有所思的照片。

先生下午要回商洛老家过年，我不敢再耽误先生的时间，和先生告辞。如同原来一样，先生一定要送我出门，先帮我摁过电梯的按键，等电梯上来，和我握过手，我进了电梯，电梯门关上了，先生才会回去。

每到先生处，都是一次难得的学习机会。文学创作，先生几十年笔耕不辍，硕果累累，尽管他已是一位具有世界级影响的作家，但他仍勤奋地创作着，不断地创新着，不断地向更高的高峰前进着。先生的这种精神鼓舞了我，使我更加下定决心，埋下头，努力地，更加努力地写出一点点小东西来！

新年来了，衷心祝福先生新年快乐，喜乐平安！

过年走亲戚

儿时，过年走亲戚，对我们这些娃娃来说，是大年初一过完就欢天喜地期盼的事。

在老家大张寨，年前，各家的父亲们去县城置办年货时，已买好了走亲戚的点心。腊月二十九，母亲们蒸年馍时，也早已蒸好好看的大礼馍。娃娃们，不管了大人们的事儿，心里只是盘算着，去了舅家、姑家、姨家，还有其他的亲戚家，看能吃上什么好吃的东西，操心着能领多少压岁钱。

那时，走亲戚买的圆形点心，都是内瓤带了青红丝的那种，它最大的特点就是硬，坚硬如铁石一般。要买这点心，别的地方没有，还得去县城的副食店买。去了店里，报出要买几斤，售货员就在柜台上铺开几张麻纸，称一斤，往一张麻纸上一倒。称完，把麻纸上的点心摞成方正形状，提起麻纸边，开始唰唰地包了，包好，左手摁住，右手一伸，麻利地扯过挂在空中的纸绳子，三下两下一转，就捆扎好了。

捆扎好的点心上，有了线绳子捆扎出的简易朴素的线花儿。硬点心，有了这线花儿的点缀，瞬息间就有了韵致，就有了一股诱人的味道。点心捆扎好啦，售货员提着点心上边的线花头儿，一份份地数过，放在了买货人跟前，交钱拿货。

点心之类的糕点，老家人文雅地称为副食，一斤点心，叫作一封副食。那时，这点心算是上等礼，算是好东西了。就是这上等礼的点心，有过这样的玩笑，说是有人遗失了一封点心在路上，一辆大卡车飞速而过，碾上了点心，点心呼啦一下子把车给顶翻了。虽没受伤，但惊魂未定的司机从车驾驶室爬出来，慌张跑过去，看是什么东西顶翻了车。不看不要紧，一看，吓了一大跳，哎呀呀，竟然是一封完好无损的点心顶翻了车！

还有另一则故事，说是有人在棺材铺门前的路上，遗落了一块点心，路过的汽车轧飞了这点心，飞起的点心从棺材铺门前放着的棺材大头打入，穿过棺材，从小头钻了出来，而这块穿过两层棺材挡板的点心好好的，一点儿也没伤着。呵呵，题外话，都是人们开玩笑时说的话，为的是说那时的点心做得多么坚硬，也是在嘲笑做出这种点心的糕点厂。

物资匮乏，生活艰难，那时现实情况是，就这坚硬如铁石般的点心，人们舍不得吃，是用来走亲戚的。你家送我家，我家送他家，转来转去，最后不知送到谁家就停下了。最后接到点心的这家人，也是舍不得吃的，抬着（方言：放着，藏着），等收完麦子，看忙罢时再拿出来，给亲戚家提去。捆扎得结实，放了好几个月的点心，油渍透出来，外边的麻纸已被浸成了光光亮亮的油纸。

也有人讲过另外一个段子，就是这在亲戚间转来转去的点心，其中有一块从中间断裂了，一位细发俭省的老人，找来两节比牙签还要短的竹梢子，从中间穿起点心，固定好，点心又完好如初了。老人把这点心，又和其他完整的点心包在一起，这一包点心，又踏上了走亲戚的漫漫长路。到底有没有这回事，我不知道，也没见过，只是听不少人说过。

这是走亲戚要带的副食点心，走亲戚，还要带必不可少的礼馍。礼馍，分馒头和油包子两种，情况好一点的，还会带上一把挂面，或者几个鸡蛋。那时年龄还小的我，对走亲戚送礼馍，怎么也想不通，走亲戚就走亲戚嘛，为啥一定要送这普普通通的馍？

年长后的我才稍稍明白，关中自古以来，小麦与玉米是赖以活命的主粮。小麦，又是主粮中的细粮，人们从内心里对小麦，对小麦做成的便于携带的任何时候都可以拿出来饱了肠胃的馍，有一种莫大的尊崇与膜拜。“有馍吃就是好日子”，这是人老多辈常挂在嘴边的话。给亲戚家送馍，这是和祈福丰收，过上好日子连在了一起的。馍，它是好东西啊，给亲戚们送礼馍，是一种下意识对好日子的祈盼与期望，也是为了告诉亲戚们，我们有粮，有馍吃，不要为我们的生计，不要为我们的吃饭问题操心。当然，另外一个重要的原因是，那时物资极度缺乏，贫寒困苦，日子艰难，想去买好东西也没有钱去买呀！

好啦，走亲戚的这些礼当，年前就准备好了，年刚一过完，各家各户就动弹起来，就热闹起来了，走亲戚正式开始啦。

你看，你看，乡间的小路上，满路上是穿着花花绿绿的新衣裳，说说笑笑着去走亲戚的大人与孩子们。他们大都是步行着去的，手里提着装着点心、礼馍，还有挂面与鸡蛋的提货笼笼。条件好一点的人家，骑着新铮铮的永久牌加重自行车，自行车车梁上，斜坐着脸被冻得红红的小娃娃，自行车后架子上带着大人。丁零丁零的自行车车铃声，脆生生、喜气盈盈地响着，这场景很是惹人耳目。呵呵，乡间路上那么多人走亲戚，有了美丽的画面感。因为说笑声，因为清脆的自行车车铃声，又给这美丽的画面配了音似的，很是好看。

到了，到了亲戚家。被亲戚家人热情地迎进家门，互问了过年好的话，亲戚家里有老人的，要先去给老人问安。主家人急忙招呼着来的亲戚，给一早就从家里出发，走了很长路赶来的他们递烟、倒茶。也有倒了一杯红糖水的，在那个年代，一杯红糖水也是稀缺的，也是好东西呢。

走亲戚的娃娃和亲戚家的娃娃叽叽叽喳喳地说笑着，喊叫着。亲戚家的长辈猛地清醒了，说道："哎呀，哎呀！光顾着说话，你看我，你看我，把娃都给忘了！来，来，过年呢，给娃要有礼呢！"边说边给了亲戚娃一毛二毛钱的压岁钱，或给抓了一把花生，几个核桃与干枣。或领了压岁钱，或双手掬了花生、核桃与干枣的娃娃和亲戚家的娃娃一起，咯咯咯地笑着，嬉闹着，奔出家门玩耍去了。

亲戚已坐下，喝起茶，吃开了烟。主家首先问起客来，冬上家里的老人精神着没有，他们说的冬上是指去年的冬天。当得知老人啥都好，精神着，就有了常常说的一句话："老人身子骨硬朗，人精神，比啥都强，少让咱们操了多少的心！"而后，问起了冬上都忙了些啥，开春以后地里要上的化肥等农用物资准备好了没有。关于农事，他们说起来，话是很多很多的。

聊着聊着，从农事话题转到娃们身上，相互问了娃们书念得咋样，叮咛着，不管啥时，一定要把娃念书抓紧。而后，又聊起各自村子与周围村子发生的这事儿那事儿。这事儿那事儿，是被当成了新闻来说的。是呀，这话那话，是说不完的知心话，所有的话题，是有了浓情厚意的，是聊也聊不完的。

早上，必吃的是已调好各种调料，汤在锅里咕噜咕噜滚沸着，浇了一碗又一碗汤的挂面，不用说，这是汤煎面稀，热乎好吃，百吃不厌的礼泉浇汤面。中午是几碗菜，馏了年前蒸的年馍。平时忙，少有时间走动，过年走亲戚，就成了一次难得的相聚；好好说说话，就成了这一天主要的事儿。

过去，老家过年走亲戚的时间排序上，除过初二走新灵的以外，有“初三姥娘初四姑，初五初六看丈母”的说法。随着时间的推移，生活节奏的加快，慢慢地变成了“先看丈人再看舅，姑父姨父排在后。”走亲戚中有意思的是，外甥去舅家，嘿嘿，没隔几天，舅家就不见了什么东西，前后院子找，翻箱倒柜到处找，就是找不见。这时，舅就笑了，说，不找了，不找了，肯定是谁准谁拿回去了，他说的谁谁谁，是说自己的外甥。有语道：“十个外甥九个贼，还有一个没得锤！”没得锤，意思是说，还没有得到机会，还没有来得及“偷”走舅家的东西。

那时的走亲戚，是从年前就开始买礼当，就蒸礼馍，就开始准备有了重大仪式感的活动。是的，当时走亲戚礼当确实微薄，确实不值钱，但那份浓重得化不开的情意，是深厚的，是让人永远难以忘记的。

每每想起过去的过年走亲戚，心里就泛起丝丝的暖意。

正月十五挑灯笼

儿时，在老家大张寨，正月三十燎慌慌之前，都算是在年中。正月十五挑灯笼，对我们这些娃娃来说，是过完年走完亲戚之后，又一件热切期盼着的事儿。

热热闹闹的大年过了，把好吃的都吃了，跟着大人也把远近该走的亲戚都走了。稍稍冷淡下来的年气，在娃娃们叽叽喳喳叫唤着要挑灯笼，盼着十五早早到来的吵吵嚷嚷声中，又一次被他们给撩拨，给激活了。

娃娃们把舅家送来的灯笼，不时拿出来看看，再挑起来在空中晃晃。把那一小把蜡烛，数了一遍又一遍。看着娃娃们欢快喜乐的样儿，大人们的脸上泛起了慈爱的暖暖的笑意。

那时，我们挑的灯笼，全都是手工做成的。灯笼骨架，还有两头穿在木底座上，从灯笼上下两个圆口弯出来的高高的圆襻儿，都是用竹篾子编织做成的。插蜡烛的木底座，是拿来一截小原木，用斧子劈成薄板做成的，这劈出来的木底座，未推平打磨，不那么规整，显露出高高低低、参差不平的白色木头纹理。在这木底座上，两头各打一个稍小一点的孔，以穿灯笼襻儿的两头。在木座底中间，要打一个大一点的孔，那是用来插蜡烛的。包裹灯笼外边红红的灯笼纸，其质地也显得枵薄而粗糙，那时大部分的灯笼都谈不上精美，谈不上漂亮。你别说，就是这看上去不怎么精美，不怎么漂亮的灯笼，对我们这些娃娃来说，当宝贝似的万分喜爱了。

不到挑灯笼的时候，大人们不许娃娃们提前挑出来，这是有讲究的。等待挑灯笼的时日，是漫长而难熬的。村街上，跟我们一起玩耍的一个娃娃，在玩伴们跟前吹起了牛，说，我舅家给我送的灯笼，多么好，多么跟别的灯笼不一样！为了强调多么好，多么不一样，最后，他说起了狠话：“不是我胡吹冒撂，我敢说，一个堡子的灯笼，没有一个能超过我舅送给我的那个灯笼！”

这话，明显是惹人的话，其他的玩伴不答应了，七嘴八舌地嚷嚷开了：“这是大风地里说野话，想咋说就咋说！胡吹呢！胡吹呢！”“今个儿不光咱堡子，跟前的几个堡子，肯定都要死好几头牛哩！”那个玩伴急了：“你都甭走，我回屋拿去，叫你们看看！不叫你们看，你们还说我胡谝呢！”话未说完，他折身跑回家去，拿来了那个灯笼。“别动，别动，你那脏爪爪，别给我把灯笼弄坏了！”他手里拿着，只让玩伴们看，不许他们动，怕弄坏了他的灯笼。

咦，真是好呢！他拿来的那个灯笼，是一条生动的鱼的造型，红红的鱼身上，还贴着一片片金黄色的鱼鳞。在那个年代，舅家们送给外甥的，大都是那种普普通通的小圆红灯笼，这个非同一般的鱼灯笼，真的惊艳，真的惊呆了我们！确实好，确实美，应该是全堡子最好的一个灯笼了！展示完，那个玩伴，飞跑着把灯笼送回家去。呵呵，送回灯笼，这次从家里走出来的他，把头仰得高高的，自负神气得不得了。他那扬扬自得的神态，分明是在说：“我说好就是好嘛，还不相信！这下咋不皮干了？无话可说了？服气了吧？！”

说是正月十五晚，其实，十三日晚就开始挑灯笼了。月光下的村街上，一群群的娃娃，挑着大小不一的灯笼，玩着，晃着。这灯笼，照亮了前后巷子。这些灯笼，大部分是上边说的那种普通的红灯笼，极少极少的几个，是花花绿绿的鱼、鸡、兔子与罐罐形状的灯笼，也有压了皱叠，被称为“牛粪扑踏”灯笼的。这“牛粪扑踏”灯笼，不用时压平，像一叠圆形的纸，用时，拉直，提起来，就成了带皱叠的筒形灯笼。村街上，娃娃们挑着的灯笼，照亮了他们被冻红的小脸，寒冷的天气里，兴奋而快乐的他们，说话时嘴里吐出来的热气，在灯笼光的映照下，一缕一缕地盘旋着。

挑灯笼这几天，不刮风下雪还好，一旦刮风下雪，手里挑着的灯笼，就来回左右摇晃着，怎么儿也挑不稳。有的灯笼木底座上，插蜡烛的孔儿太小，蜡烛把儿是勉强插上去的，经风一吹，雪一打，蜡烛就倒了。蜡烛把儿短的，直接灭了，灯笼没事儿；蜡烛把儿长的倒了，烛火嘭地一下子就烧着了灯笼。被蜡烛烧着灯笼的娃娃，顾不上去吹，又不敢摔，急得哇哇大哭。挑着灯笼的玩伴们，慌忙帮着去吹，往往没吹灭同伴着火的灯笼，反倒烧着了自己手里的灯笼。嗬，这一下热闹起来了，吱吱哇哇的哭声、喊叫声连成一片。

烧着的灯笼，有的呼啦一下子就烧完了。没烧完的灯笼，露出难看的一个大窟窿，窟窿周边的灯笼纸，已被烧焦变脆，这烧出了大窟窿的灯笼，是没办法挑了。烧坏了灯笼的娃娃，只是个哭，只有这一个灯笼呀，烧了就没了，今天十三，就没得灯笼挑了，明天十四，后天才是十五呀，一想到这儿，他们哭得更凶了。任凭从家里走出来的大人们怎么哄，怎么劝，也哄劝不住他们。旁边，也有自己挑着的灯笼好着，看水涨桥塌的顽皮娃娃，他们嘻嘻哈哈地笑着撇凉话："嘿嘿，嘿嘿，咱的灯笼好着呢！咱的灯笼好着呢！咱能挑到正月十五哩，咱能挑到正月十五哩！"

村街上，有了手里挑着的亮亮的灯笼，有了这么多一起疯耍的玩伴，平日晚上怕黑、怕鬼，不敢出屋子门的娃娃们，一下子胆壮起来。他们挑着灯笼，去平常晚上不敢去的墙旮旯，还有偏僻地方的大树背后，他们用灯笼要去晃一晃，撩一撩。

"打灯笼，找舅舅，舅舅躲在门后头。灯笼儿灯笼儿，十三挑，十四撩，十五灯笼就碰了！"娃娃们带着童音，连说带唱的一大串儿歌，使寒夜里的村子热闹起来，有了勃勃生机，有了些许的诗意。正月十三、十四过了，到了十五晚上，折腾了大半夜，玩够了的娃娃们兴奋起来，碰灯笼的时候马上就到啦！"来来来，碰灯笼喽！""碰，碰，碰碰碰，灯笼不碰破就害眼！"他们把手里挑着的灯笼，相互用力碰着，着火了，瞬间，灯笼就变成了一团团燃烧着的火球。看着棍子上挑着的这一团团火球，他们如一群小鸟一样，喊着，叫着，一脸的灿烂笑容。哎哟，那个喜悦兴奋劲，那个发自内心深处的自在与快活呀，不知用什么言语，如何形容才好！呵呵，今年的灯笼烧了，明年，明年舅舅还会送来新的灯笼！

许多年过去了，儿时村街上挑灯笼的一幕一幕，像昨天发生的事情一样，那中间很多的细节与很多的场景，到了今天，都让人难以忘记。是的，那些过往之事有糖，有甜蜜的糖，回忆与咀嚼起来，就会有怡人的甜甜的滋味，这甜甜的滋味从心底弥漫开来，温润而丰盈了我们的身心。

正月三十燎慌慌

在故乡礼泉，正月十五挑过灯笼，喜庆热烈的年并未过完，要等到三十晚上燎完慌慌，真正意义上的年，才算过完了。

儿时在老家大张寨，燎慌慌用的柴草，大多是谷子秆，人们称其为谷草。那时，队上在三畛地里种有大片耐旱的谷子。记得每到秋天，谷子开始成熟，沉甸甸的谷穗压弯了枝头。这时，就会有成群结队的麻雀赶来吃谷子，它们呼啦啦从远处飞到谷子地上空，盘旋着，叽叽喳喳地叫着，那叫声大而响亮。

猛然间，那么多的麻雀似得到指令一般，扑棱棱一下子全部落到谷子穗上，啄食开了谷子，安静得没有了声音。偶尔，也有几声叽啾叽啾的叫声，好像两只麻雀窃窃私语，说着这谷粒是如何饱满，是多么好吃。

为了不让麻雀糟蹋谷子，队上派对门的老二婆，我大妈，还有其他几个老太太，每天在谷子地驱赶麻雀。她们在长竹竿前头，绑上长长的红布条儿，站在谷子地不同的位置，摇晃着手里的长竹竿，拉长了声调，连声高喊着“嗷——嗷——嗷——”。麻雀受到惊吓，呼啦啦全都飞了起来，但它们并不飞远，继续和人兜着圈子。

呵呵，谷草硬而耐烧，是老家人每年用来燎慌慌的好材料。队里分的谷草，被各家捆扎好存放起来，到了正月三十日晚，就会派上用场。后来，不种谷子，燎慌慌的柴草用上了麦草、玉米秆，再到后来，用果树剪下的干树枝，要说这些材料，都没有谷草蓬松，火焰大，好用。

正月天，比平常的时间过得似乎更快，这不，燎慌慌的时间说到就到啦。正月三十下午，各家各户早早就在门上（大门口空地）堆起高高的谷草堆，就等着天黑，就可以点火燎慌慌啦。兴奋得不得了的娃娃们，从村街上一家家门上跑过，探察着，看谁家的谷草堆得大，堆得高，好在自家门上燎完慌慌后，直奔这家门上来。

天刚一黑，掌管家里大事的父亲们，手里攥了一把点着的谷草，从后院开始，快速把屋里前前后后、角角落落的地方，都要用这谷草火把燎一遍。老家人说，这火祛秽辟邪，纳福增祥，家里被火燎过一遍，新的一年里一切都会顺当平安。燎完屋里，到了门上的父亲们，手里燃烧着的谷草火把，只剩下一拃多长，已开始烫起手来，他们三步并作两步赶到谷草堆前，用手里的火把点燃了谷草。

嘿呀呀，几乎是同时，各家各户门上燎慌慌的谷草都点着啦！一个村街上，是连绵不绝、熊熊燃烧着的一堆堆大火。这燎慌慌的火堆，似长蛇阵一般摆开，煞是壮观，甚是好看。

哈哈，最高兴的是一帮帮的男娃娃，平时就爱玩火而常被大人呵斥了的他们，今天看到大人们领着自己光明正大地玩火，他们快活地疯着、狂着、大呼小叫着。他们，先从自家门上燎慌慌的火堆上来回跳过三次。然后，和玩伴们一起，跑到下午探察过的谁谁谁家门上，他家谷草堆得大而高，点着的谷草肯定火旺势大，他们要玩刺激的，专门找过来了。

大火，呼呼地烧着，这些娃娃往往从远处以百米冲刺般的速度跑过来，说是从火上跳过，那么大那么高的火堆，跳得再高，哪能跳得过去呀？他们大多是从这大火中飞跑着过去的。火大，人多而杂乱，娃娃们从不同的方向冲过来，要跳过火堆去，常常在大火中相撞，人，就倒在了大火里。

大火里的他们，“哎哟哟！哎哟哟！我的妈呀，我的婆呀！”吱里哇啦地大呼小叫着。慌了神的他们，从火堆里猴子般敏捷地跃起，连跑带颠地钻了出来。出了火堆，他们蹦着、跳着，抖落掉沾在身上的谷草火。咦，眉毛处与头发上，怎么觉得翘翘的、干干的？手一摸，眉毛没有了，头发也被烧得七长八短的。低下头，再仔细一看，我的爷呀，过年的新衣服也被烧出了几个洞。正玩在兴头儿上的他们，不管了这些，和同伴们相互招呼，又跑去跳另一家的火堆，一家不缺，他们要齐齐地跳过去。

娃娃们玩得开心热闹，大人们的脸上，也是那种发自内心的满满的欢喜。

他们或是抱着小娃娃，从火堆上来回跳过，或是把稍大一些不敢跳过火堆的娃娃，从身后拤住两个胳肢窝，在火上燎过。年龄大，腿脚不麻利的老人，火小了一些，颤颤巍巍地从火堆上跷过去。行动不便的老人，也在儿女们的搀扶下，从火堆上跃过。一家子的人，都要从这火堆上燎过去三次，这是有讲究的，是必不可少的。老家人认为，燎了慌慌，新的一年里，一家人就会无病无灾，就会平平安安。

大火烧过，剩下一堆尚未燃尽仍透着红光的谷草灰。这时，家里掌事的青壮年，拿出来一把铁锨或一个榾柮（一种砸土块的农具），用力去拍、去砸那尚未燃尽的谷草灰。拍一下，砸一下，未燃尽的谷草灰轰然四溅，就会有了不同形状的火花。他大声地问周围的人："这是什么花呀？"周围的人，看着这火花的形状，就会大声回答："麦穗花！"又拍一下或砸一下，一声接声问道："这是什么花呀？这是什么花呀？"大家根据溅出的不同的火花，高声回答着："玉米花！""菜籽花！"继续拍着，砸着，问着，周围的人们，一声一声兴高采烈地回答着。人们以这种方式预想一年会种成了什么庄稼。

燎慌慌，有人叫燎惶惶，也有叫了燎花花，燎荒荒的、这是老家人正月末，关于年事最后一个盛大而隆重的狂欢节，是告别年的一个欢快热烈的仪式。燎慌慌，是人们对火与生俱来的一种崇拜，有人引经据典，说是烧柴祭天，追溯到了周时的燎祭制度，是那时的燎祭制度遗存下来，有了祭祀、祈福多重意蕴，是一个有渊源、有历史典故的民俗文化活动。

燎慌慌，燎掉，烧掉了从腊月开始一直到正月的不安与慌里慌张的情绪。燎慌慌，告诉人们，年真正过完了，春已发生，要收拾好，磨利闲置多时的农具，要开始准备春耕物资，要重新开始一年平凡而艰辛的劳作。

这些年，在外打工的，许多人选择在城里过年，在农村，过年的人越来越少。就是回老家过年的，也是正月初五一过，就匆匆返回城里找工作去了，偌大一个村子，留下了不多的老人与孩子。燎慌慌，这一传统习俗，还在继续着，只是，村街上没有了我们小时那么多的人，没有了那个热闹劲与那个盛大的场景。

燎慌慌，这一传统的民俗活动还会留存下去吗？随着时间推移，搬到了高楼里的人们，还会有正月三十的燎慌慌吗？想来，不会有了，不会有了。

后　记

《花本无心自在开》里收录的散文，是《背馍记》还在出版社编审与出版过程中写作出来的。

1992年底至2017年下半年，因人生际遇改变，为生活奔波，我丢下了自己喜爱的文学写作。耽误的时间太多太久，重新拿起笔来，就觉得时间紧迫，就憋着，就拿着一股劲，想把失去的时间全力补回来。低至尘埃，来自于社会最底层的我，走过坎坷不平的人生路，体味过什么叫作悲苦艰辛的生活，也真切地感受过人间的真情大爱。那些鲜活生动，那些难忘的过往之事，够我好好写一阵子了。

这本集子写作过程中，我延续并坚持了自己的散文创作思想：每一篇文字，都应是发自肺腑的真情之作，不搞虚无空洞、不知所云、毫无生命力的文字游戏。要有所思，有所追求，在文章结构与语言运用上下功夫，不断提高自己的审美素养，积极探寻并试图形成自己的创作风格，走出一条属于个人的散文写作路子来。

这仅仅是我的一点想法。散文怎么样才能写好？我的想法与努力的方向对不对？忐忑不安的我，是拿捏不准的。著名作家贾平凹老师看了我的散文后说："文学创作，腾驰是有感觉，是有天赋的。搁笔多年重拾创作的他，激情再度喷发，每隔几天，就有一篇散文新作问世。短短两年时间，创作出200多篇散文，网上发出后反响热烈，这让很多写作者和读者为之惊叹。"先生的肯定，说明我散文写作的方向没有错，坚定了我按照这个方向走下去的决心。

读者朋友们从我的文字里知道了我的人生历程，他们说，《背馍记》是我的"归队之书"，这个说法是准确贴切的。"归队之前"，尽管经受过诸多的辛酸苦味与波波折折，毕竟生活还给了我很多美好的东西，使我变得坚强起来，面对突如其来的灾难与打击处变不惊，使我变得宽容平和，开阔大度，多了良善诚真，多了感恩之心。我要感谢那么多年不平凡的人生历程。

如果说，《背馍记》是我带有那么一丝惶恐心理（毕竟之前有很长一段时间的写作断档期）的"归队之书"，那么，这本《花本无心自在开》就是我"归队"之后走出的第一个步子。这第一个步子走得如何，"动作"是否标准，“姿势”是否好看，就要让广大读者朋友们去指点，去评判了。

书名定为《花本无心自在开》，是合我意的。在文坛百花园中，我写出的这一篇篇文章，往高处抬，如果还能称作一朵朵花的话，那么这一朵朵花也是山野里、乡间小路旁不起眼的小花儿。这小花儿不妖娆，不趋炎，不附势，不是要开给谁看，它是“无心”地开，是“自在”地开，是生命的本色。这是我写作的初衷，是我的本心。读过这本书的读者，会从我素材的选取与行文的字里行间看出来。懂我者知我心。

著名作家、鲁迅文学院原常务院长白描老师说：“腾驰的散文是根性写作，不似很多作家的经验写作。腾驰囤里有的是粮食，满满的，那是生命体验的积累，这保证了他可以蒸很多馒头，做很多面条，而且自带他独有的味道，有关中大地泥土的芬芳，有艰难人生的况味，更有草根众生不可漠视的尊严的馥郁。经验写作是玩文字，而腾驰用文字叩响了中国的乡村记忆和无数人的生命体验。”先生既是鼓励我，又是在给我指路，使我知晓了后边的散文应该怎么样去写。

这本集子中，我仍在摸索并解决着两个问题。

其一，如何很好地运用方言。追求语言平实、干净而有磁性的同时，把“冶炼”了的关中方言土语，如何巧妙地运用到文章中去，增加作品鲜明的地域特色与赏心悦目的可读性，这是我一直在琢磨，不断实践着的一个问题。

其二，找准自己散文写作的故乡。我很多的散文，都是以老家大张寨的人和事为素材。大张寨是我的血地，是我念念不忘的故土，尽管离开那里几十年了，但我的“脐带”永远连着那里。每年，我都要回去好几次，为的是感知当下那里发生的一系列变化，给自己吸氧，给笔下的文字增加跳跃的力量，增添鲜活的气息。

找准写作的故乡，作品就会有根，就会有气场，就会有特色，就会有连续不断的吸引人的好看的故事。贾平凹老师在这本书的序言中说：“腾驰稳稳地站在家乡的黄土地上，他的很多文章，以他的老家大张寨为切入点，写的是20世纪五十、六十、七十年代到今天的关中生活，展现的是关中风土人情，描述的是关中人的喜怒哀乐。他以真切之笔写他们的酸甜苦辣，写他们的离合悲欢，真情的文字扯着读者的心，或让人哭或让人笑，或让人叹息或让人深思。这些作品，是地道的关中味道，淳朴厚实，扎实亲切，弥漫散发着黄土地特有的芳香。”

从毛头小伙子时开始学习写作，到过了多年之后又重温文学梦，文学创作路上我遇到很多的贵人。内心深处，我对他们充满着感激与感恩之情，没有他们的提携与扶持，就没有我的进步，就不可能有被人们高抬高评了的那些文章。

三十多年前，著名文学评论家、作家阎纲老师，就给我的写作以悉心指点与热情扶持。他给我以前出版的书的序言中写道："家乡的土地和外婆的怀抱往往是作家的摇篮。就在这土地上沉下去吧，家乡的土里有油，永远榨不干！"他还鼓励我："丹凤人贾平凹写不尽商州世事，写不尽的礼泉人情正塑造着自己的贾平凹！"（该序言被收入《礼泉县志》，并在多家报刊发表）

从北京回到故乡礼泉的阎纲老师，精神矍铄的他仍笔耕不辍，仍不忘提携文学后辈。他给《背馍记》以好评，还为我个人的文学公众号"驰风轩文化tch"题写名称，题赠我"纵横腾驰"与"天马行空"的书法条幅。我知道，"纵横腾驰"，那是要我在写作上下大力气，下苦功夫，要有义无反顾的气概与坚韧不拔的劲头。"天马行空"，那是要我精神境界要高，气度要大，眼界上要开阔。做人要伏低伏小，艺术追求上要目光高远，要跳上云端，俯视现实生活。

这么多年，著名作家、鲁迅文学院原常务院长白描老师时时关心着我的创作，给我鼓劲打气。他常对我的文章予以点评，使我多了继续写，多写，写好的勇气与信心。2020年6月22日，在《咸阳文艺》杂志举办的"文学大讲堂"上，白描老师发表了《陕西文学漫谈》的演讲，演讲中，他对我的散文写作给予很高的评价。先生高评的话，让我诚惶诚恐，受之有愧。对我来说，这既是一种激励，又是一种压力，我要以百倍、千倍的努力，把笔下的文字写好才是。先生为我题写斋号"驰风轩"并赐赠墨宝。坐在先生题写了斋号的工作室里写作，春风四面而来，笔下的文字也顺畅欢快起来。

当年在铜川，著名诗人刘新中老师给予我特殊的关照。他给我开"小灶"，悉心指导我写作，在他编辑的《铜川文艺》给我发专辑、写评论。我出版散文集《山的呼唤》时，他又为该书作序。刘新中老师是有突出成就，有独特个性的诗人。他在诗歌创作之余，写出的散文作品诗意弥漫，富含哲理，层次很高。我从他的诗歌里，从他的散文中学到了很多的东西。直到今天，退休后的他，还在聘请他当编辑的刊物上，不断发表着我的文章。这种真心地帮扶，这份延续了三十多年的师生情，任何时候，我都是不会忘记的！

文学创作之路上，还有很多帮助过我的老师，我难以忘记他们！他们的好，他们的情意，会转化为我写作道路上源源不断的动力！

《花本无心自在开》即将出版，特别感谢中国作家协会副主席、陕西省作家协会主席、著名作家贾平凹老师。他在为我《背馍记》题写书名并作序之后，又为这本书题写书名，并把他在我散文研讨会上的发言拿出来，作为该书的序言。和先生认识多年，先生做人与作文，都是我的楷模，都是我的榜样，膜拜崇敬先生！先生对我的教诲，对我写作上的指导与帮助巨大，从他那里，我学到了很多很多的东西，我曾在多篇文章中详尽地叙述过。真心感谢先生！

感谢太白文艺出版社社长党靖先生为本书把关定夺，感谢本书编辑张鑫老师的辛苦付出。特别感谢中医大夫史仁立先生，他在工作之余，承担了我个人文学公众号繁重的编辑工作，每当我一篇文章写完，不管是夜里几点，他都要认真校对、细心编辑，再从公众号发出去。从《背馍记》到《花本无心自在开》出版，他跟我一起忙前忙后，做了大量具体而繁杂的工作，付出了辛勤的劳动。作家郝景望先生工作之余，还有自己的写作任务，仍抽出宝贵时间，把我的文章从今日头条、搜狐号、网易号、凤凰新闻与360图书馆等平台发出去，产生了不小的影响，很是感谢！

还要感谢很多的朋友，他们从不同方面给了我许多的帮助与支持。感谢广大网友在网上持续不断地转发我的文章，感谢读者朋友们长期以来的关心与支持！

《花本无心自在开》这本书，难免有这样那样的问题与不足之处，恳请各位批评指正。诚致谢忱！

马腾驰

2021年6月6日于驰风轩